László Krasznahorkai
# SATANSTANGO
Roman

Aus dem Ungarischen
von Hans Skirecki

Rowohlt

Die Originalausgabe erschien 1985 unter dem Titel
«Sátántangó» bei Magvető Könyvkiadó, Budapest
Die Nachdichtung von «Gib dem Volk der Ungarn»
stammt von Annemarie Bostroem
Schutzumschlag- und Einbandgestaltung
Walter Hellmann
(Illustration Jan Rieckhoff)

1. Auflage April 1990
Copyright © 1990 by Rowohlt Verlag GmbH,
Reinbek bei Hamburg
«Sátántangó» Copyright © 1985 by László Krasznahorkai
Alle deutschen Rechte vorbehalten
Satz Candida (Linotronic 500)
Gesamtherstellung Clausen & Bosse, Leck
Printed in Germany
ISBN 3 498 03468 5

*«Dann will ich ihn lieber beim Warten verfehlen.»*

F. K.

# ERSTER TEIL

# I. Die Nachricht, daß sie kommen

Am Morgen eines Tages Ende Oktober, kaum daß die ersten Tropfen des schier endlosen Herbstregens auf den rissigen Salzboden westlich der Siedlung gefallen waren (wo dann ein stinkendes Meer aus Schlamm bis zu den ersten Frösten die Feldwege unbegehbar und die Stadt unerreichbar machen würde), erwachte Futaki davon, daß er Glocken läuten hörte. Am nähesten befand sich, vier Kilometer südwestlich, die einsame Kapelle auf der Hochmeiß-Flur, aber nicht nur, daß es dort keine Glocke gab, im Krieg war auch der Turm eingestürzt, und die Stadt war zu weit entfernt, als daß von dort irgend etwas zu hören gewesen wäre. Zudem erinnerte das triumphierende Schellen und Dröhnen auch nicht an fernes Glockengeläut, vielmehr schien der Wind es aus nächster Nähe («Wie von der Mühle her...») herbeizutragen. Futaki setzte sich auf, um aus dem mauselochgroßen Küchenfenster zu blicken, aber hinter der beschlagenen Scheibe lag im Blau der Morgendämmerung und im verebbenden Glockengedröhn die Siedlung noch stumm und reglos da: Nur aus einem der weit verstreuten Häuser drüben, aus dem verhängten Fenster des Doktors, drang Licht, und auch das nur deshalb, weil der Doktor seit Jahren außerstande war, im Dunkeln einzuschlafen. Er hielt den Atem an, um im Abklingen des Geläuts nicht den leisesten verwehten Laut zu versäumen, denn er wollte der Sache auf den Grund gehen («Du träumst bestimmt noch, Futaki...»), und dazu benötigte er jeden Ton, mochte er noch so verwaist sein. Mit seinen vielgerühmten weichen Katzenschritten hinkte er über den eiskalten Küchenfußboden zum Fenster («Ist denn noch niemand wach? Hört es niemand? Keiner sonst?»), öffnete es und beugte sich hinaus. Scharfe, feuchte Luft schlug ihm entgegen, für eine Sekunde mußte er die Augen schließen, aber er lauschte vergebens in die vom Krähen der Hähne, von fernem Gekläff und vom Heulen des schneidenden Windes nur noch tiefere Stille; außer seinem dumpfen Herzschlag hörte er nichts, als wäre alles ein gespenstisches Spiel des Halbschlafes gewesen, als wollte ihn nur jemand erschrecken. Traurig betrachtete er den unheildrohenden Himmel und die ausgedörrten Überbleibsel des vergangenen Sommers mit seiner Heuschreckenplage, und plötzlich sah er Frühling, Sommer, Herbst und Winter über ein und denselben Akazienast hinwegziehen, als ob im reglosen Rund der Ewigkeit die Zeit Possen triebe, als ob sie durch das Auf und Ab des Chaos eine teuflisch gerade Schneise schlüge und himmelstürmend den Irrsinn zur Notwendigkeit verfälschte... Und er sah sich selbst, gepeinigt zuckend am Holzkreuz von Wiege und Sarg, bis ihn schließlich ein Standgericht eiskalt und ohne Rangabzeichen den Leichenwäschern auslieferte, dem Gelächter der emsigen Hautabzieher, wo er dann gnadenlos das Maß der menschlichen Dinge erkennen mußte, ohne daß ein Weg zurückführte, denn dann würde er wissen, daß er sich mit Falschspielern auf ein Spiel eingelassen hatte, das längst entschieden war und an dessen Ende er seiner letzten Waffe beraubt werden würde, der Hoffnung, einmal noch nach Hause zu finden. Er richtete den Blick auf die östlich der Siedlung stehenden, einst von Leben und Lärm erfüllten, jetzt verlassenen und verfallenden Baulichkeiten und beobachtete verbittert, wie die ersten Strahlen der aufgedunsenen roten Sonne durch die Dachbalken eines ziegellosen, zusammenbrechenden Bauernhauses fielen. «Ich müßte mich endlich entscheiden. Hier kann ich nicht bleiben.» Er kroch in das warme Bett zurück und legte den Kopf auf den Arm, aber er bekam die Augen nicht zu: Die gespenstischen Glocken hatten ihn erschreckt, noch mehr aber die plötzliche Stille, das drohende Schweigen, und er hatte das Gefühl, jetzt sei alles möglich. Aber nichts rührte sich, wie auch er sich nicht bewegte im Bett, bis zwischen den stummen Gegenständen ringsum auf einmal ein gereiztes Gespräch begann (der Küchenschrank knarrte, ein Topf schepperte, ein Porzellanteller rutschte zurecht); da drehte er sich unvermittelt um, wandte dem Schweißgeruch, den Frau Schmidt verströmte, den Rücken, tastete nach dem Wasserglas neben dem Bett und leerte es in einem Zug. Und sogleich war er die kindliche Furcht los; mit einem Seufzer wischte er sich den Schweiß von der Stirn, und da er wußte, daß Schmidt und Kráner erst jetzt die Schafe zusammentreiben würden, um sie vom Salzfeld zum nördlich der Siedlung gelegenen Wirtschaftsstall zu treiben, wo die beiden dann endlich das sauer verdiente Geld für acht Monate bekommen würden, und daß deswegen etliche Stunden vergehen würden, bis sie, zu Fuß, nach Hause kämen, beschloß er, noch ein Weilchen zu schlafen. Er schloß die Augen, drehte sich zurück und legte den Arm um die Frau, und er schlief schon fast, als er wieder die Glocken hörte. «Verflucht!» Er warf das Federbett zurück, aber in dem Augenblick, als seine knorrigen nackten Füße den Steinfußboden berührten, brach das Geläut plötzlich ab wie auf einen Wink... Zusammengekrümmt saß er auf dem Bettrand, die Hände im Schoß gefaltet, bis sein Blick auf das leere Glas fiel; seine Kehle war trocken, sein rechtes Bein schmerzte, und er wagte weder sich wieder hinzulegen noch aufzustehen. «Spätestens morgen gehe ich.» Er musterte, eines nach dem anderen, die irgendwie vielleicht noch brauchbaren Dinge in der Küche, den von Fett und Speiseresten verkrusteten Herd, den darunter geschobenen Korb mit dem gerissenen Henkel, den Tisch mit den wackeligen Beinen, die staubigen Heiligenbilder an der Wand, die in der Ecke neben der Tür gestapelten Töpfe; schließlich wandte er sich dem inzwischen hellen kleinen Fenster zu, er sah die kahl herabhängenden Zweige der Akazie, das durchgebogene Dach des Halics-Hauses, den schiefen Schornstein, den aufsteigenden Rauch, und er sagte: «Ich hole mir meinen Anteil, und zwar noch heut abend! Spätestens morgen. Morgen früh.» «O mein Gott!» Frau Schmidt neben ihm schreckte hoch, verstört irrte ihr verzweifelter Blick durch das Zwielicht, sie keuchte, als aber alles vertraut auf sie zurückschaute, seufzte sie erleichtert auf und ließ sich wieder ins Kissen zurückfallen. «Was ist, hast du schlecht geträumt?» fragte Futaki. Frau Schmidt starrte immer noch erschrocken zur Decke. «Und wie schlecht, o Herrgott!» Sie seufzte wieder und legte eine Hand auf ihr Herz. «So etwas habe ich noch nie... Stell dir vor... Ich sitze in der Stube, und da... klopft auf einmal jemand ans Fenster. Ich wage nicht, es aufzumachen, ich stell mich hin und spähe durch den Vorhang. Ich sehe nur seinen Rücken, denn inzwischen rüttelt er an der Klinke... und seinen Mund, wie er brüllt, aber was, das konnte ich nicht verstehen... Das Gesicht stoppelig, und die Augen wie aus Glas... Schrecklich. Da fällt mir ein, ich habe am Abend den Schlüssel nur einmal im Schloß umgedreht, aber bevor ich dort bin, wird es zu spät sein... deshalb schlage ich schnell die Küchentür zu, aber da fällt mir ein, zu der habe ich den Schlüssel nicht mehr... Ich wollte schreien, aber ich brachte keinen Ton heraus. Dann... ich weiß nicht mehr, wieso und warum... dann guckt plötzlich Frau Halics zum Fenster herein und grinst... Du kennst sie, wie sie grinst... Sie gafft also in die Küche... und dann, ich weiß nicht, wie... ist sie verschwunden... Aber da tritt der draußen schon mit den Füßen gegen die Tür, ich weiß, in der nächsten Minute tritt er sie ein, ich habe eine Idee, das Brotmesser, ich laufe zum Küchenschrank, aber die Schublade klemmt, ich ziehe und zerre... und sterbe fast vor Angst... Dann höre ich, wie mit Lärm und Krach die Tür aus den Angeln stürzt, und schon kommt der Jemand den Flur entlang... ich habe die Schublade immer noch nicht auf... und jetzt steht er schon in der Küchentür... endlich kann ich sie aufziehen, ich schnappe das Messer, er kommt fuchtelnd näher... aber, ich weiß nicht... da liegt er auf einmal in der Ecke, unter dem Fenster... Ach ja, er hatte einen Haufen blauer und roter Töpfe bei sich, die flogen alle durch die Küche... Da spüre ich, wie sich der Fußboden unter mir bewegt, und denk dir nur, die ganze Küche fährt los wie ein Auto... Jetzt weiß ich nicht mehr, wie es war», endete sie und lachte erleichtert auf. «Das ist ja was!» Futaki schüttelte den Kopf. «Und ich, stell dir vor, bin von Glockengeläut aufgewacht...» «Was du nicht sagst!» Sie sah ihn verblüfft an. «Glockengeläut? Wo?» «Das versteh ich ja auch nicht. Obendrein gleich zweimal, nacheinander...» Frau Schmidt schüttelte ebenfalls den Kopf. «Du wirst noch überschnappen.» «Oder ich habe das alles auch bloß geträumt», brummte Futaki unruhig. «Paß auf, heut passiert noch was...» Sie kehrte ihm ärgerlich den Rücken. «Das sagst du in einem fort, du könntest wirklich damit aufhören.» Da hörten sie draußen die Hintertür knarren. Erschrocken sahen sie sich an. «Das muß er sein!» flüsterte Frau Schmidt. «Ich spür es.» Futaki setzte sich unruhig auf. «Aber... das ist unmöglich! Sie können noch nicht zurück sein...» «Was weiß ich...!

Geh schon!» Er sprang aus dem Bett, nahm seine Sachen unter den Arm, zog rasch die Tür des Badezimmers hinter sich zu und kleidete sich an. «Mein Stock. Ich hab ihn draußen gelassen.» Die Stube benutzten die Schmidts schon seit dem Frühjahr nicht mehr. Zuerst hatte grüner Schimmel die Wände überzogen, in dem abgenutzten, aber stets sauber gewischten Schrank begann die Wäsche zu modern, die Handtücher und alles Bettzeug, ein paar Wochen später rostete das feierlichen Anlässen vorbehaltene Eßbesteck, an dem mit einer Spitzendecke bedeckten großen Tisch lockerten sich die Beine, und als auch noch die Gardinen vergilbten und eines Tages das Licht ausging, zogen sie endgültig in die Küche um und ließen die Stube zu einem Reich der Mäuse und Spinnen werden, denn was war da noch zu machen. Er lehnte sich an den Türrahmen und überlegte, wie er unbemerkt ins Freie gelangen könnte; aber die Lage schien ziemlich hoffnungslos, denn um hinauszuhuschen, mußte er unbedingt die Küche durchqueren, und um aus dem Fenster zu steigen, fühlte er sich zu alt; obendrein würde es Frau Kráner oder Frau Halics sowieso auffallen, denn beide lauerten unablässig mit scheelen Blicken auf alles, was hier im Haus geschehen mochte. Außerdem würde ihn sein Stock verraten; wenn Schmidt ihn entdeckte, wüßte er, daß Futaki sich irgendwo hier im Haus verbarg, und deswegen käme er womöglich noch um seinen Anteil, in solchen Dingen verstand Schmidt keinen Spaß, und dann müßte er sich davonscheren, wie er vor zwei Jahren – bald nach der Anwerbung, im zweiten Monat der Blütezeit – gekommen war, mit nicht mehr als einer abgerissenen Hose und einem verschossenen Überzieher, hungrig und mit leeren Taschen. Frau Schmidt kam auf den Flur gelaufen, er drückte das Ohr an die Tür. Schon hörte er Schmidts heisere Stimme. «Keine Faxen, mein Schatz!

Du machst, was ich sage. Klar?» Futaki überlief es heiß. «Mein Geld.» Er fühlte sich in der Falle. Aber er hatte nicht viel Zeit für Grübeleien, er beschloß, doch aus dem Fenster zu steigen, denn jetzt mußte was unternommen werden. Er langte schon nach dem Fenstergriff, da hörte er Schmidt über den Flur gehen. «Der will pissen!» Auf Zehenspitzen huschte er wieder zur Tür und lauschte mit angehaltenem Atem. Und als sich hinter Schmidt die Hintertür zum Hof geschlossen hatte, schlich er vorsichtig in die Küche, musterte die nervös gestikulierende Frau Schmidt, eilte wortlos zur Haustür und trat rasch ins Freie, und als er sich sicher war, daß sich der andere wieder im Haus befand, klopfte er, als käme er gerade erst, laut an die Tür. «Was denn, niemand zu Hause? Nachbar Schmidt!» rief er mit schallender Stimme und öffnete auch schon, um ihm keine Zeit zur Flucht zu lassen. Schmidt kam eben aus der Küche, um sich durch die Hintertür zu verdrücken, aber er vertrat ihm den Weg. «Sieh einer an!» sagte er spöttisch. «Wohin so eilig, Nachbar?» Schmidt brachte keinen Ton hervor. «Dann will ich es dir sagen! Ich helf dir, Nachbar, ich helf dir, keine Sorge!» fuhr er düster fort. «Du wolltest mit dem Geld durchbrennen! Stimmt's? Hab ich es erraten?» Und als Schmidt immer noch schwieg, schüttelte er den Kopf. «Na so was, Nachbar. Das hätte ich nicht gedacht.» Sie gingen in die Küche zurück und setzten sich einander gegenüber an den Tisch. Frau Schmidt machte sich fahrig am Herd zu schaffen. «Hör zu, Nachbar...» begann Schmidt stockend. «Ich erkläre es dir gleich...» Futaki winkte ab. «Ich versteh schon! Sag, steckt Kráner auch mit drin?» Schmidt nickte gezwungen. «Halbe-halbe.» Futaki brauste auf. «Gottverdammich! Ihr habt mich übers Ohr haun wollen.» Er senkte den Kopf. Überlegte. «Ja, und? Was wird jetzt?» fragte er dann. Schmidt hob zornig die Arme. «Was wohl! Du bist auch dabei, Nachbar.» «Wie meinst du das?» erkundigte sich Futaki, während er rechnete. «Wir dritteln», antwortete Schmidt schweren Herzens. «Du mußt nur den Mund halten.» «Das laß meine Sorge sein.» Frau Schmidt, am Herd, seufzte. «Ihr habt den Verstand verloren. Meint ihr, das geht glatt?» Schmidt, als hätte er nichts gehört, sah Futaki scharf an. «Na. Du kannst nicht behaupten, wir hätten die Sache nicht geklärt. Aber ich will dir was sagen. Nachbar, ruiniere mich nicht!» «Wir haben uns doch geeinigt, nicht?!» «Freilich, da gibt es keine Debatte!» fuhr Schmidt fort. Seine Stimme wurde beschwörend. «Ich möchte dich nur bitten, leih mir deinen Teil für eine kurze Zeit! Nur für ein Jahr! Bis wir irgendwo Fuß gefaßt haben...» Futaki brauste wieder auf. «Soll ich dich etwa auch noch irgendwo lecken, Nachbar?!» Schmidt beugte sich vor, seine Linke umklammerte die Tischkante. «Ich bäte dich nicht darum, wenn du nicht neulich gesagt hättest, du gehst hier nie mehr weg. Wozu brauchst du es dann? Und nur für ein Jahr... für ein Jahr!... Wir müssen weg, verstehst du, wir müssen. Mit den zwanzigtausend kann ich nichts anfangen, nicht mal einen Einödhof kaufen. Gib mir wenigstens zehn, na?» «Das interessiert mich nicht!» entgegnete Futaki gereizt. «Das interessiert mich überhaupt nicht. Ich will hier auch nicht lebendigen Leibes krepieren!» Schmidt schüttelte zornig den Kopf, er flennte fast vor Wut, dann sagte er wieder und wieder sein Sprüchlein auf, verbissen und immer hilfloser, die Ellbogen auf den Küchentisch gestützt, der bei jeder Bewegung kippelte, als nickte er zu seinen Worten; er möge sich doch erbarmen und ihm unter die Arme greifen, und fast hätte Futaki klein beigegeben, da irrte sein Blick ab und fiel auf die Millionen Staubkörner, die in dem in dünnen Strahlen einfallenden Licht vibrierten, und er nahm den muffigen Küchengeruch war. Plötzlich hatte er einen säuerlichen Geschmack auf der Zunge, und er glaubte, das sei der Tod. Seit die Siedlung aufgelöst worden war, seit die Leute ebenso ungestüm wegliefen, wie sie gekommen waren – nur er war hiergeblieben mit einigen Familien, dem Arzt und dem Schuldirektor; keiner von ihnen wußte, wohin –, achtete er Tag für Tag auf den Geschmack der Speisen, denn er wußte, daß sich der Tod zuerst in der Nahrung und den Mauern einnistet; bevor er die Bissen hinunterschluckte, wälzte er sie lange im Mund, das Wasser oder den Wein, der selten auf den Tisch kam, trank er in langsamen Schlucken, und zuweilen empfand er das unwiderstehliche Verlangen, im Maschinenraum des alten Pumpenhauses, wo er wohnte, ein Stück von dem salpetrigen Putz abzubrechen, um davon zu kosten und die diesem groben Verstoß gegen die Ordnung der Aromen und Geschmäcke innewohnende Mahnung zu erkennen, denn er glaubte zuversichtlich, der Tod sei nur eine Art Warnung, nicht etwas Endgültiges, an dem man verzweifeln muß. «Ich will es nicht geschenkt», fuhr Schmidt ermattet fort. «Sondern als Anleihe. Verstehst du, Nachbar? Als Anleihe. Genau in einem Jahr gebe ich es zurück, auf den letzten Fillér.» Sie saßen verzagt am Tisch, Schmidt brannten die Augen vor Müdigkeit, Futaki vertiefte sich in die geheimnisvollen Muster des gefliesten Fußbodens, er wollte sich nicht anmerken lassen, daß er Angst hatte, und was das betraf, so hätte er ihnen auch nicht erklären können, warum. «Sag mir, wie oft ich allein auf das Salzfeld gegangen bin, in der größten Hitze, wenn man kaum Luft bekam und fürchten mußte, daß man innerlich verbrennt?! Wer hat das Holz beschafft? Wer hat die Hürde gebaut?! Ich habe mich genauso abgerackert wie du oder Kráner oder Halics! Und da sagst du mir jetzt, Nachbar, als Anleihe. Und wann bekomm ich dich das nächste Mal zu sehen, he?!» «Du vertraust mir also nicht», entgegnete Schmidt beleidigt. «So ist es!» knurrte Futaki. «Du tust dich mit Kráner zusammen, ihr wollt vor dem Morgenrot mit all dem Geld verduften, und da soll ich dir noch vertrauen?! Wofür hältst du mich? Für einen Idioten?» Sie schwiegen. Am Herd klapperte die Frau mit Geschirr. Sie begannen, sich Zigaretten zu drehen, Schmidt enttäuscht, er mit zitternden Fingern. Er stand auf und ging hinkend zum Fenster. Mit der Linken auf seinen Stock gestützt, beobachtete er die Regenschwaden über den Dächern, die gehorsam im Wind sich neigenden Bäume, den bedrohlichen Bogen, den die kahlen Äste in die Luft zeichneten; er dachte an die Wurzeln, an den lebenspendenden Schlamm, in den sich jetzt das Land hier verwandeln würde, und an die Stille, die geräuschlose Sättigung, die er so fürchtete. «Sag, du», begann er zögernd. «Warum seid ihr zurückgekommen, wenn ihr doch...» «Warum, warum!» brummte Schmidt. «Weil uns die Idee erst unterwegs gekommen ist, auf dem Heimweg. Und als wir zur Besinnung kamen, waren wir schon an der Siedlung. Ja, und die Frau? Hätte ich sie hierlassen sollen?» Futaki nickte. «Und was ist mit Kráner?» fragte er dann. «Wie seid ihr verblieben?» «Die hocken auch zu Hause. Sie wollen am Abend losgehen, Frau Kráner hat von einem aufgegebenen Sägewerk oder so etwas gehört. Wir treffen uns nach dem Dunkelwerden am Kreuz, so sind wir verblieben.» Futaki seufzte. «Der Tag ist noch lang. Was wird mit den anderen? Mit Halics, mit dem Direktor?» Schmidt zupfte kleinlaut an seinen Fingern. «Wie soll ich das wissen? Ich nehme an, Halics wird den ganzen Tag lang schlafen, gestern war bei Horgos ein großes Besäufnis. Und den Herrn Direktor soll der Teufel holen, wo immer er ihn findet! Wenn er uns Schrereien macht, schicke ich ihn seiner verblödeten Mutter hinterher, ins Grab. Also immer mit der Ruhe, Nachbar, immer mit der Ruhe.» Sie beschlossen, hier in der Küche auf den Abend zu warten. Futaki zog sich einen Stuhl ans Fenster, um die gegenüberliegenden Häuser im Auge zu behalten, Schmidt überwältigte die Müdigkeit, Arme und Kopf auf den Tisch gelegt, begann er zu schnarchen, und seine Frau holte die eisenbeschlagene Soldatentruhe hinter dem Küchenschrank hervor, fegte den Staub ab und wischte sie aus, dann ging sie wortlos daran, die Sachen hineinzupacken. «Es regnet», sagte Futaki. «Ich hör's», antwortete sie. Das schwache Licht der Sonne schaffte es gerade, die geballt nach Osten treibenden Wolken zu durchbrechen; die Küche lag im Dämmerlicht, und es blieb ungewiß, ob die vibrierenden Flekken, die sich an die Wände zeichneten, nur Schatten waren oder unheilvolle Spuren der Verzweiflung, die sich hinter den zuversichtlichen Gedanken verbarg. «Ich gehe nach Süden», sagte Futaki, in den Regen starrend. «Dort ist wenigstens der Winter kürzer. Ich pachte einen Einödhof nahe bei einer blühenden Stadt und lasse die Füße den lieben langen Tag in eine Schüssel warmes Wasser hängen...» Sanft rannen die Regentropfen beiderseits der Fensterscheiben abwärts, innen, von dem fingerbreiten Spalt oben bis zum Berührungspunkt von Fensterbank und Rahmen, wo sie allmählich auch die kleinsten Risse füllten, sich einen Weg bis zum Rand der Fensterbank bahnten, sich wieder in Tropfen auflösten und in Futakis Schoß fielen, der dann, ohne es zu merken, denn dorther, wohin seine Gedanken gewandert waren, fiel die Rückkehr schwer, in aller Stille einpißte. «Oder ich gehe als Nachtwächter in eine Schokoladenfabrik... vielleicht als Pförtner in ein Mädchenwohnheim... und versuche alles zu vergessen, nur eine Schüssel warmes Wasser jeden Abend, und nichts tun, nur zusehen, wie das beschissene Leben vergeht.»

Hatte es bisher leise geregnet, so goß es jetzt, das Wasser überflutete das ohnehin nach Atem ringende Land wie bei einem Dammbruch und schnitt schmale, verschlungene Kanäle zu den niedriger gelegenen Flächen hin, und obwohl er nicht mehr durch die Scheiben sehen konnte, wandte er sich nicht ab, er betrachtete den wurmstichigen Fensterrahmen und die Stellen, an denen der Gips abgebröckelt war, und da erschien an der Scheibe plötzlich eine verschwommene Form, die allmählich zu einem menschlichen Gesicht wurde, doch er wußte nicht gleich, wessen Gesicht, bis er ein erschrokkenes Augenpaar wahrnahm; da erkannte er seine eigene, mitgenommene Visage, überrascht und betroffen, denn er hatte das Gefühl, die Zeit werde seine Gesichtszüge ebenso auswaschen, wie sie jetzt an der Scheibe zerrannen; eine große, fremde Armut spiegelte sich in diesem Bild, wie es da auf ihn zukam, übereinandergelagerte Schichten der Scham, des Stolzes und der Furcht. Unvermittelt spürte er wieder den säuerlichen Geschmack auf der Zunge, die morgendlichen Glocken fielen ihm ein, das Glas, das Bett, der Akazienast, der kalte Fußboden, und er verzog verbittert den Mund. «Eine Schüssel warmes Wasser! Ach, zum Teufel! Ich nehme doch jeden Tag mein Fußbad...» Frau Schmidt hinter ihm begann still zu weinen. «Was ist denn in dich gefahren?» Aber sie antwortete nicht, sie wandte sich verlegen ab, das Schluchzen schüttelte ihre Schultern. «Hörst du! Was ist los?» Sie blickte ihn an, dann, als sähe sie keinen Sinn mehr im Reden, setzte sie sich wortlos auf den Hocker am Herd und schneuzte sich. «Warum sagst du nichts?» fragte Futaki hartnäckig. «Was zum Henker hast du denn?» «Wohin sollen wir bloß gehen!» brach es bitter aus ihr hervor. «Gleich in der ersten Stadt schnappt uns die Polizei. Begreifst du nicht? Sie werden uns nicht mal nach dem Namen fragen.» «Schwatz kein dummes Zeug!» fuhr Futaki sie an. «Du hast die Taschen voller Geld, und da...» «Genau davon rede ich ja», unterbrach sie ihn. «Vom Geld. Nimm du wenigstens Vernunft an! Weggehen... mit dieser erbärmlichen Truhe... wie Diebesgesindel!» Futaki wurde wütend. «Jetzt langt's aber! Misch du dich nicht in diese Sache ein. Sie geht dich überhaupt nichts an. Du hast den Mund zu halten.» Frau Schmidt sprang auf. «Bitte? Was habe ich?» «Ich habe ja nichts gesagt», brummte Futaki. «Und leiser, sonst wacht er auf.» Die Zeit verging nur langsam, der Wecker, dessen Ticken sie unablässig daran hätte erinnern können, war zum Glück schon lange kaputt, dennoch blickte die Frau immer wieder auf die reglosen Zeiger, während sie mit dem Holzlöffel den brodelnden Paprikasch umrührte. Am Nachmittag saßen sie matt vor den dampfenden Tellern, die beiden Männer rührten das Essen nicht an, obwohl die Frau sie immer wieder nötigte («Worauf wartet ihr? Wollt ihr nachts essen, im Schlamm, bis auf die Haut durchweicht?»). Sie schalteten das Licht nicht an, auch nicht, als in dem qualvollen Warten die Gegenstände rundum verschwammen, die Töpfe neben der Tür zu leben begannen und die Heiligen an den Wänden auferstanden, manchmal schien es, als läge auch im Bett jemand; um sich dieser Visionen zu entledigen, blickten sie einander zuweilen verstohlen ins Gesicht, aber aus allen drei Gesichtern schaute die gleiche Hilflosigkeit auf sie zurück, und wenngleich sie wußten, daß sie nicht vor Einbruch der Dunkelheit losgehen konnten (denn sie waren überzeugt, daß Frau Halics oder der Direktor am Fenster saß und den Weg zum Salzfeld beobachtete, immer sorgenvoller, weil Schmidt und Kráner sich fast einen halben Tag verspäteten), schickte sich mal Schmidt, mal seine Frau an, ohne die geringste Vorsicht schon in der Dämmerung aufzubrechen. «Gleich ist

Kino», meldete Futaki leise. «Da kommen Frau Halics, Frau Kráner, der Schuldirektor und Halics.» «Die Kráner?» Schmidt sprang auf. «Wo?» Und er lief zum Fenster. «Recht hat sie. Ganz recht», meinte Frau Schmidt. «Gib Ruhe», knurrte Schmidt. «Überstürze nichts, Nachbar!» beschwichtigte ihn Futaki. «Die hat Verstand. Wir müssen sowieso die Dunkelheit abwarten, nicht? Und so wird niemand Verdacht schöpfen, nicht wahr?» Schmidt setzte sich knurrig wieder an den Tisch und vergrub das Gesicht in den Händen. Futaki blies verzagt den Rauch gegen die Scheiben. Frau Schmidt kramte Bindfaden aus den Tiefen des Küchenschrankes, die Schlösser waren eingerostet und ließen sich nicht zudrücken, deshalb umband sie die Soldatentruhe fest mit Schnur und stellte sie an die Tür, dann setzte sie sich zu ihrem Mann und faltete die Hände. «Worauf warten wir?» sagte Futaki. «Verteilen wir das Geld!» Schmidt sah seine Frau an. «Hat das nicht Zeit, Nachbar?» Futaki stand schwerfällig auf und setzte sich ebenfalls an den Tisch. Breitbeinig dasitzend und sich das stoppelige Kinn kratzend, fixierte er Schmidt. «Los, verteilen wir es.» Schmidt rieb sich die Schläfen. «Wenn es an der Zeit ist, bekommst du es, keine Sorgen.» «Na, Nachbar, worauf wartest du noch!» «Was setzt du mir so zu? Laß uns warten, bis Kráner den anderen Teil hergibt.» Futaki lächelte. «Ganz einfach. Was du bei dir hast, teilen wir. Und das Geld, das uns dann noch zusteht, teilen wir am Kreuz.» Schmidt stimmte zu. «In Ordnung. Bring die Taschenlampe.» «Ich gehe schon», sagte Frau Schmidt. Aus der Innentasche seiner Windjacke zog sie ein mit einem Faden umwickeltes, pralles, durchnäßtes Kuvert. «Warte.» Sie nahm einen Lappen und wischte die Tischdecke ab. «Jetzt.» Schmidt hielt Futaki einen zerknitterten Zettel unter die Nase. («Die Quittung. Nur damit du nicht denkst, ich will dich übers Ohr hauen!»), Futaki las ihn rasch mit schräg geneigtem Kopf, dann sagte er: «Zählen wir!» Er drückte die Taschenlampe der Frau in die Hand und verfolgte mit glitzernden Augen den Weg der Geldscheine, die Schmidt mit einer drehenden Bewegung seiner kurzen Finger am anderen Rand des Tisches häufelte, allmählich verstand er ihn, und sein Zorn verflog endgültig, denn es war wahrhaftig kein Wunder, wenn einer angesichts von soviel Geld konfus wurde und alles riskierte. Sein Magen verkrampfte sich, sein Mund füllte sich mit Speichel, sein Herz schlug bis in den Hals hinauf, und während das von Schmidt hingeblätterte Geldbündel auf der einen Seite schwand, um auf der anderen anzuschwellen, blendete ihn das hin und her hüpfende Lampenlicht, er meinte, Frau Schmidt leuchte ihm absichtlich in die Augen, ihn schwindelte, er fühlte sich matt, und er fand erst wieder zu sich, als er Schmidts heisere Stimme hörte: «Stimmt genau.» Er hatte gerade die Hälfte nachgezählt, als jemand unmittelbar vor dem Fenster rief: «Sind Sie zu Hause, Frau Schmidt?» Schmidt riß seiner Frau die Taschenlampe aus der Hand und knipste sie aus, deutete auf den Tisch und flüsterte ihr zu: «Steck es schnell weg!» Frau Schmidt raffte flink das Geld zusammen und steckte es in den Ausschnitt, dann, die Worte fast lautlos formend, sagte sie: «Frau Halics!» Futaki eilte zwischen den Herd und den Küchenschrank und lehnte sich an die Wand, in der Dunkelheit war nicht mehr von ihm zu sehen als zwei phosphoreszierende Punkte, als hockte eine Katze dort. «Geh raus und schick sie zum Teufel!» zischelte Schmidt und schob seine Frau zur Tür, auf der Schwelle zögerte sie einen Augenblick und seufzte, dann trat sie auf den Flur und räusperte sich. «Ich komm schon!» «Wenn sie das Licht nicht bemerkt hat, ist nichts verloren», flüsterte Schmidt Futaki zu, aber er glaubte selbst nicht daran, und als er sich hinter der Tür versteckte, befiel ihn eine solche Nervosität, daß er kaum stillstehen konnte. Wenn sie sich hereintraut, erwürge ich sie, dachte er und schluckte. Er spürte, wie an seinem Hals wild eine Ader pulste, der Schädel wollte ihm bersten; er versuchte, sich im Dunkel zu orientieren, aber als er merkte, daß Futaki plötzlich sein Versteck verließ, nach seinem Stock suchte und sich geräuschvoll am Tisch niederließ, dachte er, er sehe Gespenster. «Was zum Henker machst du da!» fauchte er kaum hörbar und machte ihm entnervt Zeichen, er solle sich still verhalten. Aber Futaki scherte sich nicht um ihn. Er zündete sich eine Zigarette an und bedeutete Schmidt mit dem glimmenden Streichholz, er solle aufhören und sich ebenfalls setzen. «Kein Licht, du Idiot!» schimpfte der hinter der Tür, rührte sich aber nicht von der Stelle, denn er wußte, daß ihn das kleinste Geräusch verraten würde. Doch Futaki saß ungerührt am Tisch und blies nachdenklich den Rauch aus. Was für ein Blödsinn ist das alles, dachte er traurig. Daß ich mich auf meine alten Tage auf so was einlasse! Er schloß die Augen und sah die leere Landstraße vor sich, wie er auf die Stadt zuging, zerlumpt und ausgemergelt, und die Siedlung, wie sie immer weiter zurückblieb und allmählich vom Horizont verschluckt wurde; da begriff er, daß er das Geld verloren hatte, bevor er es bekam, denn jetzt bestätigte sich, was er längst geahnt hatte: Nicht nur, daß er diesen Ort nicht mehr verlassen konnte, er wollte ihn auch nicht verlassen, denn hier durfte er sich wenigstens in den Schatten der gewohnten Anblicke zurückziehen, während das, was ihn draußen erwartete, außerhalb der Siedlung, ganz und gar ungewiß war. Ein vager Instinkt sagte ihm, daß zwischen dem morgendlichen Glockengeläut, der Verschwörung und Frau Halics' plötzlichem Auftauchen ein tiefer Zusammenhang bestehen mußte, es mußte etwas vorgefallen sein, deshalb dieser unerwartete Besuch... Frau Schmidt kam immer noch nicht zurück. Er zog aufgeregt an der Zigarette, und während ihn der wogende Rauch langsam einhüllte, entzündete sich, wie ein Feuer unter der Asche, neuerlich seine Phantasie. «Vielleicht kehrt wieder Leben in die Siedlung ein? Vielleicht kommen demnächst neue Maschinen und Menschen, und alles beginnt von vorn? Die Mauern werden ausgebessert, die Häuser geweißt, das Pumpenhaus wieder in Betrieb genommen? Und man braucht einen Maschinisten?» Bleich stand Frau Schmidt in der Tür. «Ihr könnt rauskommen», sagte sie mit belegter Stimme und schaltete das Licht an. Mit einem Satz war Schmidt bei ihr. «Was soll das?! Mach es aus! Sonst sieht man uns!» Seine Frau schüttelte den Kopf: «Hör auf. Sie ist längst wieder weg.» Schmidt nickte gezwungen und ergriff ihren Arm. «Was ist? Hat sie die Taschenlampe bemerkt?» «Ja», antwortete sie. «Aber ich habe gesagt, ich wäre über der Aufregung, daß ihr immer noch nicht zurück seid, eingeschlafen. Dann wäre ich aufgewacht, und als ich Licht machen wollte, wäre die Birne kaputtgegangen. Ich hätte sie gerade ausgetauscht, als sie mich rief, und deshalb hätte die Taschenlampe gebrannt.» Schmidt brummte anerkennend, dann fragte er bedrückt: «Und hat sie uns... sag schon... hat sie uns gesehen?» «Nein. Ganz bestimmt nicht.» Er atmete auf. «Was zum Satan hat sie dann gewollt?» Die Frau setzte eine verständnislose Miene auf und antwortete leise: «Sie ist übergeschnappt.» «Das mußte ja so kommen», meinte Schmidt. «Sie sagt», fuhr sie fort und sah abwechselnd ihren Mann und den gespannt lauschenden Futaki an, «sie sagt, auf der Landstraße sind Irimiás und Petrina hierher unterwegs... Hierher, zur Siedlung! Und daß sie jetzt vielleicht schon in der Kneipe sitzen...» Einen Moment lang verschlug es Futaki und Schmidt die Sprache.

«Der Schaffner vom Fernbus hat sie angeblich in der Stadt gesehen», fuhr Frau Schmidt fort und biß sich auf die Lippen. «Sie sollen zu Fuß losgegangen sein... hierher, zur Siedlung. Bei diesem Sauwetter! Das hat auch der Schaffner gesehen, als er an der Abzweigung nach Elek zu seinem Gehöft abbog.» Futaki sprang auf. «Irimiás? Und Petrina?» Schmidt lachte leise. «Diese Halics ist wirklich übergeschnappt. Die Bibel hat sie um den Verstand gebracht.» Frau Schmidt rührte sich nicht. Ratlos hob sie die Arme und ließ sie wieder sinken, dann lief sie plötzlich zum Herd, sank auf den Hocker, stützte die Ellbogen auf die Schenkel und legte das Kinn auf die Hände. «Wenn das wahr ist...» wisperte sie, und ihre Augen leuchteten auf. «Wenn es wahr ist...» Schmidt fauchte sie ungeduldig an: «Aber sie sind doch tot!» «Wenn es wahr ist», sagte Futaki leise, als spänne er die Gedanken der Frau fort, «dann hat der kleine Horgos einfach gelogen.» Frau Schmidt hob den Kopf und sah Futaki an. «Denn von dem haben wir's gehört.» «So ist es.» Futaki nickte und zündete sich mit zitternden Fingern eine neue Zigarette an. «Erinnert ihr euch? Ich hab damals schon gesagt, die ganze Geschichte kommt mir verdächtig vor. Irgendwie wollte mir das alles nicht gefallen. Aber niemand hat auf mich gehört. Und dann habe ich mich auch damit abgefunden.» Frau Schmidt wandte nicht den Blick von Futaki, als wollte sie ihn hypnotisieren. «Er hat gelogen. Einfach gelogen. Das ist denkbar. *Durchaus* denkbar.» Schmidt sah nervös mal seine Frau, mal Futaki an. «Die Halics ist nicht übergeschnappt. Ihr beide seid übergeschnappt.» Weder Futaki noch die Frau antworteten; sie wechselten nur Blicke. «Hast du den Verstand verloren?» brach es aus Schmidt hervor, und er machte einen Schritt auf Futaki zu. «Hinkender alter Krüppel!» Futaki schüttelte den Kopf. «Nein, nein, Nachbar. Ich denke, Frau Halics ist wirklich nicht übergeschnappt», sagte er zu Schmidt, und Frau Schmidt zugewandt, fuhr er fort: «Es ist bestimmt wahr. Ich gehe in die Kneipe.» Schmidt schloß die Augen und versuchte sich zur Ruhe zu zwingen. «Sie sind seit anderthalb Jahren tot. Seit anderthalb Jahren! Das weiß jeder. Mit solchen Dingen spaßt man nicht. Fallt nicht auf sie herein! Das ist nur eine Falle. Versteht ihr? Eine Falle!» Aber Futaki hörte nicht hin, er war schon damit beschäftigt, seinen Mantel zuzuknöpfen. «Ihr werdet sehen, die Dinge kommen in Ordnung», sagte er mit so fester Stimme, daß kein Zweifel bestehen konnte: Er hatte sich entschieden. «Irimiás», fuhr er fort und legte Schmidt die Hand auf die Schulter, «ist ein großer Magier. Der baut noch aus Kuhscheiße ein Schloß, wenn er will.» Schmidt verlor die Nerven, er krallte sich an Futakis Mantel fest und zog ihn zu sich heran. «Du bist ein Mistkerl, Nachbar», zischelte er, «du taugst nur als Dung, das sag ich dir! Denkst du, ich lasse zu, daß du dein bißchen Grips zu meinem Nachteil gebrauchst? Nein, du wirst meine Pläne nicht durchkreuzen!» Futaki hielt dem Blick gelassen stand. «Das will ich auch nicht, Nachbar.» «Und was wird dann mit dem Geld?» Futaki senkte den Kopf. «Teil es dir mit Kráner. Als wäre nichts passiert.» Schmidt sprang zur Tür und stellte sich ihm in den Weg. «Ochsen!» schrie er. «Ihr seid Ochsen! Schert euch doch zum Satan! Aber mein Geld», und er hob den Zeigefinger, «legt ihr hier auf den Tisch!» Drohend musterte er seine Frau. «Hörst du, verdammte… Das Geld läßt du hier. Hast du verstanden?!» Frau Schmidt rührte sich nicht. Ein seltsamer Schein glomm in ihren Augen. Dann stand sie langsam auf und trat ein paar Schritte auf ihren Mann zu. Alle Muskeln in ihrem Gesicht waren angespannt, ihre Lippen schmal, und Schmidt sah sich solcher Verachtung und solchem Hohn ausgesetzt, daß er sie verblüfft betrachtete und unwillkürlich zurückwich. «Schrei hier nicht rum, du Hampelmann», sagte sie ganz leise. «Ich geh. Mach du, was du willst.» Futaki rieb sich die Nase. «Wenn sie wirklich hier sind, Nachbar», sagte er ruhig, «könntest du vor Irimiás sowieso nicht flüchten, das weißt du selbst. Also?» Schmidt ging kraftlos zum Tisch und ließ sich auf einen Stuhl fallen. «Ein Toter soll auferstanden sein», brummelte er. «Und ihr glaubt den Quatsch. Ha ha ha, daß ich nicht lache!» Er schlug mit der Faust auf den Tisch. «Seht ihr denn nicht, auf was das hinausläuft? Sie haben Wind davon bekommen, und jetzt wollen sie uns hervorlocken... Futaki, hab doch wenigstens du einen Funken Verstand!» Aber Futaki hörte ihm nicht zu; er trat zum Fenster, verschränkte die Hände im Rücken und sagte: «Erinnert ihr euch? Als zum Beispiel einmal neun Monate lang kein Lohn kam, ist er eines Abends...» Frau Schmidt unterbrach ihn mit strenger Stimme: «Er hat uns immer aus der Patsche geholfen.» «Gemeine Verräter. Aber ich hätte es mir denken können», knurrte Schmidt. Futaki kam vom Fenster zurück und blieb hinter ihm stehen. «Wenn du so wenig daran glaubst», schlug er vor, «dann schick deine Frau voraus. Sie wird sagen, sie sei auf der Suche nach dir, denn es sei ihr absolut unverständlich und so weiter.» «Und du kannst beruhigt sein», setzte Frau Schmidt hinzu. Das Geld blieb in ihrem Büstenhalter, denn selbst Schmidt war überzeugt davon, daß es dort am sichersten sei, obwohl er darauf bestand, daß sie es festbände; er ließ sich kaum zurück auf seinen Stuhl drängen, denn er war schon drauf und dran, nach Schnur zu suchen. «So, dann gehe ich», sagte Frau Schmidt, schlüpfte in ihre Windjacke und die Stiefel und verschwand rasch im Dunkeln, in den tiefen Fahrspuren des Weges zur Kneipe den Pfützen ausweichend und ohne sich umzudrehen nach den beiden vom Regen gepeitschten, zerfließenden Gesichtern an der Scheibe. Futaki drehte sich eine Zigarette und begann zufrieden und hoffnungsvoll zu paffen; alle Anspannung war von ihm gewichen, er fühlte sich leicht und ließ den Blick verträumt über die Stubendecke wandern – er dachte an den Maschinenraum im Pumpenhaus und vernahm schon den Lärm der seit Jahren unberührten und leblosen Maschinen, die keuchend und stöhnend anliefen, und ihm war, als röche es nach frischem Kalk... Da hörten sie, wie die Haustür geöffnet wurde. Schmidt konnte gerade noch aufspringen, aber schon sagte Frau Kráner: «Hier seid ihr! Habt ihr schon gehört?» Futaki stand nickend auf und drückte sich den Hut auf den Kopf. Schmidt saß wieder zusammengesunken auf seinem Stuhl. «Mein Mann ist schon losgegangen», schnatterte Frau Kráner, «er schickt mich nur, daß ich's ausrichte, falls ihr es noch nicht wißt, aber bestimmt wißt ihr Bescheid, wir haben gesehen, daß Frau Halics hier war, aber ich geh gleich wieder, ich will nicht stören, das Geld, läßt mein Mann ausrichten, kann ihm gestohlen bleiben, derlei ist nichts für uns, sagt er, ja, und recht hat er, sich verstecken und herumdrücken und keine ruhige Nacht mehr haben, das möchten wir nicht, Irimiás wird's schon machen, ihr werdet sehen, und Petrina, ich hab gleich gewußt, daß alles nicht wahr ist, ihr könnt mir auf der Stelle die Kehle durchschneiden, wenn mir dieser hinterlistige junge Horgos nicht schon immer verdächtig vorkam, schon wie ihm die Augen stehen, jetzt seht ihr ja selbst, er hat alles bloß erfunden, und wir haben's geglaubt, jawohl, von Anfang an.» Schmidt musterte Frau Kráner argwöhnisch. «Sie glauben wohl auch daran, was?» sagte er und lachte kurz auf. Frau Kráner zog nur die Brauen hoch und wirbelte durch die Tür. «Kommst du, Nachbar?» fragte Futaki und hielt einen Moment auf der Schwelle inne. Schmidt ging voran, Futaki stolperte hinter ihm her, der Wind ließ die Schöße seines Überziehers flattern, mit dem Stock ertastete er in der Finsternis den Weg, mit der anderen Hand hielt er den Hut fest, damit er ihm nicht in den Schlamm fiel, und der unbarmherzig strömende Regen vermengte Schmidts Fluchen mit Futakis zuversichtlichen und aufmunternden Worten, immer wieder sagte er: «Jammere nicht, Nachbar! Du wirst sehen, uns erwartet ein Leben in Saus und Braus! In Saus und Braus!»

## II. Wir erstehen auf

Die Uhr über ihren Köpfen zeigt schon zehn, aber was war auch anderes zu erwarten; sie wissen, was die betäubend surrenden Neonröhren an der von Haarrissen überzogenen Decke und das zeitlose Echo des organisierten Auf und Zu der Türen bedeuten und wozu hier die schweren Stiefel mit den halbmondförmigen Eisenbeschlägen, die sich funkensprühend am Steinpanzer der ungewöhnlich hohen Korridore wetzen, dienen, wie sie auch ahnen, warum hinten die Lampen nicht brennen und weshalb überall solch ermüdendes Dämmerlicht herrscht, und sie würden mit einverständiger Zufriedenheit und Bewunderung vor diesem brillant ausgearbeiteten System den Kopf neigen, müßten heute nicht gerade sie beide, gekrümmt auf der von Hunderten von Hinterteilen blankgesessenen Bank hockend, die Aluminiumklinke der Tür Nummer vierundzwanzig belauern, hinter der ihnen, wenn sie erst Einlaß gefunden haben würden, die nicht mehr als zwei oder drei Minuten gewährt werden müßten, in denen sie «den Schatten des aufgetauchten Verdachtes» würden zerstreuen können. Denn um was sonst kann es sich handeln, wenn nicht um ein absurdes Mißverständnis, das mit Sicherheit einem unbestreitbar gewissenhaften, aber ein wenig übereifrigen Beamten zu danken ist?...
Die widerstreitenden Gedanken geraten für Minuten in einen ziellosen Strudel und äußern sich dann in zerbrechlichen und schmerzhaft unnützen Sätzen, die aber
– wie eine eilends zurechtgezimmerte Brücke unter

dem Gewicht der ersten drei Schritte – mit einem Knakken, einem leisen, verhängnisvollen Krachen einbrechen, um so, wieder und wieder beschworen, zwischen dem Stempel und der Anrede des gestern abend zugestellten Papiers zu kreisen. Die genaue, zurückhaltende und ungewöhnliche Ausdrucksweise («...der Schatten des aufgetauchten Verdachtes...») läßt keinen Zweifel daran aufkommen, daß sie nicht vorgeladen wurden, um ihre Unschuld nachzuweisen, die zu bestreiten – oder in Frage zu stellen – nichts als reine Zeitvergeudung wäre, vielmehr sollen sie Gelegenheit erhalten, im Rahmen eines ungezwungenen Gesprächs mitzuteilen (und das dürfte mit einer in Vergessenheit geratenen Angelegenheit zusammenhängen), wer und woher sie sind, und vielleicht müssen auch einige Angaben zur Person geändert werden. In den hinter ihnen liegenden, zuweilen schier endlosen Monaten, als sie wegen einer kaum erwähnenswerten dummen Meinungsverschiedenheit aus dem lebendigen Strom des Lebens herausgerissen waren, hat eine feste Überzeugung ihre frühere, beinahe schon unernste Haltung zu ihrem Auftrag abgelöst, und heute könnten sie, wenn es dazu käme, auf eventuelle Fragen nach der «Führerschaft» mit verblüffender Sicherheit, ohne zu grübeln und ohne quälende innere Krämpfe die richtige Antwort geben; darum kann sie also nichts überraschen. Und was diese aufzehrende, stets wiederkehrende Verunsicherung betrifft, so können sie sie gelassen jenen endlosen Monaten anlasten, denn es gibt niemanden, der dieses Joch unbeschadet getragen hätte. Der große Zeiger nähert sich bereits der Zwölf, als, die Hände auf dem Rükken und elastischen Schrittes, ein Posten vom Treppenhaus her naht, seine farblosen Augen starren – man sieht es – ausdruckslos in die Luft, dann bleibt sein zurückgewonnener Blick an den beiden sonderbaren

Burschen hängen, ein wenig Blut steigt in sein totengraues Gesicht, er bleibt stehen, erhebt sich auf die Zehenspitzen und wendet sich mit einer müden Grimasse ab. Bevor er aber aus dem Halbrund des Treppenaufstiegs verschwindet, blickt er auf die zweite Uhr, die unter dem Schild RAUCHEN VERBOTEN! angebracht ist, und seine Haut wird wieder grau. «Die beiden Uhren», erklärt der Größere der beiden seinem Gefährten, «zeigen zwei verschiedene Zeiten an, wenn auch beide ziemlich ungenau. Unsere hier», und er deutet mit einem ungewöhnlich langen, dünnen und feingliedrigen Zeigefinger in die Höhe, «geht zu sehr nach, die dort mißt... nein, nicht die Zeit, sondern die Ewigkeit des Ausgeliefertseins, und damit haben wir nicht mehr zu tun als ein Zweig mit dem Regen: wir sind machtlos dagegen.» Obgleich er leise spricht, erfüllt seine männlich tiefe und klangvolle Stimme den kahlen Korridor. Sein Gefährte, dem man auf den ersten Blick ansieht, daß er sich von dem Selbstsicherheit, Härte und Entschlossenheit ausstrahlenden Mann auf das weitestgehende unterscheidet, richtet die stumpf glänzenden Knopfaugen auf dessen vom Leid gezeichnetes Gesicht und erliegt einem Anfall von Schwärmerei. «Zweig und Regen...» Er läßt sich die Worte auf der Zunge zergehen, als koste er einen alten Wein und wolle grüblerisch den Jahrgang bestimmen, doch mit teilnahmsloser Hingabe, wie wenn dies ohnehin seine Kräfte übersteige. «Du bist ein Dichter, mein Freund, laß es dir gesagt sein!» Und er nickt mit Nachdruck, als sei er erschrocken, daß er versehentlich die Wahrheit gesagt hat. Er rutscht auf der Bank zurück, damit sich sein Kopf auf gleicher Höhe mit dem seines Gefährten befinde, versenkt die Hand in den für einen Riesen zugeschnittenen Wintermantel und ertastet in der mit Schrauben, Mentholbonbons, der Ansichtskarte einer Küstenlandschaft,

Nägeln, einem Neusilberlöffel, einem Brillengestell und Kopfschmerztabletten vollgestopften Tasche das flekkige Papier. Schweiß tritt ihm auf die Stirn. «Wenn wir es uns nur nicht vermasseln!» entschlüpft es ihm; er nähme seine Worte gern zurück, aber es ist zu spät. Im Gesicht des Größeren vertiefen sich die Falten, er preßt die Lippen zusammen, und seine Lider schließen sich langsam, auch er vermag die plötzliche Erregung nicht ganz zu unterdrücken. Denn sie haben – beide wissen es – schon einen Fehler gemacht, als sie am Morgen, eine sofortige Erklärung verlangend, die angegebene Tür aufrissen und bis ins innere Zimmer vordrangen; nicht nur, daß sie keine Erklärung erhielten, der perplexe Chef würdigte sie nicht einmal eines Wortes, er rief nur die Schreiber im Vorzimmer («Seht mal nach, wer die sind!»), und schon befanden sie sich wieder vor der Tür. Wie konnten sie so dumm sein! Einen solchen Fehler zu machen! Einen Fehler nach dem anderen, als hätten ihnen die vergangenen drei Tage nicht schon genug Unglück gebracht. Denn seit sie wieder tief die ungesiebte frische Luft der Freiheit einatmen, wieder über die staubigen Straßen und durch die verlassenen Parks streifen können, haben sie zwar beim Anblick der frühherbstlichen, goldgelben Natur etwas wie eine Wiedergeburt erlebt, haben aus den schläfrigen Blicken der entgegenkommenden Männer und Frauen, aus den gesenkten Köpfen, aus den trägen Gebärden der traurigen, die Nähe der Mauern suchenden Halbwüchsigen Kraft geschöpft; seither verfolgt sie aber auch wie ein Schatten ein bislang ungekanntes Mißgeschick, gestaltlos, mal aus aufblitzenden Augen auf sie zielend, mal in einer Handbewegung seine Gegenwart verratend, bedrohlich und unabwendbar. Und die Krönung all dessen war («Ich will nicht Petrina heißen, wenn das nicht haarsträubend ist...») die Szene am gestrigen

Abend auf der menschenleeren Bahnstation, als – wer weiß, woher ahnend, daß sie auch diese Nacht hier auf einer Bank neben der Tür zum Bahnsteig zuzubringen gedachten – ein schlaksiger Bengel mit pickligem Gesicht durch die Drehtür trat, ohne zu zögern zu ihnen kam und ihnen die Vorladung in die Hand drückte. «Wird das nie ein Ende nehmen?» sagte der Größere zu dem blöd dreinschauenden Boten; und das hallt jetzt in seinem kleineren Gefährten wider, als er mutlos meint: «Du, die machen das absichtlich, um es mal so auszudrücken...» Der andere lächelt matt. «Mach dir nicht in die Hose. Richte dir lieber die Ohren. Sie stehen schon wieder ab.» Beschämt, als hätte man ihn auf frischer Tat ertappt, langt der Kleinere nach seinen fächerartigen, unwahrscheinlich großen Ohren und versucht sie an den Schädel zu drücken, wobei er die zahnlosen Kiefer entblößt. «Das Schicksal hat es so gewollt», sagt er. Mit hochgezogenen Brauen mustert ihn der Größere eine Weile, dann dreht er den Kopf weg. «Bist du häßlich!» Ein paarmal noch, als traue er seinen Augen nicht, wendet er den Kopf zurück. Der Großohrige rückt belämmert ein Stückchen von ihm ab, sein kleiner Birnenkopf lugt kaum aus dem hochgeschlagenen Mantelkragen. «Äußerlichkeiten sind nicht alles», brummt er gekränkt. In diesem Augenblick wird die Tür geöffnet, und heraus tritt ein Mann mit plattgedrückter Nase, der wie ein Ringkämpfer wirkt, aber statt den beiden, die ihm entgegeneilen, Beachtung zu schenken (und statt zu sagen: «Kommen Sie bitte!»), geht er mit dröhnenden Schritten an ihnen vorüber und verschwindet in einem Zimmer am Ende des Korridors. Die beiden wechseln empörte Blicke, trippeln, als sei ihre Geduld zu Ende, ein Weilchen hin und her, und sie sind nahe daran, etwas Unverzeihliches zu tun, als die Tür plötzlich erneut geöffnet wird und ein dicker kleiner Mann den Kopf heraussteckt. «Worrrauf warrrten Sie, bitte?» fragt er spöttisch, dann reißt er mit einem ganz und gar unpassenden, schrillen «Aha!» die Tür weit für sie auf. In dem großen, an eine Lagerhalle erinnernden Raum sitzen, über abgeschabte, schwere Schreibtische gebeugt, fünf oder sechs Männer in Zivil, über jedem der Glorienschein einer Leuchtstoffröhre, in den entfernten Ecken hockt, seit Jahren dort nistend, Dunkelheit, und selbst die durch die Spalten der herabgelassenen Jalousien hereinsickernden Lichtstrahlen zerfallen in nichts, als verschlucke sie die von unten heranströmende muffige Luft. Die Schreiber kritzeln stumm (einige tragen schwarze, gummierte Ellbogenschützer, andere auf die Nasenspitze geschobene Brillen), und doch ist unablässig Gewisper zu hören; der eine oder andere streift sie mit einem Blick aus den Augenwinkeln, als warte man nur darauf, daß eine verlegene Geste sie verrate, daß sich unter dem ausgebürsteten Mantel ein schäbiger Hosenträger zeige oder daß über den Schuhen die Löcher in den Socken sichtbar würden. «Was ist hier los!» murrt der Größere, dann bleibt er überrascht stehen, als er als erster über die Schwelle in das zellengroße innere Zimmer tritt, denn hier sieht er einen hemdsärmeligen Mann auf allen vieren fieberhaft etwas auf dem Fußboden unter seinem dunkelbraunen Schreibtisch suchen. Doch seine Geistesgegenwart verläßt ihn nicht; er geht einige Schritte nach vorn, bleibt wieder stehen und heftet den Blick auf die Zimmerdecke, als nehme er die würdelose Haltung des Mannes taktvoll nicht zur Kenntnis. «Werter Herr!» spricht er mit seidiger Stimme. «Wir haben und wir werden nicht vergessen, was unsere Pflichten sind. Jetzt sind wir hier und möchten Ihrer Bitte nachkommen, der zufolge Sie die Güte haben wollten, ein paar Worte mit uns zu wechseln, wie aus Ihrem gestrigen Brief hervorgeht. Wir sind treue Bürger dieses Landes, deshalb bieten wir – natürlich aus freien Stücken – wieder unsere Dienste an, die Sie, wenn ich Sie erinnern darf, schon über etliche Jahre, wenngleich unregelmäßig, in Anspruch genommen haben. Es dürfte Ihrer Aufmerksamkeit kaum entgangen sein, daß zwischenzeitlich eine bedauerliche Pause eintrat, weshalb Sie uns eine Zeitlang entbehren mußten. Wir garantieren, wie es sich gehört, daß wir auch diesmal nicht den Schlendrian einkehren oder niedere Instinkte die Oberhand gewinnen lassen werden. Sie können mir glauben, wenn ich jetzt sage, daß wir auch künftig auf dem von uns gewohnten hohen Niveau vorgehen werden. Wir stehen Ihnen mit Freuden zu Diensten.» Sein Gefährte nickt bewegt, nur die Schicklichkeit hält ihn davon ab, seinem Freund auf der Stelle die Hand zu drücken. Der Chef hat sich inzwischen aufgerichtet, aus der hohlen Hand wirft er sich eine weiße Pille in den Mund, und nach einigen qualvollen Versuchen schafft er es, sie trocken hinunterzuschlucken. Er staubt sich die Knie ab und nimmt am Tisch Platz. Die verschränkten Arme stützt er auf eine abgewetzte, kunstlederne Schreibmappe, so starrt er auf die beiden absonderlichen Gestalten, die in nachlässig strammer Haltung über seinen Kopf hinwegschauen. Ein bitteres Zucken läuft um seinen Mund, und das schafft Ordnung in seinem zerfließenden Gesicht. Ohne die Ellbogen zu bewegen schüttelt er eine Zigarette aus dem Päckchen, steckt sie in den Mund und zündet sie an. «Was sagen Sie da?» fragt er mit argwöhnischer, verstörter Miene, und seine Füße unter dem Tisch beginnen sich in einem nervösen Tanz zu bewegen. Aber die Frage schwebt nur ziellos im Raum, die beiden Burschen stehen regungslos da und schweigen. Der Chef versucht es nochmals. «Sind Sie nicht dieser Schuhmacher?» fragt er und bläst ausgiebig Rauch vor sich hin, der, auf das vor ihm aufgetürmte Aktenbündel prallend, ihn zu umstrudeln beginnt, so daß es eine Weile dauert, bis von seinem Gesicht wieder etwas zu sehen ist. «Nein, bitte...» antwortet nun der mit den großen Ohren wie zu Tode beleidigt. «Wir haben eine Vorladung bekommen, für acht Uhr.» «Aha!» ruft der Chef zufrieden. «Und warum waren Sie nicht zur angegebenen Zeit hier?» Der mit den großen Ohren blickt ihn vorwurfsvoll von unten an. «Hier liegt ein Mißverständnis vor, um es so auszudrücken... Wir waren pünktlich, erinnern Sie sich nicht?» «Ich verstehe.» «Aber nein, Herr Chef!» fährt der Kleine lebhaft fort. «Sie verstehen nicht. Wir dagegen, also der hier und ich, verstehen von fast allem was. Tischlerarbeit? Geflügelbrut? Ferkelkastration? Grundstücksvermittlung? Reparatur in die Binsen gegangener Sachen? Marktaufsicht? Handel und Wandel?... Aber ich bitte Sie! Ist doch lachhaft! Nun ja, und... Datenlieferung, wenn ich so sagen darf. Auf Ihre Kosten, wenn Sie sich erinnern. Denn es ist nun mal so, wenn ich mich so ausdrücken darf...» Der Chef lehnt sich kraftlos zurück, langsam richtet er den Blick auf sie, und seine Miene erhellt sich, er schnellt hoch, öffnet eine kleine Tür in der rückwärtigen Wand und sagt noch, schon auf der Schwelle: «Warten Sie hier. Aber keine Faxen...!» Wenige Minuten später steht ein hochgewachsener, blonder, blauäugiger Mann mit den Rangabzeichen eines Hauptmanns vor ihnen, setzt sich an den Tisch, streckt lässig die Beine vor und lächelt milde. «Haben Sie irgendein Papier bei sich?» fragt er aufmunternd. «Papier? Haben wir!» antwortet der Kleinere und beginnt seine bodenlosen Taschen zu durchwühlen. «Moment!» Und er legt dem Hauptmann ein leicht lädiertes, aber sauberes Blatt Briefpapier hin. «Vielleicht auch ein Schreibgerät?» erkundigt sich der Größere und greift beflissen in die Innentasche seines Mantels. Das Gesicht des Hauptmanns verdüstert sich, hellt sich aber gleich wieder auf, als habe er sich eines Besseren besonnen. «Sehr geistreich!» sagt er anerkennend. «Sie haben ja wirklich Sinn für Humor!» Der Großohrige senkt bescheiden den Kopf. «Anders geht es nicht, Herr Chef, das will ich meinen.» «Nun, kommen wir zur Sache!» Der Hauptmann wird ernst. «Ich wäre neugierig, ob Sie noch ein weiteres Papier haben.» Der Großohrige nickt eifrig. «Gewiß, Herr Chef! Sofort!» Er langt erneut in die Tasche, zückt die Vorladung, schwenkt sie triumphierend und legt sie auf den Tisch. Der Hauptmann wirft einen Blick darauf, läuft rot an und brüllt: «Können Sie nicht lesen? Herrgottnochmal! Welche Etage steht hier?!» Der Ausbruch kommt für die beiden so unerwartet, daß sie einen Schritt zurückweichen. Wieder nickt der Kleinere beflissen. «Natürlich.» Der Kopf des Offiziers kippt zur Seite. «Was sagen Sie?» «Zweite», antwortet der Kleinere und fügt wie zur Erklärung hinzu: «Melde gehorsamst.» «Was suchen Sie dann hier?! Wie sind Sie hierhergekommen? Wissen Sie überhaupt, was das hier ist?» Beide schütteln matt den Kopf. Der Hauptmann beugt sich vor und schleudert ihnen ins Gesicht: «Ü.-K.-Registratur!» Aber keine Spur von Überraschung. Der Kleinere schüttelt verneinend den Kopf, er spitzt den Mund und denkt nach; der andere steht mit gekreuzten Beinen neben ihm und tut, als sähe er sich die Landschaft an der Wand an. Der Offizier stützt einen Ellbogen auf den Tisch und den Kopf in die Hand und beginnt sich die Stirn zu massieren. Sein Rücken ist so gerade wie der Weg der Gerechten, seine Brust vorgewölbt, und seine pieksaubere Uniform mit dem blendendweißen Kragen harmoniert auf das prächtigste mit seiner rosigen, zarten Haut; eine unordentliche Locke des welligen Haars hängt ihm vor den himmelblauen

Augen, die diesem insgesamt eine kindliche Unschuld ausstrahlenden Äußeren unwiderstehlichen Charme verleihen. «Erstens!» sagt er jetzt barsch mit seiner melodischen, nach dem Süden klingenden Stimme. «Die Ausweise!» Der Großohrige zieht zwei lappige, an den Rändern nach innen gekringelte Ausweise aus der Gesäßtasche und schiebt einen hohen Aktenstapel zur Seite, um sie glattzustreichen, bevor er sie hinreicht; aber der Hauptmann reißt sie ihm mit jungenhaftem Ungestüm aus der Hand und beginnt streng zu blättern, ohne einen Blick auf die Seiten zu werfen. «Wie heißt du?» fragt er den Kleineren. «Petrina, zu Diensten.» «Ist das dein Name?» Der Großohrige nickt betrübt. «Ich möchte den vollen Namen hören!» Der Offizier beugt sich vor. «Das ist alles, melde gehorsamst», antwortet mit arglosem Blick Petrina, dann wendet er sich seinem Gefährten zu und fragt flüsternd: «Was soll ich jetzt machen?» «Was bist du, ein Zigeuner?» schnauzt ihn der Hauptmann an. «Ich?» Der Kleine ist verblüfft und erschrocken. «Ein Zigeuner?» «Dann mach hier keine Fisimatenten! Laß hören!» Der Großohrige sieht hilfesuchend den anderen an, dann zuckt er die Achseln und antwortet stockend, als sei er sich seiner Sache durchaus nicht sicher und als könne er für seine Worte keinerlei Verantwortung übernehmen: «Also... Sándor, Ferenc, István... äh András.» Der Offizier blättert wiederum in den Ausweisen und meint drohend: «Hier steht József.» Petrina schneidet ein Gesicht, als habe er damit nicht gerechnet. «Was Sie nicht sagen, Herr Chef! Das müssen Sie mir zeigen.» «Du bleibst, wo du bist!» sagt der Hauptmann, und seine Stimme duldet keinen Widerspruch. Dem Großen ist weder Erregung noch Interesse anzumerken, und als er nach seinem Namen gefragt wird, zwinkert er ein paarmal, als müsse er seine Gedanken zusammennehmen, und entgegnet höflich:

«Entschuldigung, ich habe nicht verstanden.» «Ihren Namen!» «Irimiás», antwortet er mit sonorer Stimme, nicht ohne Stolz. Der Hauptmann steckt sich eine Zigarette in den Mundwinkel, zündet sie mit eckigen Bewegungen an, wirft das brennende Streichholz in den Aschenbecher und drückt die Flamme mit der Streichholzschachtel aus. «Ach so. Sie haben also auch nur einen Namen.» Irimiás nickt heiter. «Gewiß, mein Herr. Wie jedermann.» Der Offizier blickt ihm tief in die Augen, dann, als der Bürochef die Tür öffnet (und fragt: «Seid ihr fertig?»), bedeutet er ihnen, ihm zu folgen. Einige Schritte hinter ihm gehen sie, von den duckmäuserischen Blicken der Schreiber begleitet, wieder an den Schreibtischen im Vorzimmer vorbei, treten auf den Korridor und steigen die Treppe hinauf. Hier ist noch weniger Licht, und auf den Absätzen müssen sie gar achtgeben, daß sie nicht auf die Nase fallen; ein grobes Eisengeländer geleitet sie, am unteren Teil der glänzend glatten Grifffläche sitzen scharfkantige Rostsplitter. Während sie die wie von feuchtem Schlick überzogenen Stufen emporsteigen, umgibt sie strengste Reinlichkeit, doch auch sie kann nicht den schweren, am ehesten noch an Fische erinnernden Geruch unterdrücken, der ihnen bei jeder Kehre entgegenschlägt.

          HOCHPARTERRE
          I. ETAGE
          II. ETAGE

Der Hauptmann, schlank und rank wie ein Husarenrittmeister, geht mit langen, hallenden Schritten vor ihnen her, seine glänzenden, halbhohen Stiefel entlocken dem hier und da zerkratzten Steinfußboden beinahe musikalische Töne; er wirft keinen Blick hinter sich, aber sie beide wissen, jetzt mustert, jetzt studiert er sie von Kopf bis Fuß von Petrinas plumpen Schnürschuhen bis zu Irimiás' knallroter Krawatte, vielleicht aus der Erinnerung, vielleicht mittels des ungewöhnlichen Vermögens, durch die dünne Haut des Nackens tiefere Erkenntnisse zu gewinnen, als es das Auge mit seiner mageren Empirie je könnte. «Identifizierung!» sagt er knapp zu einem stämmigen, schwarzhaarigen Wachtmeister mit dichtem Schnurrbart, als sie durch eine Tür, die ebenfalls die Nummer vierundzwanzig trägt, in einen verrauchten, stickigen Raum treten, er verlangsamt den Schritt nicht, winkt mit einigen flinken Fingerbewegungen ab, als die hier sitzenden Männer aufspringen, und gibt, bevor er zur Linken hinter einer Glastür verschwindet, weitere kurze Anweisungen. «Hinterher zu mir! Ich bitte um die Presse! Die Meldungen! Verbinden Sie mich mit 109! Danach ein Stadtgespräch!» Der Wachtmeister steht stramm, dann, als er hört, daß die Tür ins Schloß fällt, wischt er sich mit dem Ärmel den Schweiß von der Stirn, setzt sich an einen Tisch gegenüber der Eingangstür und schiebt ihnen ein Formular hin. «Füllen Sie das aus», sagt er müde. «Und setzen Sie sich! Aber lesen Sie vorher die ‹Hinweise› auf der Rückseite.» Die Luft ist zum Schneiden. An der Decke verbreiten drei Reihen Leuchtstoffröhren blendende Helligkeit, die Jalousien sind auch hier geschlossen. Zwischen den unzähligen Schreibtischen flitzen nervös die Schreiber umher, und stehen sich dann und wann zwei auf engem Raum gegenüber, so schubsen sie einander mit einem um Nachsicht bittenden Lächeln aus dem Weg, weshalb auch die Schreibtische unablässig verschoben werden, deutliche Rutschspuren auf dem Fußboden zurücklassend. Einige Schreiber jedoch rühren sich nicht von ihren Plätzen, und obwohl sich die Arbeit unverkennbar bedrückend vor ihnen türmt, müssen sie einen Großteil ihrer Zeit darauf verwenden, mit ihren Kollegen zu zanken, weil sie unablässig von hinten angestoßen oder ihre Tische weggerückt werden. Einige hocken rittlings auf den roten Kunstlederstühlen, in der einen Hand einen Telefonhörer, in der anderen dampfenden Kaffee. Im Hintergrund trommeln alternde Tippfräuleins in einer pfeilgeraden, von der einen Wand bis zur anderen reichenden Reihe mit unwiderstehlicher Anmut auf Schreibmaschinen. Petrina betrachtet das hektische Treiben verwundert, schließlich stößt er Irimiás mit dem Ellbogen an, aber Irimiás nickt nur und studiert weiter die «Hinweise». «Wir sollten uns verdrücken, bevor es zu spät ist», flüstert Petrina, aber der andere winkt gereizt ab. Dann blickt er auf und schnuppert. «Riechst du?» fragte er und deutet in die Höhe. «Sumpfgeruch», stellt Petrina fest. Der Wachtmeister sieht sie an, winkt sie zu sich und flüstert: «Hier fault alles. In drei Wochen sind zweimal die Wände geweißt worden...» In seinen tiefliegenden, verquollenen Augen glimmt ein tückisches Licht, der steife Hemdkragen drückt sein Doppelkinn zusammen. «Soll ich euch was sagen?» fragt er und lächelt geheimnisvoll. Er beugt sich vor, und die beiden spüren seinen übelriechenden Atem. Er beginnt lautlos zu lachen, langanhaltend, als könne er gar nicht mehr aufhören. Dann, jedes Wort einzeln betonend, als lege er sanft drei Bomben vor ihnen nieder («und mit denen macht, was ihr wollt»), sagt er: «Alles für'n Arsch.» Er zieht ein schadenfrohes Gesicht, und als wiederhole er insgeheim das Sprüchlein, pocht er langsam dreimal auf den Tisch. Irimiás quittiert seine Worte mit einem geringschätzigen Lächeln und beugt sich wieder über das Formular, während Petrina verblüfft den Wachtmeister angafft, der sich jäh auf die Lippe beißt, die beiden verächtlich mustert, sich enttäuscht und kühl zurücklehnt und erneut in dem schwammigen, zähen Lärmbrei, aus dem er soeben für eine Minute auftauchte, verschwindet wie in einem Höllenschlund. Und als er sie, die ausgefüllten Formulare in der Hand, zum Hauptmann führt, ist ihm nichts mehr anzumerken von der Müdigkeit, von der unsäglichen Erschöpfung, die ihn eben noch beherrschte, seine Schritte sind fest, seine Bewegungen frisch, seine Worte soldatisch knapp. Das Büro ist mit zurückhaltender Gemütlichkeit eingerichtet: Zur Linken des von einstiger Vornehmheit zeugenden Schreibtisches kann das Auge sich am tiefen Grün eines riesigen Gummibaums laben, in der Ecke neben der Tür steht ein ledernes Kanapee mit zwei Ledersesseln und einem Rauchtischchen in moderner Linienführung. Das Fenster verdeckt ein schwerer, giftgrüner Samtvorhang, und über das Parkett führt ein roter Teppich von der Tür bis zum Schreibtisch. Mit zeitloser, behäbiger Würde rieselt (man fühlt es eher, als daß man es sieht) feiner Staub von der Decke. An der Wand das Porträt eines Militärs. «Setzen!» Der Offizier weist auf drei Holzstühle, die dicht nebeneinander in der gegenüberliegenden Ecke stehen. «Ich will, daß wir uns verstehen.» Er lehnt sich zurück und drückt die Hüften an die hohe Stuhllehne aus elfenbeinfarbigem Holz, dann richtet er den Blick auf einen Punkt, einen verschwommenen Punkt an der Decke, und als sei er gar nicht mehr anwesend, nicht mehr hier in der stickigen, die Kehle reizenden Luft, gelangt nur noch seine Stimme, eine unvermutet an Singsang erinnernde Stimme, aufgelöst im schwebenden Zigarettenqualm, zu ihnen. «Die Vorladung habt ihr wegen gemeingefährlicher Arbeitsscheu bekommen. Vermutlich ist euch aufgefallen, daß ich kein Datum darauf geschrieben habe. Weil die üblichen drei Monate Sperrfrist für euch nicht gelten. Aber ich bin geneigt, diese ganze Geschichte zu vergessen. Es liegt nur an euch. Ich hoffe, wir verstehen uns.» In seinen Worten gewinnt die Zeit Gestalt wie in jenem gallertigen Belag auf jahrhundertealten Funden. «Ich empfehle, daß wir die Vergangenheit ruhen lassen. Vorausgesetzt, ihr seid mit meinem Vorschlag bezüglich der Zukunft einverstanden.» Petrina fummelt an seiner Nase, Irimiás versucht, zur Seite geneigt, seinen Mantel unter Petrinas Hinterteil herauszuziehen. «Ihr habt ohnehin keine Wahl. Wenn ihr nein sagt, brumme ich euch als Rückfälligen so viele Jahre auf, daß ihr alt und grau seid, bis ihr herauskommt.» «Worum geht es hier eigentlich?» unterbricht ihn Irimiás verständnislos. Der Offizier jedoch, als habe er ihn nicht gehört, fährt fort: «Ihr hattet drei Tage Zeit. Aber ihr seid gar nicht auf die Idee verfallen, euch nach Arbeit umzusehen. Ich weiß über alle eure Schritte Bescheid... Ich habe euch drei Tage gegeben, damit ihr seht, was ihr zu verlieren habt. Viel verspreche ich nicht. Aber das kriegt ihr.» Irimiás will empört ausspucken, doch dann überlegt er es sich anders. Petrina erschrickt nun wirklich. «Ich verstehe immer nur Bahnhof, wenn ich mich so ausdrücken darf...» Als ob er ein Urteil verlese, während – ganz am Rande – der Verurteilte seine Unschuld beteuert, übergeht der Hauptmann auch das. «Merkt euch, denn ich sage es nicht zweimal: Mit dem Vagabundieren, dem Müßiggang und dem Hetzen ist es vorbei. Ihr werdet für mich arbeiten. Ist das verständlich?» «Verstehst du es?» fragt Irimiás den Großohrigen. «Nein», brummt der, «überhaupt nicht.» Der Hauptmann löst ärgerlich den Blick von der Decke und funkelt sie an. «Maul halten!» sagt er melodiös. Petrina hat die Arme vor der Brust verschränkt, so sitzt, genauer, so liegt er beinahe auf dem Stuhl, den Hinterkopf an die Lehne stützend, und blinzelt verschreckt, der schwere Wintermantel umhüllt ihn wie eine Glocke. Irimiás sitzt mit steifem Rücken da, sein Hirn arbeitet fieberhaft, seine quittegelben Schuhe leuchten. «Wir haben Rechte», bemerkt er, und die Haut an seiner Nase kräuselt sich. Der Hauptmann bläst verärgert den Rauch aus, sein Gesicht verrät – wenn auch nur für einen Augenblick – Müdigkeit. «Rechte!» faucht er dann. «Ihr sprecht von Rechten? Für euresgleichen sind die Gesetze doch nur dazu da, daß ihr sie umgeht! Daß ihr Rückendeckung habt, wenn etwas schiefgeht! Aber damit ist es aus... Wir sind hier nicht im Debattierklub, klar? Ich rate euch, gewöhnt euch schnell daran, daß ihr fürderhin strenger nach dem Gesetz leben werdet.» Irimiás massiert mit der verschwitzten Hand seine Knie. «Und was für ein Gesetz ist das?» Die Miene des Hauptmanns verdüstert sich. «Das des Stärkeren», sagt er. Das Blut entweicht aus seinem Gesicht, seine Finger werden weiß. «Das des Landes. Das des Volkes. Sagt Ihnen das überhaupt was?» Petrina steht auf, er möchte etwas sagen («Wie denn nun? Siezen Sie uns oder duzen Sie uns? Was mich betrifft, so wäre es mir lieber...»), aber Irimiás zieht ihn zurück und spricht: «Herr Hauptmann, Sie wissen ebensogut wie wir, was für ein Gesetz das ist. Deshalb sind wir beide doch hier. Was Sie auch von uns halten mögen, wir sind Bürger, die das Gesetz respektieren. Wir wissen, was Pflichten bedeuten. Ich möchte Sie daran erinnern, wie oft wir das unter Beweis gestellt haben. Wir stehen auf der Seite des Gesetzes. Sie ebenfalls. Was soll also diese Drohung, sagen Sie...» Der Offizier sieht Irimiás aus großen, aufrichtigen, offenen Augen spöttisch lächelnd ins undurchdringliche Gesicht, und obgleich seine Stimme unvermittelt wärmer klingt, funkelt tief in seinen Pupillen heimlicher Zorn. «Ich weiß alles über euch... Aber gut!» Er seufzt tief. «Ich gebe zu, das hat mich nicht klüger gemacht.» «Prima!» Erleichtert stößt Petrina seinen Gefährten an, dann richtet er den Blick hingebungsvoll auf den Offizier, der ihn drohend erwidert. Petrina kommt ihm zuvor: «Wissen Sie, ich halte diese Anspannung nicht aus! Ich halte sie einfach nicht mehr aus!» Aber schon ahnt er, daß dies ein böses Ende nehmen wird. «Ist es denn nicht besser, wenn wir miteinander reden wie...» «Halt dein ungewaschenes Maul!» fährt ihn der Hauptmann an und springt auf. «Was denkt ihr euch? Wer seid ihr denn, ihr Scheißer? Daß ihr so mit mir umspringt?!» Wütend setzt er sich wieder. «Wir auf derselben Seite, von wegen!» Doch schon ist Petrina aufgestanden, fuchtelt mit den Händen und versucht zu retten, was zu retten ist. «Ach wo, nein, Gott behüte, melde gehorsamst, an so was würden wir, wenn ich so sagen darf, nicht mal im Traum denken!» Der Hauptmann spricht kein Wort, er raucht die nächste Zigarette an und starrt vor sich hin. Petrina ist ratlos, hilfesuchend macht er Irimiás Zeichen. «Ich habe genug von euch. Jetzt schon», sagt der Offizier mit blecherner Stimme, «genug von dem Duo Irimiás – Petrina. Ich habe genug von solchen Figuren wie euch, und am Ende werde noch ich verantwortlich gemacht. Der Satan soll euch holen!» Rasch greift Irimiás ein. «Herr Hauptmann. Sie kennen uns. Warum bleibt nicht alles beim alten? Fragen Sie den Herrn Stabsfeldwebel... («Szabó», kommt ihm Petrina zu Hilfe) ...Szabó. Es hat nie Probleme gegeben.» «Szabó ist pensioniert. Ich habe seine Gruppe übernommen», bemerkt der Hauptmann bitter. Petrina eilt zu ihm und drückt seinen Arm. «Und wir hocken hier wie Hammel! Gratuliere, Herr Chef, sozusagen, gratuliere ergebenst!» Gereizt schüttelt der Hauptmann Petrinas Hand ab. «Scheren Sie sich auf Ihren Platz. Was ist hier los?» Er schüttelt resigniert den Kopf, dann, als ihm scheint, er habe die beiden eingeschüchtert, schlägt er nochmals einen wärmeren Tonfall an. «Also, paßt auf. Ich will, daß wir uns verstehen. Merken Sie sich, hier herrscht jetzt Frieden. Die Leute sind zufrieden. So muß es auch sein.

Aber wenn Sie Zeitung läsen, wüßten Sie, wie kritisch die Lage außerhalb ist. Und wir werden nicht zulassen, daß sich diese Krise einschleicht und unsere Errungenschaften zerstört! Das ist eine große Verantwortung, verstehen Sie? Eine große Verantwortung! Wir können uns den Luxus nicht leisten, daß Figuren eures Schlags frei herumlungern, hier gibt es nichts zu tuscheln. Obendrein seid ihr bei den gemeinsamen Kraftanstrengungen durchaus brauchbar! Mit euch, das weiß ich, ist allerhand anzufangen. Glaubt nicht, darüber wäre ich mir nicht im klaren! Ich stochere nicht in eurer Vergangenheit, für die habt ihr bekommen, was ihr verdient. Aber paßt euch jetzt gefälligst der neuen Lage an! Klar?» Irimiás schüttelt den Kopf. «Kommt nicht in Frage, Herr Hauptmann! Zwingen kann man uns nicht. Aber wenn es um die Pflicht geht, machen wir, was in unseren Kräften steht...» Der Hauptmann schnellt hoch, seine Augen quellen hervor, seine Lippen zittern. «Was heißt, euch kann man nicht zwingen? Wer seid ihr denn, daß ihr mir widersprecht?! Der Teufel soll euch holen! Dreckige Stromer! Übermorgen früh um acht Uhr meldet ihr euch bei mir. Verschwindet! Wegtreten!» Und mit einem Zucken, das durch seinen ganzen Körper geht, kehrt er ihnen den Rücken. Irimiás trottet gesenkten Hauptes zur Tür, aber bevor er sie hinter sich schließt, um Petrina zu folgen, der wie eine Eidechse aus dem Zimmer geglitten ist, dreht er sich noch einmal um. Der Hauptmann massiert sich die Schläfen, das Gesicht... Ein Panzer scheint ihn zu umhüllen: Metallisch, stumpf und grau verschluckt er das Licht, in seiner Haut nistet sich eine geheimnisvolle Macht ein: die auferstandene Verderbnis, freikommend aus den Höhlungen der Knochen und sogleich alle Winkel des Körpers ausfüllend, wie es bislang das Blut vermochte, um dann bis in die äußerste Hautschicht vorzudringen und von ihrer unbesiegbaren

Macht zu künden; in kürzester Zeit verschwindet die rosige Frische und erstarren die Muskeln, schon reflektiert er das Licht, dann und wann silbrig aufblitzend, und statt der feingeschwungenen Nase, der sanft hervortretenden Jochbeine und der noch haardünnen Falten eine neue Nase, neue Knochen und neue Falten formend, wischt es alle Erinnerungen beiseite und fegt es die Vergangenheit fort, um in einer erstarrten Maske das zu bewahren, was Jahre später die Gußform der Erde wird aufnehmen können. Irimiás zieht die Tür ins Schloß und durchschreitet eilig den belebten Raum, um Petrina einzuholen, der schon den Korridor entlanggeht, ohne zurückzuschauen, ob der andere ihm folgt, denn wenn er das täte, hätte er das Gefühl, man hole ihn zurück. Die Stadt atmet durch einen Lichtschleier, gefiltert durch dichte Wolken, ein unfreundlicher Wind fegt durch die Straßen, Häuser, Gehwege und Fahrbahnen sind schutzlos dem strömenden Regen ausgeliefert. Hinter den Fenstern sitzen alte Frauen, sie starren durch leichte Spitzengardinen in das dämmrige Licht und sehen beklommen, daß sich auf den Gesichtern, die draußen unter die Dachvorsprünge flüchten, ebenjene Schuld und Reue spiegeln, die drinnen auch der heiße Kachelofen und das dampfende Gebäck nicht mehr verscheuchen können. Irimiás stapft wütend durch die Stadt, Petrina auf seinen kurzen Beinen folgt ihm unwillig, bleibt ab und zu zurück, hält für eine Minute inne, um zu verschnaufen, der Wind plustert seinen Mantel auf. «Wohin jetzt?» fragt er lustlos. Irimiás hört ihn nicht, er geht weiter, brummelt drohend vor sich hin. «Das wird er mir büßen. Das wird mir dieser Grobian noch büßen...» Petrina beschleunigt den Schritt. «Pfeifen wir doch auf diesen ganzen Sauladen!» schlägt er vor, aber sein Gefährte überhört es wieder. «Gehen wir zum Oberen Donauarm, dort ließe sich was anfangen...» Doch

Irimiás sieht und hört nicht. «Den Hals dreh ich ihm um», sagt er und zeigt dem anderen, auf welche Weise. Aber auch Petrina ist halsstarrig. «Was ließe sich dort oben alles machen... Da gibt es beispielsweise, sozusagen, den Fischfang. Oder, hör zu: einen reichen Faulenzer, und der will, sagen wir mal, bauen...» Vor einer Kneipe bleiben sie stehen, Petrina langt in die Tasche und zählt das gemeinsame Geld, dann öffnen sie die verglaste Tür. Drinnen drücken sich nur wenige Leute herum, im Schoß der Toilettenfrau sendet ein Kofferradio das Mittagsläuten; die vom klebrigen Wischlappen wasserfleckigen Tische – künftige Zeugen trunkener Auferstehungen – kippeln jetzt größtenteils noch herrenlos nach allen Seiten; vier oder fünf Männer mit eingefallenen Gesichtern sitzen da, illusionslos, weit voneinander entfernt, auf die Serviererin wartend oder ins Glas starrend oder einen Brief entwerfend, nippen sie Kaffee, Schnaps, Wein. Bitterer, muffiger Gestank vermengt sich mit Zigarettenqualm, säuerlicher Brodem steigt zur rußigen Decke, neben der Eingangstür drängt sich zitternd ein patschnasser, schmutziger Hund an einen zerschlagenen Ölofen, verschreckt späht er ins Freie. «Bißchen Bewegung, ihr verdammten Faulenzer!» kreischt eine Putzfrau, die mit einem zusammengedrückten und -gedrehten Lappen von Tisch zu Tisch schlurft. Hinter der Theke und vor dem mit verdorbenen Süßigkeiten und ein paar Flaschen teurem Sekt gefüllten Regal ist eine Zapferin mit feuerrotem Haar und kindlichem Gesicht dabei, ihre Nägel zu lackieren. An der Vorderseite der Theke lehnt eine dicke Kellnerin, in der einen Hand eine brennende Zigarette, in der anderen ein Billigbuch; wenn sie umblättert, leckt sie sich aufgeregt den Mund. Seitlich an den Wänden brennen rundum eingestaubte Stimmungsleuchten. «Zwei Dezi Rum», sagt und deutet Petrina an, bevor er sich neben

Irimiás auf die Theke stützt. Die Kellnerin blickt nicht auf aus ihrem Buch. «Und ein Päckchen Silber-Kossuth», ergänzt Irimiás. Gelangweilt löst sich die Zapferin vom Regal. Vorsichtig stellt sie den Nagellack ab, füllt mit trägen, müden Blicken zwei Gläser und schiebt sie ihnen hin. «Siebensiebzig», sagt sie gleichmütig. Aber weder der eine noch der andere rührt sich. Als Irimiás dem Mädchen ins Gesicht schaut, treffen sich ihre Blicke. «Dezi war gemeint!» knurrt er drohend. Die Zapferin wendet ihren Blick verlegen ab und füllt rasch zwei andere Gläser. «Entschuldigung», murmelt sie. «Ich glaube, wir hatten auch Zigaretten erwähnt», fährt Irimiás leise fort. «Elfneunzig», leiert das Mädchen und bedeutet der verstohlen kichernden Kellnerin, sie solle aufhören. Aber zu spät: «Könnte ich erfahren, was Sie so erheitert?» Alle Augen richten sich auf die Kellnerin. Das Lächeln gefriert ihr im Gesicht, nervös richtet sie durch den Kittel hindurch das Band ihres Büstenhalters, dann zuckt sie die Achseln. Plötzlich herrscht Stille. Am Fenster zur Straße sitzt ein feister Mann mit fettiger Haut und einer Schaffnermütze auf dem Kopf, verwundert beobachtet er Irimiás, kippt dann hastig seinen halben Dezi hinunter und setzt das leere Glas hart auf den Tisch. «Entschuldigung, bitte...» stammelt er, als er merkt, daß alle ihn ansehen. Er steht auf und geht. Und da ist, niemand weiß, aus welcher Richtung, ein sehr leises, weiches Gesumm oder Gebrumm zu hören. Mit angehaltenem Atem belauert einer den anderen, denn im ersten Moment scheint es, als summe jemand vor sich hin. Verstohlen mustern sie sich, das Gesumm wird ein wenig lauter. Irimiás hebt sein Glas und läßt es langsam wieder sinken. Er ist ärgerlich. «Singt sich hier einer was? Wer erdreistet sich hier?! Was zum Henker ist das? Irgendeine Maschine? Oder die... Lampen? Nein, hier singt sich wohl einer was. Vielleicht der magere Alte vor der Toilette? Oder der Kerl mit den Turnschuhen? Was findet hier statt? Ein Aufruhr?!» Dann ist es plötzlich vorbei. Nur noch die Stille, die mißtrauischen Blicke. Das Glas in Irimiás' Hand bebt, Petrina trommelt mit den Fingern nervös auf die Theke. Alle sitzen mit gesenktem Kopf und Blick auf ihren Stühlen, keiner wagt sich zu bewegen. Erschrocken zieht die Toilettenfrau die Kellnerin beiseite. «Sollten wir nicht die Polizei rufen?» Die Zapferin kann ein gereiztes Lachen nicht unterdrücken, schließlich, um über die Sache schnell hinwegzukommen, dreht sie den Wasserhahn auf und fängt an, mit den Bierkrügen zu klappern. «Wir werden alle in die Luft sprengen», beginnt Irimiás mit gedämpfter Stimme, dann wiederholt er mit lautem Baß: «Wir werden alle in die Luft sprengen! Jeden einzelnen für sich», sagt er zu Petrina, «das ganze feige Gewürm. Jedem eine in die Jacke. Dem», er deutet zur Seite, «in die Hosentasche. Und dem da», er blickt zum Ofen, «unters Kissen. In die Feueressen. Unter die Fußabtreter. An die Kronleuchter. In die Arschlöcher!» Zapferin und Kellnerin ziehen sich tief hinter die Theke zurück. Die Gäste schauen einander erschrocken an. Petrina fixiert sie mordlustig. «Die Brücken. Die Häuser. Die ganze Stadt. Die Grünanlagen! Die Vormittage! Die Post! Alles, Stück für Stück...» Irimiás bläst mit gerundeten Lippen den Rauch aus und schiebt das Glas in den Bierlachen hin und her. «Denn was angefangen ist, muß auch beendet werden.» «Stimmt, wozu diese große Ungewißheit?» meint Petrina und nickt eifrig. «Wir sprengen stufenweise!» «Die Städte. Eine nach der anderen!» fährt Irimiás wie im Taumel fort. «Die Dörfer. Noch die verstecktesten Hütten!» «Bumm! Bumm! Bumm!» schreit Petrina und fuchtelt mit den Armen. «Hört ihr? Dann: *bratsch*! Und Schluß aus, meine Herren.» Er kramt einen Zwanziger aus der Tasche und wirft ihn auf die Theke, mitten in eine Bierpfütze; der Schein saugt sich langsam voll. Auch Irimiás geht, er öffnet die Tür, dreht sich noch einmal um. «Ein paar Tage habt ihr noch! Irimiás zerreißt euch in Stücke!» wirft er ihnen mit verächtlich verzogenem Mund hin und läßt den Blick zum Abschied ein letztes Mal über die verdutzten, larvenähnlichen Gesichter wandern. Kanalisationsgestank vermischt sich mit den Dünsten des Schlamms, der Pfützen, der aufzuckenden Blitze, der Wind rüttelt an Stromdrähten, Dachziegeln, verlassenen Vogelnestern; aus den Spalten der schlecht schließenden, niedrigen Fenster sickern stickige Wärme, gereiztes, ungeduldiges Liebesgeflüster und forderndes Säuglingsgeplärr in das Dämmerlicht voller Bleigeruch; eingesacktes Pflaster, bis in die Wurzeln durchnäßte, versunkene Parks liegen gehorsam im Regen; kahle Eichen, geknickte, verblühte Blumen und vertrockneter Rasen ducken sich demütig unter dem Sturm wie das Opfer an den Knien des Henkers. Kichernd stolpert Petrina hinter Irimiás her. «Zu Steigerwald?» Aber Irimiás hört ihn nicht, er hat den Kragen seines Mantels hochgeschlagen und die Hände in die Taschen gesteckt, so eilt er mit gesenktem Kopf blindlings von Straße zu Straße, ohne den Schritt zu verlangsamen, ohne sich umzublicken, eine durchnäßte Zigarette hängt ihm aus dem Mund, er bemerkt es nicht; Petrina beschimpft die Welt, seine Flüche sind unerschöpflich, immer wieder rutschen ihm seine Säbelbeine weg, und als sein Rückstand gegenüber Irimiás auf an die zwanzig Schritte angewachsen ist, als er ihm vergeblich hinterherruft («He, warte auf mich! Renn nicht so! Was bin ich denn, ein Amokläufer?»), reagiert dieser immer noch nicht. Nun versinkt er auch noch bis zu den Knöcheln in einem Tümpel, hilflos schnaufend lehnt er sich an die Mauer eines Hauses und murrt: «Das ist kein Tempo mehr für mich.» Aber Minuten später taucht Irimiás wieder auf, das Haar hängt ihm zerzaust ins Gesicht, Schmutz überzieht seine spitzen gelben Schuhe. Petrina trieft vor Nässe. «Sieh dir das an!» Und er zeigt auf seine Ohren. «Eine einzige große Gänsehaut!» Irimiás nickt unwillig, er räuspert sich und spricht: «Wir gehen zur Siedlung.» Petrina starrt ihn mit geweiteten Augen an. «Wir? Wohin? Jetzt? Wir zwei? Zur Siedlung?!» Irimiás zieht eine neue Zigarette aus der Tasche, zündet sie an und bläst hastig den Rauch aus. «Ja. Jetzt, sofort.» Petrina lehnt sich wieder an die Mauer. «Höre, mein großer Meister und Erretter, du mein Totengräber und Mörder! Ich klappre vor Kälte, mir knurrt der Magen, ich will ins Warme, will trocken werden, will essen, ich hab keine Lust, in diesem Scheißwetter bis ans Ende der Welt zu latschen, ich mag nicht mal länger wie ein Irrer hinter dir her wetzen, die Pest soll dich zerfressen! So!» Irimiás winkt ab, gleichgültig meint er: «Geh meinetwegen, wohin du willst.» Und er macht sich auf den Weg. «Wohin willst du? Wo willst du jetzt hin?» ruft Petrina zornig und folgt ihm eilig. «Wohin willst du ohne mich gehen... Warte doch!» Als sie die Stadt hinter sich haben, läßt der Regen ein wenig nach. Es wird Nacht. Keine Sterne, kein Mond. An der Abzweigung nach Elek erkennen sie ungefähr hundert Meter vor sich einen schwankenden Schatten; ein Mann in Windjacke und Schaffnermütze, wie sich dann herausstellt; er biegt in einen Feldweg ab und wird von der Dunkelheit verschluckt. Beiderseits der Landstraße bis zu dem mit düsteren Waldflecken betupften Horizont nichts als Morast, und da die herabsinkende Nacht alles Feste auflöst und auch die Farben tilgt, das Reglose schweben läßt und das Bewegte lähmt, gleicht die Landstraße einem stilliegenden, geheimnisvoll schlingernden Schiff inmitten einer Welt aus lauter Schlamm. Kein Vogelflug schlitzt den zu einem Block erhärteten

Himmel, kein umherhuschendes Tier stört die Stille, die schwer wie morgendlicher Nebel über den Feldern liegt, nur – als atme der Morast – ein verschrecktes, einsames Reh in der Ferne erhebt sich und verschmilzt mit dem Horizont. «Herrgott!» seufzt Petrina. «Wenn ich daran denke, daß wir bis zum Morgen unterwegs sein werden, bekomme ich einen Krampf in den Beinen! Warum haben wir uns nicht von Steigerwald den Lastwagen geben lassen? Und dann auch noch dieser Mantel! Was bin ich, ein Gewichtheber?» Irimiás bleibt stehen, setzt den Fuß auf einen Kilometerstein und zückt seine Zigaretten; beide bedienen sich und beginnen im Schutz der hohlen Hände zu rauchen. «Kann ich dich was fragen, du Mörder?» «Hm.» «Wozu gehen wir in die Siedlung?» «Wozu? Hast du einen Schlafplatz? Hast du Essen? Hast du Geld? Laß das ewige Gejammer, sonst dreh ich dir noch den Hals um.» «Na gut. Ich verstehe. Bis hierher. Aber übermorgen müssen wir zurück, nicht?» Irimiás knirscht mit den Zähnen, äußert sich aber nicht. Petrina seufzt. «Mein Freund, du hast einen hellen Kopf, du könntest dir wirklich was einfallen lassen! Ich will nicht für die arbeiten. Ich halte es an so einem Ort nicht aus. Petrina ist unter freiem Himmel geboren, dort hat er sein Leben gelebt, dort wird er auch abkratzen.» Irimiás winkt bitter ab. «Die Lage ist beschissen, Kumpel. Von diesem Hauptmann werden wir uns eine Weile nicht loseisen können.» Petrina faltet die Hände. «Meister! So was darfst du nicht sagen! Ich hab schon einen Knoten im Herzen!» «Ach, mach dir nicht in die Hosen. Ich knöpfe denen das Geld ab, dann verpissen wir uns.» Sie gehen weiter. «Glaubst du, die haben Geld?» fragt Petrina zweifelnd. «Bauern haben immer was.» Sie legen Kilometer zurück, ohne ein Wort zu wechseln, stundenlang gehen sie so; hin und wieder blinkt ein Stern über ihnen auf, dann wieder nur die undurchdringliche Stille; gelegentlich zeigt sich auch der Mond, und wie die beiden erschöpften Wanderer dort unten auf dem Schotterweg flieht auch er über das Schlachtfeld des Himmels, alle Hindernisse niederreißend stürmt er voran, dem Ziel entgegen: bis der Tag anbricht. Ungefähr auf halbem Weg zwischen der Abzweigung und der Siedlungskneipe meint Irimiás mit einem Blick hinter sich: «Ich bin gespannt, was diese Holzköpfe sagen werden, wenn sie uns sehen. Das wird eine Überraschung!» Petrina beschleunigt seine Schritte. «Wieso glaubst du überhaupt, daß sie noch dort sind?» fragt er aufgeregt. «Ich nehme an, sie sind längst abgehauen. Soviel Verstand werden sie wohl gehabt haben.» «Verstand?» echot Irimiás grinsend. «Die? Die waren Knechte und Mägde und bleiben es ihr Leben lang. Hocken in der Küche, scheißen in die Ecke und gucken aus dem Fenster, was die anderen wohl machen. Ich kenne sie wie meine Hand.» «Ich verstehe nicht, wieso du deiner Sache so sicher bist», sagt Petrina. «Ich habe das Gefühl, dort ist niemand mehr. Leere Häuser, die Dachziegel weggetragen, bestenfalls ein paar ausgemergelte Ratten in der Mühle...» «Nein!» entgegnet Irimiás überzeugt. «Sie sitzen immer noch auf denselben verdreckten Hockern, futtern Abend für Abend Paprikakartoffeln und begreifen die Welt nicht mehr. Belauern sich mißtrauisch, rülpsen laut in die Stille und – warten. Warten zäh und ausdauernd und glauben, man hätte sie einfach angeschmiert. Warten geduckt wie die Katzen, wenn ein Schwein geschlachtet wird, ob nicht vielleicht ein Happen abfällt. Sie sind wie früher die Diener im Schloß: Der Herr hat sich gerade eine Kugel in den Kopf geschossen, und sie lungern ratlos um die Leiche herum...» «Keine Poesie, mein Führer, sonst kommt mir der kalte Kaffee hoch!» Und Petrina drückt die Hände auf seinen knurrenden Magen. Aber Irimiás beachtet ihn nicht, er ist jetzt in Schwung. «Sklaven sind sie, die ihren Herrn verloren haben, aber ohne Stolz, Würde und Mut nicht sein können. Diese Eigenschaften flößen ihnen Kraft ein, auch wenn sie mit ihren stumpfen Hirnen ahnen, daß sie nicht aus ihrem Inneren herrühren, denn sie möchten nur gern in ihrem Schatten leben...» «Genug!» stöhnt Petrina und wischt sich über die Augen, in die ihm über die flache Stirn unablässig das Wasser rinnt. «Nimm's mir nicht übel, aber ich kann solches Zeug jetzt nicht hören! Erzähl es mir morgen, jetzt laß uns lieber über... über eine schöne, heiße Bohnensuppe reden!» Doch auch das überhört Irimiás, unbeirrt spricht er weiter. «Wohin sich dieser Schatten bewegt, dorthin zieht es auch sie, wie eine Herde Vieh, denn ohne Schatten geht es nicht, wie sie auch ohne Pomp und Gaukelei... («Oje, Freund, tu mir das nicht an!» unterbricht ihn Petrina leidend) ...nicht auskommen, nur dürfen sie nicht allein gelassen werden mit dem Pomp und der Gaukelei, denn dann geraten sie in Wut wie die Hunde und zerstören alles. Man gebe ihnen eine warme Stube, abends soll, gottverdammich, ein Topf Paprikakartoffeln auf dem Tisch dampfen, und sie sind glücklich, wenn sie nachts unter dem warmen Federbett kichernd die dralle Nachbarin stoßen können... Hörst du mir überhaupt zu, Petrina?» «Und ob!» seufzt der. Dann fragt er hoffnungsvoll: «Warum? Bist du fertig?» Schon erkennen sie den umgefallenen Zaun am Haus des Straßenräumers und den rostigen Wasserbehälter, als sie hinter einem hohen Haufen Unkraut hervor eine heisere Stimme anspricht: «Warten Sie! Ich bin's!» Ein verfrorener und durchnäßter Zwölf- oder Dreizehnjähriger kommt auf sie zugerannt, die Hose bis zu den Knien hochgerollt, zerzaust, mit leuchtenden Augen, grinsend. Petrina erkennt ihn eher als Irimiás. «Was, du? Was suchst du hier, Tunichtgut?» «Ich liege schon ein paar Stunden auf der Lauer, in dem Sauwetter!» antwortet der Junge stolz und senkt gleich den Kopf. Das lange Haar hängt ihm in knotigen Strähnen ins schorfige Gesicht, zwischen den gekrümmten Fingern glimmt eine Zigarette. Irimiás betrachtet ihn aufmerksam, der Junge mustert ihn schon, senkt den Blick aber gleich wieder. «Ja warum denn, sag mal...» erkundigt sich Petrina und schüttelt den Kopf. Der Junge sieht Irimiás an. «Sie haben mir damals versprochen», stottert er, «wenn... wenn ich...» «Na, raus mit der Sprache!» ermuntert ihn Irimiás. «Wenn ich sage, daß Sie beide tot sind, daß Sie mich dann... mit der Frau Schmidt zusammenbringen!» Petrina nimmt den Jungen bei den Ohren und herrscht ihn an: «Was soll das heißen? Steckst noch halb in den Windeln und willst schon Schlüpfer runterziehen, Grünschnabel! Das fehlte noch!» Der Junge reißt sich los und schreit mit funkelnden Augen: «Wissen Sie, was Sie ziehen können? Die Haut an Ihrem Pimmel rauf und runter, Sie alter Zausel!» Wenn Irimiás nicht eingreift, fallen sie noch übereinanderher. «Genug jetzt!» donnert er. «Woher wußtest du, daß wir kommen?» In sicherer Entfernung von Petrina reibt sich der Junge zornig das Gesicht. «Das ist mein Geheimnis. Ach, egal... Alle wissen es. Vom Schaffner.» Irimiás beschwichtigt mit einer Handbewegung Petrina, der mit rollenden Augen böse Rache ankündigt («Nimm Vernunft an! Laß ihn in Frieden!»), und wendet sich dem Jungen zu. «Von was für einem Schaffner?» «Von Kelemen, er wohnt an der Abzweigung nach Elek, und er hat Sie gesehen.» «Kelemen? Der ist jetzt Schaffner?» «Ja, seit dem Frühjahr, auf dem Fernbus. Nur fährt jetzt kein Bus, und er hat Zeit, überall herumzustromern...» «Ist gut», sagt Irimiás und geht weiter. Der Junge neben ihm her. «Ich hab gemacht, was Sie wollten. Aber jetzt müssen Sie auch Ihre...» «Meine Versprechungen halte ich ein», antwortet Irimiás kühl. Der Junge bleibt hinter ihm wie ein Schatten; wenn er zuweilen zu ihm aufschließt, sieht er ihn verstohlen an, dann läßt er sich wieder zurückfallen. Petrina folgt ein ganzes Stück hinter ihnen, und wenngleich sie ihn nicht hören, wissen sie, daß er jämmerlich flucht: über den nicht enden wollenden Regen, den Dreck, den Jungen, die ganze Welt, ihn selbst eingeschlossen. «Das Foto habe ich noch!» bemerkt nach ungefähr zweihundert Schritten der Junge. Aber Irimiás hört ihn nicht, oder er tut, als höre er ihn nicht, den Kopf hoch erhoben, eilt er langen Schrittes auf der Straßenmitte dem Ziel entgegen, mit seiner Sperbernase und dem spitzen Kinn spaltet er die Nacht. «Möchten Sie das Foto nicht sehen?» fragt der Junge vorsichtig. «Was für ein Foto?» Inzwischen hat Petrina sie eingeholt. «Wollen Sie es sehen?» Irimiás wendet ihm langsam den Kopf zu und nickt. «Na, spann uns nicht auf die Folter, du kleiner Teufel!» drängt Petrina. «Aber dann sind wir nicht mehr über Kreuz miteinander?» «Na gut.» «Und nur ich darf es anfassen!» bedingt sich der Junge aus und langt in sein Hemd. Sie stehen vor einem städtischen Kiosk, rechts Irimiás, gekämmt und mit einem Seitenscheitel, in kariertem Sakko und mit roter Krawatte, die Bügelfalte der Hose an den Knien geknickt; neben ihm Petrina, in schwarzer Turnhose und weitem Turnhemd, die Sonne scheint durch seine abstehenden Ohren. Irimiás blinzelt spöttisch, Petrina ist ernst und feierlich, er schließt gerade die Augen, sein Mund ist leicht geöffnet. Links langt eine Hand in das Bild, zwischen den Fingern einen Fünfzig-Forint-Schein. Hinter ihnen, als kippte es, ein geneigtes Karussell. «Seht euch das an!» freut sich Petrina. «Das sind wirklich wir. Ich will sonstwas sein, wenn nicht. Gib her, damit ich meine alte Visage besser beäugen kann!» Aber der Junge stößt seine Hand zurück. «Na! Was wollen Sie! Umsonst gibt es nichts.

Nehmen Sie Ihre Dreckpfote weg.» Und er schiebt das Foto in die Kunststoffhülle und diese in den Hemdausschnitt zurück. «Na! Kleiner, du!» bettelt Petrina mit sanfter Stimme. «Zeig schon her, ich habe kaum was gesehen.» «Wenn Sie es länger ansehen wollen, dann...» Der Junge überlegt. «Dann bringen Sie mich nächstes Frühjahr mit der Kneipenwirtin zusammen, die hat auch schöne große Titten!» Petrina setzt sich in Bewegung («Was denn noch, du Ausgeburt der Hölle!»), der Junge versetzt ihm einen Schlag auf den Rücken und rennt hinter Irimiás her. Petrina fuchtelt noch eine Weile herum, dann fällt ihm das Foto ein, er lächelt und beschleunigt brummend die Schritte. Sie kommen am Kreuz vorbei, jetzt haben sie kaum noch eine halbe Stunde Wegs vor sich. Der Junge ist fasziniert von Irimiás, er weicht ihm nicht von der Seite, folgt ihm mal zur Linken, mal zur Rechten. «Die Mari, die macht es mit dem Kneipenwirt», berichtet er unterwegs mit lauter Stimme und zieht ab und zu an der fast abgebrannten und wer weiß wie oft angezündeten Zigarette, «die Schmidt schon ziemlich lange mit dem Hinkefuß, und der Schuldirektor macht's sich selber zu Hause. Was der für ein Ekel ist, Sie können es sich nicht vorstellen! Meine Schwester, das dumme Luder, lauscht immer nur, lauscht und bespitzelt alle, nützt ihr aber auch nichts, wenn Mutter sie durchwalkt, es heißt ja auch, die bleibt ihr Leben lang blöd... Der Doktor hockt ewig nur zu Hause, ob Sie's glauben oder nicht, und rührt keinen Finger, absolut keinen! Sitzt nur da, Tag und Nacht, schlafen tut er auch im Sessel, und stinken tut's bei ihm wie in einem Rattenloch, ständig brennt das Licht, ihm ist das egal, er raucht die besten Zigaretten und säuft wie ein Loch, und wenn Sie mir nicht glauben, dann fragen Sie Frau Kráner, die wird's bestätigen, Sie werden sehen! Ach ja, und ausgerechnet heute bringen Schmidt und Kráner das Hütegeld für die Schafe nach Hause, ja, Schafe hüten tun sie alle seit Februar, außer meiner Mutter, diese Schufte lassen sie nicht mitmachen. Die Mühle? Die Mühle besuchen nur noch die Krähen. Und meine Schwestern; die huren dort, aber die sind ja so dämlich, das muß man sich vorstellen, sie lassen sich alles Geld von Mutter abnehmen, und dann flennen sie! Na, ich würde das nicht zulassen, das steht fest! In der Kneipe? Nein, dort treiben sie es nicht mehr. Die Wirtin hat eine Fresse bekommen wie ein Kuharsch, aber zum Glück ist sie endlich in die Stadt umgezogen, bis zum Frühjahr bleibt sie dort, in ihrem Haus, sie wird sich doch hier nicht einsauen, sagt sie, und Sie werden lachen, aber der Wirt muß jeden Monat einmal zu ihr, und wenn er zurückkommt, ist er angeschlagen wie ein ausgedienter Nachttopf, so macht die Alte ihn daheim fertig... Übrigens hat er sein prima Motorrad verscherbelt und sich dafür ein Auto gekauft, eine klapprige alte Karre, die immer angeschoben werden muß, die ganze Siedlung ist dabei, wenn er losfährt – weil er jedem was mitbringen soll –, und alle müssen feste schieben, damit der Motor überhaupt anspringt... Und er behauptet noch, mit der Kiste hätte mal jemand eine Bezirksmeisterschaft gewonnen, haha, daß ich nicht grinse! Jetzt hat er es mit meiner Schwester Mari, weil wir ihm noch den Preis für das Saatgut vom vorigen Jahr schulden.» Schon sieht man das helle Fenster der Kneipe, aber kein Wort, kein Laut dringt heraus, es ist so still, als sei dort keine Menschenseele, aber nein, jemand spielt Harmonika... Irimiás pult den Schmutz von seinen bleischweren Schuhen, räuspert sich, öffnet vorsichtig die Tür, und da setzt wieder der Regen ein, im Osten hellt sich wie eine müde Erinnerung der Himmel auf, stützt sich rötlich und morgendämmergrau auf den wogenden Horizont, und mit der herzbeklemmenden Elendigkeit, mit der sich früh am Morgen die Bettler die Seitentreppe der Kirche hinaufschleppen, geht auch die Sonne auf, um den Schatten zu erschaffen und die Bäume, die Erde, den Himmel, die Tiere und die Menschen aus der verworrenen, eisstarren Einheit zu lösen, in die sie sich verfangen hatten, unfähig zu entrinnen wie die Fliegen im Netz, und sie sieht noch die über den Rand des Himmels flüchtende Nacht dort drüben und wie ihre fürchterlichen Elemente eines nach dem anderen am westlichen Horizont untertauchen gleich einer verzweifelten, verstörten, vernichteten Armee.

## III. Etwas wissen

*Gegen Ende des Paläozoikums beginnt in ganz Mitteleuropa ein Senkungsprozeß. Dieser begreift natürlich auch unsere ungarische Heimat ein. Die paläozoischen Gebirgsmassen geraten dabei in immer größere Tiefen und werden von maritimen Ablagerungen bedeckt. Infolge der Senkung wird das Territorium des heutigen Ungarns zu einem Teil des Meeres, das Südeuropa überzieht und dessen nordöstliche Ausbuchtung es nun darstellt. Das Meer bleibt das gesamte Mesozoikum hindurch bestimmend.* Der Doktor saß, die Schulter an die kalte, feuchte Wand gelehnt, mürrisch am Fenster, und er brauchte nicht den Kopf zu wenden, um durch den Spalt zwischen der verklebten Gardine mit dem Blumenmuster, die er von seiner Mutter übernommen hatte, und dem verrotteten Fensterrahmen auf die Siedlung zu schauen, es genügte, wenn er aus dem Buch aufblickte, ein einziger Blick genügte, daß er die geringste Veränderung wahrnahm, und geschah es – weil er in Gedanken versunken war oder sich an einem entfernteren Punkt des Raumes aufhielt – hin und wieder dennoch, daß er etwas versäumte, so kam ihm sein ausgezeichnetes Gehör zustatten; doch er hing selten Gedanken nach, und noch seltener erhob er sich aus dem mit seinem pelzbesetzten Wintermantel und mit Decken ausgepolsterten Sessel, dessen Stellung die Art und fein säuberlich abgestimmte Abfolge seiner alltäglichen Verrichtungen bestimmte, war es ihm doch gelungen, die Anzahl der Fälle, in denen er seinen Beobachtungsposten am Fenster verlassen mußte, auf das mögliche Minimum zu beschränken. Diese Aufgabe war keineswegs so leicht gewesen, daß er sie einfach von einem Tag auf den anderen hätte bewältigen können. Im Gegenteil, er mußte die zum Essen, zum Trinken, zum Rauchen, zum Tagebuchschreiben, zum Lesen und zu all den anderen, schier unzähligen kleinen Handhabungen benötigten Gegenstände zusammensammeln und so vorteilhaft wie möglich arrangieren, er mußte sogar darauf verzichten, möglicherweise dabei begangene Fehler – aus reiner Nachgiebigkeit sich selbst gegenüber – ungestraft zu lassen; bestrafte er sich nicht, handelte er letzten Endes gegen sein eigenes Interesse: Auf Grund von Zerstreutheit oder Unaufmerksamkeit begangene Fehler erhöhen die Gefahr und haben viel schwerwiegendere Folgen, als man gemeinhin denken mag: verbirgt sich hinter einer überflüssigen Bewegung nicht beginnende Ratlosigkeit?; eine Streichholzschachtel oder ein Schnapsglas am falschen Platz sind schon zerstörerische Merkmale des Gedächtnisverfalls, ganz zu schweigen davon, daß weitere Veränderungen dann unvermeidlich werden: Nacheinander verändern auch die Zigaretten, das Heft, das Messer und der Bleistift ihren Platz, und damit zerfällt das Gesamtsystem der optimalen Bewegungsabläufe, das Chaos ist komplett und alles futsch. Die günstigste Beobachtungsposition hatte er also nicht mir nichts, dir nichts einnehmen können, nein; das System hatte sich über Jahre hinweg verfeinert, Tag für Tag, im grausamen Auf und Ab von Selbstgeißelung, Strafe und Zurücknahme; als aber die von anfänglichen Unsicherheiten und hin und wieder aufbrechenden Zweifeln verursachte Verwirrung vorüber war, begann die Zeit, in der er nicht mehr jede einzelne Bewegung kontrollieren mußte, die Gegenstände befanden sich an ihrem endgültigen Platz, er konnte sein

Tun blind und entschieden bis ins kleinste Detail steuern und sich ohne jede Selbsttäuschung oder Anmaßung eingestehen, daß er sein Leben perfektioniert hatte. Freilich brauchte er auch danach noch Monate, um die Furcht loszuwerden, denn er wußte, daß er seine Position im Raum solcherart zwar fehlerfrei festgelegt hatte, aber bei der Beschaffung der Lebensmittel, des Schnapses, der Zigaretten und anderer unentbehrlicher Dinge bedauerlicherweise auf andere angewiesen war. Doch seine Befürchtungen im Hinblick auf die mit dem Einkauf der Lebensmittel beauftragte Frau Kráner und seine Zweifel gegenüber dem Kneipenwirt erwiesen sich als grundlos: Die Frau war korrekt und pünktlich, und er konnte ihr sogar abgewöhnen, mit der einen oder anderen, in der Siedlung als Rarität geltenden Speise («Lassen Sie sie bloß nicht kalt werden, Herr Doktor!») zu den unerwartetsten Zeiten zu stören. Und was die Getränke betraf, so kaufte er sie in großen Mengen und großen Zeitabständen entweder selbst ein, oder er betraute damit, öfter, gegen ein gewisses Entgelt den Wirt, der sich – weil er fürchtete, der unberechenbare Doktor könne ihm eines Tages das Vertrauen entziehen und ihn damit eines sicheren Einkommens berauben – alle Mühe gab, noch die scheinbar nichtigsten, zuweilen ausgesprochen dumm anmutenden Wünsche des Doktors weitestgehend zu erfüllen. Von diesen beiden Menschen also hatte er nichts zu befürchten, und die anderen Bewohner der Siedlung hatten es sich längst abgewöhnt, ihn bei plötzlich steigendem Fieber, bei Sodbrennen oder einer Verletzung ohne jede Vorwarnung zu überfallen, denn sie waren allesamt davon überzeugt, durch seine Suspension habe er auch seine medizinische Sachkenntnis und Zuverlässigkeit verloren. Und das – auch wenn es eine Übertreibung war – nicht ganz ohne Grund: Er verwandte einen großen Teil seiner

Kräfte darauf, sein brüchiges Gedächtnis instand zu halten; alles Überflüssige ließ er daraus entgleiten. Nichtsdestoweniger lebte er in ständiger Bangigkeit, denn – wie er auffallend häufig in seinem Tagebuch vermerkte – «denen ist alles zuzutrauen!» Wenn er Frau Kráner oder den Wirt vor seiner Schwelle erblickte, musterte er sie deshalb minutenlang und sah ihnen tief in die Augen, um aus der Geschwindigkeit ihrer nach unten oder zur Seite ausweichenden Blicke und der wechselnden Stärke von Argwohn, Neugier und Furcht in ihren Augen zu ermitteln, ob sie auch weiterhin gewillt seien, sich an die Vereinbarung zu halten, auf der ihre Geschäftsbeziehungen beruhten, und erst dann bedeutete er ihnen, näher zu treten. Er beschränkte sich auf das Notwendigste, ihren Gruß erwiderte er nicht, er warf nur einen knappen Blick in die vollgestopften Einkaufsbeutel, dann beobachtete er ihre unbeholfenen Bewegungen mit so unfreundlicher Miene und beantwortete ihre ungeschickt vorgebrachten Fragen oder Erläuterungen so unwirsch und ungeduldig, daß die beiden (besonders Frau Kráner) meistens auf weitere Worte verzichteten, schnell und ohne nachzuzählen das bereitgelegte Geld einsteckten und eilig das Weite suchten. Hierin liegt mehr oder weniger auch die Erklärung dafür, daß er die türnahen Flächen tunlichst mied; denn wenn er sich merklich unwohl fühlte – Kopfweh hatte oder unter plötzlichem Luftmangel litt – und dann gelegentlich (vor allem wegen Nachlässigkeiten dieser beiden) den Sessel verlassen mußte, um etwas aus dem anderen Teil der Stube zu holen, so war er (nach langem inneren Ringen) stets bestrebt, dieses Vorhaben so schnell wie möglich zu erledigen; aber wenn er dann wieder auf seinem Platz saß, war ihm der Tag verdorben: Eine unerklärliche, tiefe Ruhelosigkeit bemächtigte sich seiner, das Glas oder die Tasse begann in seiner Hand zu zittern, und er schrieb gereizte Bemerkungen in sein Tagebuch, die er später natürlich mit kräftigem Strich verärgert wieder tilgte. So ist es kein Wunder, wenn in diesem verfluchten Teil des Raumes alles auf dem Kopf stand: Der hereingeschleppte Schmutz bedeckte den völlig vermoderten und verkommenen Fußboden bereits in einer dicken, trockenen Schicht, unten an der Wand neben der Tür wuchs ungehindert das Unkraut, links lag ein flachgetretener, kaum noch kenntlicher Hut, rundherum verstreut Speisereste, Plastikbeutel, einige Arzneifläschchen, Blätter aus dem Heft und Bleistiftstummel. Im Gegensatz zu anderen mit ihrer vielleicht überbetonten, um nicht zu sagen krankhaften Ordnungsliebe unternahm der Doktor nichts, um diesen unerträglichen Zustand zu beseitigen; er war nämlich der Überzeugung, diese hintere Hälfte des Raums gehöre bereits zur Außenwelt, sei schon Teil des feindlichen Draußen, so daß er hier eine ausreichende Erklärung für seine Furcht, seine Ängste, seine Unruhe und sein Unsicherheitsgefühl fand, war er doch nur von einer Seite her durch eine Wand geschützt und von der anderen her frei angreifbar. Die Stube mündete auf einen dunklen, verunkrauteten Gang, über den auch die Toilette zu erreichen war, deren Wasserspülung seit Jahren nicht mehr funktionierte; ihren Zweck erfüllte ein Eimer, den Frau Kráner dreimal die Woche mit Wasser zu füllen hatte. An zwei Türen am Ende des Ganges hingen große, rostige Vorhängeschlösser, am entgegengesetzten Ende führte eine weitere Tür ins Freie. Frau Kráner, die einen Schlüssel zur Wohnung hatte, meinte in der Regel schon hier im Augenblick des Eintretens jenen kräftigen säuerlichen Gestank wahrzunehmen, der sich dann in ihre Kleidung einsog, ja sogar, wie sie behauptete, in ihre Haut, da wüsche sie sich nach Besuchen beim Herrn Doktor vergebens gleich zweimal. Damit erklärte sie Frau Halics oder Frau Schmidt auch ihr kurzes Verweilen bei ihm; sie sei einfach außerstande, diesen Geruch länger als ein paar Minuten auszuhalten, denn «er ist unerträglich, sage ich Ihnen, unerträglich! Ich weiß gar nicht, wie man in einem so entsetzlichen Gestank leben kann. Dabei ist er doch studiert, und trotzdem...» Der Doktor nahm weder den unerträglichen Gestank noch sonst irgend etwas außerhalb seines Beobachtungspostens in der Wohnung wahr; mit um so größerer Aufmerksamkeit und Sachkenntnis achtete er auf die Ordnung der ihn umgebenden Dinge, auf den Abstand zwischen den Lebensmitteln, dem Besteck, den Zigaretten, den Streichhölzern, dem Tagebuch und seinen Büchern auf dem Tisch, auf dem Fensterbrett und um den Sessel herum, auf dem von den rastlosen Angriffen der Holzwürmer zermahlenen Fußboden: Er empfand Wärme und eine gewisse Befriedigung, wenn er dann und wann in dem plötzlich ins Dämmerlicht des Abends getauchten Raum seine anheimelnd angeordneten Gerätschaften musterte und begriff, daß in aller Mittelpunkt *er* stand, selbstsicher und allmächtig. Vor Monaten hatte er eingesehen, daß weiteres und vergebliches Experimentieren keinen Sinn hatte, und bald war ihm bewußt geworden, daß er, selbst wenn er wollte, nicht zur kleinsten Änderung imstande sein würde; Änderungen konnten sich niemals als unzweifelhaft erfolgreich erweisen, da zu befürchten stand, sie seien nur verborgene Manifestationen des Verlangens nach Wandel oder des nachlassenden Gedächtnisses. In Wahrheit tat er nichts anderes als darüber zu wachen, daß sein Erinnerungsvermögen vor dem äußeren Verfall ringsum bewahrt blieb; seit dem Tag, als er – nachdem die Auflösung der Siedlung verkündet worden war und er sich entschieden hatte, die Chance, dort zu bleiben, zu nutzen, bis ein Beschluß über die Aufhebung seiner Suspension einträfe – mit der älteren Horgos-Tochter in die Mühle gegangen war und unter dem Eindruck, angesichts des Todesurteils sei die ganze Siedlung zusammengebrochen, das lärmende Beladen der Lastwagen, das fiebernde Hasten der kreischenden Menschen und die fliehenden Wagen in der Ferne betrachtet hatte, seit diesem Tag fühlte er sich zu schwach, den siegreichen Verfall allein aufzuhalten; so sehr er sich auch abmühe, dieser alles – Häuser, Mauern, Bäume und Felder, aus der Höhe herabtauchende Vögel und umherhuschende Tiere, menschliche Leiber, Begehren und Hoffnungen – zerstörenden und vernichtenden Kraft könne er nicht widerstehen, dazu sei er nicht imstande, vergeblich versuche er diesem schändlichen Angriff auf die menschliche Schöpfung entgegenzutreten; deshalb sah er rechtzeitig ein, daß er nur eines tun konnte: sich dem unheilvollen und hinterhältigen Verfall mit seiner Erinnerung entgegenstellen, denn er vertraute darauf, wenn längst alles, was hier von Maurern gebaut, von Tischlern gezimmert, von Müttern genäht, alles, was hier von Männern und Frauen mühselig erschaffen worden war, in wirren, unterirdischen Rinnsalen zu geheimnisvollen Säften geworden wäre, dann würde sein Gedächtnis immer noch lebendig sein, so lange, bis seine Organe die Vereinbarung, auf der ihre Geschäftsbeziehungen beruhten, aufkündigen und die Todesgeier des Verfalls seine Knochen und sein Fleisch angreifen würden. Er beschloß, alles sorgfältig zu beobachten und zusammenhängend zu dokumentieren, darauf achtend, daß ihm nicht die geringste Kleinigkeit entginge, denn er hatte erkannt, daß die Nichtbeachtung scheinbar bedeutungsloser Dinge einem Eingeständnis gleichkommt: schutzlos stehen wir, verloren, im wogenden Bast der schwankenden Brücke zwischen Zerfall und begreiflicher Ordnung; jede Kleinigkeit, sei es die Anordnung von Tabakkrümeln auf dem Tisch, die Flugrichtung von Wildgänsen oder die Abfolge nichtssagend scheinender menschlicher Bewegungen, muß in beständiger Beobachtung verfolgt und erfaßt werden, nur so können wir hoffen, eines Tages nicht auch selbst zu spurlos verschwundenen und verstummten Gefangenen dieser zerfallenden und unablässig wiedererstehenden Ordnung zu werden. Doch die gewissenhafte Erinnerung allein genügt nicht; auf sich gestellt ist sie hilflos und unfähig, die Aufgabe zu bewältigen. Es müssen die Mittel und ein bleibendes, sinnvolles Ensemble von Zeichen gefunden werden, mit deren Hilfe sich der Bannkreis des stetigen Erinnerns weiten und über die Zeit aufrechterhalten läßt. Es ist also am besten, dachte damals der Doktor oben in der Mühle, «ich senke die Anzahl der Verrichtungen, durch die ich die Menge der zu observierenden Dinge erhöhen würde, auf ein Minimum»; noch am selben Abend, nachdem er die verständnislose Horgos-Tochter grob nach Hause geschickt und ihr mitgeteilt hatte, fortan werde er ihre Dienste nicht mehr in Anspruch nehmen, richtete er seinen damals noch unvollkommenen Beobachtungsposten am Fenster ein und ging daran, einige Grundelemente dieses in gewisser Hinsicht als hirnverbrannt zu bezeichnenden Systems zu organisieren. Draußen dämmerte es, in der Ferne, über dem Salzfeld, kreisten drohend vier zerzauste Krähen in sanftem Auf und Ab; er zog sich die Decke über den Schultern zurecht und griff blind nach einer Zigarette. *In der Kreidezeit können wir hinsichtlich der Formationen, die den geologischen Körper unseres Heimatlandes bilden, zwei große Gruppen unterscheiden. Ein innerer Block weist jetzt regelmäßigere Senkungen auf. Es entsteht ein kesselartiges Gebilde, welches mehr und mehr unter Ablagerungen verschwindet, die für Becken kennzeichnend sind. An den*

*Rändern hingegen finden wir Aufstülpungen vor, d. h. in der Synkline bilden sich Falten. – In der Geschichte des innerungarischen Blockes beginnt damit ein neues Kapitel. Wir stehen vor einem Entwicklungsstadium, in welchem sich gewissermaßen als Reaktion darauf das bislang innige Verhältnis zwischen dem äußeren Faltenbündel und dem inneren Massiv auflöst. Die Spannungen in der Erdkruste warten auf Ausgleich, und dieser tritt ein, als die bisher beherrschende spröde innere Masse zusammenbricht und absinkt, so daß eine der schönsten Beckengruppen Europas entstehen kann. Infolge der Senkung wird das neue Becken vom Neogenmeer überflutet.* Er blickte auf und sah, daß Wind aufgekommen war, so plötzlich und unverhofft, als unternähme er einen Angriff; im Osten überflutete langsam das Rot der Sonne den Horizont, auf einmal war dann auch schon die Sonnenscheibe am Himmel, bleich im Gemenge der düsteren Wolken, die sie passierten. Neben den Häusern des Schuldirektors und Schmidts, an dem schmalen Feldweg, schwankten erschrocken und ergeben die winzigen Kronen der Akazien; der Wind rollte wild das trockene, dicke Laub vor sich her, eine schwarze Katze schoß verschreckt durch den Zaun vor dem Haus des Direktors. Er schob das Buch beiseite und zog das Tagebuchheft herbei, die kalte Luft, die durch die Fensterritzen strömte, ließ ihn frösteln. Er drückte auf der Armlehne die Zigarette aus, setzte seine Brille auf, überflog, was er während der Nacht geschrieben hatte, und notierte: «Sturm kommt, muß am Abend die Fensterlappen einsetzen. Futaki ist noch drin. Eine Katze besucht den Schuldirektor, habe sie noch nie gesehen, was zum Teufel sucht hier eine Katze? War vermutlich erschrocken, huschte durch eine hoffnungslos enge Lücke, ihr Bauch streifte den Erdboden, dauerte aber alles nur einen Augenblick. Konnte nicht schlafen,

Kopfschmerzen.» Er leerte das vorbereitete Glas Schnaps und füllte es sofort wieder und mit der gleichen Menge. Dann nahm er die Brille ab und schloß unbesonnen die Augen. Im Dunkeln sah er eine einhereilende, verschwommene Gestalt, dickleibig und baumlang, die sich ungeschickt bewegte; zu spät merkte sie, daß der Weg, der krumme, durch zahlreiche Hindernisse erschwerte Weg, urplötzlich endete. Er wartete nicht, bis die Gestalt in den Abgrund stürzte, sondern öffnete erschrocken die Augen. Auf einmal schien es zu läuten, aber es hörte gleich wieder auf. Glockengeläut? Zudem aus nächster Nähe... zumindest schien es ihm für einen Moment so. Mit kaltem Blick musterte er durch den Spalt die Siedlung. Ihm war, als sähe er hinter dem Schmidtschen Fenster ein verschwommenes Gesicht, und bald erkannte er Futakis faltige Züge: Er beugte sich zwischen den Fensterflügeln vor und ließ den Blick erschrocken und forschend über die Häuser wandern. Was will er? Aus dem Stapel, der sich am Tischende häufte, zog der Doktor ein Heft mit der Aufschrift FUTAKI hervor und schlug die entsprechende Seite auf. «Futaki fürchtet sich vor etwas. Hat früh am Morgen erschrocken aus dem Fenster gesehen. F. fürchtet sich vor dem Tod.» Er leerte das Glas und goß rasch nach, zündete sich eine Zigarette an und sagte laut: «Nicht lange, und sie kratzen sowieso ab. Auch du kratzt ab, Futaki. Mach dir nicht in die Hosen.» Minuten später begann es draußen zu tröpfeln. Bald goß es in Strömen, in kurzer Zeit füllten sich die Gräben, kleine wie große, schmale Bäche begannen blitzschnell in alle Richtungen zu rinnen. Eine Zeitlang sah der Doktor gedankenverloren zu, dann skizzierte er sie flüchtig in sein Tagebuchheft, genau und gewissenhaft auch die kleinste Pfütze und Rinne registrierend, zuletzt setzte er die Zeit unter die Zeichnung. Langsam erhellte sich der Raum, die nackte

Birne an der Decke verstreute sprödes Licht. Der Doktor erhob sich schwerfällig, wickelte sich aus den Decken, löschte das Licht und setzte sich wieder. Aus einem großen Pappkarton zur Linken des Sessels nahm er eine Fischkonserve und Käse. Der Käse war an einer Stelle schimmlig; der Doktor betrachtete ihn eine Weile, dann warf er ihn zu dem Abfall vor der Tür. Er öffnete die Konserve und kaute die Bissen lange und gründlich, bevor er sie hinunterschluckte. Dann trank er einen weiteren Schnaps. Ihn fror nicht mehr, aber eine Weile blieb er noch in den Decken. Er nahm das Buch in den Schoß, dann füllte er hastig das Glas. *Es ist interessant zu beobachten, welch beträchtliche Zerstörungen und Veränderungen die gemeinsame Arbeit von Wind und Wasser gegen Ende des Ponts auslöste, als das Meer über der Großen Tiefebene bereits stark gefallen war und so ausgedehnte, seichte Seen bildete wie den heutigen Plattensee.* Was ist das, Wahrsagerei oder Erdgeschichte, ärgerte sich der Doktor. Er blätterte weiter. *Zur gleichen Zeit hob sich die gesamte Fläche der Tiefebene, und so fanden auch die kleineren Gewässer in den entfernteren Gebieten einen Abfluß. Ohne diese epirogenetische Hebung des Tisia-Massivs könnten wir nicht das schnelle Verschwinden der levantinischen Seen erklären. Nach dem Verschwinden dieser stehenden Gewässer zeigten im Pleistozän nur noch kleinere Seen, Sümpfe und Moore an, daß das einstige Binnenmeer...* Der von einem gewissen Dr. Benda herausgegebene Text klang alles andere als überzeugend, er empfand ihn als unfundiert und wegen der Unbeholfenheit der logischen Argumentation stellenweise schlicht als unseriös, ohne daß er in dem Thema auch nur ein wenig bewandert und sich über den Sinn der Fachausdrücke einigermaßen im klaren gewesen wäre; dennoch belebte sich beim Lesen vor seinen Augen die Geschichte der unter ihm und um ihn herum stabil und endgültig scheinenden Erde, und wegen des stockenden und ungeschliffenen Stils des unbekannten Autors konnte und wollte er aus dem an einigen Stellen im Präsens geschriebenen Text nicht genau herauslesen, ob er es mit dem Versuch der visionären Beschreibung eines nachmenschlichen Zustands zu tun hatte oder ob er tatsächlich eine Geschichte des Fleckchens Erde in der Hand hielt, auf dem er leben mußte. Er war fasziniert von der Vorstellung, daß die Siedlung und die sie umgebenden, einst als fett bezeichneten und recht fruchtbaren Böden vor Jahrmillionen von einem Meer bedeckt waren... daß hier im Lauf der Zeit Meere und Kontinente einander abwechselten, und plötzlich – während er diszipliniert festhielt, daß der untersetzte Schmidt in durchnäßter Wattejacke und schlammschweren Stiefeln in seinem wiegenden Gang auf dem Feldweg vom Salzfeld nahte und eilends, als fürchtete er, gesehen zu werden, durch die Hintertür in seinem Haus verschwand – tauchte er unter in der wogenden Zeit und nahm kühl sein eigenes punkthaftes Sein wahr: er sah sich als schutz- und hilfloses Opfer der schwankenden Erdkruste, die Spanne von seiner Geburt bis zu seinem Tod verlor sich im stummen Kampf herabstürzender Ozeane und aufsteigender Gebirge, und schon meinte er auch unter seinem feisten Körper, der im Sessel ruhte, das feine Beben zu spüren, das vielleicht ein Vorzeichen des nächsten Meereseinbruchs war, eine Mahnung gewissermaßen zur ganz vergeblichen Flucht, deren Zwang auch er sich nicht würde entziehen können, er würde vorwärts hasten müssen mit der ganzen unheimlichen und kopflosen Heerschar der wilden Horden aus Hirschen, Bären, Hasen, Rehen, Ratten, Insekten und Echsen, Hunden und Menschen – lauter ziellose und sinnlose Leben auf dem Weg in den gemeinsamen und unfaßlichen Untergang, und die einzige Hoffnung würde noch der Flug der zu Tode ermatteten und einer nach dem anderen herniedertaumelnden Vögel über ihnen sein. Eine Weile lang beschäftigte ihn vage der Plan, es sei vielleicht besser, wenn er auf die weiteren Experimente verzichtete und seine freiwerdenden Kräfte auf die Bezähmung seiner Begierden konzentrierte, indem er allmählich auf Nahrung, Alkohol und Zigaretten verzichtete und das Schweigen wählte statt der ständigen Pein des Benennens, um schon nach einigen Monaten oder Wochen vollkommen schlackefrei zu leben und, statt Spuren zu hinterlassen, zeichenlos in die ohnedies eindringlich lockende endgültige Stille einzugehen; doch bald fand er das alles lächerlich: zumindest war es nicht mehr als Schwäche, geboren aus Furcht und Würdegefühl, und ein wenig erschrocken leerte er das vorbereitete Glas, um gleich nachzufüllen, denn wie immer beunruhigte es ihn leer ein wenig. Dann nahm er eine neue Zigarette und notierte weiter. «Vorsichtig huscht Futaki aus der Tür. Wartet kurz. Klopft dann, ruft etwas. Und eilt wieder ins Haus. Schmidts sind nicht herausgekommen. Der Schuldirektor ist mit dem Abfalleimer nach hinten gegangen, Frau Kráner lauert an der Haustür. Bin müde, müßte schlafen. Welcher Tag ist heute?» Er schob die Brille auf die Stirn, legte den Stift weg und massierte den geröteten Nasensattel. Im prasselnden Regen sah er draußen nur noch verschwommene Flecke, eine vorübergehend deutlich sich abzeichnende Astspitze, und in den winzigen Pausen in dem unablässigen Prasseln fiel ihm auf, daß in der Ferne Hunde jämmerlich jaulten. «Als ob jemand sie quälte.» Er sah an den Beinen aufgehängte Hunde vor sich und wie ein jugendlicher Schurke an der entlegenen Seite eines Schuppens oder Verschlags ihnen mit der Streichholzflamme die Schnauzen verbrannte; aufmerksam lauschend schrieb er weiter. «Jetzt scheint es aufzuhören... jetzt wird es wieder stärker.» Minuten später vermochte er aber nicht mehr zu entscheiden, ob er die leidenden Tierstimmen wirklich noch hörte oder ob er nur dank der langen und mühsamen Arbeit von Jahren imstande war, aus dem Rauschen auch viel früher vernommenes Jaulen herauszuhören, das irgendwie in der Zeit aufbewahrt war («Die Pein vergeht nicht spurlos», hoffte er) und jetzt wie der Staub vom Regen aufgewühlt wurde. Auf einmal glaubte er auch etwas anderes zu hören, ein Wimmern, Heulen und menschliches Schluchzen, ein forderndes, grobes und qualvolles Weinen, das – wie die zu Flecken verschwimmenden Bäume und Häuser draußen – mal klarer auszumachen war, mal im eintönigen Rauschen des herabströmenden Regens unterging. «Kosmische Schlamperei», notierte er. «Mein Gehör läßt nach.» Er blickte aus dem Fenster und trank das Glas aus, vergaß aber, es gleich wieder zu füllen. Es überlief ihn heiß, Schweiß trat ihm auf die Stirn und den dicken Hals, er fühlte einen leichten Schwindel und etwas wie Schmerz oder eher Druck in der Herzgegend. Letztlich aber sah er darin nichts Überraschendes: Seit gestern abend, als ihn ein naher Ruf aus dem kurzen, unruhigen, traumlosen Schlaf gerissen hatte, trank er ohne Unterlaß (die Korbflasche mit dem Hochprozentigen zu seiner Rechten enthielt nur noch Schnaps für einen Tag), und er hatte obendrein kaum etwas gegessen. Er stand auf, um sich zu erleichtern, aber als er den Kehrichthaufen betrachtete, der sich vor der Tür türmte, überlegte er es sich anders. «Später. Das hat Zeit», sagte er laut, setzte sich jedoch nicht wieder, sondern machte ein paar Schritte dicht am Tisch entlang bis zur anderen Wand, vielleicht würde sich ja dieser Druck legen. Aus den Achselhöhlen rannen an beiden Seiten seines fetten Leibes Schweißbäche abwärts; er fühlte sich schwach. Die

Decke war ihm beim Gehen von den Schultern geglitten, aber er dachte, er hätte nicht die Kraft, sie zurechtzuziehen. So kehrte er zu seinem Sessel zurück und genehmigte sich einen weiteren Schnaps, das werde helfen, meinte er; und in der Tat: wenige Minuten später wurde ihm besser, er atmete leichter und schwitzte nicht mehr so stark. Das Regenwasser an den Fensterscheiben erschwerte ihm den Ausblick, deshalb beschloß er, die Beobachtungen für kurze Zeit einzustellen; er wußte, daß er nichts versäumen würde, denn beim geringsten Geräusch, bei jedem Mucks wurde er sofort aufmerksam, gelegentlich sogar auf die feinen Laute, die von innen her nahten, vom Herzen, vom Hirn oder vom Magen. Bald versank er in einen unruhigen Schlaf. Das leere Glas, das er noch in der Hand hielt, fiel zu Boden, zerbrach aber nicht; sein Kopf kippte nach vorn, Speichel floß ihm aus den Mundwinkeln. Und als hätte alles nur darauf gewartet, wurde es mit einemmal dunkel im Raum, als hätte sich jemand vor das Fenster gestellt; die Wände, die Decke, die Tür, die Gardine, das Fenster und der Fußboden nahmen dunklere Farben an, die Haare im ungepflegten Schopf des Doktors wuchsen schneller, ebenso die Nägel an seinen kurzen, dicklichen Fingern, der Tisch knarrte und der Stuhl, sogar das Haus selbst senkte sich ein wenig in dieser trägen Rebellion; hinten an der Wand begann das Unkraut geschwinder zu sprießen, die herumliegenden, zerknitterten Heftseiten versuchten, sich mit flinkem Zucken zu glätten; es knackte in den Dachbalken, die Ratten rannten dreister über den Gang. Benommen und mit einem üblen Geschmack im Mund erwachte er. Wie spät es war, wußte er nicht, er ahnte es nur; am Vorabend hatte er versäumt, seine Armbanduhr – eine für ihre Haltbarkeit bekannte, gegen Schlag, Wasser und Frost unempfindliche «Raketa» – aufzuziehen, der kleine Zeiger stand jetzt knapp hinter der Elf. Sein Hemd war schweißnaß am Rücken, ihn fror und schwindelte, der Kopfschmerz schien sich – wenngleich dies nicht leicht feststellbar war – am Nacken zu konzentrieren. Er füllte das Glas, und erst jetzt bemerkte er, daß er sich vorhin verschätzt hatte: der Schnaps würde nicht mehr für einen Tag, sondern nur noch für ein paar Stunden reichen. «Ich muß in die Stadt», dachte er nervös. «Bei Mopsz könnte ich die Korbflasche füllen. Ja, aber der Bus! Wenn der Regen aufhörte, könnte ich mich auch zu Fuß auf den Weg machen.» Er sah aus dem Fenster und bemerkte verärgert, daß das Wasser die Wege unpassierbar gemacht hatte. Wenn aber der alte Weg unbrauchbar war, wäre er auf die befestigte Straße angewiesen, und auf der käme er womöglich bis zum nächsten Morgen nicht ans Ziel. Er entschloß sich, zu Mittag zu essen und die Entscheidung zu verschieben. Also öffnete er eine weitere Konserve und begann, weit vorgebeugt, zu löffeln. Er war gerade fertig und im Begriff, neue Skizzen von dem inzwischen komplizierter gewordenen Graben- und Rinnsalsystem anzufertigen, die er dann mit den Verhältnissen am frühen Morgen vergleichen wollte, um die Unterschiede zu ermitteln, als er an der Eingangstür Geräusche hörte. Jemand bewegte den Schlüssel im Schloß. Der Doktor legte die Skizzen aus der Hand und lehnte sich verstimmt zurück. «Guten Tag, Herr Doktor!» sagte Frau Kráner und blieb auf der Schwelle stehen. «Ich bin's nur.» Sie wußte, daß sie noch warten mußte, und tatsächlich versäumte es der Doktor auch diesmal nicht, rücksichtslos, langsam und pedantisch ihre Gesichtszüge zu mustern. Frau Kráner nahm es kleinlaut und verständnislos hin («Soll er doch gucken, soll er doch Stielaugen machen, wenn er seinen Spaß daran hat!» pflegte sie daheim zu ihrem Mann zu sagen), dann, auf seinen Wink hin, trat sie ein. «Ich bin nur gekommen, weil doch die Regenzeit anfängt, und heut mittag habe ich zu meinem Mann gesagt, du, so schnell ist kein Ende abzusehen, und bald gibt es Schnee.» Der Doktor, ohne zu antworten, blickte mürrisch vor sich hin. «Ich habe mit meinem Mann gesprochen, weil ich ja sowieso nicht mehr in die Stadt kann, bis zum Frühjahr fährt der Bus nicht mehr, da haben wir also daran gedacht, Sie sollten mit dem Wirt reden, der hat ein Auto, da könnte er eine Menge mitbringen, genug für zwei, drei Wochen, sagt mein Mann. Und im Frühjahr sehen wir dann, wie es weitergeht.» Der Doktor atmete schwer. «Das bedeutet also, daß Sie mir aufkündigen?» Auf diese Frage schien die Frau vorbereitet. «Aber nicht doch, warum aufkündigen, Sie kennen mich, Herr Doktor, wir hatten nie Probleme miteinander, aber sehen Sie selber, das ist die Regenzeit, die Busse fahren nicht, das weiß der Herr Doktor auch, sagt mein Mann, er wird verstehen, soll ich denn zu Fuß in die Stadt, für Sie wär's auch besser, wenn der Wirt im Auto alles mitbrächte, es kann viel mehr transportieren.» «In Ordnung, Frau Kráner. Sie können gehen.» Sie bewegte sich zur Tür. «Nicht wahr, dann reden Sie mit dem...» «Ich rede, mit wem ich will», schnauzte der Doktor sie an. Frau Kráner ging, aber nach einigen Schritten kam sie hastig zurück. «Ach, sehen Sie, fast hätte ich den Schlüssel vergessen.» «Was ist mit dem Schlüssel?» «Wo ich ihn hintun soll.» «Wohin Sie wollen.» Die Kráners wohnten im Nachbarhaus, so konnte der Doktor nur kurz zusehen, wie die Frau mühsam durch den Schlamm watete. Er suchte aus dem Stapel das Heft FRAU KRÁNER hervor und vermerkte: «K. hat gekündigt. Will nicht mehr. Soll mich an den Wirt wenden. Vorigen Herbst haben ihr Regen und Fußweg noch nichts ausgemacht. Sie hat einen festen Plan. War verlegen, aber nicht unbeugsam. Hat irgendwas vor. Aber was, zum Teufel?» Am Nachmittag dann las er noch einmal, was er in den zurückliegenden Monaten über Frau Kráner notiert hatte, aber er blieb ratlos; vielleicht war sein Verdacht unbegründet, und es verhielt sich nur so, daß sie den ganzen Tag über zu Hause gedöst hatte und jetzt die Dinge durcheinanderbrachte. Der Doktor kannte die Kránersche Küche von früher, er erinnerte sich gut an das enge und ständig überheizte Loch, und er wußte, daß diese stickigen, stinkenden Höhlen geradezu Brutstätten des jeder Grundlage entbehrenden, kindischen Pläneschmiedens waren, daß die dummen und lächerlichen Wünsche aus ihnen aufstiegen wie Dampf aus dem Kochtopf. Das mochte auch jetzt geschehen sein, der Dampf hatte den Deckel hochgedrückt. Und wie so oft würde am nächsten Morgen die bittere Minute der Ernüchterung kommen, Frau Kráner würde alles stehen und liegen lassen, um gutzumachen, was sie am Vortag verdorben hatte. Der Regen schien von Zeit zu Zeit nachzulassen, doch dann goß es wieder um so stärker. Frau Kráner hatte wohl recht, und dies war tatsächlich der erste Herbstregen. Der Doktor dachte an den Herbst im Vorjahr und in den Jahren davor, und er wußte, auch jetzt war mit nichts anderem zu rechnen: Abgesehen von kurzen, einige Stunden oder höchstens einen Tag dauernden Unterbrechungen wird es unaufhaltsam regnen, bis die ersten Fröste kommen; die Wege und Straßen werden unpassierbar, sie selbst von der Außenwelt – der Stadt, der Eisenbahn – abgeschlossen sein; der Boden versumpft durch die ständigen Regenfälle, das Vieh zieht sich in die Wälder hinter dem Salzfeld, in den schmalen Hain der Hochmeiß-Flur oder den verwilderten Park des Weinkheimschen Schlosses zurück, denn der Sumpf tötet alles Leben und läßt die Vegetation verfaulen, es bleibt nichts als kniehoch aufgeweichtes Erdreich mit Pfützen in den Rinnen, die die Wagen gegen Sommerende gepflügt haben. In den Pfützen und auf dem Wasser des nahen Kanals siedeln sich dann Entengrütze, Segge und Laichkraut an, die am Abend oder in der späten Dämmerung, wenn das tote Licht des Mondes auf sie fällt, wie winzige Augen am Körper der Landschaft blind und silbern zum Himmel schauen. Frau Halics ging am Fenster vorüber, wechselte zur anderen Seite und klopfte bei den Schmidts ans Fenster. Minuten vorher war ihm gewesen, als hörte er Gesprächsfetzen von den Halics' her, offenbar gab es wieder einmal Ärger mit Halics, und seine Frau, diese Hopfenstange, holte sich jetzt Frau Schmidt als Verstärkung. «Halics ist vermutlich wieder betrunken. Seine Frau erklärt Frau Schmidt etwas, die scheint verwundert oder erschrocken. Sehe nicht gut. Auch der Schuldirektor ist draußen und verjagt die Katze. Geht dann, mit dem Projektor unterm Arm, zum Kulturhaus. Auch die anderen kommen allmählich. Ja, heut ist Kino.» Er kippte einen weiteren Schnaps, rauchte eine weitere Zigarette. «Was für ein Betrieb!» murmelte er. Es dunkelte, er stand auf, um Licht zu machen. Ein starker Schwindel befiel ihn unversehens; er taumelte gerade noch bis zum Schalter und drückte darauf. Noch vor dem Lichtschalter stolperte er über irgendwas, schlug mit dem Kopf heftig gegen die Wand und stürzte. Als er zu sich kam und sich endlich aufraffen konnte, war das erste, was er bemerkte, daß ein wenig Blut aus seiner Stirn sickerte. Er wußte nicht, wie lange er ohnmächtig gewesen war. «Anscheinend bin ich sehr betrunken», dachte er, wieder im Sessel sitzend, und trank einen kleinen Schnaps. Nach einer Zigarette verlangte ihn jetzt nicht. Benommen starrte er vor sich hin, er kam nur schwer wieder zu Bewußtsein. Er zog die Decke über den Schultern zurecht und sah in die tiefe Finsternis hinaus. Obwohl der Schnaps die Wahrnehmungen abschwächte, fühlte er, daß allerlei Schmerzen aus seinem Körper in seinen Verstand zu gelangen versuchten, doch er wollte sie nicht wahrhaben: «Ich hab mir ein bißchen weh getan, das ist alles.» Er rief sich das Gespräch ins Gedächtnis, das er am Nachmittag mit Frau Kráner geführt hatte, und überlegte, was er tun sollte. Um diese Zeit konnte er nicht mehr losgehen, doch für Nachschub an Schnaps mußte dringend gesorgt werden. Wie er ohne Frau Kráner zurechtkommen würde, beschäftigte ihn nicht – vielleicht würde sie es sich noch einmal überlegen –, wenngleich er jetzt nicht nur für die Lebensmittelbeschaffung, sondern auch für die wirklich geringfügigen, aber notwendigen Arbeiten im und am Haus jemanden würde suchen müssen, was durchaus nicht leicht sein würde; im Augenblick versuchte er nur einen akzeptablen Plan auszutüfteln, auf welche Weise er nach der unerwarteten Wendung (morgen sollte Frau Kráner mit dem Wirt Verbindung aufnehmen) zu soviel Schnaps kommen könnte, daß er bis zu einer endgültigen Lösung reichte. Es lag auf der Hand, daß er mit dem Wirt sprechen mußte. Aber wie ihn benachrichtigen, durch wen? Daß er selbst zur Kneipe ging, kam – in Anbetracht seines momentanen Gesundheitszustands – überhaupt nicht in Frage. Später allerdings befand er, es sei besser, wenn er doch keinen anderen schickte, sicherlich würde der Wirt den Alkohol panschen und sich später damit rechtfertigen, er habe nicht gewußt, daß der Schnaps für den Herrn Doktor bestimmt gewesen sei. Er beschloß, noch ein Weilchen zu warten, bis er wieder bei Kräften wäre, und sich dann auf den Weg zu machen. Er betastete seine Stirn, tunkte ein Taschentuch in den Wasserkrug, der auf dem Tisch stand, und säuberte die Wunde. Seine Kopfschmerzen hatten nicht nachgelassen, aber es schien ihm zu gewagt, jetzt nach Tabletten zu suchen. Schlafen würde er ohnehin nicht können, so wollte er wenigstens ein Weilchen dösen, doch wegen der Schreckensbilder, die ihn immer wieder heimsuchten, mußte er die Augen offen halten. Mit den Füßen angelte er seinen Reisekoffer, ein altes Fabrikat aus echtem Leder, unter dem Tisch hervor und entnahm ihm einige ausländische Journale. Sie stammten – wie auch seine auf gut Glück zusammengekauften Bücher – aus dem im Rumänischen Viertel gelegenen Antiquariat des Donauschwaben Schwarzenfeld, der sich jüdischer Ahnen rühmte und einmal im Jahr, in den Wintermonaten, wenn er seinen Laden geschlossen halten mußte, weil der Tourismus in dem Städtchen brachlag, zwecks An- und Verkauf eine Rundreise durch die kleineren und größeren Ortschaften der Umgebung unternahm, wobei er nie versäumte, den Doktor zu besuchen, den er als einen ehrenwerten, gebildeten Mann kennengelernt hatte. Um die Textbeiträge der Magazine kümmerte sich der Doktor nicht weiter, er sah sich am liebsten die Bilder an, um – wie auch jetzt – irgendwie die Zeit totzuschlagen. In der Regel interessierten ihn vor allem die Reportageaufnahmen aus den Kriegen in Asien, die er keineswegs als fern und exotisch empfand; er war überzeugt, die Fotos seien irgendwo in der Nähe entstanden, das eine oder andere Gesicht kam ihm zuweilen bekannt vor; angestrengt und ausdauernd versuchte er es dann zu identifizieren. Die besten Aufnahmen ordnete er nach ihrem Wert, und er schlug seine Lieblingsbilder mit schon vertrauten, energischen Griffen auf. Wenngleich sich die Rangfolge mit der Zeit verändert hatte, gefiel ihm vor allem eine Luftaufnahme: ein riesiger, zerlumpter Menschenzug schlängelte sich durch ein wüstenähnliches Gelände, im Hintergrund – in Rauch und Flammen – die Trümmer einer zerstörten, zerschossenen Stadt, vorn im Bild ein dunkler, ausgedehnter, bedrohlicher Fleck. Was die Aufnahme besonders bemerkenswert machte, war ein militärisches Beobachtungsgerät, das – überflüssigerweise, wie es auf den ersten Blick schien – die linke untere Ecke des Fotos einnahm. Seiner Ansicht nach verdiente diese Aufnahme größte Aufmerksamkeit: sie verdeutlichte souverän und tief, auf das Wesentliche konzentriert, den glanzvollen, um nicht zu sagen, heroischen Höhepunkt menschlichen Forschens, mit optimalem Abstand zwischen Beobachter und Beobachtetem und betonter Minuziosität des Beobachtens, und zwar in solchem Maß, daß er im Traum mehrmals sich selbst an dem Gerät sah, wie er mit sicherer Geste den Auslöser des Fotoapparats betätigte. Auch jetzt, fast unwillkürlich, betrachtete er diese Aufnahme; er kannte sie zwar bis ins letzte Detail, doch hoffte er immer wieder, sobald er sich in sie vertiefte, eine bisher nicht gesehene Einzelheit zu entdecken. Doch vergebens setzte er die Brille auf, er sah das Bild irgendwie nur verschwommen. Er verpackte die Journale wieder und gönnte sich, bevor er losging, noch einen letzten Schluck. Schwerfällig schlüpfte er in seinen pelzbesetzten Wintermantel, legte die Decken zusammen und trat schwankenden Schrittes aus dem Haus. Frische, kühle Luft schlug ihm entgegen. Er tastete nach der Geldbörse und dem Notizheft in seiner Tasche, schob seinen breitrandigen Hut zurecht und schlug unsicher den Weg zur Mühle ein. Er hätte auch eine kürzere Strecke zur Kneipe wählen können, aber dann hätte er erst an Kráners, dann an Halics' Haus vorbeigehen müssen, ganz abgesehen davon, daß ihm in der Nähe des Kulturhauses oder des Maschinenhauses bestimmt irgendein Stoffel über den Weg laufen würde, um ihn heimtückisch und aufdringlich mit als Gruß maskierter, ekelhafter Neugier zum Stehenbleiben zu nötigen. Das Gehen war beschwerlich auf dem morastigen

Boden, obendrein sah er in der Dunkelheit kaum etwas, doch als er vom Hinterhof seines Hauses den zur Mühle führenden Pfad betrat, fand er sich einigermaßen zurecht; aber sein Gleichgewichtsgefühl war immer noch gestört, sein Gang blieb schwankend und unentschlossen, so daß er öfters einen Schritt falsch berechnete und gegen einen Baum lief oder über niedriges Gesträuch stolperte. Er rang nach Atem, seine Lunge rasselte, und der nachmittägliche Druck in der Herzgegend wollte und wollte nicht weichen. Er beschleunigte die Schritte, um schnellstens in der Mühle vor dem Regen Zuflucht zu suchen, und versuchte nicht mehr, die hinterhältigen Pfützen auf dem Pfad zu umgehen, an manchen Stellen reichte ihm das Wasser bis zu den Knöcheln, in seinen Schnürschuhen quatschte der Schlamm, sein Mantel wurde immer schwerer. Mit der Schulter drückte er die schwer zu öffnende Mühlentür auf, sank auf eine Holzkiste und schnappte minutenlang benommen nach Luft. Er spürte das wilde Pulsen der Schlagader am Hals, seine Beine waren steif, seine Hände zitterten. Er befand sich im unteren Geschoß des verlassenen Gebäudes, oben waren noch zwei Böden. Tiefe Stille umgab ihn. Alles Brauchbare war weggetragen worden, nun gähnte dieser riesige, dunkle, trockene Hangar vor Leere; rechts neben der Tür standen einige Obsthorden, ein Eisentrog unbestimmten Nutzungszweckes und eine grob zusammengehämmerte Kiste mit der Aufschrift *Zum Feuerlöschen!*, die aber keinen Sand enthielt. Der Doktor entledigte sich seiner Schuhe, streifte die Socken ab und wrang sie aus. Er suchte nach den Zigaretten, aber in dem durchnäßten Päckchen war keine einzige mehr brauchbar. Durch die offengebliebene Tür fiel kraftlose Helligkeit auf einen Streif Fußboden und auf das, was neben der Tür stand, gerade nur Flecken aus dem Dunkel heraushebend. Irgendwo meinte er Ratten zu hören. «Ratten? Hier?» Er wunderte sich und ging ein Stückchen in die Tiefe des Hangars. Er setzte die Brille auf und blinzelte in die dichte Finsternis. Das Geräusch, das er den Ratten zugeschrieben hatte, wiederholte sich nicht, darum kehrte er zur Tür zurück, zog die Socken und die Schuhe an. Am Mantelfutter rieb er die Seiten der Zündholzschachtel ab, vielleicht würde er doch Feuer machen können. Es gelang, und im aufleuchtenden Licht erkannte er einige Stufen der Treppe, die drei oder vier Meter von der Tür entfernt an der gegenüberliegenden Wand zu den Böden führte. Ohne besondere Absicht begann er hinaufzusteigen. Doch das Streichholz erlosch bald, und er hatte weder Lust noch sah er Sinn darin, ein weiteres anzustreichen. Ein paar Augenblicke lang stand er im Dunkeln und betastete die Wand, und er wollte gerade zurückgehen, um den Weg zur Kneipe fortzusetzen, als er ein sehr leises Geräusch vernahm. «Also doch Ratten!» Ihm schien, als käme es aus großer Entfernung, vielleicht ganz von oben. Tastend begann er weiter hinaufzusteigen. Nach einigen Schritten war das Geräusch klarer auszumachen. «Das sind keine Ratten. Es klingt wie das Prasseln eines Feuers.» Oben angekommen, hörte er leise, aber deutlich, daß irgendwo gesprochen wurde. Auf dem ersten Boden, hinten, zwanzig oder fünfundzwanzig Meter von ihm entfernt, saßen an einem flackernden Reisigfeuer zwei junge Frauen auf dem Fußboden. Das Feuer beleuchtete ihre Gesichter und zeichnete tänzelnde Schatten an die hohe Decke. Die beiden waren offensichtlich in ein Gespräch vertieft, aber ihre Blicke waren nicht aufeinander gerichtet, sondern in die Flammen, die aus dem glosenden Reisig züngelten. «Was machen Sie denn hier?» fragte der Doktor laut und ging auf sie zu. Die beiden sprangen erschrocken auf. «Ach, Sie sind's, Herr Doktor!» meinte die eine mit einem erleichterten Lachen. Der Doktor trat ans Feuer und setzte sich zwischen den beiden hin. «Ich wärme mich ein bißchen auf», sagte er. «Wenn Sie nichts dagegen haben.» Auch sie setzten sich wieder, zogen die Beine an und kicherten. «Können Sie mir eine Zigarette anbieten?» fragte er, ohne aus den Flammen aufzuschauen. «Meine sind naß wie ein Schwamm.» «Bitte, bedienen Sie sich», antwortete die eine. «Neben Ihnen, dort, an Ihren Füßen!» Der Doktor begann zu rauchen. Genüßlich blies er den Rauch aus. «Dieser Regen, wissen Sie!» erklärte die eine junge Frau. «Wir haben eben darüber geklagt, Mari und ich, daß es keine Arbeit gibt. Schlecht geht das Geschäft», sie lachte schallend auf, «und jetzt sitzen wir hier fest, wissen Sie.» Der Doktor drehte sich zur Seite, um auch dort Wärme abzubekommen. Seit er der älteren den Laufpaß gegeben hatte, war er den beiden Horgos-Töchtern nicht mehr begegnet. Er wußte, daß sie den ganzen Tag in der Mühle hockten und apathisch darauf warteten, daß ein Kunde käme oder der Kneipenwirt nach ihnen schickte. In der Siedlung ließen sie sich selten sehen. «Wir dachten nicht mehr, daß sich das Warten lohnt», fuhr die ältere Horgos-Tochter fort. «Meistens vergeht ein Tag wie der andere, wissen Sie, wir sitzen herum, und nichts passiert. Manchmal springen wir einander fast an die Gurgel, so unleidlich sind wir. Und Angst haben wir auch, so allein.» Die jüngere lachte heiser. «Und wie wir Angst haben!» Wie ein Schulmädchen lispelnd setzte sie hinzu. «Wir sind ja so einsam!» Bei diesen Worten lachten sie beide meckernd los. «Kann ich mir noch eine Zigarette nehmen?» fragte der Doktor mürrisch. «Natürlich, nehmen Sie nur, soll ich ausgerechnet Ihnen einen Korb geben!» Die jüngere lachte daraufhin noch gellender. «Ausgerechnet Ihnen einen Korb geben? Das ist gut, im Ernst, das hast du gut gesagt!» Doch gleich hörten sie wieder auf zu lachen und starrten müde ins Feuer. Dem Doktor tat die Wärme wohl, er wollte noch eine Weile warten und dann einigermaßen trocken und aufgewärmt weitergehen. Stumpf stierte er in die Flammen, sein Atem ging pfeifend. Die ältere Horgos-Tochter brach das Schweigen. Ihre Stimme klang teilnahmslos, heiser und bitter. «Sie wissen, ich bin längst zwanzig, und sie wird es demnächst. Ich darf gar nicht überlegen, darüber haben wir gesprochen, bevor Sie kamen, was aus uns hier werden soll. Manchmal vergeht einem schon die Lust an allem! Wissen Sie, wieviel wir auf die hohe Kante legen konnten? Können Sie es sich vorstellen? Ach, ich könnte morden, im Ernst!» Der Doktor starrte stumm ins Feuer. Auch die jüngere Horgos-Tochter schwieg; sie schlug die Beine auseinander und stützte die Hände hinter dem Rücken auf. Dann nickte sie. «Zu Hause haben wir den kleinen Schwerverbrecher auf dem Hals und die noch blödere Estike, dazu Mutter, die ständig lamentiert, wo versteckt ihr das Geld, rück raus mit dem Geld, immer nur Geld und Geld, was denken die sich denn? Die brächten es fertig, uns den letzten Schlüpfer wegzunehmen, glauben Sie mir! Und wenn ich sage, wir sollten endlich in die Stadt ziehen, auf das Drecknest hier pfeifen... War das ein Wirbel, den sie da gemacht hat! Wieso denn, was wir uns bloß vorstellen, kurz und gut... Aber dieses Leben hängt uns nun mal gründlich zum Hals heraus, stimmt's, Mari?» Die jüngere Horgos-Tochter winkte gelangweilt ab. «Hör schon auf mit dem Geschwafel. Entweder gehst du, oder du bleibst. Niemand hält dich, oder?» Die ältere brauste auf. «Du möchtest, daß ich mich verkrümle, ja? Stimmt's? Du kämst hier ganz gut allein zurecht! Nein, das dann doch nicht. Wenn ich gehe, kommst du mit.» Die jüngere verzog spöttisch das Gesicht. «Ach, jammre nicht so, sonst muß ich gleich heulen!» Ihre Schwester kam wieder in Rage, aber sie konnte nicht zu Ende sprechen, ihre Worte gingen in einem rauhen Husten unter. Wieder saßen sie wortlos da und rauchten. «Laß nur, Mari, demnächst gibt es hier Geld wie Heu!» meinte die größere Horgos-Tochter nach einer Weile. «Du wirst sehen, hier geht's bald wieder rund!» Die andere knurrte gereizt: «Sie müßten schon längst hier sein. Da ist was faul, ich ahne es.» «Ach wo, mach dir keine Sorgen. Ich kenne Kráner und alle anderen auch. Kaum ist er zu Hause, da rennt er schon seinem Schwanz hinterher, so war es immer, so wird es auch diesmal sein.» «Du glaubst doch nicht ernsthaft, er gibt die ganze Summe an?!» Der Doktor hob den Kopf. «Von was für Geld reden Sie?» Die größere winkte rasch ab. «Ach, unwichtig, wärmen Sie sich mal schön auf, Doktor, das ist die Hauptsache.» Er blieb noch ein paar Minuten sitzen, dann ließ er sich ein paar Zigaretten und trockene Streichhölzer geben und stieg die Treppe hinab. Ohne zu stolpern fand er zur Tür; durch den Spalt schlug schräg der Regen herein. Das Kopfweh hatte ein wenig nachgelassen, schwindlig war ihm nicht mehr, nur der Druck im Brustkorb, der wollte nicht weichen. Seine Augen gewöhnten sich schnell an das Dunkel, er fand sich ohne weiteres zurecht. Er kam erstaunlich schnell vorwärts, nur selten streifte er einen Ast oder Strauch; den Kopf hielt er zur Seite gewandt, damit ihm der Regen nicht voll ins Gesicht peitschte. Für einige Minuten stellte er sich unter das Vordach des einstigen Waagehauses, dann stapfte er zornig weiter. Vor und hinter ihm Stille und Finsternis. Er schimpfte laut auf Frau Kráner und erwog verschiedene Rachepläne, die er dann schnell wieder vergaß. Jetzt wurde er wieder müde, und er hatte das Gefühl, er müsse sich auf der Stelle irgendwo hinsetzen, sonst werde er zusammenklappen. Da erreichte er den befestigten Weg, der zur Kneipe führte, und beschloß, nicht mehr anzuhalten, bevor er am Ziel wäre. «Hundert Schritte, mehr wird es nicht sein», sagte er sich aufmunternd. Aus der Tür und dem kleinen Fenster der Kneipe leuchtete ihm Hoffnung spendendes Licht entgegen – die einzigen Punkte in der stockdunklen Nacht, an denen er sich orientieren konnte. Sie waren schon lächerlich nahe, aber je fester er den Blick auf sie richtete, um so stärker hatte er das Gefühl, sie entfernten sich von ihm. «Das ist nur ein vorübergehendes Unwohlsein, mehr nicht», stellte er fest und blieb einen Augenblick lang stehen. Er sah zum Himmel, der stürmische Wind trieb ihm den Regen ins Gesicht, und plötzlich meinte er, was er jetzt am dringendsten brauche, sei Hilfe. Doch so jäh, wie sie gekommen war, verging die Schwäche auch wieder. Er verließ den befestigten Weg und stand auch schon vor der Kneipentür, als ihn von unten her eine dünne Stimme ansprach. «Onkel Doktor!» Estike, die kleine Estike Horgos, griff nach seinem Mantel. Ihr strohblondes Haar und ihre knielange Strickjacke waren patschnaß. Den Kopf hielt sie gesenkt, und sie klammerte sich an seinen Mantel, als hätte sie nichts anderes zu tun, als sich daran zu klammern. «Das bist doch du, Estike, was willst du?» Die Kleine antwortete nicht. «Was hast du um diese Zeit hier zu suchen?» Seine Verwunderung schwand, ungeduldig versuchte er freizukommen, aber Estike – als hinge ihr Leben davon ab – ließ ihn nicht los. «Laß mich, du! Was ist denn? Wo ist deine Mutter?» Der Doktor ergriff ihre Hand, doch sie riß sich los, klammerte sich aber gleich wieder an den Ärmel seines Mantels, und so blieb sie stehen, stumm, mit gesenktem Kopf. Der Doktor gab ihr gereizt einen Klaps auf die Hand, sie ließ los, er machte unwillkürlich einen Schritt rückwärts, stolperte aber unglücklicherweise über das

Kratzeisen, vergebens balancierte er mit den Händen, er fiel der Länge nach in den Morast. Das Mädchen rannte erschrocken zum Fenster und beobachtete fluchtbereit, wie der dicke Mann sich aufrappelte. Er trat auf sie zu. «Komm her. Wirst du wohl gehorchen!» Estike lehnte sich ans Fenstergesims, stieß sich ab und eilte ungeschickt watschelnd auf den befestigten Weg. «Das hat mir noch gefehlt», brummte der Doktor verärgert. Dann rief er dem Mädchen nach: «Du hast mir gerade noch gefehlt! Wohin willst du? Bleib stehen! Komm sofort her!» Ratlos stand er vor der Kneipentür, er wußte nicht, was er von der Sache halten und was er jetzt machen sollte: endlich erledigen, weshalb er gekommen war, oder dem Kind folgen. «Die Mutter sitzt hier und säuft... die Schwestern huren in der Mühle, der Bruder... wer weiß, welchen Laden in der Stadt er gerade aufbricht... und die Kleine läuft hier im Regen herum. Da soll doch der Himmel zusammenbrechen über dieser Sippschaft!» Er ging bis zum befestigten Weg und rief in die Dunkelheit: «Estike! Ich tu dir nichts, he! Bist du nicht bei Trost? Komm sofort her!» Keine Antwort. Er folgte ihr. Ärgerlich überlegte er, daß er sein Haus überhaupt nicht hätte verlassen dürfen. Er war bis auf die Haut durchnäßt und fühlte sich sowieso miserabel, und nun auch noch dieses bescheuerte Kind, dieser Klammeraffe! Er wußte, was ihm widerfahren war, seit er aus dem Haus gegangen war, das war zuviel, das konnte er nicht verarbeiten. Enttäuscht konstatierte er, wie brüchig all das war, was er sich im langen und bitteren Kampf der Jahre aufgebaut hatte, und zähneknirschend sah er ein, daß auch er jetzt – obgleich groß und kräftig – gewissermaßen am Ende war: ein kleiner Spaziergang bis zur Kneipe («Und sogar mit einer Ruhepause!»), wahrhaftig keine große Entfernung, und bitte, die Luft bleibt weg, der Druck auf der Brust, die Beine schwach, der Körper ohne jede Kraft. Und was am schwersten wiegt, ohne Verstand läßt er sich hilflos treiben und hat keine Ahnung, warum er jetzt im strömenden Regen auf einer finsteren Straße einem Kind hinterherrennen muß, das nicht bei Sinnen ist. Noch einmal rief er nach Estike, in die Richtung, die sie vermutlich eingeschlagen hatte, dann blieb er stehen, er würde sie sowieso nicht einholen können. Und es war an der Zeit, daß er sich zusammennahm. Er kehrte um und bemerkte verwundert, daß er sich ziemlich weit von der Kneipe entfernt hatte. Nach zwei Schritten wurde ihm plötzlich schwarz vor Augen, er fühlte, wie ihm die Füße wegrutschten, für den Bruchteil einer Sekunde war er sich noch bewußt, daß er stürzte und in irgendeine Tiefe rollte, dann verlor er endgültig das Bewußtsein. Nur schwer und langsam kam er wieder zu sich. Er konnte sich nicht erinnern, wie er hierhergeraten war, sein Mund war voll Schlamm, dessen erdiger Geschmack ihm Brechreiz verursachte. Sein Mantel war völlig verschmutzt, seine Beine waren steif vor Kälte und Nässe, die drei Zigaretten aber, die er aus der Mühle mitgenommen hatte und in der geschlossenen Hand hielt, hatten den Sturz merkwürdigerweise unbeschadet überstanden. Er steckte sie in die Tasche und versuchte aufzustehen. Doch immer wieder rutschte er an der Steigung des steilen, morastigen Grabens ab, und erst nach mehreren Versuchen stand er wieder auf dem befestigten Weg. «Mein Herz! Mein Herz!» durchzuckte es ihn, und er legte erschrocken die Hände auf die Brust. Er fühlte sich sehr schwach, und er wußte, daß er ins Krankenhaus gehörte, auf dem kürzesten Weg. Doch solche Hoffnungen waren aussichtslos, in immer wieder neuen Attakken trommelte der Regen auf die Landstraße. «Ich muß mich ausruhen. Unter einem Baum... oder in der

Kneipe? Nein, jetzt gleich.» Er verließ die Straße und trat unter eine alte Akazie. Auf die Erde wollte er sich nicht setzen, darum hockte er sich nieder. Er gab sich Mühe, an nichts zu denken, sah nur starr vor sich hin. Ob er einige Minuten so verbrachte oder Stunden, er wußte es nicht. Im Osten wurde es langsam hell. Niedergeschlagen und doch mit vager Hoffnung beobachtete er, wie das Licht schonungslos die Landschaft überzog. Er hatte gehofft, aber auch befürchtet, daß es hell werden würde. Gern hätte er jetzt in einem warmen, anheimelnden Zimmer gelegen, unter den achtsamen Blicken weißhäutiger junger Pflegerinnen heiße Fleischbrühe gelöffelt und sich dann zur Wand gedreht. Nahe beim Haus des Straßenräumers merkte er, daß ihm drei Gestalten entgegenkamen. Sie waren noch weit, hoffnungslos weit entfernt, er sah, wie der Kleinste, noch ein Kind, gestenreich auf den Mann neben ihm einredete, hörte aber nicht, was er sagte; ein paar Meter dahinter folgte ihnen der dritte. Als sie endlich auf gleicher Höhe waren, erkannte er sie, doch was er ihnen zurief, wurde vom Wind verweht oder ging im Regen unter, denn sie schenkten ihm keine Beachtung, sie gingen an ihm vorbei. Er kam kaum dazu, sich darüber zu wundern, daß er soeben zwei grandiosen Gaunern begegnet war, die als tot galten; ein quälender Schmerz stach ihm in die Beine, seine Kehle war trokken. Der Morgen fand ihn auf der Landstraße zur Stadt, er hatte nicht umkehren wollen. Er schleppte sich eher, als daß er ging, voll wirrer Gedanken und erschreckt von grellen Stimmen über ihm. Eine Krähenschar hatte sich an seine Fersen geheftet, wie ihm schien, sie folgte ihm zäh und unerbittlich, ließ nicht von ihm ab. Als er gegen Nachmittag zur Abzweigung nach Elek kam, besaß er nicht mehr die Kraft, allein auf das Fuhrwerk zu klettern; Kelemen, auf dem Weg nach Hause, mußte ihn in das nasse Stroh hinter dem Bock ziehen. Auf einmal fühlte er sich federleicht, und lange noch, bis er einschlief, hörte er die rügenden Worte des Kutschers: «Herr Doktor, das hätten Sie nicht machen dürfen! Das hätten Sie nicht machen dürfen!»

# IV. Das Werk der Spinne (1)

*Liegende Acht*

«Du könntest ruhig einheizen!» sagte Kerekes, der Einödbauer. Herbstliche Dasselfliegen schwirrten um die gesprungene Lampenglocke und schrieben wirre Achten in das schwache Licht, stießen immer wieder gegen das schmutzige Glas und fielen nach dem dumpfen Aufprall in das selbstgewobene magnetische Netz zurück, um sich auf dieser endlosen, aber geschlossenen Flugbahn so lange weiterzubewegen, bis das Licht ausgeschaltet würde; die Hand jedoch, in der diese gnadenreiche Geste schlummerte, stützte noch das stoppelige Kinn des Wirtes, der, das Tönen des nicht enden wollenden Regens im Ohr, mit schläfrigem Blinzeln die Dasseln betrachtete und knurrte: «Der Deibel soll euch holen!» Auf einem wackeligen Eisenstuhl in der Ecke neben der Tür saß Halics, in bis zum Kinn zugeknöpfter Dienstwindjacke, die er – um sich überhaupt setzen zu können – in der Leistengegend knicken mußte, denn, um die Wahrheit zu sagen, Regen und Wind hatten sie beide nicht verschont, ihn hatten sie verunstaltet und durchweicht, um ihn letztlich seiner Konturen zu berauben, und aus der Jacke hatten sie jegliche Elastizität ausgewaschen, so daß sie Halics weniger vor den geschwätzig pladdernden Regengüssen schützte als vielmehr, wie er öfters sagte, «vor dem innerlichen Regen, der so leicht verhängnisvoll wird», denn der strömte Tag und Nacht ohne Unterlaß aus seinem müden Herzen und wusch seine schutzlosen Organe. Um seine Stiefel wuchs eine Pfütze, das leere Glas in der Hand wurde ihm schwer, und vergebens versuchte er zu überhören, wie hinten, mit den Ellbogen auf dem Billardtisch, den blinden Blick auf den Wirt gerichtet, Kerekes den Wein erst langsam durch die Zähne schlürfte und dann in plumpen, gierigen Zügen schluckte. «Du könntest ruhig einheizen, sag ich», wiederholte er und drehte den Kopf ein wenig nach rechts, damit ihm kein Laut entging. Der Schimmelmuff, der aus den Winkeln klomm, begleitete die Vorhut des Kakerlakenheeres, das an den hinteren Wänden herabstieg, rasch tauchte auch das Hauptkorps auf und verteilte sich über den geölten Fußboden. Der Wirt reagierte mit einer obszönen Gebärde, während er Halics mit einem verschwörerischen, hinterhältigen Lächeln in die Augen sah, doch nach der drohenden Erwiderung des Einödbauern («Mach hier keine Faxen, Holzkopf!») duckte er sich erschrocken auf seinem Stuhl. Hinter der Blechtheke hing schief ein kalkbespritztes Stück Plakat an der Wand, gegenüber, außerhalb des Lichtkreises der Lampe, neben einer ausgeblichenen Coca-Cola-Werbung, bohrte sich ein eiserner Kleiderhaken in die Luft, daran ein vergessener, eingestaubter Hut und ein Kittel; man hätte denken können, dort sei jemand aufgehängt worden. Kerekes ging auf den Wirt zu, die geleerte Flasche in der Hand, der Fußboden knarrte unter ihm, sein riesenhafter Körper schien den Raum auszufüllen, ähnlich wie ein Stier nach dem Ausbruch aus dem Pferch den Raum für einen Moment eng erscheinen läßt. Halics sah, daß der Wirt hinter der Tür des Lagerraums verschwand, und er hörte, wie er den Riegel vorschob; erschrocken, weil irgendwas geschah, aber auch ein wenig beruhigt nahm er zur Kenntnis, daß diesmal nicht er sich in das bedrückende Spalier der seit Jahren nicht angerührten, aufeinander getürmten Kunstdüngersäcke, Gartengeräte und Schweinefutterpackungen drücken mußte, umgeben von beißenden Gerüchen, den Rücken an die eiskalte Stahltür gepreßt, und er empfand etwas wie Heiterkeit oder eher wie Genugtuung darüber, daß nun der Herr über die funkelnden Weine als Gefangener des unberechenbaren, bärenstarken Einödbauern auf ein erlösendes Geräusch wartete. «Noch eine Flasche!» sagte Kerekes gereizt. Er zog einen Packen Papiergeld aus der Hosentasche, aber so schnell, daß ein Schein nach würdevollem Schweben neben seine unförmigen Schnürstiefel fiel. Weil Halics – wenn auch nur für Sekunden – die Gesetze des Augenblicks durchschaute, nach denen wahrscheinlich war, daß der andere nichts gemerkt hatte, und sicher, was er selbst jetzt würde tun müssen, stand er auf, aber er wartete noch, ob sich der Einödbauer nach dem Schein bücken würde, dann ging er, nachdem er sich geräuspert hatte, hin, nahm sein letztes Münzgeld aus der Tasche und öffnete die Hand. Klimpernd fielen die Münzen zu Boden, und als auch die letzte flachlag, kniete er sich hin, um sie einzusammeln. «Heb auch meinen Hunderter auf!» donnerte Kerekes. Halics, wissend, wie die Welt aufgebaut ist («Durchblick habe ich!»), ergriff mit der duckmäuserischen Hingabe eines Dieners, willfährig, wortlos und haßerfüllt, den Schein und gab ihn ihm. «Nur daß es kein Hunderter ist!» sagte er sich erschrocken. «Da hat er sich geirrt!» «Na, was ist?» knurrte der Einödbauer, da sprang er auf, klopfte sich die Knie ab und stützte hoffnungsvoll, aber in ehrerbietiger Distanz zu Kerekes die Ellbogen auf die Theke, als wäre nicht mit letzter Sicherheit klar, ob sich dessen Drängen nicht auf sie beide, den Wirt *und* ihn, bezog. Kerekes schien, soweit dies überhaupt möglich war, zu zögern, und in der Stille verstärkte sich Halics' schwache, gerade noch hörbare Stimme («He, wie lange sollen wir noch warten?») wie stets bei Worten, die man nicht zurücknehmen kann; der Zwang, daß er jetzt neben solchen Bärenkräften bestehen sollte, und die wachsende Distanz zu den Worten, die ihm versehentlich entschlüpft waren, schufen eine unbestimmte Gemeinsamkeit mit Kerekes, das einzige, was er zu akzeptieren vermochte – protestierte doch nicht nur sein verletztes Selbstwertgefühl, sondern gewissermaßen sein ganzes Wesen dagegen, daß er womöglich der ungeteilten Bruderschaft der Feiglinge zugeordnet werden könnte, deshalb diese erschrockene Zusammenarbeit. Als sich der Einödbauer langsam ihm zuwandte, wich Halics' geduckte, pflichtgemäße Treue einer merkwürdigen Ergriffenheit, denn er konnte stolz feststellen, daß sein blind abgegebener Schuß ins Schwarze getroffen hatte. Das alles kam unerwartet genug, dennoch setzte er, die fühlbare Überraschung des Bauern mit einem sofortigen und bedingungslosen Rückzug parierend, schnell noch hinzu: «Mich geht das natürlich nichts an...» Kerekes verlor allmählich die Geduld. Er senkte den Kopf und fühlte, daß auf der Theke abgewaschene Weingläser vor ihm standen; er hob schon die Faust, aber da öffnete der Wirt die Lagerraumtür und blieb auf der Schwelle stehen. Mit einer Schulter an den Türrahmen gelehnt, rieb er sich die Augen, die wenigen Minuten in seinem rückwärtigen Reich hatten genügt, daß die Erfahrung den jähen und letztlich lächerlichen Schreck («Wenn der mich angreift! Wenn diese Bestie mich angreift!») von seiner Haut abperlen ließ, von der Haut, ja, denn tiefer konnte kaum etwas dringen, und wenn doch, dann war das, als fiele ein Stein in einen bodenlosen Brunnen. «Noch eine Flasche!» sagte Kerekes und legte das Geld auf die Theke. Und da ihn der Wirt weiterhin nur aus der Ferne musterte, setzte er noch hinzu: «Du brauchst keine Angst zu haben, Holzkopf! Ich tu dir nichts. Nur mach mir keine Faxen.» Zu seinem Platz am Billard zurückgekehrt, setzte er sich vorsichtig, als befürchtete er, jemand könnte ihn ihm wegziehen, auf den Stuhl. Inzwischen wechselte der Wirt die Hand unter dem Kinn; vor die farblosen Fuchsaugen legte sich ein Schleier aus Argwohn und Verlangen nach etwas Konkretem, aus dem kreideweißen Gesicht strahlte die stickige Wärme unablässiger Bereitschaft, die die Haut träge macht und die Handflächen feucht; die zarten, glänzenden, länglichen Finger, die seit Jahren daran arbeiteten, eine perfekt aufgehaltene Hand zu formen, die mageren Schultern, der spitze Bauch... das alles reglos, nur die Zehen in den ausgetretenen Halbschuhen bewegten sich. Die bisher starr herabhängende Lampe begann zu schwanken, und der Halbkreis des Lichtes, das die Decke und den oberen Rand der Wände im Halbdunkel ließ und unten kraftlos die drei Männer, den mit Dauerbackwaren, Suppeneinlagen, Schnaps- und Weingläsern vollgestopften Ausschank, die Tische, die Stühle und die benommenen Dasseln hervorhob, geleitete die Kneipe wie ein schwankendes Schiff in die spätnachmittägliche Dämmerung. Kerekes öffnete die Flasche, zog mit der freien Hand das Glas heran und blieb so minutenlang unbeweglich sitzen, in der einen Hand den Wein, in der anderen das Glas, als hätte er vergessen, was er vorhatte, oder als schwächten sich in der Finsternis, in der er lebte, für eine Weile alle Wörter und Geräusche ab, als würde so – taub und blind – alles, was ihn umgab, schwerelos, auch der eigene Körper, das Gesäß, die Arme, die breitgestellten Beine; als wären ihm alle Fähigkeiten zum Tasten, zum Schmecken und zum Riechen abhanden gekommen, und vielleicht blieb in dieser tiefen Besinnungslosigkeit nichts weiter als das Donnern des Blutes im Innern und die kühle Mechanik der Organe, denn die geheimnisvollen Zentren seiner Hirnhälften hatten sich zurückgezogen in die höllenhafte Dunkelheit, auf das verbotene Territorium der Phantasie, woher sie dann immer aufs neue würden hervorbrechen müssen. Halics wußte nicht, was er von der Sache halten sollte, und rutschte unruhig hin und her, denn er hatte den Eindruck, Kerekes beobachte ihn. Es wäre zu leicht gewesen, hätte er die unerwartete Reglosigkeit als eine gemach kundgetane Einladung zur Versöhnung interpretiert; eher entnahm er dem jetzt ihm zugewandten toten Blick eine ungewisse Drohung, doch vergebens durchforschte er sein Gedächtnis, er hatte nichts getan, wofür er in dieser Minute zur Verantwortung gezogen werden könnte, zumal er sich in den schweren Stunden, wenn er, ein leidender Mensch, in die befreienden Tiefen der Selbstschmähung vordrang, eingestand, daß seine gewichtslos dahingleitenden zweiundfünfzig Jahre im ränkevollen Ringen der großen Schicksale und großen Lebensbahnen so bedeutungslos waren wie Zigarettenrauch in einem brennenden Haus. Freilich verschwand dieses kurze, ziellose Schuldbewußtsein (war es das überhaupt? Denn wenn das Schuldgefühl erst verglüht ist wie ein Komet, läßt das darauf folgende Zwielicht leicht auf ein unsauberes Gewissen schließen), bevor es tiefer dringen konnte, aufgesogen von der fordernden Hysterie des Gaumens, der Kehle, der Speiseröhre und des Magens, von jener ersten und letzten Not und Notwendigkeit, die ihn vor Zeiten hierhergetrieben hatte, lange noch bevor er hoffen konnte, Schmidt und der andere würden kommen und ausrechnen, wem wieviel zustand. Die Kälte machte alles nur noch schlimmer. So zog ein einziger Blick auf die neben dem Schusterschemel des Wirts gestapelten Weinkästen seine Phantasie in einen gefährlichen Strudel, der ihn endgültig zu verschlingen drohte, besonders jetzt, als er endlich den Wein aus der

Flasche des Einödbauers gluckern hörte; er konnte nicht widerstehen, eine höhere Macht lenkte seinen Blick so, daß er die vergänglichen Perlen im Glas aufsteigen sehen mußte. Mit niedergeschlagenen Augen hörte der Wirt zu, wie unter Halics' nahenden Schritten der Fußboden knarrte, und er sah auch nicht auf, als er Halics' säuerlichen Atem roch, auf den Schweiß schließlich, der ihm über das Gesicht rann, war er schon gar nicht neugierig, denn er wußte, beim drittenmal würde er doch nachgeben. «Du, Nachbar...» Halics räusperte sich umständlich. «Ein Glas, ein einziges!» Er sah ihn mit ernstem, zuverlässigem, ja geradezu kreditwürdig reinem Blick an und hob obendrein den Zeigefinger. «Nachher kommen sowieso Schmidt und Kráner. Du weißt...» Mit geschlossenen Augen hob er das Glas und trank langsam, in kurzen Zügen, den Kopf leicht nach hinten geneigt, und als es leer war, behielt er es noch eine Weile an den Lippen, damit auch der letzte Tropfen herausrinnen konnte. «Ein feiner Wein...» Er schnalzte verlegen mit der Zunge und stellte das Glas sanft und unentschlossen, wie jemand, der noch im letzten Augenblick etwas erhofft, auf die Theke, dann drehte er sich um und trottete vor sich hin murmelnd («Was für ein Tresterwein!») an seinen Platz. Kerekes' schwerer Kopf war auf das grüne Tuch des Billards gefallen, der Wirt entschwand aus dem Lampenlicht, er rieb sich kurz seinen eingeschlafenen Hintern, dann begann er, mit dem Wischlappen auf die Spinnweben ringsum einzuschlagen. «Halics, hör mal! Hörst du... He! Sag, was gibt es drüben?» Halics sah verständnislos drein. «Wo?» Der Wirt wiederholte seine Worte. «Ach so, im Kulturhaus! Ja, also...» Er kratzte sich am Kopf. «Nichts Besonderes.» «Trotzdem, was spielen sie?» «Äh!» Halics winkte ab. «Hab ich mindestens dreimal gesehen. Ich hab nur meine Frau hingebracht und bin gleich anschließend hierhergekommen.» Der Wirt setzte sich wieder auf den dreibeinigen Schemel, lehnte sich an die Wand und rauchte eine Zigarette an. «Nun sag schon, welchen sie spielen!» «Diesen... wie heißt er gleich... *Mittwoch in Harlem.*» «Ja?» Der Wirt nickte. Neben Halics knarrte der Tisch, danach seufzte mit einem trägen Knacken das faulende Holz der Theke, um der flüchtigen Stille eines alten Wagenrades zu antworten und das eintönige Gesumm der Dasselfliegen zu durchbrechen, somit Kunde gebend von allem Vergangenen und zugleich als Teil eines merkwürdigen Zeitpendels den vergangenheitslosen Verfall ins Gedächtnis rufend. Und wie eine hilflos in einem staubigen Buch blätternde Hand, die einen verschwundenen Leitgedanken zu finden hofft, versuchte bei diesem Knarren und Knacken der über die Kneipe streichende Wind dem Schlammbrei draußen wenigstens den Anschein einer Antwort zu geben, Kontakt zwischen Baum, Luft und Erde herzustellen und durch die unsichtbaren Risse in der Tür und den Mauern ins Innere zu dringen: Halics rülpste. Der Einödbauer schlief schnarchend, aus dem offenen Mund rann ihm der Speichel auf das Billardtuch. Unerwartet wie ein sich langsam aus der Ferne näherndes Geräusch, von dem man nicht genau weiß, ob es das Muhen einer Kuhherde auf dem Heimweg, das Brummen eines wimpelgeschmückten Schulbusses oder gar eine Militärkapelle ist, stieg aus den tiefen Buchten von Kerekes' Magen ein unkenntliches Geknurr, das sich an den trockenen und starren Lippen brach. «Hure...» und «groß...» oder «Schoß...», mehr verstanden sie nicht. Das Geknurr endete schließlich mit einer Handbewegung, die ein Schlag nach jemandem oder etwas sein mochte. Sein Glas fiel um, der Wein verlief so auf dem Tuch, daß die Form eines überfahrenen und plattgedrückten Hundes entstand, und wurde dann in zahlreichen Übergangsgebilden aufgesogen (aufgesogen? Nein! Er stürzte gleichsam durch die Fugen zwischen den Tuchfasern hinab und bildete auf der zerklüfteten Oberfläche der Bretter ein System von teils miteinander in Verbindung stehenden, teils isolierten Teichen), bis ein schwer definierbarer Fleck von ungewisser Form zurückblieb. Halics zischelte: «Geh zum Henker, verdammtes Saufloch!» Und er schüttelte wütend die Faust in Kerekes' Richtung, dann wandte er sich, als wollte er seinen Augen nicht trauen, in hilflosem Zorn und zugleich erklärend dem Wirt zu und murrte: «Kippt der den Wein um!» Der Wirt sah ihn lange und vielsagend an, dann erst warf er einen flüchtigen Seitenblick auf den Bauern, nicht einmal genau auf ihn, nur in seine Richtung, ihn gerade nur streifend, um den Schaden abzuschätzen. Mit einem verächtlichen Lächeln quittierte er die Gereiztheit des in solchen Dingen unerfahrenen Halics, dann kam er, vor sich hin nickend, auf etwas anderes zu sprechen. «Ein richtiger Kleiderschrank, nicht?» Halics blinzelte verwirrt in das spöttische Licht, das zwischen den halbgeschlossenen Augenlidern des Wirts zuckte, dann schüttelte er den Kopf und betrachtete den wie ein Stier hingestreckten Einödbauern. «Was meinst du», fragte er dumpf, «wieviel muß so einer essen?» «Essen?» entrüstete sich der Wirt. «Der ißt nicht, der frißt!» Halics ging zur Theke und stützte sich darauf. «Der verputzt ein halbes Schwein auf einen Streich! Glaubst du das?» «Glaub ich.» Kerekes entfuhr ein lauter Schnarcher, und sie verstummten. Staunend und ängstlich betrachteten sie den unverrückbaren, riesenhaften ruhenden Körper, den blutunterlaufenen Schädel, die aus dem Halbdunkel unter dem Billardtisch ragenden schmutzigen Schuhe, etwa so, wie man sich aus der doppelten Sicherheit von Gitter und Traum ein schlafendes Raubtier ansieht.

Halics suchte und fand – für einen Moment? Eine Minute? – Gemeinsamkeit mit dem Wirt, das warme Aufeinanderangewiesensein, die Selbstvergessenheit des Zusammentreffens der in den Käfig gezwängten Hyäne mit dem frei über ihr kreisenden Aasgeier, wenn ein Hilfloser Hilfe findet... Ein entsetzliches Krachen, als risse über ihnen der Himmel, schreckte sie auf. Gleich danach drang Helligkeit in den Raum, der Blitz war fast zu riechen. «Das war ganz nahe...» setzte Halics an, aber im selben Augenblick klopfte jemand kräftig an die Tür. Der Wirt sprang hoch, setzte sich aber nicht sofort in Bewegung, denn flüchtig hatte er das Gefühl, zwischen dem Blitz und dem Klopfen könne ein Zusammenhang bestehen. Er raffte sich erst auf, die Tür zu öffnen, als draußen mit Fäusten dagegen geschlagen wurde. «Da sind sie.» Halics riß die Augen auf. Zuerst versperrte ihm der Rücken des Wirts die Sicht, aber dann erblickte er nach den beiden schweren Stiefeln und der imprägnierten Windjacke Kelemens aufgedunsenes Gesicht mit der durchnäßten Schaffnermütze. Beide atmeten auf. Der Ankömmling klopfte sich fluchend das Wasser von der Jacke und warf sie auf den Ofen, dann fuhr er den Wirt, der sich noch, ihm den Rücken zukehrend, mit dem Riegel abmühte, ärgerlich an: «Seid ihr taub? Ich rüttle an dieser verfluchten Tür, jeden Augenblick kann mich der Blitz erschlagen, aber kein Aas macht auf!» Der Wirt ging hinter die Theke zurück, füllte Schnaps in ein Glas und schob es dem Alten hin. «Bei so einem Donnerwetter», rechtfertigte er sich, «ist es doch wahrhaftig kein Wunder...» Mit flinken und stechenden Blicken suchte er zu erforschen, was Kelemen in solchem Regenwetter hierhergetrieben haben mochte, warum ihm das Glas in der Hand zitterte, warum er so geheimnisvoll dreinsah. Vorerst stellten weder er noch Halics eine Frage; draußen krachte es wieder am Himmel, und als wollte alles Wasser auf einmal herab, begann es tosend zu schütten. Der Alte wrang, so gut es ging, die Nässe aus dem Mützenstoff, stellte mit einigen geübten Bewegungen die ursprüngliche Form der Mütze wieder her, setzte sie auf und kippte sorgenvoll den Schnaps. Vor seinem geistigen Auge sah er, wie er die Pferde eingespannt und mit angehaltenem Atem in der tiefen Finsternis den verlassenen Weg eingeschlagen hatte, der seit Menschengedenken nicht mehr benutzt wurde (Unkraut und niedriges Gestrüpp hatten sich breitgemacht), sah die beiden aufgeregten Köpfe der Pferde vor sich, wie sie sich immer wieder verständnislos dem ratlosen, aber entschlossenen Mann hinter ihnen zuwandten, sah ihre peitschenden Schwänze, hörte ihr Keuchen und das jämmerliche Ächzen des Wagens auf dem Weg voll drohender Tümpel und sah sich auf dem Bock stehen und im weit über die Knöchel reichenden Schlamm, wie er sich, den Zügel haltend, dem scharfen Wind entgegenstemmte, und eigentlich glaubte er es jetzt erst wirklich, jetzt; er wußte, ohne diese Neuigkeit hätte er sich nie auf den Weg gemacht, nichts anderes hätte ihn zwingen können, denn jetzt wußte er sicher, daß es stimmte, und schon sah er sich im Schatten wahrer Größe, einem einfachen Soldaten auf dem Schlachtfeld vergleichbar, der den noch nicht ausgesprochenen Befehl seines Generals erahnt und losgeht, bevor er dazu aufgefordert wird. Tonlos liefen die Bilder von neuem vor seinen Augen ab, in immer starrerer Folge, als habe alles, was der Mensch für erinnernswert hält, eine unabhängige und unauflösbare Ordnung; solange die Erinnerung arbeitet, um ihn mit Gewißheit zu erfüllen und sein so leicht verfliegendes Dasein zum Sein zu erheben, zwingt sie den Menschen – indem sie die lebendigen Gesetzesfäden dieser Ordnung aus dem versponnenen Gewebe der Ereignisse heraushebt –, den Abstand zum eigenen Leben nicht mit der Freiheit, sondern mit der verkrampften Zufriedenheit des Besitzenden zu überbrücken; jetzt also, beim ersten Erinnern, empfand er alles, was geschehen war, eher noch als erschreckend, aber bald würde er sich schon mit der Besorgtheit des Besitzers an diese Erinnerung klammern, bis er sich – wie schon so oft in den paar Jahren, die man noch vor sich hat – dieses Bild ein letztes Mal ins Gedächtnis rufen würde, in der trauervollsten Stunde der Nacht aus dem kleinen Nordfenster des Einödhauses gelehnt, allein und schlaflos, auf das Morgenrot wartend. «Woher kommen Sie?» fragte der Wirt schließlich. «Von daheim.» Halics trat überrascht näher. «Das ist mindestens eine halbe Tagesreise...» Der Ankömmling zündete sich wortlos eine Zigarette an. «Zu Fuß?» fragte der Wirt zögernd. «Ach wo. Mit Pferd und Wagen. Auf dem alten Weg.» Schon wärmte ihn der Schnaps, blinzelnd sah er mal in das eine, mal in das andere Gesicht, aber noch rückte er nicht mit der Sprache heraus, er wußte nicht, wie er anfangen sollte, irgendwie war die Gelegenheit nicht günstig: Er hätte kaum genau sagen können, was er eigentlich erwartet hatte, wenngleich er sich darüber im klaren war, daß diese Leere, diese aus den Wänden strömende Langeweile bloßer Anschein war, denn er konnte schon (als Lohn für den Boten) den wilden, feierlichen Lärm hören, der sich unter fieberhaftem Treiben bald in diesem unsichtbaren, aber um so realeren Schnittpunkt der Siedlung erheben würde; trotzdem hatte er mit mehr gerechnet, mit viel mehr Aufmerksamkeit, als der Wirt und Halics gemeinsam ihm schenken konnten, denn er meinte, das Schicksal sei nicht gerecht zu ihm, wenn es ihm in einem so entscheidenden Augenblick ausgerechnet diese beiden Männer vor die Nase setzte, den Wirt, von dem ihn bodenlose Abgründe

trennten, denn für einen, der für ihn als Fahrgast zum
«Reisepublikum» gehörte, war er einfach einer von vielen Säufern, und Halics, diesen ausgetrockneten
Schlauch, dem Begriffe wie Disziplin und Bestimmtheit,
Kontaktfreudigkeit und Zuverlässigkeit weder heut
noch morgen etwas sagen würden. Gespannt beobachtete der Wirt den überschatteten Nacken des Schaffners, er atmete behutsam. Halics wiederum dachte, bis
Kelemen endlich zu erzählen begann: Jemand ist gestorben. Der Wirt sorgte dafür, daß sich die Neuigkeit in
der Siedlung schnell herumsprach, und die halbe
Stunde, bis er zurückkehrte, genügte Halics voll und
ganz, heimlich – aber ohne Umschweife und handgreiflich – zu untersuchen, was sich hinter der für ihn nichtssagenden Aufschrift RIESLING auf den Etiketten all der
Weinflaschen auf der Theke in Wirklichkeit verbarg,
und er fand auch Zeit, mittels eines blitzschnellen Versuchs – in Anwesenheit eines Schlafenden und eines
Dösenden – seine lang gehegte Vermutung, der zufolge
die Farbe der neuen Verbindung, die beim Mischen von
Wein und Wasser entsteht, der ursprünglichen Farbe des
Weins täuschend ähnlich ist, bestätigt zu sehen. Zur selben Zeit, als er seine Untersuchung erfolgreich abschloß,
glaubte Frau Halics auf dem Weg zur Kneipe über der
Mühle eine Sternschnuppe zu sehen. Sie blieb stehen
und legte die Hand aufs Herz, aber vergebens nahm sie
mit forschenden Blicken das immer störrischer wie eine
Glocke über sie herabsinkende Himmelsgewölbe in
Augenschein, sie mußte einsehen, daß es ihr wohl wegen der unerwarteten Aufregung nur vor den Augen
geflimmert hatte; doch die Ungewißheit, der schiere
Gedanke an Irimiás und dazu der bedrückende Anblick
der verlassenen Umgebung lasteten so schwer auf ihr,
daß sie kehrtmachte, zu Hause unter dem Stapel der
kantig geplätteten Bettwäsche die zerlesene Bibel her-

vorkramte und, sie mit wachsendem Schuldbewußtsein an sich drückend, erneut losging; bald erreichte sie die befestigte Straße, auf der sie – während in ihr die Erkenntnis mit der Schnelligkeit einer Erleuchtung heranreifte – gegen den Regen die einhundertsieben Schritte bis zur Kneipe zurücklegte. Um ein wenig Zeit zu gewinnen – denn aus ihrer Aufregung und dem schrecklichen Durcheinander ihrer hilflos sprudelnden Worte würde mit klarer Eindeutigkeit die unwiderstehliche Offenbarung hervorgehen, daß die biblischen Zeiten angebrochen waren, hielt sie vor der Kneipentür inne und riß sie, um, wie festgewurzelt auf der Schwelle stehend, den überraschten Gesichtern entgegenzuschleudern: AUFERSTEHUNG!, erst auf, als sie überzeugt war, unfehlbar das richtige Wort gefunden zu haben, das mit seinem Gehalt die überwältigende Wirkung, die die Ereignisse selbst zwangsläufig erzeugen mußten, noch steigern würde. Auf den Ruf hin hob der Einödbauer erschrocken den Kopf, der Schaffner schnellte wie von einer Nadel gestochen in die Höhe, und auch der Wirt blieb nicht untätig, er stieß sich mit solcher Kraft und überstürzter Plötzlichkeit nach hinten ab, daß er mit dem Kopf gegen die Wand schlug und ihm schwarz vor den Augen wurde. Dann erkannten sie Frau Halics. Der Wirt konnte sich nicht verkneifen, sie grob anzufahren («Um Gottes willen, Frau Halics, was ist denn mit Ihnen los!»), und ging daran, den samt Beschlag herausgerissenen Riegel wieder an der Tür festzuschrauben. Halics zog seine Frau in höchster Verlegenheit zum nächsten Stuhl (was nicht leicht war: «Komm schon, herrgottnochmal, es regnet herein!»), um die aufgeregt Gestikulierende mit zustimmendem Nicken zu beschwichtigen, aber ihr Wortschwall, abwechselnd getragen von hochmütigem Pathos und winselndem Entsetzen, endete erst, als sie merkte, daß sich Schaffner und Wirt spöttisch angrinsten; erzürnt rief sie: «Das ist nicht zum Lachen! Überhaupt nicht zum Lachen!»; da erst gelang es Halics, sie auf einen Stuhl neben dem seinen am Ecktisch zu drücken. Sie verstummte gekränkt und blickte, die Bibel an den Busen gedrückt, über die Sünder hinweg in irgendwelche lichte Höhen; die gewonnene Gewißheit verschleierte ihr den Blick. Wie ein Pflock aus der Erde ragte Frau Halics jetzt aus dem Spannungsfeld der gebeugten Schädel und gekrümmten Rücken, und der Platz, den sie von nun an stundenlang nicht würde verlassen wollen, war gewissermaßen ein Leck im geschlossenen Raum der Kneipenstube – ein Leck, durch das ungehindert die warme Luft ausströmte, um lähmenden, eisigen, giftigen Winden Platz zu machen. In der spannungsvollen Stille war nur das Gesumm der Dasseln und von fern das Rauschen des unaufhaltsam fallenden Regens zu hören, und beide Geräusche verband ein immer öfter auftretendes Knistern, das seltsame nächtliche Wirken in den draußen sich neigenden Akazien, den Tischbeinen und dem Unterbau der Theke, das mit unregelmäßig pulsierenden Signalen die Parzellen der Zeit vermaß, unbarmherzig die Räume bestimmend, in die ein Wort, ein Satz oder eine Gebärde restlos hineinpaßte. Diese Nacht gegen Ende des Monats Oktober hatte einen einzigen Pulsschlag, der nach einer mit Wort und Vorstellungskraft nicht erfaßbaren Ordnung in den Bäumen, im Regen und im Schlamm, im Dämmerschein, in der träge aufziehenden Dunkelheit und in den müde arbeitenden Muskeln, in der Stille, in den Gegenständen und in den Windungen der gewellten Straße einen eigentümlichen Rhythmus trommelte; das Haar gehorcht einem anderen Takt als die zerschleißenden Gewebe am Körper, Wachstum und Verfall schlagen verschiedene Richtungen ein, und dennoch: Das tausendfach widerhallende Pochen und der verworren klopfende nächtliche Lärm sind anscheinend Elemente eines gemeinsamen Bestrebens, die Verzweiflung zu überdecken: Hinter den Dingen treten hartnäckig andere Dinge in Erscheinung, und jenseits der Sichtgrenze hängen sie nicht mehr zusammen. So sind sie wie eine ewig offen gelassene Tür: ein nie schließendes Schloß. Ein Spalt: ein Riß. Der Wirt sah ein, daß es vergebliche Mühe wäre, am verfaulten Rahmen ein Stück lebendiges Holz zu suchen; er warf den Riegel weg und ersetzte ihn durch einen Keil; ärgerlich setzte er sich wieder auf seinen Schemel («Spalt bleibt Spalt», sagte er und fand sich damit ab), um, solange es ging, den Frieden seines Körpers der zunehmenden Ruhelosigkeit entgegenzusetzen, die hernach – er wußte es – kaum mehr von ihm weichen würde. Denn alles war vergebens: Kaum daß die jähen Rachegelüste Frau Halics gegenüber erwacht waren, wurden sie von dieser abgrundtiefen Verzweiflung erdrückt. Er blickte auf die Tische, um festzustellen, wie lange Wein und Schnaps noch vorhalten würden, stand dann auf und zog die Lagerraumtür hinter sich zu. Jetzt, als er ungesehen war, ließ er seinem Zorn freien Lauf, mit drohenden Handbewegungen und gräßlich grimassierend lief er in dem Rostgeruch («Liebesgeruch...» hatte er früher wiederholt festgestellt, als der Raum noch Aufenthaltsort der Horgos-Töchter war) die seit Jahren von unangerührten Waren begrenzten Gänge ab, wie immer, wenn ihm zwecks Lösung dringender Probleme nach langem und einsamem Grübeln war: bis unter das Fenster, das zwei Finger dicke Eisengitterstäbe und dichtes Spinngewebe gegen diebisches Eindringen von der Straße her schützten, an den Mehlsäcken zur Seite und zwischen den Mauern hochgetürmter Nahrungs- und Futtermittel hindurch bis zu dem kleinen Tisch, auf dem er seine Geschäftsbücher und Aufzeichnungen, den Tabak und seine persönlichen Dinge verwahrte, dann wieder zurück bis zu dem Fensterchen, wo er – nach einer ohne innere Leidenschaft ausgestoßenen Schmähung gegen den Schöpfer, der ihn mit diesen mörderischen Spinnen ruinieren wolle – nach rechts abbog und, über einen zusammengefegten Haufen aus Schmutz und ausgerieseltem Saatgut tretend, bald wieder die Stahltür erreichte. Er glaubt an keine Auferstehung, nicht ums Verrecken, das überläßt er der Frau Halics, er kennt solcherlei Humbug zur Genüge; aber ein wenig Unruhe wird ihm wohl erlaubt sein, wenn sich von einem Toten plötzlich herausstellt, daß er lebt. Er hat seinerzeit keinen Grund gehabt anzuzweifeln, was der kleine Horgos so energisch behauptete, er hat ihn sogar beiseite genommen und gründlich nach Einzelheiten ausgefragt, und wenn er auch wegen dieser oder jener Kleinigkeit den Eindruck gehabt hat, daß gewisse Pfeiler der Geschichte nicht so stehen, wie sie müßten, ist ihm gar nicht in den Sinn gekommen, die Nachricht selbst könnte falsch sein. Aber – das muß nun gefragt werden – welchen Grund mag der kleine Horgos zu dieser dummen Schwindelei gehabt haben? Er selbst kann jederzeit unterschreiben, daß es einen verdorbeneren Bengel auf dem Erdenrund noch nicht gegeben hat, und niemand soll ihm einreden wollen, ein Kind könnte so etwas ohne äußere Einflußnahme, ja ohne aufgehetzt zu werden, frei erfinden. Was ihn betrifft, so ist er jedenfalls fest davon überzeugt: selbst wenn jemand die beiden in der Stadt gesehen haben will, bleibt die Tatsache ihres Todes bestehen. Überrascht ist er keineswegs, Irimiás war das ohne weiteres zuzutrauen. Er ist bereit, alles über diesen dreckigen Stromer zu glauben, denn daß es sich bei den beiden um gemeine Ganoven handelt, das steht fest. Er gelangte zu einem Entschluß: wie auch immer die beiden auftreten, er wird nicht weich werden, der Wein hat nämlich seinen Preis. Ihn geht es letztlich nichts an, seinetwegen können sie Gespenster sein, aber wer hier trinkt, der zahlt. Er wird nicht zuschustern. Er hat nicht ein Leben lang geschuftet und nicht deshalb unter bitterem Schweiß den Laden hier aufgebaut, damit irgendwelches flatterhaftes Gesindel umsonst bei ihm Wein pichelt. Auf Pump wird nichts verkauft, nicht wahr, und Großzügigkeit gehört sowieso nicht zu seinen Stärken. Außerdem – es ist ja nicht ausgeschlossen, daß Irimiás und den anderen *tatsächlich* ein Auto totgefahren hat. Wieso? Hat denn außer ihm noch niemand von Scheintoten gehört? Irgendwie hat man sie in dieses jammervolle Leben zurückgezerrt, na und? Beim Entwicklungsstand der modernen Medizin ist das seiner Ansicht nach nicht unmöglich, wenngleich es in diesem Fall unklug war. Wie auch immer, ihn interessiert das nicht; er ist nicht aus solchem Holz geschnitzt, daß er vor einem verdächtigen «Toten» erschrickt. Er setzte sich an den kleinen Tisch, säuberte ihn von den Spinnweben, blätterte das Lagerbuch auf, nahm ein Blatt Papier und einen abgenagten Stummel von Bleistift und warf, die Angaben auf der letzten Seite fieberhaft addierend und begleitet von unverständlichem Gemurmel, ungelenk Zahlen aufs Papier:

$$10 \times 16 \text{ B.} \quad \text{à}/4 \times 4$$
$$9 \times 16 \text{ L.} \quad \text{à}/4 \times 4$$
$$8 \times 16 \text{ W.} \quad \text{à}/4 \times 4$$
$$\text{Res. 2 K.} \quad 31{,}50$$
$$3 \text{ K.} \quad 5{,}60$$
$$5 \text{ K.} \quad 3{,}-$$

Versonnen und stolz betrachtete er die von rechts nach links geneigten Zahlen und empfand zugleich einen unermeßlichen Haß auf die Welt, die es diesen niederträchtigen Schurken ermöglichte, daß sie neuerdings ihn als Zielscheibe für ihre schmutzigen Pläne wählten; im allgemeinen war er imstande, seinen Jähzorn («Was für ein Naturell!» pflegte seine Frau zu den Nachbarn in der Stadt zu sagen) und seine Verachtung dem großen Traum seines Lebens unterzuordnen: Sollte dieser jemals Wirklichkeit werden, mußte er ständig auf der Hut sein – ein unbedachtes Wort, eine falsche Berechnung, und alles lag in Trümmern. Aber manchmal kann der Mensch seinem Charakter nicht befehlen, und das geht immer mit Verlusten einher. Er war mit der Schöpfung zufrieden, denn er hatte herausgefunden, woraus er seinem großen Traum eine Grundlage schaffen konnte. Aus dem Maß des Abscheus und Hasses, die ihn umtosten, hatte er schon in jungen Jahren fast auf den Fillér genau den für ihn abfallenden Gewinn errechnen können. Mithin würde ihm – das war klar – ein solcher Fehler nicht unterlaufen! Zuweilen jedoch befiel ihn Zorn; dann zog er sich hierher zurück, um sich, vor unbefugten Blicken verborgen, auszutoben. Ja, aufpassen konnte er. Auch darauf, daß er keinen Schaden anrichtete. Er trat gegen die Wand oder schmiß, wenn es hochkam, eine leere Holzkiste an die Stahltür, mochte die ruhig Krach machen. Aber jetzt konnte er sich das wirklich nicht erlauben, womöglich wäre es drüben zu hören. Und wie bei anderer Gelegenheit flüchtete er sich auch diesmal zu den Zahlen. Denn in den Zahlen steckte eine geheimnisvolle, aussagekräftige Klarheit, eine töricht unterschätzte edle Schlichtheit, und zwischen diesen beiden konnte sich das prickelnde Bewußtsein herausbilden: «Es gibt Perspektiven.» Aber findet sich eine Zahlenreihe, die diesen stacheligen, grauhaarigen, leblos dreinblickenden, pferdeköpfigen Irimiás zu besiegen vermag, diesen Dreck, diesen Auswurf, dieses Ungeziefer, das in die Abortgrube gehört?

Wo ist die Zahl, die diese unsägliche Heimtücke, diese Höllenbrut in die Knie zwingt? Unzuverlässig? Undurchsichtig? Worte reichen hier nicht aus. Jede Formulierung erweist sich hier als zu schwach. Nicht Wörter werden hier gebraucht. Sondern Kraft. Einer, der endlich zuschlägt! Kraft muß her, nicht weichliches Gewäsch! Er strich das soeben Geschriebene durch, aber hinter den Strichen hervor sahen ihn die deutlich lesbaren Zahlen um so vielsagender an. Sie informierten ihn nicht mehr nur über den Bestand der Wein-, Bier- und Limonadenflaschen in den Kästen, o nein! Sie begannen ihm immer mehr zu erzählen. Und er bemerkte, daß er zugleich wuchs und wuchs. Je vielsagender seine Zahlen wurden, desto machtvoller wurde sein Ich. Seit einigen Jahren genierte ihn das Wissen um seine schauerliche Großartigkeit geradezu. Flink lief er zu den Erfrischungsgetränken, um sich zu überzeugen, daß ihn sein Gedächtnis nicht trog. Ihn beunruhigte, daß seine linke Hand unstillbar zu zittern begonnen hatte. Was blieb ihm übrig, er mußte sich endlich der bedrückenden Frage stellen. «Was will Irimiás?» Aus der Ecke hörte er eine verschleierte Stimme, und einen Moment lang erstarrte ihm das Blut in den Adern; er glaubte, zu allem Überfluß könnten seine dämonischen Spinnen auch noch sprechen. Er wischte sich über die Stirn, lehnte sich an die Mehlsäcke und steckte eine Zigarette in den Mund. «Da hat hier einer vierzehn Tage umsonst gesoffen und traut sich noch mal her! Kommt einfach zurück, aber auf welche Weise! Als wär's ihm zuwenig gewesen! Ich werde diese Säufer rausschmeißen! Ich mache überall das Licht aus! Ich nagle die Tür zu! Ich verbarrikadiere mich!» Er verlor den Kopf. Erneut sauste er durch seine selbst geschaffenen Gänge. «Wie war es: Er ist auf den Einödhof gekommen und hat gesagt, brauchst du Geld, wenn ja, dann steck überall Zwiebeln. Einfach so... zwischen zwei Sätzen. Was für Zwiebeln, frage ich. Rote, sagt er. Ich habe gesteckt. Und es hat sich gelohnt. Dann habe ich dem Donauschwaben die Kneipe abgekauft. Denn die großen Dinge sind immer ganz einfach. Und vier Tage nach der Eröffnung steckt er seine Sperbernase durch die Tür und wagt zu sagen, alles habe ich (ausgerechnet ich!) ihm zu verdanken, und nun wird er vierzehn Tage umsonst saufen und hinterher nicht einmal danke schön sagen! Und jetzt? Kommt er vielleicht, um zurückzunehmen, WAS MIR GEHÖRT? Gütiger Himmel! Was wird aus der Welt, wenn eines Tages Hinz und Kunz hereinschneien und sagen kann, scher dich zum Teufel, hier bin ich der Boss! Was wird dann aus diesem Land? Ist hier gar nichts mehr heilig? Nein, nein, meine lieben Freunde! Es gibt auch noch Gesetze auf der Welt!» Sein Blick wurde klar, er beruhigte sich. Nüchtern zählte er die Kästen mit den Erfrischungsgetränken. «Mensch!» Er schlug sich an die Stirn. «Man verliert ein bißchen die Fassung, und schon läuft etwas schief.» Er nahm sich das Lagerbuch vor, schlug auch das Heft auf, strich erneut die letzte Seite durch und begann zufrieden zu schreiben:

$$9 \times 16 \text{ L. } \text{à}/4 \times 4$$
$$11 \times 16 \text{ B. } \text{à}/4 \times 4$$
$$8 \times 16 \text{ W. } \text{à}/4 \times 4$$
$$\text{Res. 3 K. } 31{,}50$$
$$2 \text{ K. } 3{,}–$$
$$5 \text{ K. } 5{,}60$$

Er warf den Bleistift auf den Tisch, steckte das Heft ins Lagerbuch und dieses in das Schubfach, rieb sich die Knie und zog den Riegel an der Stahltür auf. «Warten wir's ab.» Nur Frau Halics war aufgefallen, wie lange er in diesem abscheulichen Lagerraum geblieben war, und jetzt verfolgte sie alle Bewegungen, die er machte, mit stechenden Blicken. Halics lauschte verschreckt der seltsamen Geschichte des Schaffners. Er machte sich so klein wie möglich, zog die Beine an, versenkte die Hände in die tiefen Taschen und versuchte so, möglichst wenig Angriffsfläche zu bieten für den Fall, daß im nächsten Augenblick jemand über sie alle herfiel. Es genügte doch wirklich, fand der Wirt, daß zu so ungewöhnlicher Zeit, zerzaust und aufgeregt, der Schaffner hier aufgetaucht war (das letzte Mal war er im Sommer in der Siedlung gewesen), genau so, wie eines Abends wildfremde Männer in knöchellangen, abgewetzten Mänteln zu der friedlich beim Essen sitzenden Familie in die Küche treten, um Furcht und Verwirrung weckend mit müder Stimme bekanntzugeben, der Krieg sei ausgebrochen, dann in dem großen Schreck noch rasch an den Küchenschrank gelehnt ein Glas hausgemachten Schnaps kippen und für alle Ewigkeit aus der Gegend verschwinden. Und was sollte er von dieser plötzlichen Auferstehung halten, von diesem Fiebern und Hasten allenthalben? Verstimmt nahm er zur Kenntnis, daß sich ringsum alles verändert hatte: Die Tische und Stühle standen anders, ihre Füße hatten helle Flecken auf dem geölten Fußboden zurückgelassen; anders war die Ordnung der Weinkästen an der Wand, auf der Theke herrschte eine auffällige Sauberkeit. Sonst hatten die so schön gestapelten Aschenbecher nutzlos herumgestanden, weil sowieso alle die Asche auf den Fußboden schnippten – jetzt, sieh an, prangte einer auf jedem Tisch! Die Kippen zu einem sauberen Haufen in die Ecke gefegt! Was sollte das alles? Ganz zu schweigen von den verfluchten Spinnen, kaum saß man ein Weilchen still da, mußte man sich schon von ihren Netzen befreien. «Ach, meinetwegen. Aber dieses Weibsbild soll endlich der Teufel holen...» Kelemen wartete, bis der Wirt ihm sein Glas wieder gefüllt hatte, dann stand er auf. «Ich muß mir das Kreuz ein bißchen geraderichten!» sagte er und bog den Rumpf laut ächzend und rhythmisch mehrmals nach hinten. Dann kippte er den Schnaps hinunter. «So wahr ich hier stehe, glauben Sie mir. Nicht mal der Hund hinter dem Ofen muckste sich, so still war es. Und ich hab nur dagesessen und große Augen gemacht. Ich dachte, ich bin besoffen. Aber es waren die beiden, lebendig und in voller Größe!» Frau Halics musterte ihn kühl. «Und haben Sie wenigstens aus der Lektion gelernt, sagen Sie?» Der Schaffner drehte sich ärgerlich um. «Aus was für einer Lektion?» «Nichts haben Sie gelernt», fuhr Frau Halics traurig fort und deutete mit ihrer bibelgläubigen Hand auf sein Glas. «Sie picheln immer noch!» Der Alte brauste auf. «Bitte? Ich pichle? Wie kommen Sie dazu, mir so etwas zu sagen!» Halics schluckte ein paarmal, dann sagte er, um Verständnis bittend: «Nehmen Sie's nicht ernst, Herr Kelemen. Sie ist immer so, leider.» «Aber wie sollte ich das nicht ernst nehmen! Ich muß schon bitten!» knurrte der. «Was denkt ihr euch denn?» Nun schritt, wie es sein Beruf verlangte, der Wirt ein. «Immer mit der Ruhe. Erzählen Sie nur weiter. Mich interessiert's.» Frau Halics wandte sich aufgewühlt an ihren Mann. «Du bringst es fertig, ruhig dazusitzen, als wäre nichts passiert? Dieser Kerl beleidigt deine Frau! Das hätte ich nicht von dir erwartet!» Aus ihr strahlte eine so tiefe und unerklärliche Verachtung, daß Kelemen – obwohl er die Sache eigentlich nicht auf sich beruhen lassen wollte – das Wort im Hals steckenblieb. «Äh... wo war ich stehengeblieben?» fragte er den Wirt nach einer Weile, schneuzte sich und legte das Taschentuch sorgfältig zusammen, Kante auf Kante. «Ach ja. Daß die Zapferin frech wurde, und da...» Halics schüttelte den Kopf. «Nein, so weit waren wir noch nicht.» Kelemen knallte ärgerlich das Glas auf den Tisch. «So geht das nicht!» Der Wirt bedachte Halics mit einem tadelnden Blick und machte dem Schaffner ein Zeichen wie «na, lassen Sie sich nicht bitten!». «Nein, danke. Ich bin fertig!» fauchte der und zeigte auf Halics. «Soll der doch erzählen! Er war dabei, nicht? Da wird er es wohl besser wissen!» «Kümmern Sie sich nicht um die da», meinte der Wirt. «Die verstehen das nicht. Glauben Sie mir, die verstehen das nicht.» Kelemen nickte besänftigt; der Alkohol erwärmte seine Knochen, sein aufgedunsenes Gesicht war gerötet, die Nase schien geschwollen. «Ja, also... Wir waren bei der Zapferin. Und da dachte ich, jetzt haut Irimiás ihr sofort, aber sofort ein paar runter, doch nein! Alles ging seinen Gang. Was für ein freches Volk! Genau solche wie die hier... Ich kenne sie vom Sehen, der Fahrer vom Kohlenhof war da, zwei Transportarbeiter aus dem Sägewerk, dann der Turnlehrer aus der Schule Nummer eins und ein Nachtkellner aus dem Restaurant und noch ein paar. Allen Ernstes, ich habe Irimiás' Selbstbeherrschung bewundert... aber wir müssen... ich muß ihm recht geben. Was soll er mit denen? Was sollen wir mit denen? Ich wartete, bis sie sich über ihren Rum hermachten, denn das tranken sie alle beide (ja, wie ich's sage, Rum), dann, als sie am Tisch saßen, bin ich zu ihnen gegangen. Irimiás hat mich erkannt... gleich erkannt und umarmt und gesagt, na so was, mein Freund, sieht man dich mal wieder? Er hat der Zapferin ein Zeichen gemacht, und sie sprang wie ein Grashüpfer, dabei war gar kein Ausschank mehr, und er hat gleich eine Lage geschmissen.» «Eine Lage?...» fragte der Wirt befremdet. «Eine Lage», beteuerte Kelemen. «Was ist daran so seltsam? Zum Reden hatte er keine Lust, das merkte ich, also habe ich mich mit Petrina unterhalten. Er hat mir alles erzählt.» Frau Halics lauschte vorgebeugt, sie wollte sich nichts entgehen lassen. «Ach nee, alles. Ausgerechnet dem wird er alles erzählen», warf sie trocken und spöttisch ein. Bevor sich der Schaffner umdrehen konnte, um diese Hexe anzufunkeln, beugte sich der Wirt über die Theke nach vorn und legte ihm eine Hand auf die Schulter. «Ich sage doch, kümmern Sie sich nicht darum. Und was hat Irimiás inzwischen gemacht?» Kelemen riß sich zusammen und rührte sich nicht. «Irimiás hat manchmal genickt. Gesagt hat er sonst nicht viel. Sondern nachgegrübelt über irgend etwas.» Der Wirt schluckte. «Nachgegrübelt, sagen Sie... über irgend etwas?» «Ja. Zuletzt hat er nur gesagt: Wir müssen gehen. Wir treffen uns noch, Kelemen. Ein bißchen später bin auch ich gegangen, ich konnte das Gesindel einfach nicht ertragen, außerdem hatte ich bei Fleischer Hochan im Rumänischen Viertel zu tun. Es wurde schon dunkel, als ich mich auf den Heimweg machte, aber am Schlachthof bin ich noch im «Trichter» eingekehrt. Dort bin ich dem jüngeren Tóth begegnet, der vor Jahren mein Nachbar war, und der sagte, Irimiás hat den Nachmittag – angeblich! – bei Steigerwald verbracht, dem aufgeflogenen Jagdwaffenhändler, und es ging um irgendwelches Schießpulver, das haben jedenfalls die Steigerwald-Kinder hartnäckig behauptet. Dann bin ich nach Hause gegangen. Und bevor ich an der Abzweigung nach Elek, Sie wissen, am Schwarzen Weg, abgebogen bin, habe ich mich umgedreht, ich weiß selber nicht, warum. Ich wußte gleich, das können nur sie sein, obgleich sie noch ziemlich weit entfernt waren. Ich ging ein Stück weiter, aber nur so weit, daß ich die Abzweigung noch sehen konnte, und tatsächlich, ich hatte mich nicht getäuscht, sie waren es und bogen, ohne zu zaudern, auf die befestigte Straße ein. Dann, zu Hause, habe ich auf einmal begriffen, wohin, warum und weshalb.» Der Wirt hörte vorgebeugt zu, befriedigt und mit pfiffiger Miene beobachtete er

Kelemen; er ahnte, daß das, was er hörte, nur ein Stückchen, ein Bruchteil der Geschehnisse war und obendrein wahrscheinlich erlogen. Er hatte genug Zutrauen zu Kelemen, um anzunehmen, daß er den Trumpf so leicht nicht ausspielen würde. Ohnehin wußte er, daß niemand freiwillig auspackte, weshalb er auch niemandem Glauben schenkte, wie er jetzt auch dem Schaffner kein Wort glaubte, wenngleich er viel auf das gab, was er sagte. Er war überzeugt, selbst wenn man wolle, könne man nicht die Wahrheit sagen, darum maß er der ersten Variante einer Geschichte keine besondere Bedeutung bei, immerhin aber doch diese: «Kann sein, daß etwas passiert ist...» Was genau aber geschehen ist, läßt sich – so meinte er – nur durch gemeinsame Anstrengungen herausfinden, indem man sich immer wieder neue Varianten anhört, bis einem zuletzt nichts weiter übrigbleibt, als abzuwarten; zu warten, daß die Wahrheit von einem Augenblick auf den anderen urplötzlich ans Licht kommt; dann werden auch die weiteren Einzelheiten des Ereignisses sichtbar, und wenn man will, kann man rückwirkend überprüfen, in welcher Reihenfolge die einzelnen Elemente der ursprünglichen Geschichte hätten aufeinander folgen müssen. «Wohin, warum und weshalb?» fragte er schmunzelnd. «Hier gibt es doch allerhand zu tun, oder?» lautete die Antwort. «Mag sein», stimmte der Wirt kühl zu. Halics rückte näher an seine Frau heran («Was für haarsträubende Worte, Jesses! Da läuft es einem ja kalt über den Rücken...»), sie wiederum wandte ihm langsam das Gesicht zu. Eingehend musterte sie seine schlaffen Züge, seine stargrauen Augen, seine niedrige, vorspringende Stirn. Aus solcher Nähe erinnerte Halics' schlaffe Gesichtshaut an Fleisch- und Speckschichten, wie sie in unwirtlichen Schlachthausecken übereinander geworfen werden, seine stargrauen Augen an die mit Entengrütze bewachsene Wasserfläche im Brunnen auf dem Hof verlassener Häuser und seine niedrige, vorspringende Stirn an die Stirn dieser Mörder, deren Fotos man zuweilen in der Zeitung sah und dann nie mehr vergessen konnte. Ebenso schnell, wie sie gekommen war, verschwand die flüchtige Anteilnahme, die sie für diesen Mann empfand, und an ihre Stelle drängte sich ein Satz, der jetzt kaum angebracht schien: Jesus ist groß! Sie verscheuchte das dringende Verlangen, ihren Mann zu lieben, denn noch ein Hund hatte mehr Ehre im Leib als er; aber was sollte sie machen? So stand es eben im Buch des Schicksals geschrieben. Ihrer harrte vielleicht ein stiller Winkel im Himmelreich, aber was konnte Halics erhoffen, was würde seine verrohte, sündige Seele belasten? Frau Halics vertraute der Vorsehung und sah dem Fegefeuer zuversichtlich entgegen. Die Bibel schwenkend sagte sie streng: «Du tätest besser daran, das zu lesen! Einstweilen!» «Ich? Du weißt, Muttchen, daß ich nicht...» «Du!» unterbrach sie ihn. «Ja, du! Dann trifft dich das Unvermeidliche wenigstens nicht so unvorbereitet.» Diese gewichtigen Worte erschütterten Halics nicht, immerhin nahm er das Buch mit einer unwilligen Grimasse in die Hand, um des lieben Friedens willen. Dann nickte er anerkennend, während er das Gewicht der Bibel abschätzte, und schlug sie vorn auf. Empört nahm Frau Halics sie ihm aus der Hand. «Nicht die Schöpfungsgeschichte sollst du lesen, Unseliger!» Und geübt blätterte sie zur Apokalypse. Halics kam mit dem ersten Satz nur schwer zu Rande, aber bald konnte er aufhören und so tun, als läse er, denn die strenge Aufmerksamkeit seiner Frau ließ ein wenig nach. Und obwohl die Wörter seinen Verstand nicht erreichten, war der Büchergeruch, der ihm in die Nase stieg, von überaus wohltuender Wirkung auf ihn; nur mit einem Ohr lauschte er dem Zwiegespräch zwischen Kerekes und dem Wirt und dann zwischen dem Schaffner und dem Wirt («Regnet es noch?» «Ja.» Und: «Was ist mit dem da?» «Stinkbesoffen.»), denn allmählich kehrte sein Orientierungssinn zurück, der von Irimiás ausgelöste Schreck ließ nach, er konnte die Distanz zur Theke, die Trockenheit seiner Kehle und die Geschlossenheit des Kneipenraums wieder sinnlich wahrnehmen. Schon erfüllte ihn ein wohliges Gefühl, daß er hier im sicheren Bewußtsein, so sei er Gefahren weniger ausgesetzt, unter Menschen sitzen durfte. «Mein Wein für diesen Abend ist gesichert. Was interessiert mich alles andere!» Und als er Frau Schmidt in der Tür erblickte, kitzelte sogar eine neckische kleine Hoffnung sein weiches Rückgrat: «Kann man wissen? Gut möglich, daß ich auch für sie noch Geld haben werde!» Doch angesichts der stechenden Blicke seiner Frau blieb ihm nicht viel Zeit für Träumereien, und er beugte sich über das Buch wie ein durchgefallener Schüler über seine Hausaufgaben, während er gleichzeitig gegen den keinen Widerspruch duldenden Blick der Mutter und die glühenden sommerlichen Verlockungen der Außenwelt ankämpfen muß. Denn für Halics war Frau Schmidt der personifizierte Sommer, die unerreichbare Jahreszeit für einen, der nur den mörderischen Herbst, den sehnsuchtslosen Winter und den erregten, unerfüllten Frühling kennt. «Oh, Frau Schmidt!» Beflissen lächelnd schnellte der Wirt hoch, und während Kelemen schwankend den Fußboden nach dem Keil absuchte, der die Tür bislang versperrt gehalten hatte, geleitete er die Frau zum Stammtisch, wartete, bis sie sich gesetzt hatte, und neigte sich dann zu ihrem Ohr, um den ihrem Haar entströmenden kräftigen und herben Kölnischwasserduft, der den ätzenden Geruch des Haarfettes kaum verdrängte, einsaugen zu können. Es war kaum zu sagen, was ihm lieber war, dieser österliche Duft oder jener irritierende Dunst, der ihn ans Ziel lockte wie einen Bullen im Frühjahr. «Halics wundert sich schon, wo Ihr Mann bleibt. Was darf ich bringen?» Frau Schmidt drängte ihn mit ihren schnuckeligen Ellbogen ab und hielt Umschau. «Einen Kirsch?» erkundigte er sich zutraulich und mit unbeirrtem Lächeln. «Nein», entgegnete Frau Schmidt. «Oder doch. Einen ganz, ganz kleinen.» Mit Haß sprühenden Augen, glühendem Gesicht und bebenden Lippen belauerte Frau Halics jede Bewegung des Wirtes; Gefühle wallten auf in ihrem vertrockneten Körper und ebbten ab, so sehr packte sie die Leidenschaft, daß sie sich gar nicht entscheiden konnte, was sie tun sollte: diesem abscheulichen Sündenpfuhl den Rücken kehren oder den schurkischen Lüstling, der mit bösen Tricks schutzlose Geschöpfe einwickelte und dieser reinen, dieser unschuldigen Seele da die Sinne verwirren wollte, rechts und links ohrfeigen. Am liebsten hätte sie Frau Schmidt auf der Stelle unter ihre Fittiche genommen («auf den Schoß, und sie streicheln…»), damit sie nicht den Grobheiten des Wirtes ausgesetzt war, aber sie konnte nichts unternehmen. Sie wußte, daß sie ihre Gefühle nicht verraten durfte, denn das wäre sofort falsch ausgelegt worden (gab es deswegen doch sowieso schon ein ewiges Getuschel hinter ihrem Rücken!), und sie ahnte auch, was für eine Art Bund man dieser Ärmsten aufgezwungen hatte und was sie noch erwartete. Tränen traten ihr in die Augen, so saß sie da, mit hohlem Kreuz und schweren Lasten auf den knochigen Schultern. «Haben Sie schon gehört?» fragte der Wirt mit entwaffnender Liebenswürdigkeit, stellte Frau Schmidt den Schnaps hin und zog, so gut er konnte, seinen Spitzbauch ein. Frau Halics fauchte aus ihrer Ecke: «Sie hat gehört. Natürlich hat sie.» Düster, mit zusammengepreßtem Mund, setzte sich der Wirt auf seinen Schemel, und Frau Schmidt hob vornehm mit zwei Fingern das Glas an die Lippen, dann – als hätte sie sich inzwischen anders besonnen – leerte sie es mit männlichem Schwung in einem Zug. «Und sagen Sie mal, sind es bestimmt die beiden?» «Na klar!» antwortete der Wirt überlegen. «Irrtum ausgeschlossen!» Eine tiefe Erregung überkam Frau Schmidt, sie merkte, wie ihre Haut feucht wurde, Gedankenfetzen schwirrten ihr ungeordnet und ungehörig durch den Kopf, deshalb drückte sie mit der linken Hand kräftig den Tischrand, damit sie sich in ihrem plötzlich hereingebrochenen Glück bloß nicht verriet. Sie muß noch aus der Soldatentruhe die Sachen heraussuchen, die ihr gehören, sie muß überlegen, was sie benötigen wird und was nicht, wenn sie morgen früh – oder womöglich gar schon heute nacht? – losgehen; denn keinen Augenblick lang ist zu bezweifeln, daß Irimiás' ungewöhnlicher – ungewöhnlicher? Eher phantastischer! – Besuch («Wie sehr das für ihn spricht!» dachte sie stolz) kein Zufall ist... Sie, Frau Schmidt, erinnert sich noch genau an jene Worte... oh, kann man sie überhaupt je vergessen? Und das alles jetzt, im letzten Moment! Die hinter ihr liegenden Monate und die schrecklichen Minuten der Todesnachricht hatten ihr schon jeden Glauben genommen, sie hatte jeder Hoffnung und allen liebgewonnenen Plänen entsagt, und fast hätte sie sich schon mit einer erbärmlichen – und unvernünftigen – Flucht begnügt, nur um wegzukommen. Dumme Kleingläubigkeit! Sie hat doch immer gewußt, daß ihr dieses verdammte Leben noch etwas schuldet! Sie hat allen Grund zu hoffen, zu warten! Und nun muß sie nicht länger dahinsiechen, die Qual ist zu Ende! Wie oft hat sie sich das vorgestellt, wie oft davon geträumt! Und jetzt ist es soweit. Der große Augenblick ist da! Mit Augen, die vor Haß und beinahe schon gegenstandsloser Verachtung glühten, betrachtete sie forschend die verschwimmenden Gesichter. Sie konnte kaum an sich halten. «Euch laß ich hier sitzen. Krepiert doch allesamt. So wie ihr seid. Der Blitz soll euch erschlagen. Der Satan holen. Sofort.» Große, konturenlose Pläne erwachten in ihr zu neuem Leben, Lichter, beleuchtete Schaufensterreihen, modische Musik, teure Unterwäsche, Strümpfe und Hüte («Hüte!») schwebten ihr vor Augen, Pelzmäntel, die sich weich und kühl anfassen, hellerleuchtete Hotels, üppige Frühstücke, große Einkäufe, und abends, ABENDS, Tanz... Sie schloß die Augen. Unter ihren geschlossenen Lidern kehrte der seit ihrer Mädchenzeit sorgsam gehütete, ins Asyl gezwungene zauberhafte Traum (von einem hundertmal und tausendmal durchlebten «Teenachmittag im Salon»...) zurück, aber in ihrem wild pochenden Herzen machte sich auch die alte Verzweiflung breit: Was hat sie nicht alles versäumt! Wie wird sie jetzt – so plötzlich! – zurechtkommen? Wie soll sie sich verhalten in dem wirklichen Leben, das über sie hereinbrechen wird? Mit Messer und Gabel essen, das geht noch irgendwie, aber was wird sie mit den tausenderlei Schminken und Pudern und Krems anfangen, wie wird sie den Gruß der Bekannten und die Komplimente erwidern, wie soll sie ihre Kleider tragen und auswählen, und wenn sie gar ein Auto haben werden – Gott behüte! –, was dann? Sie nahm sich vor, jeweils ihrer ersten Eingebung zu folgen und im übrigen alles genau zu beobachten. Wenn sie es bei einem so abstoßenden, rotgesichtigen Trottel wie diesem Schmidt ausgehalten hat, wird sie dann an Irimiás' Seite verzweifeln? Sie hat nur einen Mann gekannt – Irimiás –, der sie sowohl im Bett als auch im Leben hochbringen konnte. Irimiás, dessen kleinen Finger sie nicht für alle Schätze der Welt hingäbe, von dem ein Wort mehr bedeutet als das Gerede sämtlicher Männer zusammen... Ach ja, die Männer! Wo ist hier ein Mann – außer ihm? Etwa

Schmidt mit seinen ewigen Schweißfüßen? Oder Futaki mit seinem Hinkebein und der vollgepißten Hose? Oder der Wirt? Der da? Mit seinem spitzen Bauch, seinen fauligen Zähnen und seinem stinkenden Atem? Sie kennt alle dreckigen Betten der Umgebung, aber einem wie Irimiás ist sie vorher nicht und nachher nicht begegnet. «Diese jämmerlichen Visagen. Eine Schande, daß ich hier bin. Überall, noch aus den Wänden heraus, dieser unerträgliche Gestank. Wie bin ich bloß hierhergeraten? Was für ein Dreck. Was für ein Misthaufen. Was für widerliche Stinktiere!» «Wie man's auch nimmt», dachte Halics, «dieser Schmidt ist ein Glückspilz.» Schmachtend musterte er ihre breiten Schultern, ihre drallen Schenkel, ihr hochgestecktes Haar, ihre noch im Mantel so prachtvollen, gewaltigen Brüste, und in seiner Phantasie... (Er steht auf, um sie einzuladen. Zu einem Glas... Schnaps. Dann? Dann kommen sie ins Gespräch, und er hält um ihre Hand an. Aber, aber, würde sie da sagen, Sie sind doch schon verheiratet. Macht nichts, würde er da antworten.) Der Wirt setzte Frau Schmidt ein neues Glas Schnaps vor, und während sie es in kleinen Schlucken leerte, lief Halics das Wasser im Mund zusammen. Frau Halics bekam eine Gänsehaut. Daß der Wirt der Frau Schmidt Schnaps brachte, ohne daß sie bestellt hatte, und daß sie den Schnaps trank, als hätte sie ihn bestellt, ließ ihren Verdacht zur Gewißheit werden. «Sie ist seine Geliebte geworden!» Sie schlug die Augen nieder, damit man ihr nichts ansah. Zorn und Wut jagten durch ihre Adern vom Herzen bis zu den Zehen hinab. Sie war nahe daran, den Kopf zu verlieren. Doch sie fühlte sich in der Falle, sie konnte ja nichts unternehmen, es genügte, daß sowieso schon andauernd getuschelt wurde; aber sie hielt es auch nicht aus, ohnmächtig daneben zu sitzen, während sie dort so ruhig, als wären sie allein, ihren sündigen Umtrieben nachgingen. Aber da drang unversehens – vom Himmel inspiriert, sie hätte es schwören können – ein reines Licht in die schreckliche Dunkelheit, die auf ihrer Seele lag. «Ich bin eine Sünderin!» Mit verkrampften Fingern ergriff sie die Bibel und stimmte stumm, doch innerlich schreiend und sich an jedes Wort klammernd, das Vaterunser an. «Nicht erst gegen Morgen!» rief der Schaffner. «Als ich ihnen an der Abzweigung begegnet bin, kann es nicht später als sieben, höchstens acht Uhr gewesen sein! Und von dort müssen sie es, da können sie noch so langsam gehen, bis Mitternacht schaffen. Wenn ich», fuhr er vorgebeugt fort, «den Weg hierher in anderthalb, zwei Stunden, na schön... sagen wir, in drei, vier Stunden zurückgelegt habe, und die Pferde konnten in dem Morast manchmal nur im Schritt gehen, dann werden ihnen wohl vier, fünf Stündchen genügen?» Der Wirt hob den Zeigefinger. «Es wird Morgen, Sie werden sehen! Der Weg ist voller Löcher und Pfützen. Und daß es auf dem alten Weg drei bis vier Stunden dauert, brauchen Sie mir nicht zu sagen. Natürlich! Der alte Weg führt pfeilgerade hierher. Aber sie kommen auf dem befestigten! Und der schlägt einen Bogen, als müßten sie ein Meer umgehen. Mir brauchen Sie das alles nicht zu erklären, ich stamme von hier.» Kelemen konnte kaum noch die Augen aufhalten; er winkte nur ab, dann legte er den Kopf auf die Theke und schlief ein. Hinten hob Kerekes langsam seinen kahlgeschorenen, von alten Narben entstellten Schädel, die Müdigkeit hielt ihn geradezu ans Billard genagelt. Minutenlang lauschte er dem ausdauernd herabströmenden Regen. Er rieb sich die steifen Schenkel und schüttelte sich fröstelnd, dann fuhr er den Wirt an: «Holzkopf! Warum machst du nicht endlich Feuer in diesem ausgefickten Ofen?» Die Zote hatte einigen Erfolg. Frau Halics nämlich pflichtete ihm bei. «So ist es. Ein bißchen Wärme wäre schön.» Der

Wirt verlor die Geduld. «Nun sag mal, was quatschst *du* mich hier so blöd an? Das hier ist kein Wartesaal, sondern eine Gaststätte!» Kerekes brüllte: «Ich dreh dir den Hals um, wenn es in zehn Minuten, verstehst du, nicht warm ist!» «Schon gut. Schrei doch nicht», antwortete der Wirt nachgiebig, sah Frau Schmidt an und grinste scheinheilig. «Wie spät ist es?» Der Wirt blickte auf seine Uhr. «Elf. Höchstens zwölf. Wir werden es erfahren, wenn die anderen kommen.» «Welche anderen?» fragte Kerekes. «Ich meine nur so.» Der Einödbauer stützte die Ellbogen auf den Billardtisch, gähnte und griff nach seinem Glas. «Wo ist mein Wein geblieben?» fragte er dumpf. «Du hast ihn verschüttet.» «Holzkopf, du lügst.» Der Wirt zuckte grienend die Achseln. «Nein, du hast ihn wirklich verschüttet.» «Dann bring mir neuen.» Der Zigarettenrauch wogte gemächlich über den Tischen, aus der Ferne war – plötzlich einsetzend, plötzlich abbrechend – wütendes Hundegekläff zu hören. Frau Schmidt schnupperte. «Was ist das für ein Geruch? Vorhin war er noch nicht da», fragte sie verwundert. «Nur die Spinnen. Oder das Öl», antwortete mit süßlicher Stimme der Wirt und kniete sich vor den Ölofen, um einzuheizen. Frau Schmidt schüttelte den Kopf. Sie schnupperte an ihrem Regenmantel, dann weiter unten, am Stuhl, schließlich hockte sie sich hin und suchte aufmerksam weiter, das Gesicht fast am Fußboden. Plötzlich richtete sie sich auf und sagte: «Es ist die Erde.»

## V. Das Netz zerreißt

Es war nicht leicht. Seinerzeit hatte sogar sie zwei Tage gebraucht, bis sie endlich herausfand, wohin sie die Füße setzen, woran sie sich festhalten und wie sie sich durch das auf den ersten Blick hoffnungslos eng scheinende Loch pressen mußte, das sich an der Rückseite des Hauses unter dem Vordach befand, wo ein paar Bretter fehlten; jetzt dauerte es freilich nur noch eine halbe Minute: Mit gewagten, aber geschickt abgestimmten Bewegungen sprang sie auf den mit einer schwarzen Plane abgedeckten Holzstapel, hielt sich an der Dachrinnenhalterung fest, steckte das linke Bein in die Öffnung und bewegte es seitwärts, dann kroch sie mit dem Kopf voran in einem Schwung hinein, stieß sich mit dem anderen Bein ab und stand auch schon in dem einst für Tauben abgetrennten Teil des Dachraums, in diesem ihrem Reich, dessen Geheimnis sie allein kannte; hier brauchte sie nicht die unerwarteten und unverständlichen Attacken ihres Bruders zu befürchten, und daß sie durch längere Abwesenheit nicht den Argwohn der Mutter und der Schwester weckte, die ihr – wenn es herauskäme – diese Ausflüge erbarmungslos verbieten würden (und dann wären alle weiteren Anstrengungen vergeblich), darauf achtete sie instinktiv. Aber jetzt zählte das nicht! Sie zog sich die nasse Trainingsjacke aus, zupfte ihr Lieblingskleid, das rosafarbene mit dem weißen Kragen, zurecht, setzte sich vor das Fenster und hörte mit geschlossenen Augen bibbernd und sprungbereit zu, wie der Regen auf die Ziegel prasselte. Mutter schlief unten im Haus, die Schwestern waren heut auch zum Mittagessen nicht heimgekommen, so schien es fast sicher, daß man sie am Nachmittag nicht suchen würde, höchstens Sanyi, von dem sie nie wußte, wo er sich gerade herumtrieb, und der deshalb immer unverhofft auftauchte, als forschte er auf dem Einödhof nach der Erklärung für irgendein verborgenes Geheimnis, das nur so – mit einem plötzlichen Überraschungsangriff – aufzudecken wäre. Eigentlich hätte sie kaum einen Grund zu Befürchtungen gehabt, denn letzten Endes suchte man sie nie, im Gegenteil, eher gebot man ihr streng, sich fernzuhalten, besonders wenn ein Besucher im Haus weilte, und das geschah oft. So geriet sie ins Niemandsland, konnte sie doch nicht beiden Aufforderungen zugleich Folge leisten: weder in der Nähe der Tür bleiben noch sich allzuweit entfernen, denn sie wußte, daß sie jederzeit gerufen werden konnte (so: «Lauf und hol eine Flasche Wein!», oder: «Bring mir mal drei Päckchen Zigaretten, Kossuth, vergißt du es auch nicht, mein Kind?»), und wehe, sie war ein einziges Mal nicht zur Stelle, dann würde man sie endgültig aus dem Haus jagen. Denn nur das blieb; die Mutter nämlich hatte sie, nachdem sie im gegenseitigen Einverständnis aus der Hilfsschule in der Stadt zurückgeholt worden war, für die Hausarbeit eingespannt, doch in der Furcht vor Schelte zerbrachen die Teller auf dem Fußboden, blätterte das Email von den Töpfen, blieb das Spinngewebe in den Ecken hängen, war die Suppe ohne Geschmack und der Paprikasch versalzen, bis sie schließlich die einfachsten Aufgaben nicht mehr erledigen konnte und aus der Küche verscheucht werden mußte. Fortan verrannen ihr die Tage in verkrampftem Warten, sie verzog sich hinter die Scheune oder unter das Vordach hinterm Haus, wenn es regnete, denn von dort aus hatte sie die Küchentür so im Blick, daß sie von drinnen zwar nicht gesehen werden, aber beim ersten Ruf zur Stelle sein konnte. In der ständigen Wachsamkeit geriet bald die Ordnung ihrer Sinnesorgane aus den Fugen: Ihr Sehvermögen beschränkte sich fast ausnahmslos auf die Küchentür, diese jedoch nahm sie mit ungeheurer Schärfe, mit beinahe schon reißendem Schmerz wahr; an ihr erfaßte sie alle Einzelheiten gleichzeitig, oben die beiden schmutzigen Scheiben und den mit Reißzwecken befestigten Spitzenvorhang dahinter, unten die angetrockneten Schlammspritzer, die waagrechte Linie der Klinke, kurz, das ganze alarmierende Netz der Formen, Farben und Linien; in der in Stücke zerfallenden Zeit nahm sie auch die verschiedenen Zustände der Küchentür wahr, die jeweils von einem anderen Grad der Gefahren und Möglichkeiten kündeten. Wenn die Tür sich jäh bewegte, kam rundherum alles in Schwung: die Mauer des Hauses oder die Krümmung des Regenabflusses lief an ihr vorbei, das Fenster flitzte davon, zur Linken schwammen der kleine Stall und der vernachlässigte Blumengarten vorüber, der Himmel über ihr setzte sich in Bewegung, der Boden unter ihren Füßen rannte weg, und schon stand sie vor der Mutter oder der Schwester, ohne daß sie hatte sehen können, wie die Küchentür sich öffnete, auf einmal stand sie vor ihnen. Die Sekunde, bis sie den Blick senkte, genügte, sie zu erkennen, mehr brauchte sie nicht, und von da an und noch lange danach schien die undeutliche Gestalt der Mutter oder der Schwester wie hineingenagelt in den Raum voller zappelnder Gegenstände, blicklos nahm sie wahr, daß *diese dort sind und sie hier ist*,

                                              ihnen gegenüber,

              unten,

und sie wußte auch, daß die drei sie so sehr überragten, daß das Bild, falls sie jemals zu ihnen aufblickte, vielleicht zerspränge, da ihr offenkundiges Recht, derart aufzuragen, so ins Auge sprang, daß allein schon der Anblick es zerstören mochte. Die bis dahin brausende Stille hielt nur bis zur bewegungslosen Tür an, dort nun mußte sie warten, bis durch den pulsenden Lärm der gereizte Befehl der Mutter oder der Schwestern zu ihr drang («Da bleibt einem ja das Herz stehn! Was rempelst du mich an? Du hast hier nichts zu suchen! Los, geh spielen!»), bis der Lärm sich mit der Entfernung abschwächte – während sie zur Scheune oder unters Vordach zurücklief – und der Erleichterung wich, denn was unterbrochen worden war, konnte nun seinen Fortgang nehmen. Von Spielen konnte natürlich nicht die Rede sein; nicht daß sie nicht eine Haarpuppe, ein Märchenbuch oder eine Glasmurmel zur Hand gehabt hätte, Dinge, mit denen sie – falls ein Fremder auf dem Hof erschien oder die drinnen einen kontrollierenden Blick auf sie warfen – den Anschein aufrechterhalten konnte, sie spiele unbeirrt weiter; doch wegen der unablässigen Bereitschaft hatte sie nicht den Mut und seit einiger Zeit auch nicht mehr die Kraft, sich in irgendein Spiel zu vertiefen. Das fiel ihm nicht allein deshalb schwer, weil die dazu geeigneten Dinge den jeweiligen Launen ihres Bruders unterworfen waren, der gnadenlos bestimmte, was sie wie lange behalten durfte, sondern weil sie gleichsam pflichtgemäß spielte, zum Selbstschutz, um den Erwartungen der Mutter und der Schwestern gerecht zu werden, die – und das wußte sie sehr wohl – lieber duldeten, daß sie sich Spiele suchte, die «nicht ihrem Alter gemäß sind», als die Schande zu ertragen, daß sie («wenn sie könnte!») Tag für Tag «krankhaft herumschnüffelt und uns ständig belauert». Nur hier oben, im einstigen Unterschlupf der Tauben, fühlte sie sich in Sicherheit; hier mußte sie nicht spielen, hier gab es keine Tür (die hatte Vater im Vorgriff auf ein

Vorhaben, das nun ewig im dunkeln bleiben würde, zugenagelt), durch die jemand hereinkommen, und kein Fenster, durch das jemand hereingucken könnte, und an dem vorspringenden Dachfenster für die Tauben hatte sie selbst mit Reißzwecken zwei aus einer Illustrierten herausgerissene farbige Bilder angebracht, damit die Aussicht schöner wurde: Das eine zeigte eine Küstenlandschaft mit untergehender Sonne, auf dem anderen war ein schneebedeckter Gipfel mit einem lauschenden Hirsch im Vordergrund zu sehen... Das alles war jetzt natürlich nicht mehr wichtig! Von der Bodentreppe her zog es, sie fröstelte. Sie betastete die Trainingsjacke, aber die war noch nicht getrocknet, deshalb breitete sie einen ihrer wertvollsten Schätze, eine aus dem hinten in der Küche gelagerten Plunder gerettete weiße Spitzengardine, über sich, das war immer noch besser als hinunterzugehen, die Mutter zu wecken und um trockene Sachen zu bitten. Daß sie so mutig sein würde, hätte sie sich einen Tag vorher noch gar nicht vorstellen können: Wäre sie gestern so naß geworden, hätte sie sofort die Kleidung gewechselt, denn sie wußte, wenn sie krank und ins Bett gesteckt würde, könnte sie nicht umhin zu weinen, und das würden Mutter und die Schwestern nicht ertragen. Aber hatte sie gestern früh auch nur ahnen können, daß sie sich wie bei einer Explosion, bei der nicht etwas einstürzt, sondern entsteht, am Abend geläutert und mit dem Glauben an eine verlockende Würde schlafen legen würde? Vor einigen Tagen schon war ihr aufgefallen, daß mit ihrem Bruder etwas nicht stimmte: er hielt den Löffel anders als sonst, schloß die Tür anders, schreckte auf dem eisernen Bett in der Küche neben ihr hoch und grübelte den ganzen Tag über irgendwas nach. Gestern war er nach dem Frühstück zu ihr in die Scheune gekommen, aber statt sie an den Haaren hochzuziehen oder – was noch schlimmer war – stumm hinter ihr stehenzubleiben, bis sie losheulte, hatte er einen halben Riegel Schokolade aus der Tasche gezogen und ihn ihr in die Hand gedrückt. Estike wußte nicht, was sie davon halten sollte, und sie ahnte noch immer Böses, als ihr Sanyi am Nachmittag «das wahnsinnigste Geheimnis, das es jemals gegeben hat», verriet. Sie zweifelte nicht an den Worten ihres Bruders, das hätte sie nie gewagt, vielmehr hielt sie es für unglaublich und unerklärlich, daß er ausgerechnet sie einweihte, sie um Hilfe bat, sie, «die ja nun wirklich nicht zurechnungsfähig ist». Doch die Hoffnung, diesmal handle es sich womöglich nicht um eine neuerliche Falle, war stärker als die Angst, vielleicht könne er doch...; so stimmte sie, bevor sich noch die Wahrheit herausstellen konnte, ja damit sie sich auf keinen Fall herausstellte, allem bedingungslos und blitzschnell zu. Was sonst hätte sie auch tun können, Sanyi hätte ihr auf jeden Fall das Ja abgezwungen, aber das war jetzt gar nicht nötig: indem er seiner kleinen Schwester das Geheimnis des Geldbaums aufdeckte, gewann er auf einen Schlag ihr uneingeschränktes Vertrauen. Als Sanyi endlich fertig war und in ihrem zarten Gesicht nach der Wirkung forschte, wäre sie um ein Haar in Tränen ausgebrochen, diesmal aus einem plötzlichen Glücksgefühl heraus, dabei wußte sie aus bitterer Erfahrung: das durfte sie vor ihrem Bruder nicht. Verwirrt überreichte sie ihm für den todsicheren Versuch ihr seit Ostern zusammengespartes Vermögen, denn all die Zwei-Forint-Münzen, die von den Besuchern stammten, waren sowieso für Sanyi gedacht gewesen, doch wie sollte sie ihm jetzt beibringen, daß sie monatelang hatte schwindeln und das Geld verstecken müssen... Aber ihr Bruder stellte keine Fragen, zudem vertrieb die Freude darüber, daß sie endlich an seinen geheimnisvollen Abenteuern teilhaben durfte, diese

Verwirrung rasch wieder. Allerdings konnte sie sich nicht erklären, warum er sie einweihte, womit sie sich dieses gefährliche Vertrauen verdient hatte, und vor allem, weshalb er das Risiko des Mißerfolgs auf sich nahm, denn er konnte doch nicht ernsthaft vermuten, sie werde jemals den erforderlichen Mut, die Härte und den Siegeswillen aufbringen. Doch sie vergaß auch nicht, daß diese Erklärung in allen Kränkungen und Grobheiten, tief unten in allen Grausamkeiten versteckt sein mußte, denn zuweilen, wenn sie krank war, erlaubte er ihr, zu ihm in das Küchenbett zu kriechen, und einmal ließ er sich sogar von ihr umarmen und schlief so ein. Als sie vor Jahren, bei Vaters Beerdigung, begriffen hatte, daß der Tod, dieser einzige Weg zu den Engeln, nicht nur dem Willen Gottes entspringen, sondern auch frei gewählt werden kann, und beschloß, um jeden Preis herauszubekommen, wie man das anstellen müsse, hatte er sie aufgeklärt. Allein wäre es ihr nicht gelungen zu erfahren, was genau gemacht werden muß, selbst wenn sie irgendwie Wind davon bekommen hätte, daß «es mit Rattengift auch geht». Und da war es gestern morgen, nach dem Aufwachen, als sie ihre Furcht endlich überwunden und beschlossen hatte, nicht länger zu warten, weil sie sich nicht mehr nur vorstellen, sondern fühlen wollte, wie sie sich erhebt, wie eine himmlische Kraft sie geschwind in die Höhe zieht, wie sie sich weiter und weiter von der Erde entfernt und wie dort unten alles schrumpft, die Häuser, die Bäume, die Felder, der Kanal, die ganze Welt, bis sie schließlich am Himmelstor steht, inmitten der Engel, die in flammendem Rot leben – da war es wieder Sanyi gewesen, der sie mit dem Geheimnis des Geldbaums von diesem so magischen wie furchteinflößenden Flug abhielt, und gegen Abend dann waren sie gemeinsam – gemeinsam! – zum Kanal gegangen, er, den Spaten über der Schulter, hatte fröhlich gepfiffen, sie, ein paar Schritte hinter ihm, hatte aufgeregt ihre in ein Taschentuch geknüpfte Barschaft an den Bauch gedrückt. Sachkundig und schweigend hob er am Ufer die Grube aus, und er jagte sie nicht etwa weg, sondern erlaubte ihr sogar, selbst das Geld hineinzulegen. Streng gebot er ihr, die gesäten Geldkörner zweimal am Tag, morgens und abends, ausgiebig zu wässern («Sonst trocknen sie aus!»), dann schickte er sie nach Hause, sie solle genau in einer Stunde mit der Gießkanne zurückkommen, inzwischen müsse er – in völliger Einsamkeit! – gewisse Zaubersprüche herunterbeten. Estike erfüllte den Auftrag mit Eifer. In dieser Nacht schlief sie schlecht; Hunde rissen sich los und jagten sie im Traum, am Morgen aber, als sie sah, daß es in Strömen regnete, legte sich ein wohltuendes Dunkel über alles. Ihr erster Weg führte sie natürlich zum Kanal, wo sie der Sicherheit halber die Zaubersaat gründlich goß, denn womöglich gab der Regen doch nicht so viel Wasser her, wie sie benötigte. Beim Mittagessen erzählte sie Sanyi flüsternd, damit Mutter – die sich die ganze Nacht hindurch amüsiert hatte – nicht aufwachte, es sei noch nichts, rein gar nichts zu sehen, aber er belehrte sie, die Saat komme bestenfalls in drei, eher erst in vier Tagen aus der Erde, früher auf keinen Fall, natürlich vorausgesetzt, das Beet erhalte die erforderliche Wassermenge. «Und es ist überflüssig», fuhr er ungeduldig und keinen Widerspruch duldend fort, «daß du den lieben langen Tag dort herumhockst. Das tut der Saat nicht gut. Es reicht, wenn du morgens und abends nachsiehst, fertig. Verstehst du überhaupt, was ich dir sage, du Wasserkopf?» Damit rannte er grinsend davon, und Estike nahm sich vor, den Dachraum vor dem Dunkelwerden nicht zu verlassen, höchstens wenn es unbedingt sein mußte. «Wenn er erst groß ist!» Wie oft hatte sie schon die Augen geschlossen, um zu sehen, wie der

Baum wächst, wie das Laub immer dichter wird, wie sich die Goldäste unter dem ungeheuren Gewicht biegen, und eines Tages pflückt sie den alten Henkelkorb voll, ganz, ganz voll, geht nach Hause und leert ihn auf den Tisch! Wie werden sie staunen! Von dem Tag an wird sie in der Guten Stube schlafen, auf dem großen Bett, unter den dicken Daunen, und sie werden nichts anderes mehr tun müssen, als jeden Morgen zum Kanal zu gehen und den Korb vollzupflücken, und dann wird es nur noch Tanz und Unmengen Kakao geben, und auch die Engel werden kommen und in der Küche um den Tisch sitzen, allesamt... Sie runzelte die Stirn («Wie ging es gleich?») und begann, sich sanft wiegend, leise zu singen:

> *Gestern ist ein Tag,*
> *und heute sind zwei,*
> *und morgen sind drei,*
> *und morgen und morgen sind vier!*

«Brauche ich vielleicht nur noch zweimal zu schlafen?» dachte sie aufgeregt. «Nein! Das ist nicht richtig!» Sie nahm den Daumen aus dem Mund, zog die andere Hand unter der Gardine hervor und versuchte, an den Fingern nachzurechnen.

> *Gestern ist einer,*
> *und heute, das sind zwei,*
> *zwei und eins sind drei!*
> *Morgen, also morgen,*
> *das sind drei, und eins ist vier!*

«Ja freilich! Dann vielleicht schon heut abend! Heut abend!» Draußen rann das Regenwasser von den Dachziegeln ungehindert in strenger, scharfer Linie an den

Mauern des Hauses entlang auf den Boden, einen stetig tiefer werdenden Graben um das Haus ziehend, als wirkte in jedem Regentropfen eine geheime Absicht, mit dem Graben das Haus und seine Bewohner erst von der Welt zu isolieren, um dann langsam, Millimeter für Millimeter, im feindlichen Boden bis zu dem auf Morast errichteten Fundament hinabzusickern und alles zu unterspülen; in der unbarmherzig vorgegebenen Zeit bersten dann eine nach der anderen die Mauern, die Fenster und Türen kippen heraus, der Schornstein neigt sich und stürzt, die in die Wand geschlagenen Nägel werden mürbe, die zurückgebliebenen Spiegel blind, bis zuletzt, nur noch jämmerlicher Pfusch, das ganze ramponierte Gebäude versinkt und untergeht wie ein leckgeschlagenes Schiff und so traurig Kunde gibt von der Vergeblichkeit des elenden Kampfes zwischen Regen, Erde und marodem menschlichem Wollen: Ein Dach ist kein Schutz. Inzwischen herrschte unter ihr fast völlige Dunkelheit, nur durch die Öffnung drang – als ob Nebel wogte – ein wenig Helligkeit. Ruhe umgab sie, sie lehnte den Rücken an einen Balken, und da noch ein wenig von der Freude, die sie vorhin empfunden hatte, übrig war, schloß sie – «Na, jetzt!» – die Augen... Als sie sieben war, hatte der Vater sie zum erstenmal in die Stadt mitgenommen, zum großen Viehmarkt; sie durfte sich zwischen den Zelten herumtreiben, so begegnete sie Korin, der im letzten Krieg beide Augen verloren hatte und sich von dem wenigen Geld am Leben erhielt, das er bei Jahrmärkten und größeren Kneipenvergnügen mit seinem Harmonikaspiel verdiente. Von ihm erfuhr sie, daß die Blindheit «ein zauberhafter Zustand ist, meine Tochter», und daß er, Korin, nicht etwa betrübt, sondern geradezu glücklich und Gott dankbar sei für diese ewige Dunkelheit, drum könne er nur lachen, wenn ihm jemand die Farben des ärmlichen Erdenlebens schildere. Estike lauschte ihm gebannt, und beim nächsten Markt führte ihr erster Weg sie zu ihm; da verriet ihr der Blinde, auch ihr sei der Pfad in dieses Wunderreich nicht versperrt: sie brauche nur lange genug die Augen geschlossen zu halten. Aber die ersten Versuche erschreckten sie: sie sah lodernde Flammen, wogende Farbstrahlen, kopflos flüchtende, formlose Tiere und vernahm aus nächster Nähe ein unaufhörliches Brummen und Rattern. Sie traute sich nicht, Kerekes, der vom Herbst bis zum Frühjahr in der Kneipe saß, um Rat anzugehen, deshalb fand sie den Schlüssel zu diesem Geheimnis erst, als sie im Jahr darauf eine schwere Lungenentzündung bekam und der aus der Siedlung herbeigeholte Doktor die Nacht bei ihr durchwachte; neben dem dicken, riesigen, schweigsamen Arzt fühlte sie sich endlich in Sicherheit, das Fieber machte sie stumpf, etwas wie Freude durchzuckte sie, sie schloß die Augen, und da sah sie, was Korin erzählt hatte. Sie sah im Wunderreich ihren Vater, in Hut und langem Mantel, wie er, das Pferd am Zaum haltend, mit dem Fuhrwerk auf den Hof gefahren kommt, und vom Wagen trägt er Hutzucker, Honigkuchen und tausenderlei Marktmitbringsel auf den Tisch... Sie verstand, daß sich das Tor zu diesem Reich nur öffnet, wenn die Haut glüht, der Körper erschauert und die Augenlider brennen. Ihre Phantasie, einmal entzündet, erweckte am häufigsten den toten Vater zum Leben, wie er sich über die Felder langsam zum befestigten Weg hin entfernt, wie vor und hinter ihm der Wind das Laub aufwirbelt; immer öfter sah sie auch ihren Bruder, wie er fröhlich zwinkert oder neben ihr auf dem eisernen Bett schläft, und er erschien ihr auch jetzt: das Gesicht in ruhigem Schlaf, das Haar hängt ihm vor die Augen, einen Arm hat er aus dem Bett geschoben; plötzlich zuckt seine Haut, die Finger beginnen sich zu bewegen, unerwartet wälzt er sich auf die andere Seite, die Bettdecke gleitet von ihm. «Wo mag er jetzt sein?» Das Wunderreich schwamm summend und ratternd hinweg, sie schlug die Augen auf. Der Kopf tat ihr weh, die Haut brannte im Fieber, die Gliedmaßen waren schwer. Und auf einmal, während sie auf das Fenster starrte, wurde ihr bewußt, daß sie doch nicht tatenlos warten durfte, bis die unheilvolle Dunkelheit von selbst weichen würde, sie verstand, solange sie sich des unerklärlichen Wohlwollens ihres Bruders nicht würdig erweise, werde sie nur riskieren, daß sie dieses Vertrauen endgültig verlöre, und sie war sich auch darüber im klaren, daß dies ihre erste und vielleicht letzte Möglichkeit war: Sanyi, der ja die siegreiche, wirre und feindselige Ordnung der Welt kennt; ihn darf sie nicht verlieren, ohne ihn wird sie nur blind zwischen Zorn und mörderischem Mitleid, Verschwendung, Wut und tausend Gefahren umherirren. Sie fürchtete sich, aber sie hatte verstanden, daß sie etwas tun mußte: und diese Erkenntnis wurde jetzt von einem bisher unbekannten Gefühl, einem blitzartigen, konfusen Ehrgeiz befeuert: Wenn sie Sanyis Achtung erringt, kann sie sich an seiner Seite die Welt erobern. So entzogen sich langsam und unmerklich das Zaubervermögen, der alte Henkelkorb und die herabhängenden Goldzweige dem engen Bereich ihrer Aufmerksamkeit, um der Bewunderung für den Bruder Platz zu machen. Sie meinte, auf einer Brücke zu stehen, die ihre alten Ängste mit dem verband, wovor sie sich gestern noch gefürchtet hatte; sie mußte nur endlich hinübergehen, und am anderen Ufer – Sanyi wartete schon ungeduldig! – würde sie für alles, was hier ewig unverständlich war, gleich eine Erklärung finden. Jetzt begriff sie, was der Bruder mit den Worten «Siegen muß man, verstehst du, Wasserkopf? Siegen!» hatte sagen wollen, denn in ihr selbst flackerte die Hoffnung auf einen Sieg auf, und wenngleich sie ahnte, daß letzten Endes niemand obsiegen kann, weil nichts je endet, machte das, was Sanyi gestern abend gesagt hatte («Alle kleckern bloß, keiner klotzt, aber wir sind ein paar, die wissen, wie man hier Ordnung schaffen muß, Wasserkopf!»), jeden Widerspruch lächerlich und jede Niederlage heldenhaft. Sie nahm den Daumen aus dem Mund, zog die Spitzengardine enger um sich und begann, um nicht so frieren zu müssen, in dem engen Raum auf und ab zu gehen. Was sollte sie machen? Wie beweisen, daß auch sie Siege erzwingen konnte? Ratlos sah sie sich um. Die Balken ragten drohend über ihr auf, hier und da standen Krampen und rostige Nägel aus dem Holz hervor. Ihr Herz schlug wild. Da hörte sie unten Geräusche. Sanyi? Oder die Schwestern? Vorsichtig und lautlos ließ sie sich auf den Holzstapel hinab, huschte dicht an der Mauer entlang zum Küchenfenster und drückte das Gesicht an die kalte Glasscheibe. «Die Miez!» Eine schwarze Katze saß auf dem Küchentisch und schleckte vergnügt den Rest des Mittagessens aus dem roten Topf. Der Deckel war bis in die Ecke gekullert. «Ach, Miez!» Sie öffnete geräuschlos die Tür, warf die Katze vom Tisch und legte flink den Deckel auf den Topf. Derweilen fiel ihr etwas ein. Sie drehte sich langsam um, ihr Blick suchte die Katze. «Ich bin stärker!» durchzuckte es sie. Die Katze kam gelaufen und rieb sich an ihren Beinen. Estike ging auf Zehenspitzen zum Kleiderhaken und mit dem grünen Netz weiter zur Tür. «Komm, Miez, komm!» Die Katze folgte ihr gehorsam und ließ sich in das Netz bugsieren. Ihr Gleichmut war freilich nicht von Dauer, als die durch die Löcher hängenden Tatzen keinen festen Boden mehr fühlten, maunzte sie erschrocken. «Was ist hier schon wieder los?!» tönte es aus der Stube. Estike hielt erschrocken inne. «Ich... ich bin's bloß...» «Was, verdammt noch mal, stöberst du da herum?! Geh spielen,

sofort!» Ohne ein Wort, sogar den Atem anhaltend, trat
Estike auf den Hof, das maunzende Netz in der Hand.
An der Hausecke blieb sie stehen und atmete tief durch,
dann begann sie zu laufen, denn sie hatte das Gefühl,
alles um sie herum sei bereit, sie anzuspringen. Als sie
endlich, beim dritten Anlauf gelang es, wieder in ihrem
Versteck war, lehnte sie sich keuchend an einen Balken.
Sie schaute nicht zurück, aber sie wußte: unter ihr, im
Umkreis des Holzstapels, fielen ohnmächtig und wegen
der entschwundenen Beute zornig die Zähne fletschend
wie Hunde die Scheune, der Garten, der Schlamm und
die Dunkelheit übereinander her. Sie befreite die Katze
aus dem Netz, und diese lief mit glitzerndem Fell erst zu
der Öffnung und schnupperte dann den Fußboden ab,
hin und wieder hob sie den Kopf und lauschte in die
Stille, dann, wollüstig den Schwanz reckend, rieb sie
sich wieder an Estikes Beinen, und als sich das Kind vor
das Fenster setzte, sprang sie ihm in den Schoß. «Es ist
aus mit dir», flüsterte Estike, und die Katze begann
freundschaftlich zu schnurren. «Glaub nur nicht, daß
ich dich bedauern werde! Wehr dich ruhig, wenn du
kannst, aber es wird dir nichts nützen!» Sie warf die
Katze vom Schoß, ging zur Öffnung und versperrte sie
mit Brettern, die an den Sparren lehnten. Ein Weilchen,
bis ihre Augen an die Dunkelheit gewöhnt waren, wartete sie, dann näherte sie sich langsam der Katze. Das
Tier schöpfte keinen Verdacht, es ließ sich geduldig
hochheben und versuchte erst zu entkommen, als
Estike sich mit ihm auf den Boden warf und sich wie
wild von einer Ecke in die andere wälzte, hin und her.
Ihre Finger umschlossen den Katzenhals wie eine Fes-
sel, und sie hob das Tier so schnell hoch und drehte sich
so plötzlich über es hinweg, daß es im ersten Augenblick vor Schreck erstarrte und gar nicht an Widerstand
dachte. Doch der Kampf dauerte nicht lange, die Katze

nutzte die erste günstige Gelegenheit, die Krallen in die Hände des Kindes zu schlagen. Auch Estike war verunsichert; ärgerlich, aber vergebens spornte sie das Tier an («Na, los! Los doch! Greif an, du, greif an!»), es wollte sich um keinen Preis auf einen Ringkampf mit ihr einlassen, und sie mußte auch noch darauf achten, daß sie, wenn sie über es hinwegwirbelte, die Hände aufstützte, damit es nicht erdrückt wurde. Ihr Blick folgte ihm in die Ecke, aus der es mit gesträubtem Fell und sprungbereit seine leuchtenden, sonderbaren Augen auf sie richtete. Was sollte sie machen? Es noch einmal versuchen? Aber wie? Sie zog eine drohende Grimasse und tat, als wollte sie die Katze attackieren, die daraufhin in fliegender Hast in die andere Ecke flüchtete. Danach beschränkte sie sich auf einige jähe Handbewegungen, sie trat kräftig mit dem Fuß auf oder machte einen Satz auf sie zu, aber das genügte schon, daß sich die Katze immer verzweifelter, immer ungehemmter in geschütztere Winkel rettete, ohne sich darum zu kümmern, daß sie sich an den ins Holz geschlagenen Krampen und Nägeln verletzte, daß sie mit voller Kraft immer wieder gegen die Ziegel, die Sparren oder die Bretter am Eingang prallte. Mit tödlicher Sicherheit wußten beide, wo der andere war; Estike konnte sich genau und blitzschnell an den funkelnden Augen, den klappernden Dachziegeln oder dem dumpfen Geräusch des Aufpralls orientieren, und sie selbst verriet sich schon mit dem kaum wahrnehmbaren Strudel, den ihr Arm in der dichten Luft auslöste. Freude und Stolz bemächtigten sich ihrer mehr und mehr und peitschten ihre Phantasie auf, schon meinte sie, sie brauche sich gar nicht mehr zu bewegen, ihre Macht lastete zentnerschwer auf der Katze; anfangs störte sie das Wissen um die Fülle und die Unerschöpflichkeit dieser Macht («Ich kann mit dir machen, was ich will, was ich will...») ein wenig: Sie sah ein gänzlich unbekanntes Universum vor sich und in dessen Mittelpunkt sich selbst, ratlos angesichts dieser uneingeschränkten Wahl; doch um diese Unentschlossenheit, diese glückliche Erfülltheit war es bald geschehen, schon sah sie sich der Katze die erschrocken funkelnden und glitzernden Augen ausstechen, ihr mit einem festen Griff die Vorderbeine ausreißen oder sie einfach mit einer Schnur an den Krampen aufhängen. Sie empfand ihren Körper als ungewöhnlich schwer, und zunehmend lieferte sie sich einem fremdartigen Selbstbewußtsein aus. Das heftige Siegesverlangen brachte beinahe das in ihr zur Strecke, was sie eigentlich war, aber sie wußte, wohin sie auch tritt, sie wird unweigerlich straucheln und durch es hindurchstürzen, damit es noch im letzten Augenblick die aus ihr strahlende Überlegenheit und Entschlossenheit verletze. Starr beobachtete sie das Phosphoreszieren der Katzenaugen, und jäh wurde ihr etwas deutlich, was sie bisher nicht zur Kenntnis genommen hatte: Sie sah in diesem Licht das Entsetzen, die hilflose Pein des Tieres, die fast schon gegen sich selbst gerichtete Verzweiflung, eine letzte Hoffnung, wenn es sich als Beute anbiete, werde es vielleicht davonkommen. Wie Scheinwerfer in der Dunkelheit warfen diese Augen unerwartet Licht auf die zurückliegenden Minuten, die teils zusammenhängenden, teils zusammenhanglosen Augenblicke ihres Ringens, und Estike sah hilflos, daß das, was sich so langsam und qualvoll in ihr aufgebaut hatte, jetzt auf einen Schlag zusammenbrach. Die Balken, das Fenster, die Bretter, die Ziegel, die Krampen und die zugemauerte Bodentür kehrten in ihr Bewußtsein zurück, doch sie verließen ihren festen Platz wie ein undiszipliniertes Heer, das auf einen Befehl wartet: Die leichten Gegenstände entfernten sich allmählich, die schweren kamen seltsamerweise immer näher, es war, als befänden sie alle sich auf dem Grund eines tiefen Sees, wohin kein Licht mehr dringt und wo bloß noch ihr Gewicht die Richtung ihrer Bewegung und ihren Schwung bestimmt. Die Katze duckte sich mit angespannten Muskeln in den trockenen Taubendreck, der den morschen Bretterfußboden bedeckte, die Dunkelheit weichte die Konturen ihres Körpers auf, Estike schien es, als schwämme nun auch sie durch die schwere Luft auf sie zu, und was sie eigentlich getan hatte, wurde ihr erst bewußt, als sie in ihren brennenden Händen die heftig sich dehnende und zusammenziehende Bauchwand des Tieres, die an mehreren Stellen aufgerissene Haut und das an den Schrammen hervorquellende Blut geradezu fühlte. Scham und Mitleid schnürten ihr die Kehle zu; sie wußte, ihr Sieg war durch nichts mehr wiedergutzumachen. Wenn sie sich bewegt, um zu ihm zu gehen und es zu streicheln, wird es fliehen. Und so wird es nun immer bleiben, sie wird Miez vergebens rufen und locken, vergebens auf den Schoß nehmen, Miez wird in ständiger Bereitschaft sein, wird *unauslöschlich* die schreckliche Erinnerung an dieses tödliche Abenteuer in den Augen tragen, um sie damit zum Äußersten zu treiben. Bisher hatte sie gedacht, nur die Niederlage sei unerträglich, jetzt verstand sie, daß auch der Sieg unerträglich ist, denn das Beschämende an diesem gräßlichen Ringen war nicht, daß sie sich durchgesetzt hatte, sondern daß eine Niederlage von vornherein ausgeschlossen war. Flüchtig dachte sie daran, es vielleicht noch einmal zu versuchen («Wenn sie mit den Krallen... Wenn sie mich beißt...»), aber sie sah schnell ein, daß es keinen Ausweg gab: Sie war stärker. Ihre Haut war fieberheiß, ihre Stirn verschwitzt. Und da nahm sie den Geruch wahr. Im ersten Augenblick erschrak sie, denn sie dachte, außer ihnen beiden befände sich noch jemand im Dachraum. Sie bemerkte erst, was geschehen war, als sie einen zögernden

Schritt zum Fenster hin machte («Was ist das für ein Gestank?»), die Katze aber glaubte, sie werde erneut angegriffen, und in die nächste Ecke huschte. «Du hast hier hingeschissen!» schrie sie böse und vorwurfsvoll. «Du hast es gewagt, hier hinzuscheißen!» Im Nu erfüllte der Gestank den ganzen Raum. Sie hielt den Atem an und beugte sich über den Haufen. «Und auch noch draufgepißt!» Sie rannte zu der Öffnung und holte tief Luft, dann lief sie zum Tatort zurück, kratzte den Kot mit einem Holzstück auf Zeitungspapier und drohte der Katze damit. «Eigentlich müßtest du das fressen!» Sie hielt inne, als hätten diese Worte sie auf einen Gedanken gebracht, lief dann zur Öffnung und schob die Bretter beiseite. «Und ich dachte, du hast Angst. Ich hab dich noch bedauert!» Blitzschnell – um ihr keine Zeit zur Flucht zu lassen – ließ sie sich auf den Holzstapel hinab, zog die Bretter heran und warf das stinkende Päckchen in die Dunkelheit – mochten es die auf Beute lauernden unsichtbaren Gespenster fressen. Dann schlich sie unter dem Vordach zur Küchentür und trat vorsichtig ein. Mutter schnarchte laut in der Stube. «Ich habe den Mut. Jawohl, ich habe den Mut dazu.» Sie erbebte in der Wärme, ihr Kopf war schwer, ihre Beine schwach. Leise öffnete sie die Tür zur Speisekammer. «Ein Scheißluder. Jawohl, sie verdient es.» Sie nahm den Milchtopf vom Regal, füllte ein Henkeltöpfchen und kehrte auf Zehenspitzen in die Küche zurück. «Jetzt ist sowieso nichts mehr zu machen.» Sie nahm Mutters gelbe Strickjacke vom Haken und trat langsam, um keinen Lärm zu verursachen, auf den Hof. «Zuerst die Strickjacke.» Um sie bequem überziehen zu können, wollte sie das Henkeltöpfchen abstellen, aber als sie sich niederhockte, glitt die Jacke in den Schlamm. Rasch richtete sie sich auf, in der einen Hand die Strickjacke, in der anderen das Töpfchen. Was nun? Der Regen peitschte schräg unter das Vordach, die Spitzengardine war an der rechten Seite schon durchnäßt. Zögernd und vorsichtig, damit die Milch nicht herausschwappte, bewegte sie sich rückwärts («Die Strickjacke hänge ich an den Holzstapel, und das Töpfchen...»), doch als ihr einfiel, daß sie den Katzennapf, der neben der Schwelle stand, vergessen hatte, blieb sie stehen. Sie machte kehrt, und erst an der Tür wußte sie, was sie machen mußte: die Jacke über den Kopf heben, wenn sie das Töpfchen abstellte, und dann würde sie mit dem hochrandigen Napf in der einen und dem Henkeltöpfchen in der anderen Hand zum Holzstapel gehen; ganz einfach. Indem sie das augenblickliche Chaos bewältigte, fand sie auch den Schlüssel zu den bevorstehenden Ereignissen. Sie brachte erst den Napf, dann das Töpfchen hinauf, versperrte die Öffnung und begann in der Dunkelheit die Katze zu rufen. «Miez! Miez! Wo bist du denn? Komm nur, kriegst was Feines!» Aus der entferntesten Ecke beobachtete die Katze, wie Estike hinter den Balken unter dem Fenster griff, eine Tüte zum Vorschein brachte, daraus etwas in die Schale streute und Milch darauf goß. «Warte, so klappt es nicht.» Sie ging zur Öffnung – die Katze duckte sich nervös –, aber es half nichts, daß sie die Bretter einen Spaltbreit wegzog, draußen war es auch nicht mehr heller als drinnen. Außer dem Trommeln des Regens auf das Dach hörte sie nur fernes Hundegekläff. Verwaist und ratlos stand sie in der knielangen Strickjacke da. Sie wäre gern ausgebrochen aus dieser Finsternis, dieser bedrückenden Stille, denn jetzt fühlte sie sich auch hier nicht mehr sicher, Furcht befiel sie, sie war ja allein, und jeden Augenblick konnte aus einem Winkel etwas über sie herfallen, oder sie konnte gegen eine ausgestreckte, eiskalte Hand stoßen. «Beeilung!» rief sie und machte, sich gleichsam an ihre Stimme klammernd, einen Schritt in Richtung der Katze. Diese bewegte sich nicht. «Was ist, hast du keinen Hunger?» Sie begann schmeichelnd zu rufen, und damit erreichte sie immerhin, daß sie nicht gleich wegsprang, wenn sie sich ihr näherte. Und dann war die Gelegenheit da: Die Katze ließ – vielleicht erlag sie für einen Augenblick dem einschmeichelnden Ton – das Mädchen so nahe heran, daß es sich blitzschnell auf sie werfen, sie niederdrücken und sie dann so aufheben konnte, daß sie ihre Krallen nicht zu benutzen vermochte. Es trug sie zu dem Napf am Fenster. «So, nun schlabbere! Was Feines!» rief es mit bebender Stimme und drückte den Kopf der Katze kräftig in die Milch. Vergebens versuchte die Katze freizukommen, und als begriffe sie, daß weiterer Kampf keinen Sinn hatte, bewegte sie sich nicht mehr, so daß das Kind, als es sie endlich losließ, nicht wußte, ob sie erstickt war oder sich nur verstellte, denn so, wie sie langgestreckt neben dem Napf lag, sah sie aus, als sei schon alles Leben aus ihr gewichen. Estike zog sich langsam in die hinterste Ecke zurück und hielt beide Hände vor die Augen, damit sie die drohende, tödliche Finsternis nicht sah, die Daumen auf die Ohren pressend, denn aus der Stille stürzten sich plötzlich schnarrende, tickende, kreischende Stimmen auf sie. Doch sie erschrak nicht im mindesten, wußte sie doch, daß die Zeit für sie arbeitete: Sie braucht nur abzuwarten, und der Lärm verstummt von selbst, so, wie eine zerlumpte, ihres Führers beraubte Armee nach kurzer Kopflosigkeit vom Schlachtfeld ausreißt oder, wenn Flucht nicht mehr möglich ist, die Gnade des Siegers erfleht. Als nach langen Minuten die Stille auch die letzten Laute aufgesogen hatte, zögerte sie nicht und überstürzte nichts, denn sie mußte nicht mehr überlegen, was zu tun sei; sie wußte genau, wohin sie zu treten hatte, ihre Bewegungen waren genau bemessen und zielstrebig, als hätten die besiegten Gegenstände sie über sich erhoben. Sie nahm die im Krampf erstarrte Katze auf und ließ sich, das Gesicht vom Fieber gerötet, in den Hof hinunter, sah sich um und schlug glücklich und stolz den Weg zum Kanal ein, denn ihre Instinkte sagten ihr, dort werde sie ihren Bruder treffen. «Was der für ein Gesicht machen wird!» stellte sie sich vor, wenn sie, den inzwischen kalten Kadaver in den Händen, vor ihn träte, die Freude drückte ihr fast das Herz ab, als sie bemerkte, daß hinter ihr die Pappeln, die den Einödhof umstanden, schon die Köpfe zusammensteckten und ihr – wie griesgrämige alte Weiber einer Braut – neidisch und zänkisch hinterhersahen, während sie davonlief, die nun für ewig tote Katze an den Vorderläufen weit von sich haltend. Weit war es nicht, dennoch brauchte sie mehr Zeit als sonst, bis sie den Kanal erreichte, denn bei jedem dritten Schritt versank sie im Morast, ihre Füße in den schweren Schnürschuhen der großen Schwester rutschten hin und her, obendrein wurde dieses Scheißluder immer schwerer, so daß sie es immer wieder aus der einen Hand in die andere nehmen mußte. Aber sie verzagte nicht, und sie ignorierte auch den strömenden Regen, sie ärgerte sich nur, daß sie nicht blitzschnell zu ihrem Bruder fliegen konnte, weshalb sie dann die Schuld ausschließlich bei sich selbst suchte, als sie endlich ankam und sah, daß dort keine Menschenseele war. «Wo mag er bloß sein?» Sie warf den Kadaver auf den aufgeweichten Boden und rieb ihre vor Müdigkeit schmerzenden Arme, dann, alles um sich vergessend, beugte sie sich sanft über die Aussaat und erstarrte geradezu mit angehaltenem Atem in dieser Haltung, verständnislos und einsam, wie von einer verirrten Kugel ins Herz getroffen. Das Pflanzloch war aufgewühlt, der Stock, der anzeigen sollte, wo der Geldbaum wachsen würde, zerbrochen und naß daliegend, und an der Stelle des sorgsam errichteten Erdhaufens, den sie mit ihrem

Blick stundenlang gewärmt hatte wie ein ausgestochenes Auge, ein leerer Graben, schon halb mit Wasser gefüllt. Verzweifelt warf sie sich nieder, grub die Hände in das Loch. Dann sprang sie auf und raffte alle Kraft zusammen, um die sich vor ihr türmende Nacht durchdringen zu können, aber ihre Stimme, verzerrt von der Anstrengung («Sanyi! Sanyiii! Komm doch!»), verlor sich im unüberwindlichen Rauschen von Wind und Regen. Verloren stand sie am Ufer, sie wußte nicht, wohin sie nun gehen sollte. Ein Stückchen stolperte sie am Kanal entlang, aber bald machte sie kehrt und hastete in die entgegengesetzte Richtung, blieb nach einigen Metern wieder stehen und bog zum befestigten Weg ab. Sie ging schwerfällig und immer langsamer, an manchen Stellen bis zu den Knöcheln einsinkend, und manchmal mußte sie stehenbleiben und, auf einem Bein balancierend, mit beiden Händen den Schuh aus dem Schlamm ziehen. Erschöpft erreichte sie die Straße, und als sie über die verlassen daliegende Flur blickte – gerade zeigte sich für einen Augenblick der Mond –, hatte sie das Gefühl, die falsche Richtung eingeschlagen zu haben, vielleicht wäre es klüger gewesen, ihn zuerst daheim zu suchen. Aber welchen Weg sollte sie nehmen? Ging sie über die Horgos-Flur, kam Sanyi womöglich gerade über die Hochmeiß-Flur hierher. Und wenn er in der Stadt war? Wenn er sich vom Wirt im Auto hatte mitnehmen lassen? Aber was sollte sie ohne ihn anfangen? Zaudernd wandte sie sich in die Richtung, wo die Kneipe lag, denn sie dachte, wenn dort das Auto steht, dann... Sie wagte sich nicht einzugestehen, daß sie vom Fieber schon so schwach war, daß eher das in der Ferne blinzelnde Auge des Fensters sie anzog. Doch sie hatte kaum ein paar Schritte zurückgelegt, da schnarrte neben ihr eine Stimme: «Geld oder Leben!» Estike stieß einen erschrockenen Schrei aus und begann zu rennen.

«Na, was denn? Die Hosen voll, mein Schäfchen?» fuhr die Stimme aus der Dunkelheit fort und lachte grob. Da legte sich Estikes Schreck, und sie lief erleichtert zurück. «Komm... komm schnell! Das Geld... der Geldbaum!» Gemächlich trat Sanyi auf die Straße, rekelte sich und grinste. «Mutters Strickjacke! Das gibt Dresche, daß du wieder eine Woche im Bett liegen mußt! Du dumme Ziege!» Er versenkte die Linke in die Hosentasche, in der Rechten hielt er eine brennende Zigarette. Estike lächelte verlegen und senkte den Kopf. «Der Geldbaum! Jemand hat ihn...» Sie wagte nicht aufzublicken, denn sie wußte, wie gereizt Sanyi wurde, wenn er ihr in die Augen sehen mußte. Er musterte seine Schwester und pustete ihr Rauch ins Gesicht. «Was gibt's Neues in der Klapsmühle?» Und er blies die Backen auf, als ob er Mühe hätte, nicht laut herauszuplatzen, aber unvermittelt wurde sein Blick hart. «Wenn du nicht auf der Stelle verschwindest, brat ich dir eins über, meine Gute, daß dir dein bescheuerter Kopf runterfällt! Es fehlte gerade noch, daß man uns hier zusammen sieht. Damit ich eine Woche lang ausgelacht werde... Los, verschwinde!» Er wandte den Kopf nach hinten und spähte aufgeregt die Straße entlang, die sich im Dunkeln verlor, dann richtete er – als wäre seine Schwester nicht mehr da – den Blick über ihren Kopf hinweg auf das helle Kneipenfenster in der Ferne und zog ein nachdenkliches Gesicht. Nun erschrak Estike wirklich. Was war passiert? Was konnte geschehen sein, daß er jetzt wieder... Hatte sie etwas falsch gemacht? Sie versuchte es noch einmal. «Und den Geldsamen... geklaut...» «Geklaut?» rief der Junge. «Na, so was! Geklaut also, sagst du! Und wer hat ihn geklaut?!» «Ich weiß nicht... irgend jemand...» Sanyi blickte sie kalt an. «Du wirst frech? Du kommst mir frech?» Schnell und verstört schüttelte sie den Kopf. «Na gut. Ich dachte schon.» Er zog an seiner Zigarette, blickte dann hinter sich und beobachtete angestrengt die Straßenbiegung, als erwarte er jemanden, dann starrte er wieder seine Schwester an. «Wie stehst du denn da?!» Estike reckte sich flink, behielt aber den Kopf gesenkt, den Blick auf die Schnürschuhe und den morastigen Boden gerichtet, das strohgelbe Haar fiel ihr in die Stirn und verdeckte ihr Gesicht. «Was meinst du, worauf ich warte? Was zum Deibel stehst du noch herum? Scher dich endlich zum Satan! Klar?!» Er strich sich über das picklige, flaumige Kinn, und als er sah, daß sie sich nicht von der Stelle rührte, fuhr er ärgerlich fort: «Na schön, *ich* hab das Geld gebraucht! Und wenn schon, he!» Er machte eine kleine Pause, aber Estike bewegte sich noch immer nicht. «Und außerdem, damit das klar ist, dieses Geld... das gehört sowieso mir. Stimmt's?» Estike nickte erschrocken. «Es war... mein Geld! Wie konntest du es wagen, es vor mir zu verstecken?» Er griente zufrieden. «Sei froh, daß du so billig davonkommst. Ich hätte es dir ohne weiteres wegnehmen können.» Estike nickte zustimmend und wich langsam zurück, da sie dachte, er werde sie schlagen. «Übrigens hab ich», sagte Sanyi mit verschmitztem Lächeln, «eine Flasche Wein parat. Wie wär's mit einem Schluck? Geb ich dir glatt. Oder mit einem Zug?» Und er hielt ihr die ausgegangene Zigarette hin. Estike streckte hilflos die Hand aus, zog sie aber gleich wieder zurück. «Nein? Na gut. Hör mir mal zu. Aus dir wird nie was. Du bist blöd geboren und wirst blöd bleiben.» Das Mädchen nahm allen Mut zusammen. «Hast du... es gewußt?» «Was, mein Augenstern, was zum Deibel?» «Daß... daß... daß... der Geldsamen nie... niemals...» Sanyi verlor die Geduld. «Versuch doch nicht, mich für dumm zu verkaufen! Dazu muß man früher aufstehen, du Dämlack! Denkst du, ich nehm dir ab, du wüßtest nicht, was Sache ist? So blöd bist du nun auch wieder nicht...» Er zog Streichhölzer hervor und steckte seine Zigarette an. «Wirklich prima! Du traust dich was! Statt dich zu freuen, daß ich mich mit dir abgebe!» Er blies den Rauch aus und blinzelte. «So, Klappe zu. Ich hab keine Zeit, hier mit Idioten herumzuquatschen. Hau ab, mein Hühnchen, hau ab!» Und er gab ihr mit dem Zeigefinger einen Stups. Aber kaum hatte sich Estike in Bewegung gesetzt, rief er ihr hinterher: «Komm zurück! Stell dich vor mich hin. Näher. Näher, hab ich gesagt! So. Was hast du da in der Tasche?» Er langte in die Tasche der Strickjacke und zog mit zwei Fingern die Tüte heraus. «Ach! Was ist denn das hier?!» Er hob sie vor die Augen, um den Aufdruck zu lesen. «O verflucht! Rattengift! Woher hast du das?» Estike brachte kein Wort heraus. Sanyi biß sich auf die Lippen. «Na gut. Ich weiß schon! Aus der Scheune gestohlen! Stimmt's?» Er raschelte mit der Tüte. «Und wozu brauchst du es, mein Schäfchen? Komm, sag's dem Onkel.» Estike rührte sich nicht. «Zu Hause liegt bestimmt schon ein Haufen Leichen, oder?!» fuhr er laut lachend fort. «Und jetzt bin ich an der Reihe? Na gut. Mal sehen, ob du ein bißchen Mut hast. Da!» Und er steckte die Tüte in die Tasche der Strickjacke zurück. «Aber gib gut acht! Ich hab dich immer im Auge!» Estike setzte sich watschelnd in Bewegung und lief davon, der Kneipe zu. «Und vorsichtig, vorsichtig!» rief Sanyi ihr nach. «Verbrauch nicht die ganze Tüte!» Eine Weile blieb er noch mit hochgezogenen Schultern im Regen stehen und lauschte mit gerecktem Kopf und angehaltenem Atem in die Nacht; dann irrte sein Blick zu dem fernen Fenster, er drückte einen Pickel aus und trabte ebenfalls los. Am Haus des Straßenräumers bog er ab, die Dunkelheit verschluckte ihn. Estike, die mehrere Male zurückblickte, sah als letztes noch die Glut seiner Zigarette, und dieses schwache Leuchten war wie das erlöschende

Licht endgültig verglühenden Sterns, eines Kometen am Himmel, dessen Schweif noch minutenlang sichtbar bleibt, bis dann auch seine schwankenden Umrisse endgültig aufgesogen werden von der lastenden nächtlichen Dunkelheit, die jetzt über sie herfiel und den Weg unter ihren Füßen auflöste, so daß sie das Gefühl hatte, hilflos in ihr zu schwimmen, ohne Stütze, gewichtslos sich selbst überlassen. Sie lief dem blinzelnden Licht der Kneipe entgegen, als könnte es das letzte Aufglühen der Zigarette ihres Bruders ersetzen, und endlich am Ziel, klammerte sie sich an den Sims unter dem Kneipenfenster. Ihre Kleidung war völlig durchnäßt, die Spitzengardine klebte an ihrem glühenden Körper und fühlte sich an wie Eis. Sie erhob sich auf die Zehenspitzen, aber das genügte nicht, sie mußte auf den Sims steigen, um hineinblicken zu können; doch die Scheibe war beschlagen. Sie hörte nur ein dumpfes Stimmengewirr, das Klirren eines Glases, das Scheppern von Flaschen, hin und wieder abgerissenes Gelächter, das schnell in den Stimmen unterging. Der Kopf dröhnte ihr, und ihr war, als umkreisten sie kreischende, unsichtbare Vögel. Sie zog sich aus dem Licht des Fensters zurück, lehnte den Rücken an die Mauer und starrte abwesend auf den Fleck, den die aus dem Haus dringende Helligkeit auf die Erde zeichnete. So bemerkte sie erst im letzten Augenblick, daß von der Straße her mit schweren Schritten jemand keuchend nahte. Zur Flucht war keine Zeit mehr, darum blieb sie wie angewurzelt stehen, darauf vertrauend, daß sie vielleicht nicht bemerkt werden würde. Sie löste sich erst von der Mauer und stürmte dem Ankömmling wie verrückt entgegen, als sie in ihm den Doktor erkannte. Sie hielt sich an seinem nassen Mantel fest, aber noch lieber wäre sie daruntergekrochen, und sie begann nur deshalb nicht zu weinen, weil der Doktor sie nicht an sich zog. Mit gesenktem Kopf stand sie vor ihm, ihr Herz hämmerte, in ihren Ohren pulste das Blut, und sie verstand nicht recht, was der Doktor in einem fort redete, sie hörte nur die ungeduldige, gereizte Zurückweisung aus seinen Worten heraus, ohne daß ihr deren Sinn bis ins Hirn gedrungen wäre. Bald lösten Verständnislosigkeit und Verbitterung die erste Erleichterung ab, denn statt sie an sich zu drücken, versuchte er sie wegzustoßen. Sie konnte einfach nicht verstehen, was mit dem Doktor los war, dem einzigen Menschen, der bei ihr die ganze Nacht duchwacht und ihr den Schweiß von der Stirn gewischt hatte, konnte nicht verstehen, was vorgefallen sein mochte, daß sie jetzt alle Kraft aufbieten mußte, damit er sie nicht von sich stieß; aber sie war auch nicht imstande, den Mantel loszulassen, und gab erst auf, als sie sah, daß alles um sie herum plötzlich zusammensank und sich aufblähte; vergebens bemühte sie sich, den Doktor festzuhalten, letztlich konnte sie nichts machen: Entsetzt sah sie zu, wie sich hinter ihm die Erde auftat und er in den bodenlosen Abgrund stürzte. Da ergriff sie die Flucht, aber wie wildes Hundegebell hefteten sich Stimmen an ihre Fersen und verfolgten sie, und sie dachte schon, es sei aus, es gebe kein Weiter, gleich würden diese jaulenden Stimmen sie schnappen und in den Erdboden trampeln, als plötzlich Stille eintrat. Sie hörte nur noch das Rauschen des Windes und das leise Platzen der Millionen Regentropfen zu ihren Füßen. Sie lief erst ein wenig langsamer, als sie die Hochmeiß-Flur erreichte, doch an Stehenbleiben war nicht zu denken. Der Wind peitschte ihr den Regen ins Gesicht, sie mußte immerfort husten. Sanyis scheußliche Worte und die unglückliche Begegnung mit dem Doktor lasteten so schwer auf ihr, daß sie unfähig war, darauf zu achten; Kleinigkeiten fesselten sie: der Schnürsenkel hat sich gelöst... die Strickjacke ist nicht zugeknöpft... ist die

Tüte noch da... Als sie den Kanal erreichte und vor dem aufgewühlten Pflanzloch stehenblieb, kam eine merkwürdige Ruhe über sie. «Ja. Ja, die Engel sehen und verstehen das.» Sie betrachtete das mürbe Erdreich, wo die Saat hatte aufgehen sollen, das Wasser rann ihr von der Stirn in die Augen, und da begann alles vor ihr leicht und sonderbar zu wogen und zu wellen. Sie band den Schnürsenkel und knöpfte die Jacke zu, dann versuchte sie, die Grube mit den Füßen zuzuscharren. Plötzlich hielt sie inne. Sie wandte sich zur Seite und erblickte den Katzenkadaver. Das Fell hatte sich mit Wasser vollgesogen, die Augen starrten glasig ins Nichts, der Bauch wirkte merkwürdig schlaff. «Du kommst mit mir», sagte sie still und hob den Kadaver auf, drückte ihn an sich und setzte sich bedächtig und entschlossen in Bewegung. Ein Stückchen ging sie am Kanal entlang, am Kerekes-Gehöft ließ sie ihn hinter sich und folgte nun dem langgezogenen, biegungsreichen Pósteleker Feldweg, der jenseits der Landstraße zur Stadt geradlinig, an den Ruinen des Weinkheimschen Schlosses vorbei, zu den im Nebel liegenden Pósteleker Wäldern führte. Sie bemühte sich, so zu gehen, daß ihr das Innere der Schnürschuhe nicht noch mehr die Hacken aufrieb, denn sie wußte, daß sie einen langen Weg vor sich hatte: Wenn die Sonne aufgeht, will sie im Schloß sein. Sie war froh, daß sie nicht allein war, und die Katze wärmte sie sogar ein wenig am Bauch. «Ja», sagte sie leise zu sich, «die Engel sehen und verstehen das.» Sie empfand einen inneren Frieden, und selbst die Bäume, der Weg, der Regen und die Nacht strömten Ruhe aus. «Was immer geschieht, ist gut», dachte sie. Alles war einfach und endgültig geworden. Sie betrachtete die kahlen Akazien, die beiderseits des Weges vorüberzogen, und die Landschaft, die sich vor ihr im Dunkeln verlor, sie nahm den würgenden Geruch von Regen und Schlamm wahr und wußte unfehlbar, daß sie richtig handelte. Sie rief sich die Geschichte des zurückliegenden Tages in Erinnerung und überblickte lächelnd den Zusammenhang der Dinge; sie meinte, diese Ereignisse reihten sich nicht mehr zufällig aneinander, sondern ein unaussprechlich schöner Sinn überbrücke den Raum zwischen ihnen. Sie wußte auch, daß sie nicht allein war, denn alles und alle – der Vater oben, die Mutter, die Geschwister, der Doktor, die Katze, diese Akazien, dieser schlammige Weg, dieser Himmel, diese Nacht hier unten – hingen von ihr ab, wie auch sie von allem abhing. «Sanyi kann alles. Ich nichts. Ich bin ihm nur im Wege.» Sie drückte den Kadaver fester an sich und sah zum bewegungslosen Himmel auf, dann blieb sie plötzlich stehen. «Von dort oben aus werde ich ihm helfen.» Im Osten tagte es schon. Und als die ersten Strahlen der aufgehenden Sonne die Ruinen des Weinkheimschen Schlosses erreichten und durch die Risse und die großen, klaffenden Fensteröffnungen in die ausgebrannten, von Unkraut überwucherten Räume drangen, hatte Estike bereits alles vorbereitet. Zu ihrer Rechten bettete sie die Katze, zur Linken, nachdem sie den Rest brüderlich halbiert und ihren Anteil mit ein wenig Regenwasser mühevoll hinuntergeschluckt hatte, legte sie auf ein faulendes Bretterstück die Tüte, denn sie wollte sichergehen, daß ihr Bruder sie fand. Sie selbst legte sich in die Mitte und streckte die Beine lang aus. Sie strich sich das Haar aus der Stirn, steckte den Daumen in den Mund und schloß die Augen. Sie hatte keinen Grund, beunruhigt zu sein. Sie wußte ja, ihre Engel waren schon unterwegs, sie zu holen.

# VI. Das Werk der Spinne (2)

*Teufelszitzen, Satanstango*

«Was hinter mir liegt, habe ich noch vor mir. Man findet keine Ruhe», sagte sich Futaki traurig, als er mit weichen Katzenschritten, auf seinen Stock gestützt, zu dem trotzig schweigenden Schmidt und dessen mal verstummender, mal schrill auflachender Frau an den rechts neben der Theke stehenden Stammtisch zurückhinkte und sich schwerfällig setzte; er überhörte die Worte der Frau («Sie sind angesäuselt, scheint mir! Mir, glaub ich, ist das Zeug auch ein wenig zu Kopf gestiegen, nun ja, ich sollte nicht durcheinander trinken. Aber Sie sind nun mal so ein Kavalier...»), mit einfältigen Blicken vor sich hin sinnend ergriff er die neue Flasche Wein und schob sie zur Mitte, er verstand selbst nicht, was plötzlich in ihn gefahren war, denn zu so zäher Melancholie hatte er doch wirklich keinen Grund; schließlich war dieser Tag kein x-beliebiger, er wußte, der Wirt würde recht behalten, und sie würden nur noch ein paar Stündchen warten müssen, bis Irimiás und Petrina kämen, um diesem seit Jahren währenden schmalbrüstigen Elend ein Ende zu bereiten und diese feuchte Stille samt der hinterhältigen morgendlichen Sterbeglocke zu vertreiben, die einen sogar aus dem Bett scheucht, damit man dann in Schweiß gebadet und hilflos mit ansehen muß, wie allmählich alles vor die Hunde geht. Schmidt, der den Mund nicht aufbekommen hatte, seit sie in der Kneipe saßen (er hatte auch nur gemurrt und dem Ganzen den Rücken gekehrt, als Kráner und Frau Schmidt in dem Gelärm das Geld aufteilten), hob jetzt den Kopf und schnauzte zornig seine schon im Sitzen schwankende Frau an («Von wegen zu Kopf gestiegen! Stinkbesoffen bist du!»), dann wandte er sich Futaki zu, der gerade die Gläser füllen wollte. «Gib ihr nichts mehr, verflucht noch mal! Merkst du nicht, wie sie aussieht?» Futaki antwortete nicht und rechtfertigte sich nicht, er deutete nur mit der Hand sein Einverständnis an und stellte die Flasche schnell wieder auf den Tisch. Seit Stunden redete er auf Schmidt ein, der aber schüttelte nur störrisch den Kopf: seiner Ansicht nach hatten sie die einzige Möglichkeit verschenkt, indem sie sich in die Kneipe setzten und wie kastriert herumhockten, statt den durch Irimiás' bevorstehende Ankunft ausgelösten Wirbel zu nutzen und mit dem Geld zu verschwinden, obendrein hätten sie auch Kráner hier versauern lassen können... Vergebens betonte Futaki immer wieder, von morgen an werde hier alles anders sein, immer mit der Ruhe, jetzt hätten sie das Glück am Schwanz gepackt, Schmidt verzog nur höhnisch das Gesicht und schwieg, und so ging es, bis Futaki einsah, daß sie sich überhaupt nicht einigen konnten, da der andere nicht einmal erkennen wollte, daß Irimiás die einmalige Chance sein würde, und schon gar nicht, daß sie keine andere Wahl hatten: ohne ihn (und Petrina) würden sie weiter blind und hilflos, zusammengedrängt und einander anschnaubend umherstolpern wie Pferde vor dem Tod auf dem Schlachthof. Tief in seinem Innern verstand er Schmidts Widerstand natürlich irgendwie, denn das Unglück wich ihnen ja schon lange nicht mehr von der Seite, doch er meinte, die bloße Hoffnung, Irimiás werde die Dinge in die Hand nehmen, sei mehr wert als alle gelegentlichen Möglichkeiten, denn Irimiás sei als einziger dazu imstande zusammenzuhalten, was in ihren

Händen auseinanderfalle. Was machte es da, daß das ohnehin nicht saubere Geld jetzt endgültig futsch war? Er wollte nur, daß dieser säuerliche Geschmack vergeht, daß er nicht Tag für Tag wie erstarrt zusehen muß, wie draußen der Putz abbröckelt und die Mauern reißen und das Dach einbricht, daß er es nicht ertragen muß, wie sein Herz immer langsamer schlägt und seine Beine immer öfter taub werden. Denn, das ist sicher, die sich Woche für Woche, Monat für Monat wiederholenden Niederlagen, die plötzlich verglimmenden, immer wirreren Pläne und die ständig schrumpfende Hoffnung auf Befreiung bedeuten keine wirkliche Gefahr, eher halten sie einen noch zusammen, denn der Weg vom Mißgeschick zur Vernichtung ist lang, aber hier, am Ende, kann man nicht einmal mehr unterliegen. Die eigentliche Gefahr scheint unter der Erde hervor über sie zu kommen, aber ihre Quelle ist immer ungewiß; auf einmal empfindet man die Stille als erschreckend, man rührt sich nicht, man hockt sich in die Ecke, wo man Schutz erhofft, das Kauen wird zur Qual, das Schlucken zur Pein, dann fällt einem gar nicht mehr auf, daß alles rundherum langsamer wird und der Raum immer enger, und in diesem Rückzug tritt schließlich das Furchtbarste ein: die Erstarrung. Futaki blickte erschrocken auf, steckte sich mit zitternden Händen eine Zigarette an und leerte gierig sein Glas. «Ich sollte nicht trinken», rügte er sich, «sonst geht mir der Sarg nicht mehr aus dem Kopf.» Er streckte die Beine aus und lehnte sich zurück, und er nahm sich vor, der Furcht nicht mehr nachzugeben; er schloß die Augen und überließ sich der Wärme, dem Wein, dem Lärm. Und so plötzlich, wie sie gekommen war, verlor sich diese lächerliche Panik; er achtete nur noch auf die fröhlichen Stimmen rundum und konnte kaum Tränen der Rührung zurückhalten, denn wie vorher die Angst, so überfiel ihn jetzt die

Dankbarkeit, daß er nach so vielen Torturen hier in diesem Gesumm und Rumoren sitzen durfte, zuversichtlich und aufgeregt, geschützt vor allem, dem er hatte ins Auge schauen müssen. Wäre er nach achteinhalb Glas noch im Besitz ausreichender Kraft gewesen, hätte er der Reihe nach alle seine herumfuchtelnden, verschwitzten Gefährten umarmt, denn dem Verlangen, seiner tiefen Rührung irgendwie Ausdruck zu verleihen, konnte er nicht widerstehen. Doch unerwartet begann sein Kopf zu schmerzen, Hitze überflutete ihn, ihm wurde übel, Schweiß trat ihm auf die Stirn. Geschwächt sank er in sich zusammen. Er versuchte sich zu helfen, indem er tief ein- und ausatmete, deshalb hörte er Frau Schmidts Worte («Was ist, sind Sie taub geworden? He, Futaki, ist Ihnen nicht gut?») nicht, doch als die sah, daß Futaki seinen Magen massierte und mit bleichem, leidendem Gesicht vor sich hinstarrte, winkte sie bloß gelangweilt ab («Na klar, auf den ist auch kein Verlaß...») und wandte sich wieder dem Wirt zu, der sie schon lange begierig ansah. «Diese Hitze ist unerträglich, János, unternehmen Sie doch was!» Aber der Wirt, als verstände er in diesem Lärm nichts, hob nur ratlos die Arme und nickte ihr versonnen zu, ohne sie daran zu hindern, daß sie sich am Ofen zu schaffen machte. Frau Schmidt sah ein, daß ihre Versuche erfolglos waren, zornig setzte sie sich wieder und öffnete den obersten Knopf ihrer zitronengelben Bluse; zufrieden registrierte der Wirt, daß seine Beharrlichkeit auch diesmal das gewünschte Ergebnis hatte. Schon seit Stunden hatte er heimlich und in zäher Kleinarbeit die Regulierschraube am Ölofen immer weiter aufgedreht und dann mit einer flinken Bewegung herausgeschraubt und weggesteckt – wem würde das in diesem Durcheinander schon auffallen? –, um Frau Schmidt auf diese Weise erst nur vom Mantel und dann auch von der Strickjacke zu befreien, da ihre

Reize heute noch stärker als sonst auf ihn wirkten. Bisher hatte Frau Schmidt ihn aus unverständlichen Gründen hochmütig zurückgewiesen, all seine Annäherungsversuche – dabei hatte er nie aufgegeben, nie aufgeben können! – waren gescheitert, und seine Qualen wuchsen in dem Maße, wie er von ihren neuen und neuen Abenteuern erfuhr. Aber er war geduldig genug, auf seine Chance zu warten, wußte er doch, wie lang der Weg zum Sieg sein würde, seit er Frau Schmidt vor Jahren in der Mühle mit einem jungen Traktoristen erwischt hatte und sie – statt aufzuspringen und beschämt wegzulaufen – es zuließ, daß er beklommen dastand, bis sie in den Armen des anderen die höchsten Wonnen erlebte. Vor einigen Tagen allerdings, als er hörte, die Bande zwischen ihr und Futaki lockerten sich, hatte er seine Freude kaum verhehlen können, denn jetzt, so meinte er, sei er an der Reihe, jetzt sei eine Gelegenheit gekommen, wie sie nie wiederkehren werde. Als er nun sah, wie sie vornehm mit zwei Fingern die Bluse über ihren Brüsten ergriff und sich Luft in den Ausschnitt fächelte, wurde er schwach, seine Hände begannen unstillbar zu zittern, ihm wurde schwarz vor Augen. «Diese Schultern! Diese Schenkelchen, wie sie sich aneinanderschmiegen! Diese Hüften! Diese Zitzen, o mein lieber Gott...» Er hätte gern mit einem Blick alles eingefangen, aber in seiner Aufregung konnte er nur Augenzeuge des wahnsinnig machenden Nacheinanders von einzelnem sein. Alles Blut wich aus seinem Gesicht, ihn schwindelte, und geradezu flehend versuchte er Frau Schmidts gleichgültigen, ein bißchen stumpfsinnigen Blick zu erhaschen, und da er sich seines Hanges, die kleinen und die großen Wahrheiten des Lebens in einen einzigen kompakten Satz zu verdichten, nie entledigen konnte, stellte er sich glücklich und verzückt diese Frage: «Wo ist der Mann, dem es da ums Heizöl leid täte?» Hätte er allerdings gewußt, wie vergeblich sein Kampf war, so hätte er sich bestimmt sofort in den Lagerraum verzogen, um fern von den feindseligen oder offen schadenfrohen Blicken ruhelos seine frischen Wunden zu lecken. Denn noch ahnte er nicht einmal, daß Frau Schmidt – mit diesen herausfordernden Seitenblicken, mit diesem trägen Rekeln, das Kráner, Halics, den Schuldirektor und auch ihn selbst in gefährliche Strudel sog – nur die Zeit totschlug, denn noch den kleinsten Winkel ihrer Phantasie füllte Irimiás aus, Erinnerungsbilder schlugen an den felsigen Strand ihres Bewußtseins wie die Brandung des Meeres, um, vermengt mit erregenden Visionen der gemeinsamen Zukunft, ihren Ekel und Haß gegenüber dieser Welt, die sie in Bälde einfach zurücklassen würde, zu vertiefen. Und kam es ab und zu dennoch vor, daß sie nicht nur mit den Hüften kreiste, um die langsam verrinnende Zeit zu unterhalten, daß sie ihren denkwürdigen Busen den hungrigen Blicken nicht nur hinhielt, damit die nächsten Stunden schneller verflogen, dann war auch das nicht mehr als bloße Vorbereitung auf das sehnlich erwartete Wiedersehen, bei dem «die beiden Herzen sich wieder erinnern werden». Im Gegensatz zum Wirt waren sich Kráner und Halics (und sogar der Schuldirektor) darüber im klaren, daß es keine Hoffnung gab: Der Pfeil ihres Verlangens prallte an Frau Schmidt ab und fiel vor ihre Füße; dennoch gaben sie alle drei sich diesem aussichtslosen Leiden hin, damit wenigstens dieses lebendig bliebe. Hinter Kerekes, in der Ecke, saß bei seiner zweiten Flasche Wein der Schuldirektor mit seinem kahlen, aber – an dem dünnen und langen («doch sehnigen!...») Körper gemessen – unverhältnismäßig kleinen Kopf. Es war purer Zufall, daß er überhaupt von Irimiás und Petrinas Kommen gehört hatte, und ausgerechnet er, der – von dem ewig betrunkenen, abge-

stumpften Doktor abgesehen – einzige studierte
Mensch weit und breit! Was bilden die sich denn ein?
Wohin kommen wir so? Wenn er sich nicht über
Schmidts und Kráners unverzeihliche Unpünktlichkeit
geärgert und – nachdem er das Kulturhaus abgeschlossen und den Projektor vorschriftsmäßig in Sicherheit gebracht hatte – entschlossen hätte, in der Kneipe persönlich nachzuforschen, wäre es womöglich noch passiert,
daß er von alledem gar nichts erfahren hätte... Was
würden sie dann ohne ihn anfangen? Und der Interessenschutz? Glauben sie denn, Irimiás werde die Herausforderung einfach mir nichts, dir nichts annehmen;
wer möchte sich schon gerne an die Spitze einer so gemischten Gesellschaft stellen? Hier muß Ordnung gemacht und ein Plan aufgestellt werden, der die Grundtendenzen schön nach Punkten ordnet! Als sein erster
Ärger verraucht war («Diese Leute sind unreif, was ist
da zu machen! Man muß Schritt für Schritt vorgehen, es
läßt sich nicht alles von heut auf morgen...»), teilte er
seine Aufmerksamkeit zwischen Frau Schmidt und der
Ausarbeitung des Planentwurfs; letzteres gab er allerdings bald auf, denn er hielt es mit der auf unwiderlegbaren Erfahrungen fußenden Erkenntnis, daß man sich
nur mit einer Sache zur Zeit befassen darf. Er war überzeugt, daß diese Frau anders war als die anderen. Es
konnte kein Zufall sein, daß sie bislang all die groben,
viehischen Anträge der Siedler zurückgewiesen hatte.
Frau Schmidt braucht, so meinte er, einen ernsten, soliden Mann, nicht so einen Schmidt, dessen schroffe Art
auf keine Weise zu ihrem bedächtigen, schlichten,
aber reinen Wesen paßt. Und deshalb ist es nicht im geringsten verwunderlich, daß sie sich – daran besteht
kein Zweifel – zu ihm hingezogen fühlt; dazu nur soviel,
daß seinerzeit sie der einzige Mensch war, der nicht versucht hat, ihn lächerlich zu machen, weil er auch nach

der Auflösung der Schule noch energisch auf seinem Direktorentitel bestand. Diese Frau nämlich bringt ihm – über die natürliche Sympathie hinaus – einen gewissen deutlich erkennbaren Respekt entgegen, vermutlich weil sie weiß, daß er nur auf den günstigen Augenblick wartet (wenn nur erst die menschlich und fachlich untadeligen Leute in den städtischen Ämtern auf den ihnen zustehenden Platz zurückkehren, deren Zurückweichen vor den jetzigen aufgeblasenen Hanswursten nur die Folge taktischer Überlegungen gewesen sein kann!), das Gebäude instand setzen zu lassen und energisch die Unterrichtstätigkeit wiederaufzunehmen. Frau Schmidt ist natürlich, wozu es leugnen, ein sehr schmuckes Weib; die Fotos von ihr (er hat sie vor Jahren mit einer billigen, aber um so zuverlässigeren Kamera selbst gemacht) übertreffen seines Erachtens erheblich die an sich schon herausfordernden Aufnahmen in seiner Lieblingszeitung, dem Kreuzworträtselmagazin «Eselchen», mit denen er die Unruhe seiner schlaflosen und nicht enden wollenden Nächte zu vertreiben sucht... Hier verfitzten sich auf einmal seine bisher so gut geordneten, klaren und übersichtlichen Gedanken, ein wenig auch unter dem allgemein bekannten Einfluß der inzwischen geleerten weiteren Flasche; ihm wurde übel, die Adern in seinem Hirn pochten dumpf, und er war drauf und dran, aufzuspringen und – ohne sich um die ungewaschenen Bauernmäuler zu scheren – Frau Schmidt an seinen Tisch einzuladen, doch als sein ihren verheißungsvollen Körper abtastender Blick oberhalb der Schulter des auf den Billardtisch gesunkenen schnarchenden Kerekes ihrem scheinbar gleichgültigen, in Wirklichkeit aber gnadenlos entlarvenden Blick begegnete, senkte er errötend den Kopf und verdrückte sich hinter die enorme Körperfülle des Einödbauern, um mit der Schande allein zu sein und wenigstens vorübergehend Verzicht zu üben; ebenso Halics, der – als er einsah, daß die ihm schräg gegenüber sitzende Frau Schmidt seine glaubwürdige Variante der nun schon seit längerer Zeit abgehandelten Geschichte nicht hörte oder einfach nicht hören wollte – mitten im Satz abbrach und Kráner und den immer gereizteren Schaffner herumschreien und weiter streiten ließ, aber – mit Verlaub! – ohne ihn; er fegte die Spinnweben von sich und beobachtete verärgert das zufriedene, fette Gesicht des mit Frau Schmidt liebäugelnden Wirts; nach langem Grübeln war er darauf gekommen, daß dieses ganze Spinnennetzspiel («da diese Luder einfach nicht zu sehen sind») offenbar nur ein neuer Trick des Kneipiers war. Was für ein hinterhältiger Schurke! Und nicht genug, daß er ihnen mit dieser kindischen Albernheit nur wieder Pfeffer unter die Nase reiben will, jetzt hat er auch noch das Netz nach der Schmidt ausgeworfen! Dabei gehört diese Frau ihm, nein, ihm wird sie gehören... das sieht doch ein Blinder, daß sie ihm zulächelt, schon zweimal jetzt, und er zurück! Und da bringt es dieser Freibeuter, dieser unersättliche Krämer, dieser rausgefeuerte Flickschuster fertig...! Sie muß es doch gesehen haben, angeblich hat sie Adleraugen... Und er steckt voll Geld, das Lager voll Wein und Schnaps, obendrein hat er diese ganze Kneipe und draußen das Auto, aber! Aber und aber! Das genügt ihm noch nicht. Jetzt will er auch noch die Schmidt! Nein, das nun nicht! Halics ist nicht aus dem Holz geschnitzt, daß er diese Dreistigkeit wortlos hinnähme! Die alle hier glauben, er sei nur ein schüchterner kleiner Möchtegern, aber das ist der Schein, nur Oberfläche! Wenn erst Irimiás und Petrina hier sind! Innerlich ist er zu Sachen fähig, an die diese hier nicht einmal im Traum denken! Er leerte sein Glas und blinzelte verstohlen nach seiner regungslos lauernden Frau, dann wollte er rasch nachfüllen, aber zu seiner größten Überraschung war die Flasche leer; dabei erinnerte er sich genau, daß sie vorhin noch genug für zwei Glas voll enthalten hatte. «Man klaut mir den Wein!» durchzuckte es ihn, er sprang auf, sah sich drohend nach allen Seiten um und nahm, als er keinem einzigen erschrockenen, geständigen Blick begegnete, mürrisch wieder Platz. Vor Tabakrauch war kaum noch etwas zu sehen, der Ölofen strahlte Hitze aus, die Platte glühte, alle troffen vor Schweiß. Der Lärm wuchs unablässig, die Lautesten, Kráner und Kelemen sowie Frau Kráner und – wenn sie bei Kräften war – Frau Schmidt, trachteten immer wieder, das von ihnen selbst angezettelte Spektakel zu überschreien, obendrein erwachte nun auch Kerekes und verlangte lauthals eine neue Flasche. «Das glaubst du bloß, Kumpel!» rief Kráner und beugte sich vor. Mit dem Glas in der Hand fuchtelte er dem aufgebrachten Kelemen vor der Nase herum, an seiner Stirn traten die Adern hervor, seine stargrauen Augen funkelten drohend. Empört sprang der Schaffner auf. «Ich bin nicht dein Kumpel! Ich bin nie jemandes Kumpel gewesen, verstehst du?!» Der Wirt hinter dem Tresen versuchte zu beschwichtigen («Hört auf! Bei diesem Gebrüll platzt einem ja der Kopf!»), daraufhin eilte Kelemen um Futakis Tisch herum und zur Theke. «Sagen Sie es ihm doch wenigstens! Sagen Sie's ihm!» Der Wirt machte sich an seiner Nase zu schaffen. «Was soll ich ihm sagen? Geben Sie endlich Ruhe, sehen Sie nicht, daß Sie die anderen stören!» Aber statt sich zu beruhigen, kam Kelemen immer mehr in Fahrt. «Sie verstehen mich also auch nicht! Sind hier alle blöd?!» schrie er und schlug mit der Faust krachend auf den Schanktisch. «Als ich – jawohl, ich! – mit Irimiás Freundschaft geschlossen habe... bei Nowosibirsk im... im Gefangenenlager, da gab es noch keinen Petrina weit und breit!

Verstehen Sie? Weit und breit!» «Wieso weit und breit? Irgendwo wird er doch gewesen sein, nicht?» Kelemen schäumte, jetzt trat er mit den Füßen gegen die Theke. «Wenn ich sag, es gab keinen weit und breit, dann hat es ihn nicht gegeben! Einfach... nirgendwo weit und breit!» «Schon gut, schon gut», brummte der Wirt besänftigend, «wenn Sie meinen, jetzt setzen Sie sich mal wieder, und lassen Sie meine Theke in Frieden!» Kráner grinste über Futakis Kopf hinweg. «Wo warst du? In Nowobisirsk oder was...?! Kumpel, wenn du nichts verträgst, laß das Saufen!» Mit schmerzlich verzogenem Gesicht blickte Kelemen erst den Wirt und danach Kráner an, dann, nach einem erzürnten und erbitterten Kopfschütteln angesichts von soviel verblüffendem Unverständnis, winkte er heftig ab und torkelte zu seinem Platz zurück, verfehlte aber den Stuhl, als er sich setzen wollte, und riß ihn im Fallen mit. Das war für Kráner zuviel, er bog sich vor Lachen. «Was hast du, Kumpel? Ich halt's nicht aus! Der und in Kriegsgef... der... Ach Gottchen!» Mit hervorquellenden Augen, die Hände in die Hüften gestemmt, schwankte er zu Schmidts Tisch, blieb hinter Frau Schmidt stehen und umschlang sie unvermutet. «Haben Sie das gehört...» begann er und hörte nicht auf zu lachen, «der... der will mir einreden... Haben Sie's gehört?...» «Ich habe nichts gehört, und es interessiert mich auch nicht!» fuhr ihn Frau Schmidt an und versuchte, seine riesigen Hände fortzuschieben. «Und nehmen Sie Ihre dreckigen Pfoten weg!» Doch Kráner ignorierte die Aufforderung, er lehnte sich mit dem ganzen Körper auf die Frau und schob wie unabsichtlich seine Rechte in ihre offene Bluse. «Oh, wie warm es hier ist!» Er grinste. Frau Schmidt riß sich empört los, drehte sich um und versetzte ihm eine kräftige Ohrfeige. «He, du!» schrie sie Schmidt an, als sie sah, daß Kráner weiter grinste. «Du sitzt hier bloß rum? Und läßt zu, daß man mich befingert!» Schmidt hob unter Mühen den Kopf vom Tisch, ließ ihn aber, als wäre er am Ende seiner Kräfte, sofort wieder sinken. «Hab dich nicht so», nuschelte er, gegen einen Schluckauf ankämpfend. «Laß dich doch ruhig be... begrapschen! Da haben wenigstens a... andere was von dir...» Da war aber schon der Wirt zur Stelle, um sich Kráner vorzuknöpfen. «Was bilden Sie sich ein! Was ist das hier, ein Puff?» Aber Kráner stand wie ein Stier, er wich und wankte nicht, er sah den anderen nur an, und plötzlich hellte sich sein Gesicht auf. «Puff! Das ist es, Kumpel! Das ist es!» Er legte einen Arm um den Wirt und zog ihn zur Tür. «Komm, Kumpel! Wir pfeifen auf dieses Dreckloch! Wir gehen in die Mühle! Dort leben wir uns richtig aus... Na, komm schon, laß dich nicht bitten!» Aber dem Wirt gelang es, sich zu befreien, er lief hinter die Theke zurück und wartete, als stände eine Genugtuung bevor, daß dieser besoffene Ochse endlich seine dicke Gemahlin bemerkte, die seit einer Weile schon in der Tür stand, stumm, mit funkelnden Augen, die Arme in die Seiten gestemmt. «Ich höre nicht gut! Sag es mir auch!» zischte sie ihm ins Ohr, als er plötzlich vor ihr auftauchte. «Wohin zum Deibel noch mal willst du gehen?!» Auf einen Schlag war Kráner nüchtern. «Ich?» Er sah sie verständnislos an. «Wohin sollte ich gehen wollen? Ich geh nirgendwohin, weil ich ja dich hab, mein Schnuckelchen, dich!» Frau Kráner befreite sich aus seiner Umarmung und fuhr in messerscharfem Ton fort: «Dir werde ich morgen Schnuckelchen geben, wenn du nüchtern bist! Du kriegst Schnuckelchen, daß du nicht mehr aus den Augen sehen kannst!» Sie packte Kráner, der zwei Köpfe größer war als sie, und drückte ihn auf den Stuhl. «Wenn du noch mal aufstehst, ohne daß ich es dir sage, passiert ein Unglück!» Sie füllte ihr Glas, leerte es auf einen Zug, sah sich zornig um, seufzte laut und wandte sich Frau Halics zu, die («Ein nettes Sündenbabel, ich muß schon sagen! Aber ein Jammern und Klagen wird kommen, wie der Prophet sagt!») die Szene mit schadenfroher Miene beobachtet hatte. «Wo war ich stehengeblieben?» fragte Frau Kráner, das abgebrochene Gespräch fortsetzend, aber gleich drohte sie ihrem Mann, der vorsichtig nach seinem Glas langte, mit dem Finger. «Ach ja! Mein Mann also ist ein braver Kerl, ich kann mich nicht beklagen, wirklich! Nur das Trinken, wissen Sie, das Trinken! Wenn das nicht wär, könnte man ihn aufs Brot schmieren, wahrhaftig, aufs Brot! Und arbeiten kann er, das wissen Sie auch, arbeiten kann er für zwei! Und daß er diesen kleinen Fehler hat, ach Gott, sagen Sie selber, Frau Halics, meine Gute, wer ist schon fehlerfrei? Einen ohne Fehler hat die Welt noch nicht gesehen! Wie? Was? Er kann es nicht ausstehen, wenn man ihn beschimpft. In diesem Punkt ist er sehr empfindlich. Deshalb hat er auch mit dem Doktor nichts im Sinn, Sie kennen ihn ja, der springt mit einem um, als ob man sein Hund wär! Aber da muß man klug sein und nachgeben, immerhin ist er ja der Doktor, und schlimm ist es auch nicht weiter, man schluckt es runter, erledigt. Und so übel, wie er sich gibt, ist er gar nicht. Ich muß es wissen nach so vielen Jahren, ich habe ihn kennengelernt, Frau Halics, meine Gute, mit allen Haken und Ösen!» Vorsichtig, eine Hand schützend vorgestreckt und mit der anderen auf den Stock gestützt, ging Futaki auf unsicheren Beinen zur Tür; sein Haar war zerzaust, sein Hemd hinten aus der Hose gerutscht, und er war weiß wie die gekalkte Wand. Mit Mühe entfernte er den Keil und trat ins Freie, aber die frische Luft warf ihn sofort um. Der Regen strömte mit unveränderter Kraft, die Tropfen, jeder eine unabänderliche, bedrohliche Botschaft, prasselten auf die bemoosten Ziegel der Kneipe, auf die Stämme und Äste der Akazien, auf den dunklen, unebenen Weg drüben und hier vor der Tür auf den Körper Futakis, der sich krumm und zuckend im Schlamm abmühte. Dann lag er nahezu bewußtlos minutenlang da, und als es ihm endlich gelungen war, sich zu erbrechen, überwältigte ihn der Schlaf; wäre dem Wirt nach einer halben Stunde nicht aufgefallen, daß er immer noch ausblieb, und hätte er ihn nicht gesucht und wachgerüttelt («He! Haben Sie den Verstand verloren? Aufstehen! Das bringt nur eine Lungenentzündung ein.»), wäre er womöglich bis zum Morgen liegengeblieben. Taumelig lehnte er sich an die Mauer, das Angebot des Wirts («Los, stützen Sie sich auf mich, hier draußen vermodern Sie mir noch, los doch...») lehnte er ab, er stand nur dumpf und benommen inmitten des erbarmungslosen Tosens, er sah diese unstete Welt vor sich, begriff sie aber nicht, bis er nach einer weiteren halben Stunde, gleichsam durchgespült vom Regen, auf einmal merkte, daß er nüchtern war. Er ging um die Ecke und schlug an einer kahlen Akazie sein Wasser ab, und als er zum Himmel aufschaute, fühlte er sich unsäglich klein und hilflos. Er hörte den Urin plätschern, schier unerschöpflich und voll männlicher Kraft, und wieder befiel ihn Traurigkeit. Unermüdlich schaute er zum Himmel hinauf, und er mußte daran denken, daß diese für alle Zeiten über ihn gespannte Glocke irgendwo, wie fern auch immer, endete, «wie alles hier ein vorbestimmtes Ende hat». Wie in einen Stall, dachte er mit immer noch brummendem Schädel, sind wir hineingeboren in diese umfriedete Welt, und wie Schweine, die sich im eigenen Dreck wälzen, wissen wir nicht, was es soll, das Gedränge um die nährenden Zitzen und der ewige Kampf um den kürzesten Weg zum Trog oder gegen Abend um den Schlafplatz. Er knöpfte die Hose zu und trat in den peitschenden Regen. «Wasch mir meine alten Knochen!» sagte er bitter.

«Wasch den alten Pisser, lange macht er's sowieso nicht mehr.» So stand er lange da, regungslos, mit geschlossenen Augen, den Kopf im Nacken, denn allzugern hätte er sich von dem zähen, wieder und wieder durchbrechenden Verlangen befreit, wenigstens nun, in seinen letzten Jahren, zu erfahren, «was dieser Futaki hier zu suchen hat». Lieber nämlich hätte er sich damit abgefunden, daß er mit der gleichen stumpfen Ergebenheit in die Grube fahren würde, mit der er als greinender Säugling auf die Welt gekommen war; erneut dachte er an den Stall und an die Schweine, und ihm kam ein Gedanke, den er allerdings mit seinem ausgetrockneten Mund schwerlich zu Worten hätte formen können: Wie diese nicht ahnen, daß die über ihrem beruhigenden – weil sich wiederholenden – Alltag schwebende Vorsehung nur ein Widerschein auf dem Fleischermesser ist, so argwöhnen auch wir nicht und können wir auch nicht wissen, was dieser fürchterliche, weil unverständliche Abschied soll. Und es gibt keine Hilfe, es gibt kein Entrinnen. Bekümmert schüttelte er den zerzausten Schopf. «Wer vermag zu begreifen, daß ich, der ich bis ans Ende der Zeiten leben könnte, mich eines Tages aus irgendeinem Grund davonscheren muß, weg, zu den Würmern, ins stinkende, dunkle Erdreich.» Futaki war ein Maschinennarr gewesen und geblieben, er war es noch jetzt, hier, als patschnasse Vogelscheuche, verdreckt und vollgekotzt, und da er wußte, welche Ordnung und Zweckmäßigkeit noch in der einfachsten Pumpe herrscht, dachte er, wenn irgendwo («Und in diesen Maschinen bestimmt!») eine so klare Disziplin am Werk sei, dann müsse («Darauf kann man Gift nehmen!») auch diese wirbelnde Welt auf irgendeinen vagen Sinn hinweisen. So stand er verloren im Regen, bis er sich übergangslos zornig zu schelten begann. «Was bist du für ein Einfaltspinsel, Futaki! Wälzt dich erst im Schlamm wie ein dreckiges Schwein und stehst dann herum wie ein verirrtes Schaf... Hast du denn dein letztes bißchen Grips verloren? Und du säufst, als wüßtest du nicht, daß du nicht darfst! Auf nüchternen Magen!» Er schüttelte verärgert den Kopf und nahm sich in Augenschein, dann ging er beschämt daran, seine Kleidung zu säubern, doch mit wenig Erfolg: Hose und Hemd waren völlig verschmutzt; so suchte er rasch seinen Stock und bemühte sich, unbemerkt in die Kneipe zu gelangen, wo er den Wirt um Hilfe bitten wollte. «Na, geht's besser?» fragte der Wirt und blinzelte ihm verschmitzt zu. Im Lagerraum dann fuhr er fort: «Hier ist eine Schüssel, da Seife, und daran können Sie sich abtrocknen.» Mit verschränkten Armen wartete er hinter ihm, bis sich Futaki gesäubert hatte; obgleich er wußte, daß er ihn ohne weiteres sich selbst überlassen könnte, schien es ihm letztlich besser zu bleiben, «denn wer weiß, der Teufel schläft nie». «Bürsten Sie sich die Hose ab, so gut es geht, das Hemd können Sie auswaschen und zum Trocknen auf den Ofen legen. Ziehen Sie inzwischen das an!» Futaki bedankte sich, schlüpfte in den zerschlissenen, mit Spinnweben überzogenen Kittel, strich sich das Haar zurück und trat hinter dem Wirt aus dem Lager. Er ging nicht wieder zu den Schmidts, sondern richtete sich am Ofen ein; er hängte das Hemd über eine Stuhllehne und erkundigte sich, ob es etwas Solides gebe. «Milchschokolade und diese Salzstangen», zeigte der Wirt. Futaki bestellte Salzstangen, aber als der Wirt mit dem Tablett kam, hatte ihn in der plötzlichen Wärme schon der Schlaf übermannt. Es war spät geworden, nur Frau Kráner, der Schuldirektor, Kerekes und natürlich Frau Halics waren noch wach (letztere nutzte die allgemeine Müdigkeit dazu, die Flasche Riesling ihres Mannes immer gelöster und kühner an den Mund zu führen), drum bekam der Wirt auf seine Worte («Einmal frische Salzstangen, bitte sehr!») nur leises, ablehnendes Gebrumm zur Antwort, und die Salzstangen kehrten unberührt an ihren Platz zurück. «Na gut. Ihr könnt mich mal! In einer halben Stunde werdet ihr auferstehen», knurrte der Wirt mißmutig. Er streckte seine tauben Glieder, dann rechnete er im Kopf blitzschnell nach, «wo wir gegenwärtig stehen». Die Lage schien ziemlich deprimierend, denn die bisherigen Einnahmen blieben weit hinter dem zurück, womit er eigentlich gerechnet hatte, und er konnte nur darauf bauen, daß der Kaffee dieses versoffene Pack zur Vernunft bringen würde... Außer dem finanziellen Verlust (denn – «Oho!» – Verlust ist schon die entgangene Einnahme) verbitterte ihn vor allem, daß nur ein Schritt gefehlt hatte, und er hätte die Schmidt in den Lagerraum abschleppen können, aber plötzlich war sie vorhin wie betäubt eingeschlafen, und seitdem mußte er wieder an Irimiás denken (obgleich er entschlossen war, «was auch kommt, ich lasse mich nicht nervös machen...»), denn er wußte, nun würde es bis zu seiner Ankunft nicht mehr lange dauern können, und dann wäre sowieso alles futsch. «Immer nur warten und warten», dachte er seufzend. Mit einemmal sprang er auf, denn ihm war eingefallen, daß er das Tablett mit den Salzstangen zwar zurückgestellt, aber nicht mit Zellophan bedeckt hatte, wo doch diesen Viechern zwei Minuten genügten, und er dürfte das Gebäck anschließend stundenlang putzen. Er war daran gewöhnt, in ständiger Bereitschaft zu sein, die frühen Wellen der Empörung hatte er längst hinter sich, und längst hatte er es aufgegeben, seinen Vorgänger aufzuspüren, diesen verfluchten Schwaben, um ihm mitzuteilen, von Spinnen sei nie die Rede gewesen. Die Spinnen hatte er schon ein paar Tage vor der Eröffnung, als er sich über die erste Entrüstung hinweggesetzt hatte, mit allen nur denkbaren Mitteln und Methoden auszumerzen versucht, aber dann hatte er eingesehen, es war aussichtslos, ihm blieb nur eins: mit dem Vorgänger zu reden und den Kaufpreis für die Kneipe herunterzuhandeln. Aber der Vorgänger schien von der Erde verschluckt, im Gegensatz zu den Spinnen, diesen Biestern, die in der Kneipe weiterhin fröhlich ihr Unwesen trieben; er hatte sich damit abfinden müssen, daß er gegen sie nicht ankam, daß er bis ans Ende seiner Tage mit dem Wischtuch hinter ihnen herrennen mußte, und sie hatten ihn daran gewöhnt, mitten in der Nacht aus dem Bett zu steigen und wenigstens das gröbste wegzuwischen. Ins Gerede kam er glücklicherweise nicht, denn solange er geöffnet hatte, konnten die Spinnen nicht so richtig loslegen, denn nicht einmal sie konnten vollspeicheln, was sich bewegte. Der Ärger setzte immer erst ein, wenn der letzte Gast gegangen war und er die Tür verriegelt hatte; kaum waren die Gläser abgewaschen, kaum war aufgeräumt und das Lagerbuch eingeschlossen, konnte er mit dem Saubermachen beginnen; feine Spinnweben überzogen die Ecken, die Tisch- und Stuhlbeine, die Fensternische, den Ofen, die gestapelten Kästen und zuweilen sogar die auf die Theke gestellten Aschenbecher. Und es wurde immer schlimmer: Wenn er nämlich fertig war und sich im Lagerraum fluchend schlafen legte, fand er kaum Ruhe, weil er wußte, daß sie jetzt auch ihn nicht verschonen würden. So war es nicht verwunderlich, wenn er sich geradezu vor allem ekelte, was auch nur geringfügig an ein Spinnennetz erinnerte; einige Male war er, als er meinte, er hielte es nicht länger aus, tobend über die Eisengitter hergefallen, die die Fenster schützten, freilich hatte er mit den bloßen Händen keinen Schaden anrichten können. «Und das alles ist noch gar nichts…» beklagte er sich bei seiner Frau. Denn am unheimlichsten war, daß er noch nie eine Spinne gesehen hatte, obgleich er anfangs hinter der Theke lauernd ganze Nächte durchwachte; die Spinnen hatten sich, als ahnten sie, daß sie beobachtet wurden, nicht gezeigt. Zwar hatte er sich damit abgefunden, daß er sie nie würde ausrotten können, aber darauf, wenigstens einmal – ein einziges Mal – ein solches Biest näher in Augenschein zu nehmen, wollte er nicht verzichten. Deshalb hatte er sich angewöhnt, von Zeit zu Zeit in der Kneipe Umschau zu halten, ohne daß er mit dem aufhörte, was er gerade machte; und auch jetzt durchforschte sein Blick die Ekken. Nichts. Er seufzte, wischte den Tresen ab, holte die leeren Flaschen von den Tischen und trat dann vor die Tür, um unter einem Baum Wasser zu lassen. «Es kommt jemand», gab er feierlich bekannt, als er zurückkehrte. Im Nu waren alle auf den Beinen. «Jemand? Wieso jemand?» jammerte Frau Kráner. «Allein?» «Ja», antwortete der Wirt gelassen. «Und Petrina?» fragte Halics verwundert. «Ich sage doch, nur einer kommt. Geht mir nicht auf die Nerven.» «Dann ist er es nicht», stellte Futaki fest. «Bestimmt nicht», brummelten die anderen. Sie setzten sich wieder hin, begannen enttäuscht zu rauchen oder tranken einen Schluck, und manche bedachten die bis auf die Haut durchnäßte Frau Horgos nur mit einem kurzen Blick, als sie eintrat, und sahen gleich wieder weg, denn die zwar noch nicht alte, aber wie ein altes Weib aussehende Witwe («Der ist überhaupt nichts heilig!» pflegte Frau Kráner zu sagen) war in der Siedlung nicht sonderlich beliebt. Frau Horgos schüttelte das Wasser von ihrer Windjacke, ging wortlos zur Theke, stützte die Ellbogen auf und sah im Kreis. «Womit kann ich dienen?» fragte der Wirt kühl. «Geben Sie mir eine Flasche Bier. Die Hölle brennt», sagte Frau Horgos heiser und hörte nicht auf, stechende Blicke durch den Raum zu schicken, nicht so, als wäre sie einfach neugierig, sondern eher so, als wäre sie gerade zur rechten Zeit gekommen, um sie alle zu entlarven. Schließlich sah sie Halics an. Sie entblößte ihre zahnlosen roten Kiefer und sagte zum Wirt: «Die führen ja ein Leben!» Ihr runzliges Krähengesicht erblühte geradezu vor Wut, die Windjacke, von der es immer noch tropfte, hatte sich am Rücken so gebeult, daß es aussah, als wäre sie buckelig. Sie hob die Flasche an den Mund und trank gierig. Das Bier rann ihr über das Kinn und, wie der Wirt angewidert beobachtete, weiter den Hals hinab. «Haben Sie meine Tochter gesehen?» fragte Frau Horgos und wischte sich die Lippen ab. «Die kleinste.» «Nein», antwortete der Wirt unwillig. «Hier war sie nicht.» Die Frau räusperte sich und spuckte auf den Fußboden, dann nahm sie eine Zigarette aus der Jackentasche, zündete sie an und blies dem Wirt den Rauch ins Gesicht. «Sie wissen ja, wie's ist», sagte sie. «Gestern war eine kleine Fete mit Halics, und jetzt grüßt er nicht mal, der Drecksskerl. Ich hab den ganzen Tag geschlafen. Und als ich am Abend endlich aufwache, ist niemand da. Die Mari nicht, die Juli nicht, der Sanyi nicht. Das wäre ja nicht weiter schlimm, aber die Kleine ist auch weg. Der hack ich die Beine ab, wenn sie heimkommt. Sie wissen ja, wie's ist.» Der Wirt schwieg. Sie trank den Rest aus und verlangte noch eine Flasche. «Hier war sie also nicht», knurrte sie. «Die Rumtreiberin.» Der Wirt trainierte seine Zehen. «Bestimmt steckt sie irgendwo im Gehöft. Soviel ich weiß, neigt sie nicht dazu auszureißen.» Frau Horgos brauste auf. «Das wirklich nicht! Ach, der Teufel soll sie holen, die Pest soll sie fressen! Gleich ist Morgen, und sie treibt sich im Regen herum. Kein Wunder, wenn ich ständig im Bett liege.» Kránker rief ihr zu: «Wo haben Sie denn die Mädelchen gelassen?» «Was geht Sie das an?» fragte Frau Horgos giftig zurück. «Das sind meine Kinder!» Kráner grinste. «Schon gut ... Seien Sie nicht gleich so bissig!» «Ich bin nicht bissig, aber kümmern Sie sich um Ihren eigenen Kram!» Es wurde still. Frau Horgos kehrte den anderen den Rücken, stützte sich mit einer Hand auf die Theke, warf den Kopf in den Nacken und trank. «Das braucht mein kranker Magen. Das ist jetzt die einzige Medizin.» «Ich weiß.» Der Wirt nickte. «Wir wär's mit einem Kaffee?» Sie schüttelte den Kopf. «Dann muß ich die ganze Nacht kotzen, und das bringt nichts ein. Nichts.» Sie setzte neuerlich die Flasche an und leerte sie bis zum letzten Tropfen. «Na, einen schönen Abend noch. Ich geh ein Haus weiter. Wenn Sie eins von meinen Kindern sehen, richten Sie aus, sie sollen sich sofort heimscheren. Ich werde mir nicht hier die Nacht um die Ohren schlagen. Sie wissen ja, wie's ist. In meinem Alter.» Sie schob dem Wirt einen Schein hin, steckte das Kleingeld ein und schlurfte zur Tür. «Sagen Sie den Mädelchen, nur Geduld, nur keine Hast!» rief ihr Kráner lachend hinterher. Frau Horgos murmelte etwas vor sich hin und spuckte, während der Wirt ihr die Tür aufhielt, zum Abschied auf den Fußboden. Halics, der sie immer noch gelegentlich besuchte, schenkte ihr keinen Blick, denn seit er aufgewacht war, stierte er in einem fort nur auf die leere Flasche vor seiner Nase und grübelte, wer ihn da wohl zum Gespött hatte machen wollen. Sein stechender Blick wanderte nun im Kreis und blieb schließlich am Wirt hängen, er nahm sich vor, von jetzt an auf der Hut zu sein und diesen Schurken zu entlarven. Er schloß die Augen und ließ den Kopf auf die Brust sinken, es dauerte nicht lange, und er nickte wieder ein. «Es wird gleich hell», meinte Frau Kráner, «ich glaube, sie kommen nicht mehr.» «Mir soll's recht sein!» knurrte der Wirt, der mit der Kaffeethermosflasche von Tisch zu Tisch ging, und wischte sich über die Stirn. «Mach keine Panik!» rügte Kráner seine Frau. «Wenn es an der Zeit ist, werden sie schon kommen.» «Freilich», stimmte ihm Futaki zu. «Jetzt kann es nicht mehr lange dauern, ihr werdet sehen.» Er nippte an dem heißen Kaffee, befühlte sein trocknendes Hemd und zündete sich eine Zigarette an; während er rauchte, überlegte er, womit Irimiás wohl beginnen würde. Eins ist sicher, die Pumpen und Generatoren haben eine Generalüberholung nötig, das wird das erste sein. Dann muß das ganze Maschinenhaus geweißt werden, die Fenster und Türen sind reparaturbedürftig, es zieht dort, daß man jeden Morgen mit Kopfweh aufwacht. Leicht wird es natürlich nicht sein; die Häuser sind baufällig, die Gärten von Unkraut überwuchert, die ehemaligen Wirtschaftsgebäude ausgeplündert, nur die kahlen Mauern stehen noch, die Siedlung sieht aus wie nach einem Bombenangriff. Aber für Irimiás ist nichts unmöglich! Und Glück muß man haben, sonst ist alles vergebens. Und Verstand, aber den hat Irimiás, einen messerscharfen! Schon damals, erinnerte sich Futaki lächelnd, als er zum Chef der Maschinenwerkstatt gemacht worden war, kamen die Leute scharenweise, auch die Leiter, denn Irimiás war, wie sich Petrina ausdrückte, «ein Hirt der aussichtslosen Situationen und der hoffnungslosen Menschen». Aber gegen die Dummheit kam auch er nicht an; kein Wunder, daß er nach einem Jahr die Zelte abbrach. Und kaum war er verschwunden, ging es bergab mit ihnen, immer tiefer, immer tiefer. Es kam das Eis, es kam die Maul- und Klauenseuche, die Schafe krepierten eines nach dem anderen, es kamen die Zeiten, als der Lohn oft mit einwöchiger Verspätung ausgezahlt wurde, weil kein Geld mehr in der Kasse war... Aber da sagten schon alle, jetzt geht es nicht mehr weiter, wir machen den Laden dicht. Und so kam es auch. Wer wußte, wohin er gehen konnte, riß aus, wer nicht, der blieb, und es begann das Gezänk und Gestreite, unrealisierbare Pläne schwebten in der Luft, jeder wußte besser als die anderen, was gemacht werden müßte, natürlich passierte überhaupt nichts. Schließlich fanden sich alle mit diesem Zustand der Ohnmacht ab, sie hofften nur noch auf ein Wunder und zählten immer gereizter die Stunden, die Wochen, die Monate, dann war auch das nicht mehr wichtig, sie hockten nur noch den lieben langen Tag in der Küche, und wenn sie, selten genug, ein wenig Geld auftrieben, vertranken sie es binnen Tagen in der Kneipe. In letzter Zeit hatte auch er sich nicht mehr aus dem Maschinenhaus gerührt, höchstens daß er gelegentlich in die Kneipe oder zu Frau Schmidt ging; er konnte nicht daran glauben, daß sich hier irgend etwas ändern würde. Er würde bis ans Ende seines Lebens hierbleiben, denn was sonst blieb ihm übrig. Sollte er auf seine alten Tage ein neues Leben anfangen? Na, jetzt sah alles anders aus, Irimiás würde schon alles zurechtrücken... Unruhig rutschte er auf seinem Stuhl hin und her, mehrmals hatte er den Eindruck gehabt, jemand klopfe an die Tür, aber dann nahm er sich zusammen («Geduld, nur Geduld...») und ließ sich vom Wirt noch einen Kaffee einschenken. Futaki war nicht allein aufgeregt, den anderen ging es ähnlich, besonders als Kráner durch die Türscheibe blickte und feierlich sprach: «Der Himmel wird unten schon hell»; da kam Leben in die Kneipe, man bestellte neuen Wein, und Frau Kráner ließ sich dazu hinreißen, schrill zu rufen: «Was ist das hier? Ein Begräbnis?!» Mit breiten, kokett wippenden Hüften ging sie durch den Raum und blieb vor Kerekes stehen. «He, schlafen Sie doch nicht immerfort! Spielen Sie lieber was auf der Tangoharmonika!» Der Einödbauer hob den Kopf und rülpste laut. «Sagen Sie das dem Wirt, nicht mir. Dem gehört sie.» «He, Wirt!» rief Frau Kráner. «Haben Sie noch die Tangoharmonika?» «Aber ja, ich hol sie...» murmelte er und verschwand im Lagerraum. «Wenn nur der Wein langt!» Er ging in die hintere Abteilung, zu den Nahrungsmitteln, zog das von Spinnweben umhüllte Instrument hervor, reinigte es einigermaßen und trug es in den Armen zu Kerekes. «Aber, Sie wissen schon, gut aufpassen! Das ist ein sehr empfindliches Gerät!» Kerekes verscheuchte ihn mit einer Handbewegung, schlüpfte in die Riemen und spielte ein paar Läufe, dann beugte er sich vor und leerte sein Glas. «Und wo bleibt der Wein?!» Frau Kráner stand mit geschlossenen Augen in der Mitte des Raumes und wiegte sich. «In Ordnung, bringen Sie ihm eine Flasche!» sagte sie zum Wirt und stampfte ungeduldig auf. «Was ist, ihr Faulpelze! Schlaft nicht!» Sie legte die Hände an die Hüften und schnauzte die lachenden Männer an: «Feiglinge! Wagt keiner gegen mich anzutreten?» Daß sie alle Männer Feiglinge nannte, konnte Halics nicht hinnehmen, er sprang auf und lief, ohne den Zuruf seiner Frau zu beachten («Du bleibst hier!»), zu Frau Kráner. «Einen Tango!» rief er und stellte sich in Positur. Aber Kerekes scherte sich nicht darum, so ergriff Halics Frau Kráners Hüften und richtete sich nach seinem Spiel. Die anderen machten Platz und feuerten sie johlend und klatschend an. Sogar Schmidt mußte lachen, denn die beiden boten wirklich einen unwiderstehlichen Anblick: Halics war wenigstens einen Kopf kleiner als seine Partnerin, und er hüpfte um die nur ihre enormen Hüften schüttelnde, auf der Stelle stampfende Frau Kráner herum, als wäre ihm eine Wespe ins Hemd geschlüpft, die er schleunigst loswerden wollte. Als der erste Csárdás zu Ende war, verbeugte sich Halics in dem lärmenden Beifall mit stolzgeschwellter Brust, und er konnte sich kaum verkneifen, den Leuten, die ihn grinsend hochleben ließen, ins Gesicht zu schreien: «Na seht ihr! Das ist Halics!» Beim nächsten und beim übernächsten Csárdás übertraf er seine bisherige Leistung noch, er unterbrach nämlich seine unglaublichen und unnachahmlich komplizierten Figuren mehrmals mit kurzen lebenden Bildern, indem er den rechten oder den linken Arm in die Höhe stieß und mit durchgedrücktem Kreuz gleichsam zu Stein erstarrte, um beim folgenden betonten Takt seine teuflischen und von ungeteilter Begeisterung begleiteten Tanzschritte um die keuchende und prustende Frau Kráner fortzusetzen. Nach jeder Melodie verlangte Halics immer energischer einen Tango, bis Kerekes seinen Wunsch schließlich erfüllte und, mit seinem riesigen Schuh im Takt auftretend, einen bekannten Schlager anstimmte. Da hielt es auch der Schuldirektor nicht länger aus, er trat vor Frau Schmidt, die bei dem Gejohle zu neuem Leben erwacht war, und beugte sich an ihr Ohr. «Darf ich bitten?» Der Parfümduft, der ihm entgegenschlug, ließ ihn nicht mehr los, und er mußte alle Kraft aufbieten, um die pflichtgemäße Distanz einzuhalten, als er die Rechte – endlich! – auf ihren Rücken legen durfte und sie, noch ein wenig stolpernd, zu tanzen begannen, denn am liebsten hätte er sie an sich gezogen, um zwischen ihren heißen Brüsten zu vergehen. Aber die Lage war keineswegs hoffnungslos, denn Frau Schmidt schmiegte sich mit träumerischem Blick immer aufreizender an, und während die Musik immer lyrischer wurde, legte sie mit Tränen in den Augen den Kopf auf seine Schulter («Fürs Tanzen habe ich eine Schwäche, wissen Sie...») und lehnte sich mit der ganzen Schwere ihres Körpers an ihn. Der Direktor konnte nicht anders, unbeholfen küßte er Frau Schmidt in den wohlgepolsterten Nacken; natürlich kam er gleich wieder zur Vernunft und stellte den alten Abstand her, doch kam er gar nicht dazu, sich zu entschuldigen, da sie ihn ein wenig grob gleich wieder an sich zog. Frau Halics, deren kämpferischer, aktiver Haß stummer Verachtung gewichen war, entging selbstverständlich nichts von alledem, ihr blieb nichts verborgen, sie wußte, was hier gespielt wurde. «Aber ich habe Gott, meine Stütze und Hilfe!» murmelte sie selbstbewußt; sie verstand nur nicht, warum das Jüngste Gericht so lange auf sich warten ließ, um die alle hier dem Fegefeuer auszuliefern. «Worauf warten die da oben, wie können sie diesem Sodom und Gomorrha tatenlos zusehen?» Daß ihr der Sündenerlaß zustand, davon war sie fest überzeugt, und ihn erwartete sie immer ungeduldiger, obgleich sie zugeben mußte, daß der Böse sie hin und wieder minutenlang im Glauben schwanken machte, wenn er ihr ein Schlückchen Wein aufzwang oder sie ermunterte, mit sündiger Begierde die wiegenden Gliedmaßen der in die Gefangenschaft Satans geratenen Frau Schmidt zu beobachten. Aber Gott blieb stark in ihr, und notfalls würde sie dem Satan allein entgegentreten, wenn nur der auferstandene Irimiás bald käme, denn daß sie diesen gemeinen Angriff allein aufhielt und zurückschlug, das war nun doch nicht zu erwarten. Ja, sie mußte sich eingestehen, daß für eine kurze Zeit – wenn das sein Ziel war – der Teufel hier in der Kneipe einen vollen, wenn auch vergänglichen Sieg errungen hatte, denn inzwischen waren außer Futaki und Kerekes alle auf den Beinen, und wer augenblicklich weder von Frau Kráner noch von Frau Schmidt etwas hatte, der nahm auch nicht Platz, sondern wartete das Ende des Tanzes in nächster Nähe ab. Unermüdlich klopfte Kerekes mit dem Fuß den Takt hinter dem Billard, und die ungeduldigen Tänzer ließen ihm nicht einmal Zeit, zwischen zwei Nummern in Ruhe ein Glas Wein zu trinken, immer wieder stellten sie ihm neue Flaschen hin, damit er nicht erlahmte. Und Kerekes sträubte sich nicht, ein Tango folgte dem anderen, dann fing er auf einmal an, immer wieder dieselbe Melodie zu spielen, doch niemandem fiel es auf. Frau Kráner freilich hielt das Tempo nicht lange durch, sie rang nach Atem und war in Schweiß gebadet, die Füße brannten ihr, sie wartete nicht einmal, bis der Tanz zu Ende war, sie kehrte dem entrüsteten Schuldirektor einfach den Rücken und ließ sich auf ihren Stuhl fallen. Halics folgte ihr mit vorwurfsvoller und bittender Miene. «Rozika, liebste, beste! Mich werden Sie doch nicht auslassen? Wo ich jetzt an der Reihe wäre?» Frau Kráner wischte sich mit einer Serviette den Schweiß aus dem Gesicht und winkte schnaufend ab. «Was denken Sie von mir? Ich bin nicht mehr zwanzig.» Halics füllte flink ein Glas und drückte es ihr in die Hand. «Trinken Sie, Rozika! Dann...» «Nichts dann!» unterbrach ihn Frau Kráner lachend. «Ich kann nicht mehr so wie ihr jungen Leute!» «Was das betrifft, Rozika, ich bin auch kein junger Spund mehr...» Aber er konnte nicht weitersprechen, sein Blick war auf ihren Busen abgeirrt, der sich hob und senkte. Er schluckte und räusperte sich, dann sagte er: «Ich hole Salzstangen!» «Ach, das wäre gut», rief ihm Frau Kráner sanft nach und wischte sich wieder über die verschwitzte Stirn. Bis Halics mit dem Tablett zurückkam, betrachtete sie sinnend die unermüdliche Frau Schmidt, die träumerisch von Mann zu Mann wandernd Tango tanzte. «Fangen wir an, Rozika!» ermunterte Halics sie und setzte sich dicht neben sie, lehnte sich gemütlich zurück und legte ihr den rechten Arm um die Schultern – ohne jedes Risiko, denn seine Frau hatte nun doch der Schlaf überwältigt. Wortlos kauten sie an dem trockenen Salzgebäck, vertilgten eine Stange nach der anderen, und so konnte es geschehen, daß sie nach einigen Minuten, als sie gerade nach der nächsten langen wollten, einander verdutzt anstarrten, weil nur noch eine einzige auf dem Tablett lag. «Hier ist es so zugig, finden Sie nicht auch?» meinte Frau Kráner und rückte unruhig hin und her. Halics sah ihr, im Rausche schielend, tief in die Augen und sagte: «Wissen Sie, was, Rozika?» Und er drückte ihr die letzte Salzstange in die Hand. «Wir essen sie zusammen auf! Sie von dieser Seite, das ist ein Happen, und ich von der, das ist der andere... Und wenn wir in der Mitte sind, hören wir auf. Und wissen Sie was? Mit dem Rest dichten wir die Tür ab!» Frau Kráner prustete los. «Immer machen Sie Witze mit mir! Wann werden Sie endlich erwachsen?! Die Tür... die Tür abdichten, nein so was!» Aber Halics war unbeugsam. «Rozika, Sie haben gesagt, es ist zugig. Ich mach keine Witze! Na, beißen Sie zu!» Und er steckte ihr das eine Ende der Salzstange in den Mund und schnappte selbst nach dem anderen. Die Stange zerbrach in zwei Teile, die ihnen in den Schoß fielen, aber beide blieben reglos sitzen – Mund an Mund! –, und als Halics merkte, daß ihm schwindlig wurde, raffte er sich auf und küßte Frau Kráner heroisch auf den Mund. Sie blinzelte verlegen und schob den Erhitzten von sich. «Aber, Lajos, das darf man nicht! Veralbern Sie mich nicht! Was denken Sie denn? Alle können uns zusehen!» Und sie zog ihren Rock zurecht. Als die Scheiben im Fenster und in der Tür hell wurden, endete der Tanz. Bald schliefen sie fest, der Wirt und Kelemen einander gegenüber an der Theke, der Schuldirektor neben Schmidt und Frau Schmidt über den Tisch gebeugt, Futaki und Kráner wie Verlobte mit zusammengesteckten Köpfen, Frau Halics mit auf den Busen gesenktem Haupt. Frau Kráner und Halics tuschelten noch ein Weilchen, aber sie hatten nicht mehr die Kraft, aufzustehen und eine Flasche Wein vom Schanktisch zu holen, in dem allgemeinen friedlichen Schnaufen übermannte auch sie bald der Schlaf. Nur Kerekes blieb wach. Er wartete, bis das letzte Gewisper erstarb, stand auf und rekelte sich und ging dann leise und behutsam von Tisch zu Tisch. Er tastete nach den Weinflaschen, und diejenigen, die noch nicht leer waren, trug er zum Billardtisch; er überprüfte auch die Gläser, und den Wein, der noch darin war, trank er aus. Sein riesenhafter Schatten folgte ihm wie ein Gespenst an den Wänden entlang, kroch hin und wieder an die Decke hinauf und sank, als sein Herr sich wieder setzte, in die Ecke zurück. Kerekes fegte sich die Spinnweben aus dem von Not und Kummer, von alten Narben und frischen Schrammen gezeichneten Gesicht, füllte aus den zusammengetragenen Flaschen so gut er konnte sein Glas und begann gierig schnaufend zu trinken. Er trank ohne Pause und unermüdlich, goß nach und trank, goß wieder nach, wie eine gefühllose Maschine, bis der letzte Tropfen in seinem unersättlichen Magen verschwunden war. Dann lehnte er sich zurück, öffnete den Mund und versuchte ein wenig zu rülpsen, und als es nicht gelang, legte er die Hände auf den Bauch und schwankte in die Ecke. Er steckte sich einen Finger in den Hals und übergab sich. Danach richtete er sich auf und wischte sich mit der Hand über den Mund. «Das war's», brummte er und kehrte hinter das Billard zurück. Er nahm die Tangoharmonika und stimmte eine sentimentale Melodie an, wiegte den schweren Körper zu den weichen Tönen der Musik, und als das Lied halb vorbei war, rannen ihm Tränen aus den leeren Augen. Hätte man ihn jetzt unterbrochen, er hätte nicht sagen können, was mit ihm los war. Er war allein in dem leisen Schnaufen, und es war ihm recht, daß das langsame Soldatenlied ihn einhüllte und durchrieselte. Dann war die schwermütige Melodie zu Ende, aber er sah keinen Grund aufzuhören, er begann von vorn, ohne Pause, und wie ein Kind inmitten schlafender Erwachsener empfand er eine glückliche Genugtuung, denn niemand außer ihm selbst hörte sein Spiel. Und im samtigen Klang der Tangoharmonika unternahmen die Spinnen einen letzten Angriff. Sie spannen lockere Netze über die Flaschen und Gläser, Tassen und Aschenbecher, sie umwoben die Tisch- und die Stuhlbeine, verbanden sie mittels geheimer, dünner Fäden untereinander, als wäre es wichtig, daß sie in ihren unauffindlichen, verborgenen Winkeln sofort von der geringsten Bewegung, dem kleinsten Geräusch erführen, solange dieses merkwürdige, fehlerfreie, fast unsichtbare Netz intakt bliebe. Sie umwoben auch die Gesichter, die Beine und die Hände der Schlafenden, liefen dann blitzschnell in ihre Verstecke und begannen, auf die Schwingung eines hauchzarten Fadens wartend, von vorn. Die Dasselfliegen – in Licht und Bewegung vor den Spinnen Zuflucht suchend – zogen rastlos ihre wirren Achten um die kraftlos leuchtende Lampe; Kerekes spielte schon im Halbschlaf, in rasender Geschwindigkeit jagten Bilder von Bombentrichtern und abstürzenden Flugzeugen, von fliehenden Soldaten und brennenden Städten durch seinen vorgesunkenen Schädel, und als zwei Leute eintraten und erstaunt über den sich ihnen bietenden Anblick stehenblieben, ahnte er eher, als er es wußte, daß Irimiás und Petrina angekommen waren.

# ZWEITER TEIL

## VI. Irimiás hält eine Rede

«Meine Freunde! Ich gebe zu, ich befinde mich in einer schwierigen Lage. Wenn ich recht sehe, hat keiner von Ihnen versäumt, zu dieser schicksalhaften Besprechung zu kommen... Und in dem Vertrauen, daß ich eine Erklärung für diese schier unfaßbare Tragödie bieten werde, sind viele sehr früh gekommen, lange vor der gestern ausgemachten Stunde. Aber was könnte ich Ihnen sagen, meine Damen und Herren? Was sonst, als daß... daß ich erschüttert bin, und damit will ich sagen, ich bin verzweifelt... Glauben Sie mir, ich bin ganz durcheinander, und deshalb müssen Sie entschuldigen, wenn mir vorläufig noch ein wenig die Worte fehlen... und daß mir die Bestürzung die Kehle zuschnürt, so daß ich nichts sagen kann und Sie sich nicht wundern dürfen, wenn mich an diesem Morgen, der uns alle so hart trifft, mich ein jämmerliches Stottern befällt. Ich muß anerkennen, es hat kein bißchen geholfen, daß ich gestern abend, als wir vor dem im Krampf erstarrten Leichnam des endlich gefundenen Kindes standen, vorschlug, wir sollten erst einmal schlafen und uns lieber heute morgen wieder hier versammeln, um vielleicht mit kühlerem Kopf dem Geschehen ins Auge zu blicken... Das Chaos in mir ist noch genauso groß, die Ratlosigkeit in meiner Seele über Nacht noch gewachsen. Trotzdem... Ich weiß, ich muß mich beherrschen, aber ich bin überzeugt, Sie werden es verstehen, wenn ich in dieser Minute noch nichts weiter sagen kann, als daß ich... den Kummer einer unglücklichen Mutter, die niemals ab-

klingende, auf ewig lebendige Trauer einer Mutter...
mitempfinde, zutiefst mitempfinde. Ich glaube, ich muß
es nicht zweimal sagen, diesen Kummer, wenn wir von
einem Augenblick auf den nächsten das Liebste verlieren, was wir besitzen, wiegt nichts auf, meine
Freunde... Ich glaube nicht, daß unter den hier Versammelten auch nur einer ist, der mir darin nicht zustimmt... Diese Tragödie lastet auf unser aller Seelen,
denn wir wissen sehr genau, für das Geschehene
sind wir allesamt verantwortlich, ausnahmslos. Das
Schlimmste an dieser Situation ist, daß wir mit zusammengebissenen Zähnen, mit würgender Bitternis im
Hals und mit den Tränen ringend über diese Erschütterung hinwegkommen müssen... Denn nichts ist wichtiger – und darauf möchte ich Sie schon jetzt mit Nachdruck hinweisen, bevor die Behördenvertreter anreisen
und die Polizeieinheiten mit den Ermittlungen beginnen
– als daß wir, die Augenzeugen und Verantwortlichen,
genau rekonstruieren, wie es zu diesem bestürzenden
Unglück, zum schrecklichen Tod eines unschuldigen
Kindes kommen konnte. Es ist das beste, wir bereiten
uns schon jetzt darauf vor, daß die Untersuchungskommission aus der Stadt vor allem von uns über diese Katastrophe Rechenschaft verlangen wird. Von uns, ja,
meine Freunde, von uns! Bitte, wundern Sie sich nicht
darüber! Denn, Hand aufs Herz, mit ein wenig Aufmerksamkeit, ein wenig Vorsicht und Weitsicht, ein
wenig liebevoller Sorge und Umsicht hätten wir sie
verhindern können, nicht wahr? Denken Sie daran, daß
dieses schutzlose Geschöpf, das wir nun wahrhaftig als
verstoßenes Lämmchen Gottes bezeichnen können, ausgeliefert dem erstbesten Stromer, dem erstbesten Landstreicher, allem und jedem, meine Freunde, die ganze
Nacht durchnäßt vom Regen, gebeutelt vom Sturm,
eine leichte Beute der Naturgewalten... daß es so, in

blinder Fahrlässigkeit, in unverzeihlicher, gefährlicher Fahrlässigkeit wie ein hinausgejagter Hund anscheinend *hier* in unserer Nähe war, die ganze Zeit über *hier* herumirrte – vielleicht sogar durch dieses Fenster blickte und sah, meine Damen und Herren, wie Sie betrunken das Tanzbein schwangen, und ich leugne nicht, es kann sein, daß sie hinter einem Baum versteckt oder hinter einem Heuhaufen hervor auch uns beobachtet hat, wie wir regengepeitscht und zu Tode erschöpft zwischen den Kilometersteinen der Landstraße zu unserem Endziel, dem Almássy-Gehöft, unterwegs waren – nun, sie war uns womöglich so nahe, daß wir nur die Hand hätten ausstrecken müssen, aber niemand, verstehen Sie, niemand eilte ihr zu Hilfe, ihre Stimme hat – denn bestimmt rief sie in diesem verhängnisvollen Augenblick nach uns – der Wind verweht und Ihr Gegröle übertönt, meine Damen und Herren! Was für ein entsetzlicher Zufall war hier im Spiel, werden Sie fragen, was für eine grausame Ironie des Schicksals? Damit man mich nicht mißversteht, ich klage niemanden persönlich an... Ich klage nicht die Mutter an, der vielleicht nie mehr eine friedliche Nachtruhe vergönnt sein wird, weil sie sich nicht verzeihen kann, daß sie an dem verhängnisvollen Tag zu spät aufgewacht ist. Ich klage auch nicht – im Gegensatz zu Ihnen, meine Freunde! – den Bruder des Opfers an, den hoffnungsvollen jungen Mann, der sie als letzter gesehen hat, keine zweihundert Meter von hier, wo wir jetzt sitzen, keine zweihundert Meter von Ihnen, meine Damen und Herren, die Sie ahnungslos und geduldig auf uns warteten und schließlich volltrunken in dumpfen Schlaf versanken... Ich klage also niemanden persönlich an, aber erlauben Sie, daß ich Ihnen diese Frage stelle: Sind wir nicht alle schuldig? Wäre es nicht anständiger, auf billige Rechtfertigung zu verzichten und schon jetzt zu gestehen, jawohl, uns muß man anklagen? Denn wir können uns – und darin hat Frau Halics weitgehend recht – nicht einreden, nur um unser Gewissen zu beruhigen, daß die Geschehnisse bloß ein seltsames Spiel des Zufalls waren und wir nichts dagegen hätten tun können... Dem ist, wie ich gleich beweisen werde, durchaus nicht so! Aber der Reihe nach. Zerlegen wir die schreckliche Gesamtheit der Ereignisse in Einzelstücke, denn die Hauptfrage – und das dürfen Sie nicht vergessen, meine Damen und Herren! – die Hauptfrage lautet: Was ist eigentlich gestern morgen geschehen? Ich habe mich die ganze vergangene Nacht im Bett gewälzt, bis es mir bewußt wurde! Wir wissen nicht nur nicht, *wie* die Tragödie geschehen ist, in Wahrheit sind wir uns nicht einmal im klaren, *was* geschehen ist... Die uns zur Verfügung stehenden Angaben und Aussagen widersprechen sich nämlich so sehr, daß man nicht auf den Kopf gefallen sein darf – um mich dieser gemeingültigen Redewendung zu bedienen –, wenn man in diesem verdächtigen Zwielicht klarsehen will. Wir wissen nur eins: Das Kind lebt nicht mehr. Und das ist nicht viel, wie Sie zugeben werden! Deshalb – habe ich mir drüben im Vorratsraum gedacht, wo mir der Herr Wirt selbstlos sein Nachtlager überlassen hat – bleibt uns nichts anderes übrig, als Schritt für Schritt vorzugehen; das ist die einzig richtige Methode, davon bin ich bis dato überzeugt. Wir wollen auch die unscheinbarsten Kleinigkeiten zusammentragen, zögern Sie also nicht, wenn Ihnen eine unwichtige Einzelheit einfällt, überlegen Sie, ob Sie mir gestern vielleicht etwas nicht erzählt haben... Denn nur so können wir hoffen, eine Erklärung zu finden und zugleich Schutz in den schweren Minuten der Vernehmungen, die uns erwarten. Nutzen Sie also die sehr knapp bemessene Zeit, die wir noch vor uns haben, denn nur auf uns selbst können wir uns verlassen, niemand außer uns selbst kann aufklären, was in dieser dramatischen Nacht oder am Morgen vorgefallen ist!»

Schwer und düster wie das unablässige Geläut von Sturmglocken, aus dem man nichts über die eigentliche Gefahr erfährt und vorerst nur Entsetzliches heraushört, dröhnten Irimiás' Worte durch den Kneipenraum. Die Leute – in den Gesichtern noch die erschreckenden Träume der Nacht und das unheilvolle Dunkel des Halbschlafs – umringten ihn stumm, beklommen und gebannt, als wären sie gerade erst aufgewacht, als warteten sie zerknittert, mit struppigem Schopf, hier und da noch mit dem Muster des Kopfkissens an der Schläfe, benommen auf die Erklärung, wie wenn die Welt aus den Fugen geraten wäre, seit sie sich schlafen gelegt hatten... wie wenn sich alles verfitzt hätte. Irimiás saß mit übergeschlagenen Beinen unter ihnen, würdevoll zurückgelehnt und darauf bedacht, nicht in diese rotgeäderten, verquollenen Augen zu sehen; seine kühn geschwungene, in der Mitte – in Höhe der Jochbeine – gebrochene Sperbernase und sein energisches, frisch rasiertes Kinn ragten gleichsam über die Köpfe, das bis zum Hals reichende Haar kringelte sich beiderseits; dann und wann – bei bedeutsamen Worten und Gedanken – zog er die buschigen, wirren, beinahe zusammengewachsenen Augenbrauen hoch und lenkte die bedrückten Blicke auf seinen erhobenen Zeigefinger.

«Bevor wir aber diesen risikoreichen Weg einschlagen, muß ich etwas erzählen. Meine Freunde, als wir gestern in aller Frühe ankamen, haben Sie uns mit Fragen überschüttet, haben, einander ins Wort fallend, berichtet und sich erkundigt, behauptet und zurückgenommen, gebeten und vorgeschlagen, haben sich begeistert und sich entrüstet, und aus diesem Durcheinander möchte ich jetzt auf zwei Dinge antworten, wenngleich ich mit dem einen oder anderen andeutungsweise schon darüber gesprochen habe. Die eine Frage bezog sich auf das ‹Geheimnis›, wie manche es nannten, auf unser... sogenanntes... ‹Verschwinden› vor anderthalb Jahren... Nun, meine Damen und Herren, es gibt da weder ein ‹Geheimnis› noch ‹Zwielicht›, lassen Sie mich das nachdrücklich und zum letztenmal festhalten, es gibt da keinerlei Rätsel... Wir hatten in der zurückliegenden Zeit einen gewissen Auftrag zu erfüllen, eine Mission, könnte ich auch sagen, über die zu verraten vorläufig genug sein mag, daß sie zutiefst mit dem Zweck unseres jetzigen Kommens zusammenhängt. Nun muß ich Sie freilich enttäuschen, da – um Ihren Ausdruck zu übernehmen – unsere unerwartete, überraschende Begegnung in Wirklichkeit einem bloßen Zufall zu verdanken ist. Ich hätte nämlich eigentlich mit meinem Freund und verdienstvollen Helfer im Almássy-Gehöft zu tun, dem wir aus gewissen Gründen einen dringenden Besuch abstatten, ich könnte auch sagen, wo wir eine Ortsbesichtigung vornehmen müßten. Und weil wir überzeugt waren, daß wir Sie, meine Freunde, nicht mehr hier antreffen würden, und obendrein bezweifelten, daß es die Kneipe überhaupt noch gab, war es dann für *uns* eine Überraschung, Sie alle hier anzutreffen, als wäre nichts passiert. Ich leugne nicht, es war ein wohltuendes Gefühl, diese Gesichter aus früherer Zeit wiederzusehen, aber zugleich mußte ich – damit will ich nicht hinterm Berg halten – mit einiger Besorgnis feststellen, daß Sie, meine Freunde, immer noch hier... dahinvegetieren. Protestieren Sie, wenn Sie den Ausdruck zu stark finden!... Hier, am Ende der Welt, nachdem Sie schon vor Jahren immer wieder beschlossen haben, diese trostlose Gegend zu verlassen und Ihr Auskommen anderswo zu suchen... Als wir uns vor anderthalb Jahren, bei unserer letzten

Begegnung, trennten und Sie hier vor der Kneipe standen und winkten, bis wir in der Kurve verschwanden, ich erinnere mich, da steckten Sie voller sprudelnder Einfälle, voller brillanter Pläne, voller Unternehmungsgeist, und nun treffe ich Sie doch wieder alle in genau dem gleichen Zustand an, Sie müssen schon entschuldigen: verschlampt und abgestumpft, meine Damen und Herren! Was ist denn bloß passiert? Was ist aus den Plänen und sprudelnden Einfällen geworden? Aber ich glaube, ich bin ein bißchen abgeschweift... Kurz und gut, unsere Anwesenheit unter Ihnen, meine Freunde, ist ein Werk des Zufalls, wie Sie sehen. Obwohl die Angelegenheit, wegen der wir längst, schon gestern mittag, das Almássy-Gehöft hätten aufsuchen müssen, äußerst dringend und fast schon unaufschiebbar ist, habe ich mich entschlossen, in Anbetracht unserer alten Freundschaft Sie, meine Damen und Herren, nicht in der Tinte sitzenzulassen, nicht nur, weil diese Tragödie entfernt auch mich berührt, denn eigentlich war ich ja schon hier, als sie passierte, ganz zu schweigen davon, daß ich mich zwar dunkel, aber doch immerhin der unvergeßlichen Persönlichkeit des Opfers entsinne und mein altes gutes Verhältnis zur Familie mich regelrecht verpflichtet; auch weil mir scheint, das Drama ist eine direkte Folge der hiesigen Zustände, meine Freunde, und in diesem Schlamassel kann ich Sie nicht im Stich lassen... Ihre zweite Frage habe ich eigentlich schon beantwortet, aber ich darf mich hier wiederholen, damit es später kein Mißverständnis gibt. Sie haben sich geirrt, wenn Sie aus der Nachricht von unserem Kommen voreilig die Schlußfolgerung zogen, daß wir hierher wollten, zur Siedlung, denn wir waren, wie erwähnt, gar nicht auf die Idee gekommen, Sie wären noch hier... Ich will nicht leugnen, der Zeitverlust ist mir ein bißchen unangenehm, denn heute müßten wir wieder in der

Stadt sein, aber wenn es sich schon so ergeben hat, wollen wir es möglichst schnell hinter uns bringen und einen Schlußstrich unter das Trauerspiel ziehen... Und wenn von der knapp bemessenen Zeit noch ein wenig übrigbleibt, will ich versuchen, etwas für Sie zu tun, obgleich ich... völlig ratlos bin, ich gebe es zu.»

Er verstummte und gab dem am Ölofen hockenden Petrina einen Wink. Petrina eilte beflissen herbei, in den Händen Irimiás' – dank Frau Schmidts mütterlicher Fürsorge – frisch geplättetes kariertes Sakko. Und sobald sie sahen, daß Irimiás Zigaretten aus der Jacke nahm, sausten Halics, Futaki und Kráner hin, um ihm Feuer zu geben. Der Wirt, der sich nicht unter die anderen gemischt hatte, sondern nervös und kreidebleich hinter der Theke stand, sah höhnisch zu.

«So, und nun wollen wir zur Sache kommen. Beginnen wir vorgestern mittag, als mein junger Freund Sanyi Horgos mit der Kleinen zu Hause saß. Nach seinen Aussagen war ihr nichts Besonderes anzumerken – ist das richtig, junger Mann? – also nichts... das war beim Mittagessen, ja? Ich verstehe. Er hat ihr also nichts Besonderes angemerkt, nur schien sie... ein bißchen verwirrter als sonst. Doch diese Verwirrung kann unser hoffnungsvoller Freund nur damit erklären, daß es geregnet hat, erinnere ich mich richtig? Weil... ja... der Anblick des Regens, wenn ich richtig verstanden habe, immer sehr negativ auf die Kleine gewirkt hat. Was natürlich ziemlich sonderbar ist, aber wenn wir an die bekanntlich geringen geistigen Fähigkeiten des Kindes denken, können wir es uns ohne Zweifel damit erklären, daß in solchen Fällen jedes Ereignis eine bedrückte Stimmung auslösen kann, eine mehr oder weniger starke Verwirrung, in der Sprache der Wissenschaft Depression genannt. Nun aber verlieren wir das Opfer – wie lange gleich? – bis zum Dunkelwerden aus den

Augen, wir sehen es wieder, als ihm mein junger Freund zwischen dem Haus des Straßenräumers und der Kneipe – ist es so? – also in der Nähe des Hauses des Straßenräumers überraschend auf dem befestigten Weg begegnet. Die Kleine kommt ihm außerordentlich aufgeregt vor – sollten wir nicht lieber verzweifelt sagen? – also verzweifelt vor, und auf seine Frage, was sie hier sucht und warum sie denn nicht zu Hause ist, weiß sie keine Antwort, und nach langem Befragen gibt ihr unser Augenzeuge schließlich den Befehl, sofort heimzugehen, denn er fürchtete – wie er bei unserem Gespräch gestern nachmittag äußerte – um die Gesundheit seiner kleinen Schwester, die da bereits die besagte gelbe Strickjacke trug und darunter, nicht wahr, die Spitzengardine... und die vor Nässe und Kälte zitterte. Aber jetzt – sagen Sie's, wenn ich mich irre – verlieren wir sie endgültig aus den Augen und sehen sie erst gestern abend wieder, weit weg von hier, im Weinkheimschen Schloß, wo wir sie endlich, nach eintägigen Ermittlungen und zuletzt schon treibjagdähnlichen Nachforschungen, zwischen Unkraut und Trümmern tot aufgefunden haben, weil wir, vergessen Sie das nicht, auf die Eingebung und den Vorschlag unseres Freundes Sanyi gehört haben. Sehen wir nun, welche Meinung Sie über all das haben. Manche meinen – und ihr Wortführer ist mein Freund Kráner –, daß der Fall nur auf eine Weise erklärbar ist: Es war ein Mord. Das begründen sie damit, daß sie das Mädchen, in Kenntnis seiner zurückgebliebenen geistigen Entwicklung, einfach nicht für fähig halten, Hand an sich zu legen. Denn – so mein Freund Kráner – wie sollte es an Rattengift gekommen sein? Und selbst wenn man annimmt, daß sie es irgendwo in der Horgosschen Scheune gefunden hat, woher hätte die Kleine gewußt, wozu es gebraucht wird? Mein Freund Kráner hält es ebenso für ausgeschlossen, daß Estike sich mit dem Gift in der Hand bei diesem Wetter kilometerweit in ein verlassenes Gebäude schleppen konnte, um dort... Und warum, fragt unser Freund Kráner, hat sie die Katze mitgenommen? Um sie dort zu vergiften? Aber wie? Und warum? Wenn wir schon Selbstmord vermuten wollen, wäre es dann nicht einfacher gewesen, sie hätte es zu Hause gemacht, auf dem Einödhof? Niemand konnte sie doch stören. Die Schwestern waren nicht daheim, unser junger Freund war nach dem Mittagessen weggegangen und kam auch nicht wieder, und die Mutter des Opfers schlief so tief, daß sie überhaupt erst am Abend aufwachte, nicht wahr?... Nicht? Ja... Ja?... Also am Nachmittag. Durch den Krach, ich verstehe. Und sie soll spielen gehen, haben Sie gesagt, hinaus in den Regen? Verstehe. Wie immer, unter das Vordach. Am Nachmittag war sie also noch im Gehöft. Sie muß es verlassen haben, kurz bevor unser junger Freund sie auf der Landstraße abpaßte... Sehen Sie, mit gemeinsamer Kraft sind wir schon ein Stückchen weiter. Aber zurück zum Thema... Trotz vieler guter Gedanken irrt mein Freund Kráner wahrscheinlich. Ich meine, die Möglichkeit des Selbstmords müssen wir eindeutig ausschließen, da sie in der fraglichen Zeit weder einen Grund noch eine Gelegenheit hatte, diese schauerliche Tat zu begehen. Denn Sie alle waren ja hier in der Kneipe, nicht wahr, nur unser hoffnungsvoller Freund und der Herr Doktor und ihre sonstigen Angehörigen fehlten... Den Doktor können wir, darin sind wir uns wohl einig, ganz sicher ausschließen, wir wissen, daß er am liebsten zu Hause hockt, wir kennen seine sonderbaren Gewohnheiten und auch seine fixen Ideen bezüglich des schlechten Wetters... Die Horgos-Schwestern warteten, wie jeder weiß, in der Mühle darauf, daß der Regen aufhörte, und mein Freund Sanyi wartete wie ein Held auf uns, das kann ich persönlich bezeugen. Die Anwesenheit irgendeines fremden Landstreichers können wir gleichfalls ausschließen, da es unwahrscheinlich ist, daß solche Ganoven im strömenden Regen mit Rattengift Jagd auf zehnjährige Kinder machen... Deshalb können wir – zu unserer größten Erleichterung – dem Freund Kráner nicht zustimmen, aber auch denen schwer recht geben, die von einem fatalen Unfall sprachen. Denn wenn wir annehmen, das Opfer wäre in seiner miserablen geistigen Verfassung, in seiner Verwirrung ins Weinkheimsche Schloß gegangen, warum dann gerade dorthin? Und für die Katze, meine Damen und Herren, für die Katze gibt es, wenn es ein Unfall war, einfach keine Erklärung. Aber wir wollen diese Annahme nicht leichtfertig verwerfen, meine Freunde, denn wie sagte unser aller Wohltäter, der ehrenwerte Herr Wirt? Fatal, nicht wahr? Das war das Wort... Ein fataler Unfall... haben Sie es so gesagt? Erinnere ich mich richtig, Herr Wirt? Sie wissen schon, am Abend, als wir die Leiche herbrachten und auf dem Billard (so heißt es doch, nicht?) aufbahrten, um der kleinen Estike die letzte Ehre zu erweisen, bis unser Freund Kráner mit dem Sarg fertig war und Sie offenbar unter dem Gewicht der Geschehnisse zusammenbrachen und vor Erschütterung den Tränen nahe waren? Nun, etwas sagt mir, allmählich kommen wir der Wahrheit näher. Denn der Ausdruck fatal, meine Damen und Herren, ist ein Volltreffer... Aber wie kann etwas ein Versehen sein, was schicksalhaft ist? Und wenn Schicksalhaftes unvermeidlich ist, können wir dann überhaupt von einem Unfall reden?»

Die Frauen schluchzten leise; Frau Horgos, die, umgeben von ihren Kindern und ein wenig abgesondert von den anderen, ganz in Schwarz hinten am Billard saß, auf dem noch verstreut die Ahorn- und Silberpappelzweige lagen, mit denen sie den Körper des Kindes geschmückt hatten, nahm kaum einmal das Taschentuch von den Augen. Die Männer wandten den Blick nicht von Irimiás, eine Zigarette nach der anderen rauchend warteten sie gespannt und schweigend auf die Fortsetzung, doch mit bangen Vorahnungen und weniger auf den Sinn der Worte als vielmehr auf den immer metallischeren, immer drohenderen Klang der Stimme achtend, denn obgleich sie insgeheim in den ersten Minuten die ganze Rede von Verantwortung, Opfer und Anklage verständnislos von sich gewiesen hatten, wuchs nun ihr Schuldbewußtsein, Halics bereitete es geradezu Halsschmerzen, und sogar Kráner, der am wenigsten Verständnis aufgebracht hatte, wich zurück, da er meinte, an Irimiás' Worten sei was dran.

«Wenn es aber, werden Sie mich fragen, weder Mord noch Selbstmord war, was zum Teufel war es dann? Niemand wird hoffentlich bezweifeln, daß ich, seit wir wissen: das Kind ist nicht nur verloren, es ist für immer verloren, alles unternommen habe, um herauszufinden, was geschehen ist. Keine Mühe scheuend – und Sie können mir glauben, nach einem Fußmarsch durch Regen, Wind und Nacht und der anstrengenden, oft schon hoffnungslos anmutenden Suchaktion war ich todmüde –, wie gesagt, keine Mühe scheuend habe ich gestern abend mit Ihnen Gespräche unter vier Augen geführt, so daß ich im Besitz aller Informationen bin und niemand mehr an der Glaubwürdigkeit meiner Worte zweifeln wird: Es *mußte* zu dieser Tragödie kommen!... Wir sollten uns nicht weiter abrackern, um neue Einzelheiten zu erfahren, denn die Frage lautet, wie gesagt, was ist geschehen, und nicht, wie ist es geschehen! Dafür aber, meine Damen und Herren, gibt es eine Erklärung! Und diese – da bin ich mir ganz sicher – ahnen auch Sie bereits, liebe Freunde! Nicht wahr, ich täusche mich nicht? Nicht wahr, Sie alle ahnen, ausnahmslos, was sich ereignet hat? Nur, meine Damen und Herren:

Es genügt nicht, etwas zu ahnen, damit kommen wir nicht weit. Man muß die Dinge verstehen, und man muß sie unverzüglich aussprechen! Erlauben Sie mir, daß ich Ihnen diese Last von den Schultern nehme, denn ohne Arroganz gebe ich zu, daß ich in solchen Affären einige Erfahrung und Übung habe. Nun also… In den frühen Morgenstunden nach unserer Ankunft habe ich bis zum Erscheinen der Frau Horgos, als wir dann alle das Kind suchen gingen, mit mehreren von Ihnen wichtige Gespräche geführt, besonders mit unserem Freund Futaki, und dieser sehr lehrreiche Gedankenaustausch hat mir klargemacht, daß Ihre Lage, meine Damen und Herren, kritisch ist. Sie haben mir nur erzählt, daß die Dinge sich hier zum Schlechten gewendet haben, aber ich begriff sofort, daß es noch viel schlimmer steht. Meine Freunde, Sie haben schon vor meiner Ankunft gewußt – und nur nicht den Mut gehabt, es einander zu sagen –, daß in der Siedlung, und das ist länger her als anderthalb Jahre, glauben Sie mir, ein… Verhängnis seinen Lauf genommen hat, und Sie haben allen Grund anzunehmen, daß sich allmählich ein unwiderrufliches Urteil erfüllt… Und da schlurfen Sie, meine Freunde, ungerührt durch diesen Niedergang, fern von allem, was Leben ist, einer nach dem anderen scheitern Ihre Pläne und platzen Ihre Träume, Sie glauben an irgendein Wunder, das nie eintritt, an einen Erlöser, der Sie hinwegführen müßte, dabei wissen Sie, es ist nichts mehr da, an das man glauben und auf das man hoffen könnte, denn die verflossenen Jahre lasten doch so schwer auf Ihnen, meine Damen und Herren, daß es scheint, als wäre endgültig die Möglichkeit verspielt, dieser Ohnmacht Herr zu werden, und das drückt Ihnen die Kehle von Tag zu Tag stärker zusammen, langsam können Sie nicht einmal mehr Luft holen… Ja, aber was für einem Verhängnis sind Sie denn nun ausgeliefert, meine unglücklichen Freunde?

Ist es etwa das, was unser Freund Futaki immer und immer wieder herunterbetet, der bröckelnde Putz, die abgedeckten Dächer, die eingestürzten Mauern, sind es die Ausblühungen an den Ziegelsteinen, der säuerliche Geschmack? Oder sollten wir nicht eher an die bröckelnde Phantasie, an die abgedeckten Perspektiven, die eingesunkenen Knie, die vollkommene Handlungsunfähigkeit denken? Seien Sie nicht überrascht, wenn ich härter als gewöhnlich formuliere, aber ich bin der Meinung, wir sollten Klartext reden. Denn Vornehmtuerei, Zaghaftigkeit und Wehleidigkeit machen alles nur noch schlimmer, glauben Sie mir! Und wenn Sie tatsächlich annehmen, daß über der Siedlung, wie mir der Herr Direktor mit gedämpfter Stimme sagte, ein Verhängnis liegt, warum haben Sie dann nicht den Mut, etwas zu unternehmen?! Sie denken doch nicht, der Spatz in der Hand ist besser als die Taube auf dem Dach?!... Eine so schändliche, feige, leichtfertige Denkungsart hat schwerwiegende Folgen, Sie müssen schon entschuldigen, meine Freunde! Eine solche Ohnmacht nämlich ist frevelhaft, eine solche Schwäche ist frevelhaft, eine solche Feigheit, meine Damen und Herren, ist frevelhaft! Denn nicht nur anderen – und das sollten Sie sich gut merken! – können wir nicht mehr Gutzumachendes antun, sondern auch uns selbst! Und das wiegt noch schwerer, meine Freunde, ja, wenn wir es uns recht überlegen, ist jeder Frevel eine Schändung unserer selbst!»

Die Siedler duckten sich erschrocken; während der letzten Sätze, die wie ein Donnerwetter über sie hereinbrachen, hatten sie die Augen niederschlagen müssen, denn nicht nur das Feuer in Irimiás' Worten, sondern auch sein Blick sengte und verbrannte. Frau Halics nahm seine schallende Ansprache mit der Miene einer Büßerin in sich auf, sie krümmte sich beinahe wollüstig vor ihm. Frau Kráner hatte sich bei ihrem Mann eingehakt und preßte seinen Arm mit solcher Kraft an sich, daß Kráner sie ab und zu ermahnen mußte. Frau Schmidt saß bleich hinter dem Stammtisch, manchmal strich sie sich über die Stirn, als wollte sie die immer wieder erscheinenden roten Flecken und die weichen Wellen nicht zu unterdrückenden Stolzes wegwischen. Frau Horgos wiederum blickte zuweilen mit gefräßiger Neugier hinter ihrem zerknüllten Taschentuch hervor, anders als die Männer, die – ohne daß sie Irimiás' dunkle Andeutungen genau verstanden – diese immer hemmungslosere Leidenschaft überwältigte und mit Furcht erfüllte.

«Freilich, ich weiß, ich weiß! So einfach ist die Lage nun auch wieder nicht! Doch bevor wir uns – unter Berufung auf den unaufhaltsamen Druck der Umstände und auf den mächtigen Schraubstock des Ohnmachtsgefühls gegenüber den Tatsachen – von Anklagen freisprechen, wollen wir eine Minute lang wieder an Estike denken, deren unerwartetes Hinscheiden uns so in Verwirrung gestürzt hat... Sie, meine Freunde, sagen, wir sind unschuldig. Aber was würden Sie antworten, wenn ich Ihnen jetzt die Frage stellte: Wenn dem so ist, wie sollen wir dann das unschuldige Kind bezeichnen? Als ein Opfer von Unschuldigen? Als Märtyrerin des Zufalls, der Schuldlose verbluten ließ? Na bitte. Bleiben wir lieber dabei, daß *sie* unschuldig war, gut? Aber wenn Sie die leibhaftige Unschuld war, dann sind Sie, meine Damen und Herren, samt und sonders schuldig! Widersprechen Sie, meine Freunde, wenn Sie diese Behauptung für unbegründet halten! Ach, Sie schweigen! Demnach stimmen Sie mir zu. Und das mit Recht, denn wie Sie sehen, stehen wir schon an der Schwelle zum befreienden Geständnis, wissen Sie doch jetzt – und ahnen es nicht nur, ja? –, was geschehen ist. Ich möchte es hören, mit einer Stimme, im Chor. Nein? Sie schweigen, meine Freunde?

O ja, natürlich, ich verstehe Sie, es ist schwer, auch jetzt noch, wo doch alles klar ist. Denn auferwecken können wir das Kind kaum wieder! Aber glauben Sie mir, das ist jetzt nicht unsere Sache. Wir müssen Kraft daraus schöpfen, daß wir der Wahrheit ins Auge schauen! Ein offenes Geständnis ist, Sie wissen es, wie eine Beichte. Die Seele wird geläutert und der Wille befreit, und wir können den Kopf wieder heben! Daran müssen Sie jetzt denken, meine Freunde! Der Herr Wirt bringt den Sarg bald in die Stadt, wir aber bleiben hier: mit der würgenden Erinnerung an eine Tragödie im Herzen, aber nicht entkräftet, nicht ratlos geworden, nicht feige und geduckt, weil wir uns zu der Schuld bekennen, weil wir gebrochen, doch ehrlich in den Strahl des Urteils treten, das den Schuldigen sucht... Und jetzt wollen wir nicht länger zögern, denn wir begreifen, Estikes Tod war Strafe und Warnung, war ein Opfer für uns, ein Opfer für Ihre gerechtere Zukunft, meine Damen und Herren!»

Tränen verschleierten die unausgeschlafenen Augen, bei den letzten Worten trat eine plötzliche, verbergende noch unsichere, behutsame, aber nicht zu Erleichterung in die Gesichter, hier und da wurde ein kurzer, fast unpersönlicher Seufzer ausgestoßen, einem nicht zu unterdrückenden Niesen ähnlich. Denn darauf hatten sie gewartet, auf diesen befreienden Satz, seit Stunden, auf dieses «Ihre gerechtere Zukunft», ohne Unterlaß, und aus den bis dahin beinahe schon enttäuschten Blicken strahlten Irimiás jetzt Vertrauen und Hoffnung, Glaube und Begeisterung, Entschlossenheit und allmählich sich stählender Wille entgegen.

«Und wissen Sie, wenn ich jetzt zurückdenke an den Anblick, der uns bei unserem Eintritt hier empfing, wie Sie, meine Freunde, in wirrem Haufen, sabbernd und berauscht auf den Stühlen und Tischen herumlagen, zerlumpt und schwitzend, ich gestehe, dann drückt es mir das Herz zusammen, und ich bin unfähig, über Sie zu rechten, denn das werde ich niemals vergessen. Immer und immer wieder werde ich mich daran erinnern, wenn etwas mich ablenken will von der Aufgabe, für die Gott mich bestimmt hat. Denn in diesem Bild mußte ich das Elend der für alle Zeiten Betrogenen sehen, die Masse der Unglücklichen und Ausgestoßenen, der Darbenden und Schutzlosen, und in Ihrem Schnaufen und Schnarchen, Ächzen und Stöhnen mußte ich den gebieterischen Hilferuf hören, auf den ich stets zu antworten haben werde, bis ich selbst zu Staub geworden bin, bis zum letzten Atemzug... Ich sehe einen besonderen Wink darin, denn wozu wäre ich auch diesmal gekommen, wenn nicht, um mich an die Spitze der immer kraftvolleren Bewegung mit ihren berechtigten Leidenschaften zu stellen, die den Kopf der wirklich Schuldigen fordert... Wir kennen uns gut genug, wir sind einander ein aufgeschlagenes Buch, meine Freunde. Sie wissen, ich ziehe seit Jahren, seit Jahrzehnten durch die Welt und beobachte mit Bitterkeit, daß sich – entgegen allen Versprechungen – hinter der Maske der Täuschungen und verlogenen Worte in Wirklichkeit nichts verändert hat... Das Elend ist Elend geblieben, und die beiden Löffel Nahrung, die wir mehr abbekommen, verdünnen bloß die Luft vor unserem Mund. Mir ist in den anderthalb Jahren bewußt geworden, was ich bisher getan habe, ist nichts... Nicht den Mißständen muß abgeholfen werden, ich muß eine tiefgreifendere Lösung finden... Deshalb habe ich mich entschlossen, die sich bietende Möglichkeit zu nutzen, ein paar Leute um mich zu scharen und eine Musterwirtschaft zu gründen, die ein sicheres Auskommen gewährt und diese kleine Gruppe Betrogener zusammenhält, also... Sie verstehen mich, nicht wahr? Ich schaffe eine kleine Insel mit einigen Männern und Frauen, die nichts zu verlieren haben, eine Insel, wo niemand preisgegeben ist, wo wir füreinander und nicht gegeneinander leben, wo ein jeder sein Haupt am Abend in Wohlstand und Ruhe, in Sicherheit und menschenwürdig zur Ruhe betten kann. Und wenn es sich herumspricht, dann werden diese Inseln, ich weiß es, wie Pilze aus dem Boden schießen, wir werden mehr und immer mehr werden, und auf einmal wird, was bisher aussichtslos schien, dein Leben... und deins... und deins... eine Perspektive bekommen. Dieser Plan, ich weiß es, ich fühle es, muß Wirklichkeit werden. Und da ich hier geboren bin und hierhergehöre, will ich hier zu Werke gehen. Deshalb wollte ich mit meinem Helfer zum Almássy-Gehöft, und deshalb sind wir uns begegnet, meine Freunde. Soweit ich mich erinnere, ist das Hauptgebäude immer noch in gutem Zustand, und mit den Wirtschaftsgebäuden werden wir auch keine Probleme haben. Der Pachtvertrag ist ein Kinderspiel, es gibt nur eine Schwierigkeit, aber das wollen wir jetzt lassen.»

Aufgeregtes Gemurmel erhob sich um ihn. Er steckte sich eine Zigarette an und starrte vor sich hin, grüblerisch und düster, die Falten auf seiner Stirn vertieften sich, er biß sich auf die Lippen. Petrina hinter ihm, am Ofen, betrachtete andächtig «diesen genialen Nacken». Dann, fast gleichzeitig, fragten Futaki und Kráner: «Und was ist das für eine Schwierigkeit?»

«Ich glaube, damit sollte ich Sie nicht belasten. Gewiß überlegen Sie jetzt, warum nicht auch Sie zu diesen Männern und Frauen gehören sollten... Nein, meine Freunde, nein, das ist eine ganz und gar unsinnige Idee. Ich brauche Leute, die nichts zu verlieren haben und die – das ist die Hauptsache! – kein Risiko scheuen. Denn mein Plan ist sehr gewagt. Wenn mir irgend jemand, Sie verstehen, meine Damen und Herren, irgend jemand in die Suppe spuckt, dann... dann muß ich den Schwanz einziehen. Wir haben schwere Zeiten, gegenwärtig darf ich es nicht zum offenen Konflikt kommen lassen, ich muß darauf eingestellt sein – und bin es –, mich vorübergehend zurückzuziehen, wenn sich ein Hindernis aufbaut, das ich nicht gleich überspringen kann, aber natürlich nur, um die günstige Stunde abzuwarten, in der sich das Werk fortsetzen läßt.»

Nun wurde die Frage von anderen wiederholt. «Ja, was ist denn das für eine Schwierigkeit? Vielleicht läßt sich... irgendwie trotzdem...»

«Ach, meine Freunde... letzten Endes ist es kein Geheimnis. Ich könnte Ihnen sagen, worum es geht, aber was hätten wir davon? Helfen könnten Sie mir derzeit bestimmt nicht... Wie gesagt, ich würde Ihnen gern unter die Arme greifen, damit sich hier alles zum Besseren wendet, aber Sie sehen ja, jetzt nimmt mich diese Angelegenheit völlig in Anspruch, und ich will ehrlich sein, in der Siedlung sehe ich keine Hoffnung. Vielleicht könnte ich behilflich sein, für die eine oder andere Familie irgendwo eine Arbeit zu finden, von der sie redlich leben kann, aber das läßt sich nicht übers Knie brechen... ich müßte ein bißchen nachdenken... Nein? Zusammenbleiben?... Ich kann das verstehen, aber wie sollte ich da... Wie bitte? Die Schwierigkeit? Nun ja, wie gesagt, warum Ihnen das verheimlichen, das hätte keinen Sinn, nur... Nur das Geld, meine Damen und Herren. Denn ohne Pulver, nicht wahr, kann ich nicht schießen. Denn der Pachtzins, die Vertragskosten, die Rekonstruktion, die Investitionen. Die Produktion, das wissen Sie, hat einen sogenannten *Kapitalbedarf*. Aber das wird zu kompliziert, auf solche Dinge wollen wir jetzt nicht eingehen, Freunde... Wie bitte? Haben Sie? Aber woher denn? Aha. Ich verstehe. Die Schafe. Nun, das ist löblich!»

Aufregung hatte sich der Versammlung bemächtigt;

Futaki war aufgesprungen, er schnappte sich einen Tisch und trug ihn zu Irimiás, dann griff er in die Tasche, zeigte seinen Anteil vor und blätterte ihn auf den Tisch. Andere folgten seinem Beispiel, zuerst die Kráners, dann legten auch die übrigen ihr Geld zu Futakis Scheinen. Der Wirt, grau im Gesicht, rannte aufgeregt hinter dem Schanktisch hin und her, blieb stehen, erhob sich auf die Zehenspitzen, um besser sehen zu können... Irimiás massierte müde seine Augen, die Zigarette in seiner Hand war erloschen. Reglosen Blickes hörte er zu, wie Futaki, Kráner, Halics und Schmidt, der Schuldirektor und Frau Kráner einander ins Wort fallend ihre Bereitwilligkeit, ihre Entschlossenheit beteuerten, immer wieder auf den Haufen Geldscheine und auf sich selbst deutend. Dann erhob er sich langsam, trat zu Petrina und blieb neben ihm stehen. Eine Handbewegung, und Stille trat ein.

«Meine Freunde! Diese Begeisterung, ich will es nicht verheimlichen, ist rührend. Aber Sie meinen es nicht ernst. Nein, nein! Keinen Protest! Sie können es nicht ernst meinen! Wären Sie denn imstande, Ihr mit bitterer Arbeit, Ihr mit unmenschlichen Anstrengungen erworbenes bißchen Geld jetzt einfach... unter dem Eindruck einer bloßen Idee... dorthin zu schmeißen? Es zu opfern für eine Sache, die voller Wagnisse ist? Nein, meine Freunde! Ich bin Ihnen dankbar für Ihre anrührende Opferbereitschaft, aber nein! Wie könnte ich Ihnen den Lohn von mehreren Monaten – ach so? – von fast einem Jahr, erworben in qualvoller Selbstkasteiung, wegnehmen? Was denken Sie sich denn? Mein Plan ist gespickt mit unvorhersehbaren Fußangeln! Mit unberechenbaren Hürden! Ich muß mit Widerständen rechnen, die die Verwirklichung um Monate, um Jahre verzögern können! Und dafür wollen Sie mir Ihr so schwer verdientes kleines Vermögen opfern? Und ich, der ich gerade erst eingestanden habe, daß ich Ihnen momentan noch nicht helfen kann, soll es annehmen? Nein, meine Damen und Herren! Das kann ich nicht! Seien Sie so freundlich und stecken Sie Ihr Geld wieder ein! Irgendwie wird es schon gehen... In ein so großes Risiko kann ich Sie nicht hineinreißen... Herr Wirt, wenn Sie einen Augenblick stehenbleiben können, mischen Sie mir bitte einen Gespritzten!... Danke... Ach, ich glaube, niemand lehnt ab, wenn ich alle meine Freunde hier zu einem Glas einlade. Bitte, Herr Wirt, seien Sie so gut... Trinken Sie, meine Damen und Herren, und überlegen Sie... Überlegen Sie. Beruhigen Sie sich und denken Sie noch einmal nach. Entscheiden Sie nicht voreilig. Ich habe Ihnen gesagt, worum es geht. Ich habe über das große Risiko gesprochen. Sagen Sie erst endgültig ja, wenn Sie wirklich entschlossen sind. Denken Sie daran, daß Ihr schwerverdientes Geld womöglich flötengeht, und dann können Sie von vorn anfangen... Oho, Freund Futaki! Ich glaube, jetzt übertreiben Sie ein bißchen. Ich und ein... Erlöser! Bringen Sie mich nicht in Verlegenheit! Nun, das schon eher... das ja, Freund Kráner... Gönner, ja, das ist richtiger, ohne Zweifel. Wie ich sehe, kann ich keinen von Ihnen überzeugen... Gut, gut, in Ordnung! Meine Herren! Meine Damen! Ruhe bitte! Vergessen Sie nicht, aus welchem Anlaß wir uns heute morgen hier versammelt haben! Na! Danke... Nehmen Sie wieder Platz... Ja... Danke, meine Freunde! Danke!»

Irimiás wartete, bis alle wieder saßen, ging dann zu seinem Stuhl zurück, blieb stehen, räusperte sich, breitete ergriffen die Arme aus, ließ sie hilflos wieder sinken und richtete die strahlendblauen, ein wenig feuchten Augen zur Decke. Hinter den andächtig zuschauenden Siedlern sahen sich die Angehörigen der toten Estike – nun endgültig von den anderen isoliert – nervös und ratlos an. Der Wirt fuhrwerkte hektisch mit dem Wischlappen auf dem Schanktisch herum, nahm sich das Tablett vor, die Gläser, setzte sich dann wieder auf seinen Schusterschemel und gab sich alle Mühe, nicht auf den Haufen zerknitterter Geldscheine vor Irimiás zu schauen, vergebens, er konnte den Blick nicht davon wenden.

«Was, meine lieben Freunde, kann ich dazu sagen? Unsere Wege haben sich zufällig gekreuzt, aber das Schicksal will es, daß wir von dieser Stunde an zusammenbleiben, untrennbar zusammen... Ich sorge mich zwar für Sie, meine Damen und Herren, wegen des möglichen Mißlingens, aber ich muß Ihnen auch verraten, dieses Vertrauen... diese Zuneigung, derer ich nicht würdig bin, tut mir wohl. Aber vergessen Sie nicht, welchem Umstand wir das zu verdanken haben! Vergessen Sie es nicht! Denken Sie immer daran, um welchen Preis! Meine Damen und Herren! Ich hoffe, Sie stimmen alle mit mir überein, wenn ich vorschlage, ein wenig von diesem Geld hier wollen wir für die Beerdigungskosten abzweigen, die wollen wir der unglücklichen Mutter abnehmen und für das Kind opfern, das sicherlich für uns... oder wegen uns... sein Leben ausgehaucht hat. Denn das ist letztlich unentschieden, ob für oder wegen uns... Da können wir weder ja noch nein sagen... Die Frage wird ewig in uns offenbleiben, wie auch die Erinnerung an das Kind lebendig bleiben wird, das vielleicht von uns gehen mußte, damit unser Stern endlich zu steigen beginnt. Wer weiß, meine Freunde... Aber wenn es so ist, dann ist das Leben grausam zu uns.»

## V. Die Perspektive, wenn von vorn

Noch Jahre später behauptete Frau Halics hartnäckig, als Irimiás und Petrina mitsamt dem Bengel, der sich ihnen an diesem Tag endgültig angeschlossen hatte, auf der Landstraße zur Stadt im Nieselregen verschwanden und sie noch minutenlang schweigend vor der Kneipe warteten, weil sich die scharfen Konturen ihres Erretters in der Ferne einfach nicht auflösen wollten, habe sich die Luft über ihnen unerwartet – wer weiß, wie und auf welche Weise! – mit Himmelsfaltern von lebhafter Färbung bevölkert, und aus der Höhe seien deutlich die weichen Klänge einer Engelsmusik zu vernehmen gewesen. Wenngleich sie mit ihrer Meinung ziemlich allein dastand, war doch sicher, daß sie erst von nun an das Geschehene glauben konnten, daß sich für sie erst jetzt endgültig entschied, daß sie nicht als Gefangene eines süßen, betörenden, doch heimtückischen Traumes, aus dem sie voller Bitterkeit erwachen würden, sondern als enthusiastische Auserwählte einer nach langem Leid erwartbaren Befreiung zurückblieben, denn solange sie Irimiás sahen, der sich mit knappen Anweisungen und einigen Kraft spendenden Worten verabschiedet hatte, löschte ihre Furcht, gleich könne etwas Verhängnisvolles geschehen und sie vom zerbrechlichen Sieg in das unerträgliche Chaos des Widerrufs stoßen, immer wieder die Glut ihrer Begeisterung aus; darum hatten sie Irimiás und Petrina in der quälend lang erscheinenden Zeit zwischen der Absprache und dem nur für diese Nacht geltenden Abschied abgelenkt, indem sie, einander ins Wort fallend, mit fiebernder Begeisterung die Unbilden des hiesigen Wetters oder die von rheumatischen Gliedmaßen verursachte Pein oder den Verfall der Flaschenweine und des Lebens überhaupt schilderten. Verständlich also, daß sie jetzt erst wirklich aufatmen konnten, war doch Irimiás der Quell nicht nur ihrer Zukunft, sondern möglicherweise auch ihres Mißgeschicks, kein Wunder, daß sie erst von nun an wirklich darauf vertrauen konnten, fürderhin werde alles wie geölt gehen, wie auch jetzt erst die Zeit gekommen war, sich endlich der jegliche Angst verdrängenden Freude hinzugeben, jenem Taumel der Erleichterung und der plötzlichen Freiheit, vor dem selbst das scheinbar unüberwindlichste Verhängnis zurückweichen muß. Ihre unbeschwerte gute Laune nahm noch zu, als sie beim Abschiedwinken («Pech gehabt, alter Geizhals!» rief Kráner) ein letztes Mal den Wirt betrachteten, der, mit verschränkten Armen am Türpfosten lehnend, mit umränderten Augen den fröhlich schwatzend sich entfernenden Trupp beobachtete und, nachdem er alle Qualen der selbstzerstörerischen Wut, des glühenden Hasses und der Hilflosigkeit hinter sich hatte, nur noch imstande war, ihnen wütend hinterherzuschreien: «Krepieren sollt ihr gemeinen, undankbaren Schufte!» Denn vergebens hatte er die Nacht durchwacht und von einer Sackgasse in die andere tappend immer wieder neue Pläne ersonnen, wie er Irimiás, der ihn obendrein frech seiner Schlafstätte beraubt hatte, um die Ecke bringen könnte, so daß die Sperbernase hinten im Lager ungerührt schnarchte, während er mit rollenden Augen überlegte, ob er ihn niederstechen, erdrosseln, vergiften oder einfach mit der Axt zerstückeln sollte; und vergebens hatte er auch mit den Leuten geredet, es hatte nichts genützt, dabei hatte er wirklich alles getan, diesen Dummlacken mal zornig, mal drohend, mal bittend, ja sogar flehend den Plan, der ohne Zweifel aller Untergang bringen würde, auszureden («Wacht doch auf, verflucht noch mal! Seht ihr nicht, daß er euch an der Nase herumführt?»), es war, als redete er zu leeren Wänden, weshalb ihm schließlich nichts anderes übrigblieb, als sich die ganze Welt verfluchend und verbittert einzugestehen, daß er ein für allemal schändlich gescheitert war. Was konnte er hiernach – oder sollte er etwa wegen diesem Saufloch und dieser alten Schlampe hierbleiben? – schon tun, wenn nicht seine Zelte abbrechen und bis zum Frühjahr in die Stadt ziehen, um sich dann irgendwie die Kneipe vom Hals zu schaffen? Vielleicht... vielleicht ließe sich mit den Spinnen etwas anfangen. Ich könnte sie möglicherweise, überlegte er mit einer Spur von Hoffnung, zu wissenschaftlichen Versuchen anbieten, wer weiß, unter Umständen kriege ich was für sie. Aber das wäre, sann er betrübt weiter, auch nur ein Tropfen auf den heißen Stein, es läßt sich nun mal nicht ändern, ich muß von vorn anfangen. Tiefer als seine Verbitterung war nur die Schadenfreude der Frau Horgos, die sich mit säuerlicher Miene die ganze blöde Zeremonie angesehen hatte und dann in die Kneipe zurückgekehrt war, um mit spöttischen Blicken den zusammengesunken hinter der Theke hockenden Wirt zu mustern. «Na, sehen Sie. Für Sie ist der Zug abgefahren. Jetzt sind Sie aufgeschmissen.» Der Wirt rührte sich nicht, obwohl er ihr am liebsten an die Gurgel gegangen wäre. «So ist es eben. Mal oben, mal unten. Ich sag immer, am besten, man bleibt auf seinen vier Buchstaben sitzen. Was hat es Ihnen eingebracht, Sie sehen's ja, das hübsche Haus in der Stadt, Ihre feine Frau Gemahlin, Ihr Auto, und das ist Ihnen alles noch nicht genug. Jetzt sehen Sie alt aus!» Der Wirt knurrte: «Quaken Sie hier nicht herum. Tun Sie das zu Hause.» Frau Horgos trank ihr Bier aus und zündete sich eine Zigarette an. «Mein Mann, der war auch so ein Ruheloser wie Sie. Dem war auch nichts recht, wie es war. Und als er einsah, daß es so nicht ging, war's zu spät. Da konnte er nur noch mit dem Strick auf den Dachboden steigen.» «Schluß jetzt!» fuhr der Wirt zornig auf. «Lassen Sie mich in Ruhe! Sammeln Sie lieber Ihre Töchter ein, sonst laufen die auch noch weg!» «Die nicht!» Frau Horgos grinste. «Denken Sie, ich bin auf den Kopf gefallen? Ich hab sie zu Hause eingesperrt, bis die Siedler abgehauen sind. Ist doch richtig so, nicht? Die hätten mich auf meine alten Tage hier sitzenlassen. Genug gehurt, jetzt werden sie wieder brav auf dem Feld arbeiten und sich damit abfinden, ob es ihnen paßt oder nicht. Nur den Sanyi hab ich weggelassen. Soll er gehen. Hier nützt er mir sowieso nichts. Er futtert wie ein Scheunendrescher, wer soll das aushalten. Soll er gehen, wohin er will. Eine Sorge weniger.» «Sie und Kerekes können machen, was Sie wollen», brummte der Wirt. «Aber ich bin erledigt. Diese Ratte hat mich endgültig ruiniert.» Und er wußte, am Abend, wenn er eingeladen hat und weder hinten beim Sarg noch auf den Sitzen mehr Platz ist, wenn die Fenster und die Tür mit Vorhängeschlössern gesichert sind und er in seinem klapprigen Warszawa losfährt Richtung Stadt, wird er sich kein einziges Mal umdrehen, er wird zusehen, daß er so schnell wie möglich die Leiche los wird, er wird diese elende Kaschemme so bald wie möglich aus seinem Gedächtnis zu streichen versuchen und nur hoffen, daß sie im Boden versinkt, von der Erde verschluckt wird, an der Stelle werden nicht mal die verwilderten Hunde stehenbleiben, um hinzupissen – genauso und aus demselben Grund wie die Siedler, die sich vorhin auch nicht umgedreht haben, um einen letzten Blick auf die bemoosten Dachziegel, den schiefen Schornstein und die vergitterten Fenster zu werfen, weil sie hoffen, daß ihr strahlender Ausblick auf die Zukunft die Vergangenheit nicht nur ablöst, sondern für alle Zeiten tilgen wird. Sie hatten abgesprochen, sich vor dem Maschinenhaus zu treffen, spätestens in zwei Stunden, denn sie wollten noch im Hellen beim Almássy-Gehöft ankommen, zudem schien es ihnen ausreichend, wenn sie die wichtigsten Dinge zusammenpackten, weil es ja dumm gewesen wäre, allen möglichen Kram zehn bis zwölf Kilometer weit zu buckeln, wo sie doch wußten, dort würde es ihnen wirklich an nichts mehr mangeln. Frau Halics hatte sogar angeregt, sie sollten auf der Stelle losgehen, sich um rein gar nichts mehr kümmern, alles zurücklassen und in einer Art testamentarischer Armut einen neuen Anfang machen, denn «die höchste Gnade wurde uns schon gegeben. Und eine Bibel haben wir»; doch die anderen – hauptsächlich ihr Mann – überzeugten sie, daß es wohl doch ratsam wäre, die notwendigsten persönlichen Dinge mitzunehmen. Aufgeregt trennten sie sich und begannen fieberhaft zu packen, die drei Frauen leerten zuerst den Kleiderschrank und den Küchenschrank und nahmen sich dann die Speisekammer vor, während Schmidt, Kráner und Halics vor allem unter dem Werkzeug das Unentbehrlichste auswählten und hernach mit stechenden Blicken durch alle Räume gingen, damit wegen der Liederlichkeit ihrer Frauen nicht etwa irgendwelche wertvollen Stücke zurückblieben. Am leichtesten hatten es die beiden Junggesellen, die ihre Siebensachen in einem größeren Koffer unterbringen konnten; anders als der Schuldirektor, der schnell, aber besonnen packte, bedacht darauf, den zur Verfügung stehenden Raum auf das rationellste zu nutzen, warf Futaki seine Sachen eilig in die beiden abgewetzten, von seinem Vater geerbten Koffer und klickte blitzschnell, als hätte er Geister in die Zauberflasche zurückgebannt, die Schlösser zu, legte die Koffer aufeinander, setzte sich darauf und zündete sich mit zitternden Fingern eine Zigarette an. Jetzt, da nichts mehr auf seine persönliche Anwesenheit hindeutete und der seiner Gegenstände beraubte Raum ihn kahl und kalt umschloß, beschlich ihn das Gefühl, mit dem Packen habe er die Markierungen aus der Welt geschafft, die bisher dazu berufen gewesen waren, sein Anrecht auf ein winziges Stück von ihr zu bekräftigen. So hoffnungsträchtige Tage, Wochen, Monate und vielleicht Jahre auch vor ihm lagen – war ihm doch völlig klar, daß er kurz vor dem Ziel seiner Träume stand –, jetzt, in diesem dunklen, zugigen und stinkenden Loch (von dem er nicht mehr sagen konnte: «Hier also lebe ich», wie er auch nicht hätte sagen können, wo er künftig leben würde) auf seinen Koffern hockend, fiel es ihm immer schwerer, einer plötzlichen und bedrückenden Traurigkeit Widerstand zu leisten. Sein krankes Bein begann zu schmerzen, er stieg von den Koffern und legte sich vorsichtig auf das kahle Bett. Er nickte für ein paar Minuten ein, und als er hochschrak, sprang er so unglücklich von der Liegestatt, daß sich sein krankes Bein zwischen dem Bettrand und den Stahlfedern verklemmte, so daß er um ein Haar gefallen wäre. Fluchend legte er sich wieder hin, hob die Füße auf das Fußende und ließ den traurigen Blick eine Weile über die rissige Decke wandern, dann sah er sich, auf einen Ellbogen gestützt, in dem trostlosen Raum um. Und nun begriff er, was ihn immer wieder davon abgehalten hatte, sich endlich aufzuraffen und von hier wegzugehen: nun war auch die letzte Gewißheit dahin, und auf einmal war ihm nichts mehr geblieben; wie er bisher nicht die Courage aufgebracht hatte zu bleiben, so hatte er jetzt nicht mehr den Mut zu gehen, denn es war, als hätte er sich mit dem endgültigen Packen aller Möglichkeiten beraubt und als würde er nur aus einer Falle in eine andere tappen. Er war ein Gefangener des Maschinenhauses und der Siedlung gewesen, nun setzte er sich Risiken aus, und hatte er bisher den Tag gefürchtet, an dem er nicht mehr wissen würde, wie die Tür dort zu öffnen sei und an dem kein Licht mehr durch das Fenster fallen würde, so hatte er sich jetzt dazu verurteilt, als Sklave eines ewigen Elans womöglich auch das noch zu verlieren. Er gewährte sich einen kleinen Aufschub («Noch eine Minute, und ich gehe») und tastete nach dem Zigarettenpäckchen neben dem Bett. Bitter erinnerte er sich an Irimiás' Worte vor der Kneipentür («Meine Freunde, von dieser Stunde an sind Sie frei!»), denn jetzt fühlte er sich sonstwie, nur nicht frei; er konnte sich einfach nicht entschließen aufzubrechen, obgleich die Zeit drängte. Mit geschlossenen Augen versuchte er sich sein künftiges Leben vorzustellen, um so diese überflüssige Unruhe irgendwie zu dämpfen; aber statt der Ruhe überkam ihn eine solche Nervosität, daß ihm Schweißperlen auf die Stirn traten. So sehr er seine Phantasie auch bemühte, sie kehrte unablässig zu demselben Bild zurück: Er sah sich in seinem schäbigen Mantel, mit einem zerlumpten Beutel über der Schulter, im Regen die Landstraße entlangtrotten, plötzlich stehenbleiben und dann den Rückweg antreten. «Das nicht!» knurrte er entschlossen. «Genug, Futaki!» Er stieg vom Bett, stopfte das Hemd in die Hose, schlüpfte in den Überzieher und band die Koffergriffe mit einem Riemen zusammen. Die Koffer stellte er unter das Vordach. Nichts rührte sich, darum machte er sich auf, die anderen zur Eile zu drängen. Er wollte gerade bei Kráners anklopfen, die ihm am nächsten wohnten, da hörte er im Haus etwas klirren und gleich danach ein Geräusch, als wäre ein schwerer Gegenstand krachend niedergestürzt. Er wich einige Schritte zurück, im ersten Augenblick glaubte er, ein Unglück sei geschehen.

Aber als er erneut klopfen wollte, hörte er deutlich Frau Kráners gurgelndes Lachen und dann, wie ein Teller oder eine Tasse auf dem Fußboden zerschellte. «Was machen die denn?» Er trat ans Küchenfenster, beschattete mit der Hand die Augen und sah hinein. Verwundert sah er Kráner einen Zehn-Liter-Topf über den Kopf heben und mit Wucht an die Küchentür werfen, während Frau Kráner die Gardinen vom hinteren Fenster zerrte, dann bedeutete sie Kráner, er solle achtgeben, rückte den leeren Küchenschrank von der Wand und stieß ihn mit einem Schwung um. Krachend stürzte der Schrank auf die Fliesen, eine Seite löste sich, die andere trat Kráner auseinander. Nun stieg Frau Kráner auf den Trümmerhaufen in der Mitte der Küche, riß den Messingkronleuchter von der Decke und schwenkte ihn über dem Kopf, Futaki konnte gerade noch wegtauchen, bevor die Lampe durch das Fenster gesaust kam, ein paar Meter kullerte und vor einem Strauch liegenblieb. «Was suchen Sie denn hier?» schrie Kráner, als es ihm gelungen war, das zerbrochene Fenster zu öffnen. «O mein Gott!» kreischte Frau Kráner hinter ihm und sah seufzend zu, wie sich Futaki fluchend aufrappelte und, auf seinen Stock gestützt, behutsam die Glasscherben abschüttelte. «Sie haben sich doch nicht geschnitten?» «Ich wollte nur Bescheid sagen», knurrte Futaki verärgert. «Aber ich wäre besser zu Hause geblieben bei so einem Empfang.» Kráner war in Schweif gebadet, er gab sich Mühe, die Spuren der Zerstörungswut aus seinem Gesicht zu verbannen, aber es gelang ihm nicht. «So geht es den Spannern», sagte er zu Futaki und zwang sich zu einem Grinsen. «Los, kommen Sie rein, wenn Sie können, wir trinken ein Friedensglas!» Futaki nickte. Er trat sich den Schmutz von den Stiefeln, und bis er über die Trümmer und Scherben eines riesigen Spiegels, eines zerbeulten Ölofens und eines kurz und klein geschlagenen Kleiderschranks gestiegen war, hatte Kráner schon drei Gläser gefüllt. «Na, was meinen Sie dazu?» fragte er zufrieden. «Ordentliche Arbeit, nicht?» «Das muß ich zugeben», antwortete Futaki und stieß mit den Kráners an. «Ich werde doch nicht zulassen, daß die Zigeuner das Zeug wegschleppen! Lieber mach ich Kleinholz daraus», meinte Kráner. «Ich kann's verstehen», sagte Futaki unschlüssig, bedankte sich für den Schnaps und verabschiedete sich rasch. Er überquerte den Grasstreifen, der die beiden Häuserzeilen trennte, aber bei den Schmidts war er besonnener, erst warf er einen vorsichtigen Blick durch das Küchenfenster. Doch hier drohte keine Gefahr, er sah nur die Trümmer und die beiden Schmidts, die auf einem umgeworfenen Küchenschrank saßen. «Haben denn alle den Verstand verloren? Was ist bloß in sie gefahren?» Er klopfte an die Fensterscheibe und bedeutete Schmidt, der ihn verwirrt anstarrte, sie sollten sich beeilen, es sei Zeit zum Aufbruch, dann ging er auf die Haustür zu, blieb aber nach ein paar Schritten stehen, denn er sah den Schuldirektor über den Grasstreifen huschen, auf Kráners Hof treten und verstohlen durch das zerbrochene Küchenfenster blicken, dann flitzte er, noch immer in dem Glauben, niemand sähe ihn (Futaki hatte sich in Schmidts Haustür gestellt), zu seinem Haus zurück und begann auf dessen Tür einzuschlagen, erst zögernd, dann immer energischer. «Was ist mit dem los? Sind hier alle verrückt?» dachte Futaki verständnislos, löste sich von der Haustür und ging langsam auf den Schuldirektor zu. Der gebärdete sich immer wilder, so als wollte er sich selbst anstacheln; als er merkte, daß er nichts ausrichten konnte, hob er die Tür aus den Angeln, trat zwei Schritte zurück und warf sie mit voller Kraft gegen die Mauer. Doch auch das überstand die Tür, also sprang er darauf und trampelte außer sich auf ihr herum, bis kein Brett mehr ganz war. Hätte er nicht zufällig hinter sich geblickt und den grinsenden Futaki bemerkt, wäre es ihm womöglich noch in den Sinn gekommen, auch die offenbar noch unversehrten Möbelstücke im Haus zu zerschlagen, so aber wurde er verlegen, zog seinen grauen Stoffmantel zurecht und lächelte Futaki unsicher zu. «Sie müssen verstehen...» Aber Futaki schwieg. «Sie wissen ja, wie es ist. Und...» Futaki zuckte die Achseln. «Klar. Ich möchte nur wissen, wann Sie fertig sind. Die anderen sind bereit.» Der Schuldirektor räusperte sich. «Ich? Ich bin sozusagen auch fertig. Es müßten nur noch meine Koffer auf Kráners Wägelchen geladen werden.» «Dann ist es gut. Besprechen Sie es mit ihm.» «Wir haben uns schon geeinigt. Es hat mich zwei Liter Schnaps gekostet. Unter anderen Umständen hätte ich es mir vielleicht noch einmal überlegt, aber jetzt, vor einem so langen Weg...» «Klar. Ist schon richtig», beruhigte ihn Futaki, grüßte und ging zum Maschinenhaus zurück. Als hätte er nur darauf gewartet, daß er ihm den Rücken kehrte, spuckte der Schuldirektor zum Abschied in hohem Bogen durch die Tür ins Haus, hob dann einen halben Mauerstein auf und schleuderte ihn durch das Küchenfenster. Und als sich Futaki beim Klirren der Scherben umdrehte, klopfte er sich flink den Mantel ab und tat, als hätte er nichts gehört. Eine halbe Stunde später standen sie alle marschbereit vor dem Maschinenhaus, aber mit Ausnahme von Schmidt (der Futaki beiseite zog, um ihm eine Erklärung zu geben: «Weißt du, Nachbar, mir wär das gar nicht eingefallen. Versehentlich ist ein Topf vom Tisch gestürzt, und von da an ging alles von selbst») kündeten nur die geröteten Gesichter und die zufrieden glänzenden Augen von dem gelungenen Abschied. Auf Kráners zweirädrigem Handwagen fand außer den Koffern des Schuldirektors auch ein Großteil der Halicsschen Sachen Platz, die Schmidts hatten ihren eigenen Wagen, so brauchten sie nicht zu befürchten, daß sie wegen des vielen Gepäcks nur sehr langsam vorankommen würden. Alles war hier vorbereitet, sie hätten aufbrechen können, es fand sich nur niemand, der das entscheidende Wort gesagt hätte. Jeder wartete auf den anderen, also standen sie schweigend da und gafften in wachsender Verlegenheit zur Siedlung hinüber, denn in diesem Augenblick des Weggangs meinten sie allesamt, etwas müßte noch gesagt werden, ein kurzes Wort des Abschieds oder dergleichen, am ehesten bauten sie noch auf Futaki, aber bis er die ersten Worte einer passenden, einigermaßen feierlichen und die ihm immer noch unverständliche Zerstörung bemäntelnden Rede gefunden hatte, wurde Halics ungeduldig, er ergriff seine Schubkarre und sagte: «Los.» Kráner nahm die Deichsel des Handwagens, seine Frau und Frau Halics hielten auf beiden Seiten die Ladung fest, damit bei den Erschütterungen nichts herunterfiel; hinter ihnen schob Halics die Karre, die Schmidts bildeten den Schluß des Zuges, so passierten sie das einstige Haupttor der Siedlung. Lange war nur das Knarren und Quietschen der Räder zu hören, denn außer Frau Kráner – die es nicht aushielt, in einem fort zu schweigen, und hin und wieder eine Bemerkung über die jeweilige Neigung des Gepäckturmes auf dem Wagen fallen ließ – war keinem nach Reden zumute; so leicht konnten sie sich nicht an die seltsame Mischung von Aufgeregtheit, Begeisterung und Angst vor dem sie erwartenden Unbekannten gewöhnen, und hinzu kam noch die Sorge, wie sie nach den beiden schlaflosen Nächten die Strapazen des langen Weges durchstehen würden. Aber das dauerte nicht lange, es war schon beruhigend, daß es seit einigen Stunden nur noch nieselte, und mit Schlimmerem war für die nächste Zeit kaum zu rechnen, zum anderen fiel es ihnen immer schwerer, die Worte der Erleichterung und heroischen Entschlossenheit in ihr Inneres zurückzudrängen, die keiner, der sich zu einem Abenteuer aufmacht, lange zu unterdrücken vermag. Kráner hätte am liebsten schon aufgejauchzt, als sie die Landstraße erreichten und die Richtung zum Almássy-Gehöft einschlugen, die ferne Stadt im Rücken wissend, denn im Augenblick des Aufbruchs waren für ihn auf einen Schlag die mehr als zehnjährigen Torturen zu Ende, für die er sich eine halbe Stunde vorher noch an den Möbeln hatte rächen können – aber als er sah, wie befangen seine Begleiter waren, hielt er sich zurück, bis sie zur Hochmeiß-Flur gelangten; dort aber konnte er nicht mehr an sich halten, glücklich krähte er: «Der Satan soll dieses Elendsleben holen! Es hat geklappt! Leute, liebe Leute! Es hat geklappt!» Er hielt an, drehte sich zu den anderen um, schlug sich auf die Schenkel und schrie: «Hört ihr, Leute! Das Elend hat ein Ende! Geht euch das in den Kopf? Verstehst du es, Frau?!» Mit einem Satz war er bei seiner Frau, hob sie hoch, als wäre sie ein Kind, und wirbelte mit ihr im Kreis, bis ihm die Luft ausging, da setzte er sie ab, fiel ihr um den Hals und sagte immer wieder: «Ich hab es gewußt, ich hab es gewußt!» Inzwischen war aber auch bei den anderen der Damm gebrochen, erst beschimpfte Halics mit flinker Zunge Himmel und Erde und schüttelte, der Siedlung zugewandt, drohend die Faust, dann trat Futaki vor den grinsenden Schmidt und sagte gerührt nur: «Nachbar...!», und der Schuldirektor redete feurig auf Frau Schmidt ein («Nicht wahr, ich habe es immer gesagt, man darf die Hoffnung nicht aufgeben! Man muß Vertrauen haben bis zum letzten Seufzer. Was hätte uns sonst erwartet? Was? Sagen Sie schon!»), die sich jedoch – als nähme sie dieser plötzliche Ausbruch grober Freude überaus mit – nur deshalb zu einem unsicheren Lächeln zwang, weil sie nicht die Aufmerksamkeit der übrigen auf sich ziehen wollte; Frau Halics richtete den Blick gen Himmel und sagte mit lauter Stimme das Gebet «Gesegnet sei dein Name» auf, bis sie wegen des Regens, der ihr ins Gesicht fiel, den Kopf senken und einsehen mußte, daß sie diesen gottlosen Krawall doch nicht übertönen könnte. «Leute!» kreischte Frau Kráner. «Darauf müssen wir trinken!» Und sie zog eine Halbliterflasche aus dem Gepäck. «Donnerwetter, ihr seid ja gut auf das neue Leben vorbereitet!» freute sich Halics und trat rasch hinter Kráner, um gleich nach ihm an die Reihe zu kommen; aber die Flasche wanderte nach keiner Regel von Mund zu Mund, und ehe er sich's versah, war nur noch der Boden bedeckt. «Kopf hoch, Lajos!» flüsterte ihm Frau Kráner zu und zwinkerte. «Es gibt noch mehr, Sie werden sehen!» Nun war Halics eine ganze Weile nicht mehr zu halten, so leichtfüßig, als wäre sie leer, schob er die Schubkarre die Straße entlang; sein Elan legte sich erst, als er ungefähr zweihundert Meter weiter Frau Kráner fordernd ansah und sie ihn mit einem Blick («Jetzt noch nicht!») zurechtwies. Seine gute Laune hob natürlich die Stimmung weiter, so daß sie – obgleich immerfort ein Bündel oder eine Tasche auf dem Wagen gerichtet werden mußte – ganz ordentlich vorankamen; bald lag die kleine Brücke über den alten Bewässerungskanal hinter ihnen, und schon sahen sie die riesigen Masten der Hochspannungsleitung und die vibrierenden Bögen der Drähte, die sich zwischen ihnen spannten. In das hin und her wogende Geplauder schaltete sich zuweilen auch Futaki ein, obwohl ihm das Gehen schwerer fiel als den anderen, zudem hatte er seine Koffer zu tragen, die ihm, durch den Riemen verbunden, vor der Brust und auf dem Rücken hingen (Kráner und Schmidt hatten vergeblich versucht, sie irgendwie noch auf dem Handwagen oder der Karre zu verstauen), mit seinem lahmen Bein konnte er kaum Schritt halten. «Ich bin ja neugierig, was aus den anderen wird», meinte er nachdenklich. «Aus wem?» fragte Schmidt. «Aus Kerekes, zum Beispiel.» «Kerekes?» rief Kráner über die Schulter. «Über den zerbrechen Sie sich nicht den Kopf! Er ist gestern hübsch nach Hause gegangen und hat sich aufs Bett gelegt, und wenn es nicht unter ihm zusammengebrochen ist, wird er wohl erst morgen aufwachen. Er wird eine Weile vor der Kneipe herummurren und dann zu der Horgos schlurfen. Die beiden passen sowieso zueinander wie zwei Eier.» «Soviel ist sicher!» warf Halics ein. «Die lassen sich tüchtig vollaufen, was anderes interessiert sie ja doch nicht. Was kümmert sie sonst! Die Horgos hat gleich nach dem ersten Tag das Trauerkleid wieder abgelegt...» «Ach ja», unterbrach ihn Frau Kráner, «was ist denn aus dem großartigen Kelemen geworden? Er hat so schnell die Kurve gekratzt, daß ich es gar nicht bemerkt hab.» «Kelemen? Mein Herzenskumpel?» rief Kráner grinsend. «Der hat sich schon gestern mittag verdrückt. Er hatte die Nase voll, hahaha! Erst habe ich ihn in die Mangel genommen, dann hat er sich mit Irimiás angelegt. Aber Irimiás ist eine Nummer zu groß für ihn. Als Kelemen anfing herumzunörgeln, das müßte so und so gemacht werden, er würde schon sagen, was überhaupt gemacht werden sollte, die ganze Bande nämlich gehörte hinter Schloß und Riegel, und er selbst hätte eine besondere Behandlung von ihm verdient und so weiter, hat Irimiás nicht lange gefackelt und ihn zum Teufel geschickt. Da hat er schnell die Segel gestrichen und ist verschwunden. Ich glaube, als er Irimiás mit seiner Polizeihelferarmbinde vor der Nase herumfuchtelte und zu hören bekam, damit könnte er sich, Entschuldigung, den Arsch wischen, hat ihm das den Rest gegeben.» «Ich habe für diesen Klotz auch nicht viel übrig», meinte

Schmidt. «Aber sein Fuhrwerk käm mir jetzt gerade recht.» «Das glaube ich gern. Aber ohne Streit ginge das nicht ab. Er stänkert über alles und jeden.» Plötzlich blieb Frau Kráner stehen. «Anhalten!» Kráner hielt erschrocken den Wagen an. «Leute! Wir haben nicht alle Tassen im Schrank!» «Rede!» drängte Kráner. «Was ist los?» «Der Doktor.» «Was ist mit dem Doktor?» Es wurde still, auch Schmidt löste sich von seinem Wagen. «Ja...» begann Frau Kráner stockend, «ja, dem haben wir kein Sterbenswort gesagt. Ich hab's versäumt!...» «Ach, Frau!» Kráner war ärgerlich. «Ich dachte schon, es ist was Schlimmes. Was geht dich der Doktor an!» «Bestimmt wäre er mitgekommen. So allein wird er verhungern. Ich kenne ihn, wie sollte ich ihn nicht kennen nach so vielen Jahren! Ich weiß, er ist ein richtiges Kind. Wenn ich ihm nichts vorsetze, verhungert er. Und der Schnaps. Die Zigaretten. Die Schmutzwäsche. Eine Woche, höchstens zwei, und die Ratten haben ihn aufgefressen.» Schmidt fuhr sie gereizt an: «Spielen Sie hier nicht die Heldin! Wenn Sie solche Sehnsucht nach ihm haben, gehen Sie zurück! Mir fehlt er nicht. Überhaupt nicht! Ich schätze, er freut sich sogar, daß er uns endlich nicht mehr sieht...» Nun mischte sich Frau Halics ein. «Bravo! Wir sollten dem lieben Gott danken, daß dieser Kumpan des Teufels nicht bei uns ist! Er ist dem Satan verfallen, das weiß ich längst!» Futaki steckte sich – wenn sie schon Pause machten – eine Zigarette an und hielt das Päckchen auch den anderen hin. «Mir kommt das sonderbar vor», meinte er. «Ob er wirklich nichts bemerkt hat?» Jetzt trat Frau Schmidt näher, die sich bisher kaum hatte vernehmen lassen. «Er ist mit der Zeit ein richtiger Maulwurf geworden. Oder nicht mal das. Der Maulwurf steckt wenigstens manchmal den Kopf aus der Erde. Der Doktor dagegen tut, als wollte er sich lebendig begraben.» «Ach was», rief Kráner fröhlich.

«Der Doktor fühlt sich sauwohl. Er gießt sich jeden Tag einen auf die Lampe und pennt sich dann aus, weiter hat er nichts zu tun. Dem braucht man keine Träne nachzuweinen. Aber die Erbschaft seiner Mutter, die wüßte ich gern in meiner Hosentasche! Ende der Pause, los, sonst kommen wir nie ans Ziel!» Doch Futaki ließ die Angelegenheit keine Ruhe. «Den lieben langen Tag sitzt er am Fenster. Wie kann er da nichts bemerkt haben?» dachte er beunruhigt und hinkte an seinem Stock den Kráners hinterher. «Unmöglich, daß er den Krach nicht gehört hat, das Hin- und Herrennen, die quietschenden Räder, das Geschrei... Na sicher. Möglich. Denkbar, daß er alles verschlafen hat. Vorgestern hat Frau Kráner ihn gesprochen, da war noch alles in Ordnung mit ihm. Und Kráner hat recht, jeder soll sich um seinen eigenen Kram kümmern. Wenn er dort vor die Hunde gehen will, dann bitte. Und überhaupt... Ich wette, wenn er in ein paar Tagen hört, was passiert ist, oder wenn er sich alles noch einmal durch den Kopf gehen läßt, rafft er sich auf und folgt uns. Er kommt ja ohne uns nicht mehr aus.» Über eine Strecke von fünf-, sechshundert Meter regnete es wieder stärker, die Siedler wurden mürrisch; die Akazien am Straßenrand wuchsen immer spärlicher, es war, als verabschiedete sich allmählich das Leben. Auf den verschlammten Feldern beiderseits gab es gar nichts mehr: keinen Baum, nicht eine Krähe. Schon stand der Mond hoch am Himmel, eine düstere Masse aus reglosen Wolken umgab seine blasse Scheibe. Noch eine Stunde, das wußten sie, und es würde dunkeln, dann würde es plötzlich Nacht werden. Aber schneller ging es nun einmal nicht, und obendrein befiel sie unversehens Müdigkeit: Als sie am verrosteten blechernen Christus von Csűd vorüberkamen und Frau Halics eine kurze Ruhepause (und ein Vaterunser) vorschlug, stieß sie auf schroffe Ablehnung, als wäre ihnen klar, wenn sie jetzt anhielten, besäßen sie hinterher kaum die Kraft, den Weg fortzusetzen. Vergebens versuchte Kráner, seine Gefährten mit einigen denkwürdigen Geschichten («Wißt ihr noch, als die Frau des Wirts an dessen Kopf den Holzlöffel zerschlagen hat...» oder: «Erinnert ihr euch, als Petrina der roten Katze Salz auf den Arsch gestreut hat, ihr werdet entschuldigen...») aufzuheitern, sie reagierten nicht, insgeheim schimpften sie sogar über ihn, daß er den Mund nicht halten konnte. «Und überhaupt!» ärgerte sich Schmidt. «Wer hat gesagt, daß der hier der Chef ist? Wieso kommandiert er mich herum? Ich werde Irimiás sagen, er soll ihm die Flügel stutzen, in letzter Zeit schwillt ihm zu sehr der Kamm...» Und als Kráner weiterhin nicht zurücksteckte und noch einen Versuch unternahm, die Leute aufzumöbeln («Eine Minute Pause! Trinkt einen Schluck! Jeder Tropfen ist Gold wert, das ist kein Kneipenschnaps!»), langten sie zu, als hätte er bisher die Flasche vor ihnen versteckt. Futaki konnte sich eine Bemerkung nicht verkneifen: «Du bist ja in Stimmung! Ich wäre neugierig, ob du's auch wärst, wenn du mit einem lahmen Bein diese beiden Koffer schleppen müßtest!» «Denkst du, ich hab's leicht mit diesem verdammten Wagen?» empörte sich Kráner. «Ich weiß gar nicht, was ich machen soll, damit er mir auf dieser Holperstraße nicht auseinanderfällt!» Er verstummte gekränkt und sagte von da an kein Wort mehr, hielt den Deichselgriff umklammert und hatte nur noch Augen für die Straße vor seinen Füßen. Frau Halics ärgerte sich über Frau Kráner, die, davon war sie überzeugt, auf der anderen Seite des Handwagens keinen Finger rührte, und Halics verfluchte innerlich, sobald er seine schmerzenden Hände spürte, Kráner und Schmidt, denn die hatten ja leicht reden! Allen ein Dorn im Auge war jedoch Frau Schmidt, jetzt konnten sie nicht mehr übersehen, wie sehr sie sich seit dem Aufbruch in Schweigen hüllte. Sowohl Schmidt als auch Frau Kráner machten sich ihre Gedanken, weil sie eigentlich schon seit Irimiás' Ankunft kaum noch den Mund aufbekam. «Das kommt mir irgendwie verdächtig vor», überlegte Frau Kráner. «Ob sie etwas quält? Ob sie krank ist? Es wird doch nicht... Ach wo. Sie hat genügend Grips im Kopf. Irimiás wird ihr wohl etwas gesagt haben, als er sie gestern abend zu sich in den Lagerraum holte. Was mag er nur von ihr gewollt haben? Natürlich, über das Techtelmechtel, das die beiden seinerzeit hatten, wissen alle Bescheid. Lang ist's her. Wie viele Jahre?» «Irimiás hat ihr völlig den Verstand geraubt», sann Schmidt unruhig. «Wie sie mich angeguckt hat, als Frau Halics mit der Neuigkeit kam! Sie hat mich durchbohrt mit ihren Blicken. Vielleicht ist sie in ihn ver... Aber nein. In ihrem Alter behält man einen klaren Kopf. Und wenn doch nicht? Sie müßte wissen, daß ich ihr dann auf der Stelle den Hals umdreh! Nein, so etwas macht sie nicht! Sie wird sich ja auch nicht einbilden, er hätte es ausgerechnet auf sie abgesehen. Wäre ja lächerlich! Wo sie stinkt wie ein Schwein, da kann sie sich noch so mit Parfüm begießen. Genau so eine wird Irimiás brauchen! Der hat an jedem Finger ein Frauchen, eine flotter als die andere, da fehlt ihm gerade eine solche Landgans! Nein, nein... Aber warum glänzen dann ihre Augen so? Ihre beiden großen Kälberaugen? Und wie sie um Irimiás herumscharwenzelt ist, der Blitz soll sie erschlagen! Na klar, sie scharwenzelt um jeden herum, Hauptsache, er ist ein Mannsbild... Das werde ich ihr schon abgewöhnen! Wenn ihr nicht reicht, was sie bisher bekommen hat, an mir soll es nicht liegen. Ich bring sie zur Raison, keine Bange! Austrocknen sollen sie, all diese Zitzenweiber in dieser verpfuschten Welt!» Futaki konnte kaum noch Schritt halten, der Riemen hatte seine Schultern wundgerieben, die Knochen brannten ihm, und als sein krankes Bein wieder zu schmerzen begann, blieb er weit hinter den anderen zurück, was diese jedoch nicht bemerkten, nicht einmal Schmidt nahm Rücksicht auf ihn (er rief nur: «Was ist! Warum gehst du bei diesem Schneckentempo noch langsamer als wir?»), denn sein Groll auf Kráner («daß der hier den obersten Chef spielt») wuchs. So fauchte er auch seine Frau an, sie solle nicht so bummeln; sie nahm alle Kräfte zusammen und schritt auf ihren kurzen Beinen flinker aus. Bald hatte Schmidt die Kráners eingeholt und setzte sich an die Spitze des Zuges. «Renn du nur, renn nur!» dachte Kráner erbost. «Wir werden ja sehen, wer länger durchhält!» Halics ächzte. «Nein, Leute... nicht ganz so schnell! Diese verdammten Stiefel haben mir die Fersen aufgerieben, jeder Schritt ist eine Folter.» «Jammre nicht!» rügte ihn seine Frau. «Zeig denen lieber, daß du nicht bloß in der Kneipe so ein Draufgänger bist!» Halics preßte also die Zähne zusammen und gab sich Mühe, Schritt zu halten mit Kráner und Schmidt, die vorn wetteiferten und sich immer wieder die Spitze streitig machten. Dadurch blieb Futaki immer weiter hinter dem Trupp zurück, und als der Abstand auf ungefähr zweihundert Meter angewachsen war, gab er den Versuch, ihn einzuholen, auf. Immerfort ersann er Pläne, wie er sich das Gehen mit den schwerer und schwerer werdenden Koffern erleichtern könnte, aber was er auch anstellte, die Qualen wollten kein Ende nehmen. So beschloß er, sich nicht weiter zu martern, und als er eine dicke Akazie erblickte, verließ er die Straße und sank so, wie er war, samt den Koffern in den Schlamm. Er lehnte sich mit dem Rücken an den Baumstamm und rang minutenlang nach Luft, dann befreite er sich von dem Gepäck und streckte die Beine aus. Er langte in die Tasche, aber nicht einmal zum Rauchen hatte er mehr Kraft, der

Schlaf überwältigte ihn. Harndrang weckte ihn, er rappelte sich auf, aber seine Glieder waren so lahm, daß er gleich wieder umfiel, erst beim zweiten Versuch gelang es ihm, auf den Beinen zu bleiben. «Wie blöd sind wir doch!» brummte er vor sich hin und setzte sich, als er sein Wasser abgeschlagen hatte, auf einen Koffer. «Hätten wir nur auf Irimiás gehört! Er hat gesagt, wir sollten mit dem Umzug noch warten, und wir? Noch heute! Noch heut abend! Und bitte, jetzt sitze ich todmüde im Dreck... Als ob es nicht einerlei wäre, ob heut oder morgen oder in einer Woche. Irimiás hätte uns vielleicht sogar einen Lastwagen besorgt. Aber wir? Nein, nein, sofort! Besonders Kráner! Na, egal. Späte Reue. So sehr weit ist es ja nicht mehr.» Er zündete sich eine Zigarette an und sog den Rauch tief ein. Schon fühlte er sich besser, wenngleich ihn noch ein wenig schwindelte und sein Kopf dumpf schmerzte. Er reckte seine gepeinigten Glieder, massierte die tauben Beine und stocherte dann mit seinem Stock im Morast vor seinen Füßen. Es dämmerte, Futaki konnte die Straße kaum noch sehen, aber er war nicht beunruhigt, er würde sich nicht verirren, denn sie endete am Almássy-Gehöft, außerdem hatte er sich vor Jahren öfter hier herumgetrieben, damals befand sich dort eine Art Maschinenfriedhof, und seine Aufgabe war es unter anderem, die ausgemusterten, unbrauchbar gewordenen Pflüge und Eggen und was sonst noch alles zu diesem Gehöft zu bringen, das sich schon damals in einem miserablen Zustand befand. «Was das betrifft, gibt es an der ganzen Geschichte ein paar Dinge, die sehr merkwürdig sind», überlegte er plötzlich. «Da ist schon mal das Gehöft selbst. Mag ja sein, daß es zu Zeiten des Grafen noch gut in Schuß war. Aber jetzt? Als ich es zum letztenmal gesehen habe, wuchs Unkraut in den Zimmern, vom Turm hatte der Wind die Ziegel abgetragen, Türen und Fenster gab es nicht mehr, und an einigen Stellen war der Fußboden eingebrochen, so daß man in den Keller sehen konnte... Freilich, man sollte sich da nicht einmischen. Irimiás ist der Chef, er wird schon wissen, warum er dieses Gehöft ausgewählt hat. Vielleicht ist es gut so, daß es schrecklich weit von allem entfernt liegt. Hier sind ja sonst keine Einödhöfe mehr, hier ist rein gar nichts... Wer weiß. Vielleicht.» In dem feuchten Wetter wollte er nicht mehr mit den schwer entzündbaren Streichhölzern experimentieren, deshalb steckte er die nächste Zigarette an der Glut der letzten an, aber auch diese warf er nicht gleich weg, er hielt sie noch ein Weilchen in der hohlen Hand und genoß das bißchen Wärme. «Und dann... was gestern war. Ich kann's beim besten Willen nicht verstehen. Was sollte dieser Zirkus? Er hat geredet wie ein Missionar. Und man sah ihm an, daß auch er sich quälte, nicht nur wir... Ich versteh's nicht, er mußte doch wissen, was wir wollen. Und er mußte wissen, daß wir uns auf diese Quasselei über das schwachsinnige Kind nur eingelassen haben, weil wir endlich von ihm hören wollten: Na gut, genug jetzt. Leute, hier bin ich. Schluß mit der Trübsal, jetzt machen wir was Vernünftiges mit euch. Laßt hören, wer hat eine Idee... Aber nein! Statt dessen: meine Damen und Herren, wie haben Sie doch gesündigt! Da bleibt einem ja der Verstand stehen! Und wer konnte wissen, ob er Spaß macht oder es ernst meint? Man durfte ihm nicht mal sagen, er soll aufhören... Und das Kind. Es hat Rattengift geschluckt, na und? Die beste Lösung für das Unglückswurm, wenigstens leidet es nicht länger. Aber was geht mich das an? Es hatte doch eine Mutter, die hätte sich kümmern müssen, wie es sich gehört! Und dann jagt er uns auch noch in diesem beschissenen Wetter einen Tag lang durch die Gegend, wir müssen alles auf den Kopf stellen, bis wir die

Kleine endlich finden! Na ja. Wer versteht schon Irimiás? Ein unmöglicher Mensch. Früher hat er so etwas bestimmt nicht gemacht. Jetzt ist uns vor Staunen die Spucke weggeblieben... Ja, er hat sich sehr verändert. Aber wer kann wissen, was er in den vergangenen Jahren alles durchgestanden hat! Nur die Sperbernase, die karierte Jacke und die rote Krawatte sind wie früher. Immerhin, es wird schon seine Ordnung haben!» Erleichtert seufzte er auf, erhob sich, zog den Riemen über der Schulter zurecht und kehrte, auf den Stock gestützt, zur Landstraße zurück. Um sich die Zeit zu vertreiben und sich von dem Riemen abzulenken, der ihm ins Fleisch schnitt, und auch weil er sich so allein hier am Ende der Welt ein wenig fürchtete, stimmte er «Schön bist du, geliebtes Ungarn» an, aber nach der zweiten Zeile wußte er nicht weiter, deshalb wechselte er, weil ihm kein anderes Lied einfiel, zur Nationalhymne über. Aber beim Singen kam er sich noch einsamer vor auf der ausgestorbenen Straße, er verstummte. Und hielt den Atem an, denn ihm war, als hätte er von rechts ein Geräusch gehört... Soweit es ihm sein krankes Bein erlaubte, beschleunigte er seinen Gang. Doch da hörte er auf der anderen Seite ein Knacken. «Was mag das sein?» Es schien ihm besser, wieder zu singen. Weit war es ohnehin nicht mehr, und so würde die Zeit schneller verstreichen.

*Gib dem Volk der Ungarn, Gott,*
*Frohsinn, Glück und Segen,*
*schütze es in Kriegsnot*
*vor des Feindes...*

Nun war ihm, als hörte er jemanden rufen... oder nein... eher weinen. «Ach wo. Irgendein Tier... Es winselt oder was weiß ich. Wird sich ein Bein gebrochen haben.» Aber vergebens drehte er den Kopf zur Seite, hinter den Straßenrändern lag alles in tiefer Dunkelheit, er sah nichts.

*Ihm, das lange Schmach ertrug,*
*schenke wieder Freuden...*

«Wir dachten schon, du hättest dir's anders überlegt!» stichelte Kráner, als Futaki näher kam. «Ich habe Sie schon am Gang erkannt», setzte Frau Kráner hinzu. «Der ist unverwechselbar. Sie laufen wie eine hinkende Katze.» Futaki setzte die Koffer ab, schlüpfte aus dem Riemen und atmete erleichtert auf. «Habt ihr unterwegs nichts gehört?» fragte er. «Nein, was hätten wir hören sollen?» fragte Schmidt verwundert zurück. «Ach, ich meine nur so.» Frau Halics saß auf einem Stein und massierte ihre Beine. «Wir haben nur die Schritte gehört, als Sie kamen. Wir wußten nicht, wer es sein könnte.» «Wieso, wer hätte es sonst sein sollen? Wer ist hier noch unterwegs außer uns? Herumschleichende Diebe? Kein Vogel war zu sehen. Und ein Mensch schon gar nicht.» Der Pfad, auf dem sie standen, führte zum Hauptgebäude; beiderseits wucherte seit Jahrzehnten verwilderter Buchsbaum, der hier und da eine dickstämmige Eiche oder Fichte bedrängte und mit der gleichen Zähigkeit an ihnen emporkroch wie der wilde Efeu an den stabilen Mauern des herrenhausartigen Bauwerks, weshalb eine stumme Verzweiflung das ganze «Gut» (wie es in der Umgegend genannt wurde) umhüllte, denn obgleich der obere Teil der Fassade noch frei war, ließ sich erkennen, daß es dem schonungslosen Angriff der Vegetation höchstens noch ein paar Jahre standhalten würde. Zu beiden Seiten der breiten Freitreppe, die zu dem einstigen Portal hinaufführte, hatten einmal zwei nackte Frauenstatuen gestanden, und nach ihnen hielt Futaki, dem sie sich vor Jahren tief eingeprägt hatten, sogleich Ausschau, aber sie waren verschwunden, als hätte die Erde sie verschluckt. Unbeholfen und mit weit aufgerissenen Augen stiegen sie schweigend die Stufen hinauf, denn das sich aus dem Dunkel kaum abhebende stumme Gebäude bewahrte – wenngleich fast aller Putz von den Fassaden geblättert war und der wackelige Turm aussah, als würde er den nächsten Sturm nicht überstehen, von den leeren Fensterhöhlen ganz zu schweigen – noch immer Spuren einstiger Pracht, jene zeitlose Disziplin der Würde, zu deren Schutz es einst errichtet worden war. Oben angelangt, trat Frau Schmidt, ohne zu zögern, durch den lädierten Torbogen und schritt beeindruckt, doch ohne eine Spur von Furcht durch den gähnendleeren Raum, ihre Augen gewöhnten sich schnell an die Dunkelheit, so konnte sie, als sie in einen kleineren Raum zur Linken kam, geschickt den auf dem rissigen Fliesenboden oder den fast gänzlich verfaulten Dielenbrettern umherliegenden rostigen Geräten und Maschinen ausweichen und rechtzeitig vor den Einbrüchen anhalten, an die sich Futaki so lebhaft erinnerte. Die anderen folgten ihr mit einigem Abstand. So durchstreiften sie die zugigen, kalten Räumlichkeiten des verlassenen Gutshauses, mal an einer Fensteröffnung stehenbleibend, um in den bedrohlich wuchernden Park zu blicken, mal, ungeachtet aller Müdigkeit, beim flüchtigen Schein eines Streichholzes die kunstvollen Schnitzereien der hier und da noch unversehrten, wenn auch stark faulenden Tür- und Festerrahmen oder die erstarrten Figuren der an manchen Stellen noch erkennbaren Reliefs über ihnen bestaunend, doch die größte Bewunderung fand ein zur Seite geneigter, reich verzierter Ofen mit Messingbeschlägen, an dem die hellauf begeisterte Frau Halics genau dreizehn Drachenköpfe zählte. Aus dem wortlosen Gaffen riß sie die laute Stimme Frau Kráners, die verständnislos die Arme hob: «Aber wie haben die guten Leute solche Zimmer warm bekommen?» Und weil die Frage sich von selbst beantwortete, war nur ein einverständliches Murmeln zu hören; sie kehrten in den vorderen Raum zurück und stimmten nach einigem Hin und Her (besonders Schmidt war dagegen: «Ausgerechnet hier? Wo es am schlimmsten zieht? Ich muß schon sagen, Chef, ein Volltreffer...») Kráners Vorschlag zu: «Am besten schlafen wir heut nacht hier. Stimmt, es ist zugig und ungemütlich, aber was wird, wenn Irimiás noch vor dem Hellwerden ankommt? Wie soll er uns dann in diesem Labyrinth finden?», gingen dann zu den Wagen, um für die Nacht, falls es stärker regnen und der Wind stürmisch werden sollte, die Planen festzuzurren, kamen zurück und richteten sich irgendwie – mit dem, was sie hatten, mit Säkken, einer Decke, einem Federbett – eine provisorische Liegestatt her. Bald hatten sich alle ausgestreckt und unter den Decken mit ihrem Atem ein wenig erwärmt; doch sie waren so übermüdet, daß sie keinen Schlaf fanden. «Ganz verstehe ich Irimiás nicht», sagte Kráner in die Dunkelheit hinein. «Vielleicht kann es mir jemand erklären... Er war immer ein genauso einfacher Mensch wie wir und hat geredet wie wir, nur mehr Köpfchen hatte er. Und jetzt? Wie ein feiner Herr, wie ein großes Tier... Stimmt's nicht?» Sie schwiegen lange, bis Schmidt meinte: «Merkwürdig war es schon, das denke ich auch. Wozu hat er einen solchen Wirbel gemacht? Ich sah, daß er irgendwas wollte, unbedingt, aber wie konnte ich wissen, was? Wenn ich von Anfang an gewußt hätte, daß er genau dasselbe will wie wir, hätte ich ihm gesagt, er soll sich nicht anstrengen.» Der Schuldirektor rollte sich unruhig auf die Seite. «Dieses Schuld und Frevel, dieses Estike hier und Estike da», sagte er, ins Dunkel starrend, «war wohl doch ein bißchen viel. Als ob ich mit dem degenerierten Gör etwas zu schaffen hätte! Mir kochte schon das Blut, wenn er nur den Namen nannte. Estike: Was ist das überhaupt für ein Name? Kann man denn ein Kind so rufen: Na, Estike...? Das reinste Kabarett, Herrschaften. Das Kind hatte den ehrbaren Namen Erzsi, aber nein, es mußte was Besseres sein. Der Vater wollte was Besseres aus ihr machen. Aber ich? Wir? Obendrein habe ich alles getan, um das Mädelchen vom Kopf auf die Füße zu stellen! Ich hab der Hexe gesagt, als die Kleine aus der Hilfsschule zurückkam, gegen ein bescheidenes Entgelt bringe ich sie in Ordnung, sie braucht nur jeden Morgen zu mir zu kommen. Aber nein, nein. Diese abgebrühte Schlampe geizte mit den paar Forint für das unglückliche Würmchen! Und da soll ich auch noch schuldig sein! Herrschaften, das ist zum Lachen!» «Pst!» machte Frau Halics. «Leiser! Mein Mann schläft schon! Er ist an Ruhe gewöhnt!» Doch Futaki überhörte die Ermahnung. «Mag kommen, was will. Wir werden sehen, was Irimiás mit alledem beabsichtigt. Morgen wird es sich zeigen. Oder schon heut nacht. Könnt ihr es euch denken?» «Ich schon», antwortete der Schuldirektor. «Habt ihr die Wirtschaftsgebäude gesehen? Ungefähr fünf. Ich wette, dort richtet er die verschiedenen Werkstätten ein.» «Werkstätten?» fragte Kráner. «Was für Werkstätten?» «Was weiß ich... Ich nehme an, solche... irgendwelche. Fragen Sie mir keine Löcher in den Bauch.» Nun protestierte Frau Halics lauter. «Können Sie nicht endlich aufhören? Wie soll man da schlafen!» «Schon gut», knurrte Schmidt. «Man wird sich ja wohl noch unterhalten dürfen!» «Meiner Ansicht nach», fuhr Futaki fort, «wird es genau umgekehrt sein. Die Wirtschaftsgebäude bekommen wir zum Wohnen, und hier werden die Werkstätten sein.» «Schon wieder diese Werkstätten!» empörte sich Kráner. «Was ist los mit euch? Wollt ihr alle Maschinisten werden? Futaki kann ich ja verstehen, aber Sie? Was wollen Sie werden? Maschinistendirektor?» «Das Witzereißen sollten wir sein lassen!» warf der Schuldirektor kühl ein. «Ich glaube nicht, daß der Augenblick für solche Albernheiten geeignet ist. Und wie kommen Sie überhaupt dazu, sich über mich lustig zu machen? Das verbitte ich mir!» «Nun schlaft doch endlich, um Gottes willen!» ächzte Halics. «So finde ich wirklich keine Ruhe...» Ein paar Minuten war es still, aber dann furzte jemand. «Wer war das?» fragte Kráner lachend und stieß Schmidt an, der neben ihm lag. Der erhob Protest und drehte sich ärgerlich auf die andere Seite. «Lassen Sie mich in Frieden! Ich nicht!» Aber Kráner gab nicht nach. «Na, was ist? Meldet sich keiner?» Halics – vor Gereiztheit keuchend – setzte sich auf und verlegte sich aufs Flehen. «Bitte... ich geb zu, ich war's. Aber seid endlich still...» Hierauf sprach wirklich niemand mehr, ein paar Minuten noch und alle schliefen. Halics wurde von einem Menschlein mit Glasaugen und einem Buckel verfolgt und flüchtete nach langer Hetzjagd in einen Fluß, aber seine Lage war hoffnungslos, denn jedesmal, wenn er aus dem Wasser tauchte, um Luft zu holen, schlug ihn das Menschlein mit einem entsetzlich langen Stock auf den Kopf und schrie dazu: Jetzt wirst du büßen! Frau Kráner hörte von draußen irgendwelchen Lärm, konnte sich aber nicht denken, was es war. Sie schlüpfte in eine Pelzjacke und machte sich vorsichtig auf den Weg zum Maschinenhaus. Bevor sie den befestigten Weg erreichte, überkam sie ein unbehagliches Gefühl. Sie drehte sich um und sah, daß am Dach ihres Hauses Flammen züngelten. Das Spanholz! Ich habe das Spanholz draußen gelassen! Gütiger Gott! rief sie erschrocken und lief zurück, sie rief um Hilfe, aber vergebens, niemand zeigte sich. Zitternd vor Furcht hastete sie ins Haus und versuchte zu retten, was zu retten war. Zuerst eilte sie in die Stube und holte blitzschnell das unter der Bettwäsche versteckte Bargeld, dann über die brennende Schwelle in die Küche, dort saß Kráner am Tisch und aß, als wäre nichts geschehen. Jóska, rief sie, du bist nicht gescheit, das Haus brennt! Aber Kráner muckste sich nicht. Da sah sie, daß die Flammen auch schon die Gardine erfaßt hatten. Flieh, rief sie, siehst du nicht, du Verrückter, daß alles gleich über uns einstürzen wird? Sie huschte aus dem Haus, dann saß sie draußen einfach da, die Furcht und das Zittern waren wie weggeblasen, beinahe genoß sie es, wie alles zu Asche verbrannte. Sieh nur, wie schön das ist, sagte sie zu Halics, der neben sie trat, so ein wunderbares Rot habe ich mein Lebtag noch nicht gesehen! Unter Schmidts Füßen bewegte sich die Erde, als ginge er über Moorboden Er kam an einen Baum und kletterte hinauf, aber er spürte, daß auch der Baum einsank Er lag auf dem Bett und versuchte seiner Frau das Nachthemd hochzuziehen, aber da kreischte sie los, er warf sich auf sie, das Nachthemd zerriß, Frau Schmidt wandte sich ihm zu und lachte hell, die Warzen an ihren riesigen Brüsten waren wie wunderschöne Rosen Drinnen war es ungeheuer warm, sie schwitzten am ganzen Körper Er sah aus dem Fenster draußen strömte der Regen Kráner rannte mit einem Pappkarton in der Hand auf sein Haus zu der Karton ging unten plötzlich auseinander und alles fiel heraus Frau Kráner schrie er solle sich beeilen so konnte er kaum die Hälfte einsammeln von alledem was verstreut umherlag er nahm sich vor den Rest morgen zu holen Ein Hund fiel ihn jäh an er stieß einen erschrockenen Schrei aus und schlug nach dem Hund der sackte wimmernd zusammen und blieb reglos liegen Er konnte nicht widerstehen und trat nach ihm Der Bauch des Hundes war weich Der Schuldirektor redete stotternd und verlegen auf einen kleinen Mann in verschlissenem Mantel ein er solle mitkommen

er wisse da eine versteckte Stelle der andere als könne
er nicht nein sagen ging mit er selbst hielt es kaum noch
aus und gab ihm einen Schubs als sie den verlassenen
Park erreichten damit sie schneller zu der Steinbank im
dichten Gebüsch gelangten er legte den kleinen Mann
auf die Bank warf sich über ihn und küßte ihn auf den
Hals da nahten auf dem mit weißem Schotter bestreuten
Spazierweg einige Ärzte in weißen Kitteln er gab ihnen
beschämt ein Zeichen daß er ja schon weitergehe aber
dann erklärte er dem einen Arzt doch noch sie hätten
nicht gewußt wohin das müsse er verstehen und ihm zu-
gute halten und dann begann er den verlegenen kleinen Mann zu beschimpfen vor dem er sich auf einmal
unsäglich ekelte aber wie er den Kopf auch drehte und
wendete der kleine Mann war verschwunden der Arzt
blickte ihm verächtlich in die Augen dann winkte er
müde und ungehalten ab Frau Halics wusch Frau
Schmidt den Rücken der über den Wannenrand ge-
hängte Rosenkranz glitt langsam wie eine Schlange ins
Wasser am Fenster erschien der grinsende Kopf eines
Halbwüchsigen Frau Schmidt sagte jetzt sei es genug
ihr brenne schon der rücken von all dem schrubben aber
frau Halics drückte sie in die wanne zurück und
schrubbte weiter ihre angst wuchs frau Schmidt könne
mit ihr nicht zufrieden sein dann fuhr sie sie zornigan
diepestsoll dichholen undsetztesich aufdenrand der
wanne am fenster immer noch der grinsende bengel
frau Schmidt war ein vogel und flogglückerfüllt durch
diemilchderwolken siesahdaßunten jemandihr zu-
winkte undsenktesichtieferdahörte siesschon frau-
Schmidtsgeschreiwarumkochst dunichtduschlampe-
komm sofortherunter abersiefloghin wegübersie
bismorgenwirstduschonnichtverhungern sie spürte-
wiediesonne ihrenrücken wärmtedawar aufeinmal-
frauSchmidt nebenihrhörauf abersofortsie küm-

mertesichnichtdarum senktesichtiefer hättegernnacheineminsekt ge schnappt Futaki schlugirgendwer miteinem eisenstückaufdieschulter erkonntesichnichtrühren warmitstrickenaneinenbaumgefesseltspürte daßdiestricke nachgabensahaufseine schulterdaklaffte einelangewunde erwandte denblickabhieltdenanblicknichtaussaß auf einembagger diegreiferschüsselhobeine riesigegrubeaus einmannkamundsagte beeildichmehrbenzingebichdirnichtda kannstdulange betteldiegrubeabstürzte immerwiedereinwieeresauch pro pr probierteallesvergebensdaweinteer saßammaschinenhausfenster undwußtenicht istdasdie abenddämmerungoderistdasdiemorgendämmerung unddasdämmerlichtnahmkeinende undersaßdaundwußtenichtwasist draußenändertesichnichts wurdenichtabendundnichtmorgen nurimmer fortmorgendämmerungoderabenddämmerung

## IV. Himmelfahrt? Fiebertraum?

Als die Kurve hinter ihnen lag und sie die Leute, die vor der Kneipentür standen und winkten, endgültig nicht mehr sehen konnten, fiel auf einmal die bleierne Müdigkeit von ihm ab, und verschwunden war auch die quälende Schläfrigkeit, die ihn – ohne daß er gegen sie ankämpfen konnte – vorhin noch an den Stuhl am Ölofen gefesselt hatte, denn von dem Augenblick an, als ihm gestern abend Irimiás das nicht einmal im Traum Erhoffte («Nu gut, sprich mit deiner Mutter. Du kannst mitkommen, wenn du Lust hast...») mitteilte, hatte er kein Auge zugemacht, die ganze Nacht lang hatte er sich angekleidet auf dem Bett gewälzt, besorgt, er könnte am Morgen zu spät zu dem vereinbarten Treffpunkt kommen; aber jetzt, als er die Straße vor sich sah, in Nebel und Dämmerlicht verschwindend und doch schier endlos, verdoppelten sich seine Kräfte geradezu, und er meinte, endlich stehe ihm die ganze Welt offen, und was jetzt auch komme, er werde unbedingt durchhalten. So stark sein Verlangen auch war, seiner Begeisterung irgendwie Ausdruck zu verleihen, beherrschte er sich doch und folgte seinem Meister diszipliniert und im Fieber des Auserwähltseins brennend, seine Schritte unwillkürlich dessen Schritten anpassend; er wußte, die ihm übertragene Aufgabe würde er nur erfüllen können, wenn er nicht wie ein Rotzbengel, sondern wie ein Mann an sie heranging – ganz zu schweigen davon, daß ein unüberlegter Gefühlsausbruch den ohnedies unaufhörlich lästernden Petrina nur zu weiterem Spott herausfordern würde, und um keinen Preis hätte er es ertragen, daß ihn irgendwer vor Irimiás beschämte. Am besten würde es sein, das wußte er, ihm in allem getreulich zu folgen, dann würden Überraschungen bestimmt ausbleiben; vor allem beobachtete er, wie Irimiás sich auf seine unverkennbare Art bewegte, den lässigen Takt seiner langen Schritte, die eigenwillige, stolze Kopfhaltung, die fordernde und drohende Bahn seines rechten Zeigefingers in den Pausen vor nachdrücklichen Aussagen, und insgeheim gab er sich alle Mühe, das Schwerste zu erlernen, Irimiás' leutseligen Tonfall und die gewichtige Stille, in die er seine Sätze einbettete, aber er versuchte ihm auch die unfehlbare Sicherheit abzugucken, dank derer es ihm stets gelang, sich mit der treffendsten Genauigkeit auszudrücken. Keine Sekunde lang wandte er den Blick von Irimiás' leicht gebeugtem Rücken und dem schmalkrempigen Hut, den er sich – um das Gesicht vor dem Regen zu schützen – tief in die Stirn gezogen hatte, und als er sah, daß sein Meister angespannt über etwas nachdachte, ohne ihn und Petrina zur Kenntnis zu nehmen, schritt auch er wortlos und mit finster gerunzelten Augenbrauen dahin, denn schon durch bloße Konzentration hätte er gern dazu beigetragen, daß Irimiás' in Formung begriffener Gedanke möglichst rasch Gestalt annahm. Petrina bohrte sich verzweifelt im Ohr, denn angesichts der spannungsvollen Miene seines Schicksalsgefährten wagte auch er nicht, das Schweigen zu brechen, doch vergebens warf er dem Bengel einen vielsagenden Blick zu, mit dem er ein wenig auch sich selbst disziplinieren wollte («Keinen Mucks! Er denkt!»); die Fragen drückten ihm so heftig die Gurgel zu, daß er erst stokkend, bald aber pfeifend und röchelnd atmete, bis Irimiás die Heldenhaftigkeit des neben ihm ausdauernd nach Luft ringenden Petrina auffiel, er mißmutig den Mund verzog und Erbarmen zeigte. «Nun sag schon, was willst du?» Petrina seufzte auf und leckte sich über die rissigen Lippen. «Meister! Ich hab die Hosen voll. Wie willst du aus dem Schlamassel wieder raus?» «Ich wäre sehr überrascht», bemerkte Irimiás gallig, «wenn du nicht die Hosen voll hättest. Brauchst du Papier?» Petrina schüttelte den Kopf. «Das ist kein Witz. Ich würde lügen, wenn ich sagte, daß ich vor Lachen gleich platze...» «Halt den Mund.» Irimiás richtete den Blick hochmütig in die Ferne, steckte sich eine Zigarette in den Mundwinkel und zündete sie an, ohne den Schritt zu verlangsamen oder stehenzubleiben. «Wenn ich jetzt sage, daß wir genau auf diese Gelegenheit gewartet haben», sagte er selbstsicher und schaute Petrina tief in die Augen, «bist du dann beruhigt?» Petrina hielt dem Blick unruhig stand, dann aber senkte er den Kopf und blieb gedankenverloren zurück, und als er wieder zu Irimiás aufschloß, war er so nervös, daß er ihn kaum fragen konnte: «Wo... wowo... rüber zerbrichst du dir den Kopf?» Irimiás antwortete nicht, mit geheimnisvoller Miene sah er die Straße entlang. Von bösen Vorahnungen gepeinigt suchte Petrina nach einer Erklärung für dieses tiefgründige Schweigen, dann versuchte er – zuinnerst wohl wissend, daß es nicht gelingen würde – das Allerschlimmste zu verhindern. «Hör zu! In Freud und Leid bin ich dein Kumpel gewesen, ich bin es und werde es bleiben! Und wenn das der Preis ist, meinetwegen. Ich gelobe, mein verdammtes Leben lang werd ich nichts anderes tun, als jeden in die Knie zu zwingen, der es wagt, dir mit dem Hut auf dem Kopf unter die Augen zu treten. Aber... mach keine Dummheiten! Hör dieses eine Mal auf mich! Hör auf den guten alten Petrina! Laß uns sofort verduften! Wir nehmen den erstbesten Zug und hauen ab! Denn die werden uns lynchen, wenn sie hinter diese Gemeinheit kommen!» Irimiás winkte spöttisch ab. «Keine Spur. Wir fördern den zähen, doch aussichtslosen Kampf für die Menschenwürde.» Er hob seinen berühmten Zeigefinger und drohte Petrina. «Segelohr, das ist unsere Zeit!» «Wehe mir!» jammerte Petrina, der seine Vorahnung bestätigt sah. «Ich hab's immer gewußt! Ich hab immer gewußt, einmal kommt unsere Zeit! Ich war zuversichtlich... hab geglaubt... gehofft... Und bitte, das kommt heraus!» «Was sollen die Faxen?» mischte sich hinter ihnen der Junge ein. «Sie sollten froh sein und endlich mal etwas ernst nehmen!» «Ich?» fauchte Petrina. «Ich schwimme so im Glück, daß mir gleich die Spucke aus dem Maul läuft!» Zähneknirschend verdrehte er die Augen, dann schüttelte er verzweifelt den Kopf. «Nun sag mir bloß, was habe ich ausgefressen? Wem habe ich was zuleide getan? Habe ich je ein garstiges Wort gesprochen? Ich bitte dich, Meister, nimm wenigstens Rücksicht auf mein vorgerücktes Alter! Sieh dir mein ergrautes Haupt an!» Aber Irimiás ließ sich nicht aus der Ruhe bringen, er überhörte die hochtrabenden Worte seines Gefährten und meinte geheimnisvoll lächelnd: «Das Netz, Segelohr!» Petrina horchte auf. «Verstehst du jetzt?» Sie blieben stehen und wandten sich einander zu, Irimiás beugte sich ein wenig vor. «Das große, landesweite Spinnennetz des Irimiás... Dämmert es in deinem dumpfen Hirn? Die feinste Schwingung... wo auch immer...» Petrina lebte auf, erst huschte nur ein flüchtiges Grinsen über sein Gesicht, dann trat ein verschmitztes Lächeln in seine Knopfaugen, vor Aufregung liefen seine Ohren rot an, Ergriffenheit bemächtigte sich seines ganzen Wesens. «Die feinste Schwingung... wo auch immer. Ich glaube, ich habe kapiert», flüsterte er. «Das wäre phantastisch, um es mal so zu sagen...» «Siehst du!» Irimiás nickte ungerührt. Der Junge verfolgte die Szene aus respektvoller Entfernung, aber wieder kam ihm sein scharfes Gehör zu Hilfe: Er ließ sich kein Wort entgehen, doch weil er nicht begriff, wovon sie sprachen, wiederholte er sich das Gesagte, um es nicht zu vergessen; er zog eine Zigarette aus dem Päckchen, steckte sie langsam und gemessen an und blies den Rauch – wie Irimiás – mit gespitztem Mund vor sich hin. Er schloß nicht zu den beiden auf, sondern folgte ihnen, wie schon die ganze Zeit lang, mit acht oder zehn Schritt Abstand, denn es kränkte ihn immer mehr, daß sich der Meister nicht die Mühe machte, ihn endlich in alles einzuweihen, dabei müßte er doch wissen, daß er – im Gegensatz zu dem ewig nörgelnden Petrina – seine Seele für ihn hingäbe, hatte er sich doch bedingungslose Treue geschworen. Und dieses Gefühl des Gekränktseins wollte sich nicht legen, seine Bitternis wuchs sogar noch, da ihn Irimiás nicht einmal eines hingeworfenen Wortes würdigte, nein, er nahm ihn einfach nicht zur Kenntnis, als ob er Luft wäre, als ob der Satz «Sanyi Horgos, der ja nicht irgendwer ist, bietet seine Dienste an» ihm nicht das geringste bedeutete… Gereizt kratzte er in seinem Gesicht einen häßlichen Pickel auf, und als sie beinahe die Pósteleker Abzweigung erreicht hatten, hielt er es nicht länger aus, wandte Irimiás das Gesicht zu und schrie zornbebend: «So gehe ich nicht mit!» Irimiás sah ihn verständnislos an. «Bitte?» «Wenn Ihnen an mir etwas nicht paßt, sagen Sie es! Sagen Sie, daß Sie mir nicht vertrauen, und schon bin ich weg!» «Was ist denn mit dir los?» brauste Petrina auf. «Mit mir ist gar nichts los! Ich will nur wissen, ob Sie mich brauchen oder nicht! Seit wir unterwegs sind, haben Sie kein Wort mit mir gewechselt, immer nur Petrina, Petrina, Petrina! Wenn Ihnen an dem so liegt, was soll ich dann hier?!» «Einen Augenblick», sagte Irimiás ruhig. «Ich glaube, ich verstehe. Merk dir, was ich jetzt sage, denn noch einmal sage ich's nicht… Ich habe dich mitgenommen, weil ich einen tüchtigen jungen Mann wie dich benötige. Das gilt aber nur, wenn du die folgenden Bedingungen erfüllst. Erstens: Rede nur, wenn du gefragt wirst. Zweitens: Wenn ich dir einen Auftrag gebe, erledige ihn ordentlich. Drittens: Ich verbitte mir deine Großmäuligkeit. Noch ist es meine Sache, was ich dir sage und was nicht. Klar?» Kleinlaut schlug der Bengel die Augen nieder. «Ja. Ich wollte nur...» «Nichts willst du! Benimm dich wie ein Mann! Im übrigen... Ich kenne deine Fähigkeiten, mein Junge. Ich bin sicher, du wirst dir alle Mühe geben... Gehen wir!» Petrina klopfte dem Jungen freundschaftlich auf die Schulter, nahm die Hand jedoch nicht weg, sondern zog ihn mit sich. «Weißt du, kleiner Gauner, als ich so jung war wie du, habe ich mich nicht gemuckst, wenn auch nur ein Erwachsener in der Nähe war. Da war ich stumm wie ein Grab. Denn damals waren andere Zeiten! Heute? Was wißt ihr schon...» Er unterbrach sich mitten im Satz und lauschte. «Was ist das?» «Was?» «Dieses... dieses Geräusch...» «Ich höre nichts», sagte der Bengel verständnislos. «Was du nicht sagst! Immer noch nicht?» Sie horchten mit angehaltenem Atem, ein paar Schritte vor ihnen war auch Irimiás stehengeblieben. Sie waren bei der Abzweigung nach Póstelek angelangt, es regnete fein und dicht, nirgends zeigte sich eine Menschenseele, nur ein Schwarm Krähen kreiste über den Feldern. Petrina meinte, das Geräusch komme irgendwie... von oben, und er zeigte auch stumm zum Himmel, aber Irimiás schüttelte den Kopf. «Eher dorther», meinte er und deutete zur Stadt. «Ein Auto?» «Ich weiß es nicht», antwortete der Meister unruhig. Sie rührten sich nicht. Das Geräusch, ein Brausen oder Tosen, wurde weder stärker noch schwächer. «Vielleicht ein Flugzeug», bemerkte der Bengel zögernd. «Nein. Unwahrscheinlich», entgegnete Irimiás. «Aber für alle

Fälle... nehmen wir eine Abkürzung. Wir gehen den Pósteleker Weg bis zum Weinkheimschen Schloß und von dort den alten Weg. Damit gewinnen wir sogar vier oder fünf Stunden...» Petrina protestierte: «Weißt du, wie tief der Schlamm dort ist?!» «Ich weiß. Aber die Sache gefällt mir nicht. Es ist besser, wir kürzen ab. Dort werden wir bestimmt niemandem begegnen.» «Was kann es sein?» «Wer weiß. Los!!» Sie verließen die Straße und schlugen die Richtung nach Póstelek ein. Petrina drehte ruhelos den Kopf hin und her, sah aber nichts. Inzwischen hätte er schwören können, daß das Geräusch aus der Höhe kam. «Aber ein Flugzeug ist es nicht... Eher klingt es wie eine Kirchenorgel... Ach, Unsinn!» Er blieb stehen und bückte sich, stützte sich auf eine Hand und berührte mit dem Ohr fast den Boden. «Nein. Ganz bestimmt nicht. Zum Verrücktwerden.» Das Brummen wollte nicht aufhören. Es kam nicht näher, und es entfernte sich nicht. Und vergebens durchforschte er sein Gedächtnis, dieses Geräusch erinnerte ihn einfach an gar nichts, was er je gehört hatte. Weder an das Brummen eines Autos noch an das eines Flugzeugs und auch nicht an ein Donnern, wenn es gewittert... Er fühlte sich unbehaglich, hielt unruhig nach allen Seiten Ausschau, witterte Gefahren in jedem Busch, hinter jedem kümmerlichen Baum und selbst in dem zugewachsenen schmalen Kanal, der den Weg begleitete. Am meisten erschreckte ihn, daß er nicht herausfinden konnte, ob dieses... dieses Etwas aus nächster Nähe drohte oder aus der Ferne. Argwöhnisch wandte er sich dem Bengel zu. «Sag, hast du heut schon was gegessen? Knurrt etwa dein Magen?!» «Petrina, rede keinen Blödsinn», rügte ihn Irimiás streng. «Beeil dich lieber!» Die Abzweigung lag ungefähr vierhundert Meter hinter ihnen, als sie neben dem beängstigenden und nicht enden wollenden Brausen oder Tosen eine weitere seltsame Erscheinung bemerkten. Petrina sah sie als erster, es verschlug ihm die Sprache, er stieß nur einen erschrockenen Laut aus und deutete stumm nach oben. Fünfzehn bis zwanzig Meter über den versumpften, leblosen Feldern schwebte rechts von ihnen, langsam sich wiegend, ein durchscheinender weißer Schleier herab. Sie hatten sich von ihrer Verblüffung noch nicht erholt, als der Schleier den Boden berührte und sich im selben Augenblick in nichts auflöste. «Zwickt mich!» ächzte Petrina und schüttelte ungläubig den Kopf. Der Junge bekam vor Staunen den Mund nicht zu; als er aber sah, daß auch Irimiás und Petrina keine Worte fanden, sagte er verächtlich: «Was denn, habt ihr noch nie Nebel gesehen?» «Das war für dich Nebel?!» knurrte Petrina. «Rede keinen Unsinn! Ich wette, das war ein... etwas wie ein Brautschleier... Meister, mir schwant Unheil...» Irimiás betrachtete verständnislos die Stelle, wo der Schleier verschwunden war. «Das ist ein Ulk. Petrina, nimm deinen Verstand zusammen und äußere dich.» «Seht nur!» schrie der Junge. Er zeigte auf einen anderen Schleier, der sich ganz in der Nähe des ersten herabsenkte. Gebannt beobachteten sie, wie er sich beim Berühren des Bodens ebenfalls auflöste, als handle es sich tatsächlich um Nebel. «Weg, Meister, nur weg!» schlug Petrina mit zittriger Stimme vor. «Ich möchte nicht erleben, daß es hier noch Schusterjungen regnet...» «Bestimmt gibt es dafür eine Erklärung», meinte Irimiás energisch. «Aber was für eine, zum Teufel? Wir können doch nicht alle drei plötzlich übergeschnappt sein!» Der Junge konnte sich eine Bemerkung nicht verkneifen. «Ja, wenn die Frau Halics hier wär!» sagte er grinsend. «Die würde uns sagen, was das ist!» Irimiás hob den Kopf. «Wie bitte?» Sie verstummten. Der Junge schlug verlegen die Augen nieder. «Ich meine ja nur...» «Weißt du etwas?» fragte Petrina ihn erschrokken. Der Junge grinste. «Ich? Wieso? Es war nur ein Spaß...» Schweigend gingen sie weiter, und nicht nur Petrina, auch Irimiás fragte sich, ob es nicht besser wäre, auf der Stelle umzukehren, doch entschließen konnten sie sich nicht, weil durchaus nicht sicher schien, daß die Rückkehr weniger riskant sein würde. Sie schritten schneller aus, und diesmal protestierte Petrina nicht, im Gegenteil, wäre es nach ihm gegangen, hätten sie den Weg bis zur Stadt im Laufschritt zurückgelegt; als die verlassenen Baulichkeiten des Weinkheimschen Schlosses auftauchten und Irimiás eine kurze Rast vorschlug («Meine Beine sind ganz lahm. Wir machen ein Feuer, essen, warten, bis wir trocken sind, und gehen dann weiter...»), rief er deshalb verzweifelt: «Nein! Denkst du denn, ich könnte mich auch nur eine Minute hinsetzen? Nach alledem?» «Mach dir nicht in die Hose», wies ihn Irimiás zurecht. «Wir sind einfach zu müde. Die letzten zwei Tage haben wir kaum geschlafen. Wir brauchen eine Pause. Der Weg ist noch lang.» «Ist recht, aber du gehst voran!» bedang sich Petrina aus, nahm allen Mut zusammen und folgte den beiden in einem Abstand von zehn Schritten; das Herz schlug ihm bis in den Hals hinauf, und er hatte nicht einmal Lust, die Spötteleien des Bengels zu parieren, der angesichts von Irimiás' Gelassenheit nun wieder auftaute und von Respekt sprach, der dem Mutigen gebührte. Er wartete, bis die zwei den Pfad zum Schloß eingeschlagen hatten, dann folgte er ihnen vorsichtig, den Kopf hin und her wendend; aber als er sich dem Haupteingang der Ruine zuwandte, fiel alle Kraft von ihm ab, und obgleich er sah, daß Irimiás und der Junge sich rasch ins Gebüsch schlugen, blieb er wie angewurzelt auf dem Pfad stehen. Irgendwoher – aus dem Schloß? Oder dem verbrannten und ausgelaugten Park? – erklang überdeutlich ein fröhliches, helles Lachen. «Jetzt werde ich verrückt. Ich spüre es.» Angstschweiß trat ihm auf die Stirn. «Hölle und Teufel! In was sind wir hineingeschlittert?» Er hielt den Atem an und trat, die Muskeln auf das äußerste gespannt, seitlich hinter einen Strauch. Das perlende Lachen kam wieder, stärker als zuvor, es wirkte, als schäkerte irgendwo hier eine vergnügte, lustige Gesellschaft, als wäre es ganz selbstverständlich, daß man sich ausgerechnet in dieser verlassenen Gegend, in Regen, Kälte und Wind amüsierte. Obendrein klang das Gelächter... so merkwürdig. Es lief ihm kalt über den Rücken. Er spähte auf den Pfad, und als ihm der Augenblick geeignet schien, rannte er los, zu Irimiás hinüber, so, wie man im Krieg nur unter Einsatz des Lebens aus einem Schützengraben in den anderen gelangen kann, weil der Feind das Terrain unter Beschuß hält. «Kumpel», flüsterte er mit versagender Stimme und hockte sich neben Irimiás, «was ist hier los?» «Vorläufig kann ich noch nichts sehen», antwortete dieser leise und gelassen, mit großer Selbstbeherrschung und ohne den Blick vom einstigen Schloßpark zu wenden, «aber es wird sich gleich herausstellen.» «Nein!» stöhnte Petrina. «Es soll sich nicht herausstellen!» «Es klingt wie eine Balgerei», warf der Junge aufgeregt und ungeduldig ein, er konnte es kaum erwarten, daß der Meister ihm einen Auftrag gäbe. «Hier?» winselte Petrina. «Im Regen? Am Ende der Welt? Meister, laß uns die Kurve kratzen, bevor es zu spät ist!» «Halt endlich den Mund, ich kann nichts hören.» «Aber ich höre. Ich höre! Deshalb sage ich, wir...» «Ruhe!» schnauzte ihn Irimiás an. Im Park, dessen Eichen und Nußbäume, Buchsbäume und Blumenrabatten im Unkraut erstickten, rührte sich immer noch nichts, deshalb entschied Irimiás, vorsichtig weiterzugehen, da er nur einen Teil überschauen konnte, er nahm Petrina, der sich mit Händen und Füßen wehrte, am Arm und zog ihn mit sich bis zum Haupteingang, dort hielten sie sich rechts und schlichen auf Zehenspitzen an der Wand entlang. An der Ecke des Gebäudes angelangt, warf Irimiás behutsam einen Blick auf den hinteren Abschnitt des Parks; er erstarrte, dann zog er schnell den Kopf zurück. «Was ist?» fragte Petrina leise. «Hauen wir ab?» «Seht ihr die Hütte dort?» flüsterte Irimiás und deutete auf eine Art Schuppen, der dem Zusammenbruch nahe schien. «Im Laufschritt. Einzeln. Ich als erster. Dann du, Petrina. Dann der Bengel. Alles klar?» Und schon rannte er los, auf das Gebäude zu, das einst als Sommerhäuschen gedient haben mochte. «Ich nicht!» murmelte Petrina verstört. «Das sind mindestens zwanzig Meter, sie schießen uns über den Haufen!» «Los!» Der Bengel stieß ihn so grob an, daß Petrina nach einigen Schritten das Gleichgewicht verlor und lang hinschlug. Gleich war er wieder auf den Beinen, ließ sich aber wieder fallen und kroch wie eine Eidechse zu Irimiás. Er war so verängstigt, daß er lange nicht den Kopf zu heben wagte, die Hände vor die Augen haltend, blieb er im Schlamm liegen, dann, als begriffe er, daß er dank der Gnade Gottes noch am Leben war, nahm er allen Mut zusammen, stand auf und lugte durch einen Spalt in den Park. Der Anblick, der sich ihm bot, war zuviel für seine ohnehin mitgenommenen Nerven. «Hinlegen!» schrie er und warf sich nieder. «Brüll nicht, du Ochse!» knurrte Irimiás. «Noch einen Ton, und ich bring dich um!» Hinten im Park, vor drei dicken, kahlen Eichen, lag auf einer kleinen Lichtung in durchscheinende weiße Schleier gewickelt ein schmächtiger Körper. Es mochten dreißig Meter bis zu ihm sein, so daß das vom Schleier nicht verdeckte Gesicht erkennbar war; und hätten sie es nicht für unmöglich gehalten, alle drei, hätten sie diesen Leib nicht mit ihren eigenen Händen in den von Kráner gezimmerten rohen Sarg gehoben, sie hätten schwören mögen, dort liege mit wachsbleichem

Gesicht und rötlichem Lockenhaar friedlich schlummernd die kleine Schwester des Jungen... Hin und wieder fuhr der Wind unter die Zipfel des Schleiers, sanft fiel der Regen auf den Leichnam, und die drei Eichen knarrten, als wollten sie im nächsten Augenblick umstürzen... Aber nirgendwo eine Menschenseele in der Nähe der Toten, nur überall das liebliche, helle Lachen, das sorglose, verspielte, fröhliche Klingen... Reglos starrte der Bengel auf die Lichtung, und wer weiß, was ihn mehr erschreckte: daß er jetzt den schmuddeligen, erstarrten Körper seiner Schwester wiedersah, rein und in makelloses Weiß gehüllt und in unheimlicher Stille, oder daß sie urplötzlich aufstehen und auf ihn zukommen könnte; seine Beine zitterten, ihm wurde schwarz vor den Augen, er sah den Park, das Schloß, den Himmel nicht mehr, er sah nur sie dort auf der kleinen Lichtung, immer schmerzlicher, immer schärfer. In der plötzlich eingetretenen Stille, in der völligen Stummheit, die selbst die Regentropfen geräuschlos auf der Erde zerspringen ließ, so daß er hätte glauben können, er sei taub geworden, denn weder das Rauschen des Windes noch der merkwürdige laue Lufthauch, der sie jetzt sanft berührte, war vernehmbar, höchstens fühlbar – in dieser Stille glaubte er dennoch zu hören, wie das unaufhörliche Summen und Surren und das klingende Gelächter unvermutet einem grausigen Wimmern und Schnaufen wichen, das sich ihm zu nähern schien; er verdeckte die Augen mit dem Arm und begann zu weinen. «Siehst du das?» flüsterte Irimiás versteinert und drückte Petrinas Arm, daß die Knöchel weiß hervortraten. Wind kam auf um den Leichnam, und in der völligen Stille begann er zögernd aufzusteigen, neigte sich in Höhe der Baumwipfel plötzlich zur Seite und senkte sich zuckend wieder herab, bis er erneut auf der Lichtung lag. Da brachen die körperlosen Stimmen in ein zorniges Klagen aus, ein unzufriedener Chor, dem ohne eigenes Verschulden wieder ein Mißerfolg beschieden ist. Petrina keuchte. «Glaubst du das?» «Ich bemühe mich», antwortete kreidebleich Irimiás. «Seit wann mögen sie es probieren? Das Kind ist seit zwei Tagen tot.» «Petrina, vielleicht zum erstenmal in meinem Leben habe ich Angst.» «Darf ich dich was fragen, Kumpel?» «Nur zu!» «Meinst du...» «Ja?» «Meinst du, daß es eine Hölle gibt?» Irimiás schluckte. «Wer weiß. Möglich.» Auf einmal war es wieder still. Nur das Summen verstärkte sich ein wenig. Wieder hob sich der Leichnam, zwei Meter über der Lichtung begann er zu beben, dann schoß er mit unglaublicher Schnelligkeit in die Höhe und verschwand bald darauf in den regungslosen, düsteren Wolken. Ein Windstoß fegte durch den Park, die Eichen und die Sommerhütte erzitterten, sie hörten, wie über ihnen die Stimmen jauchzten und jubelten, bis sie sich allmählich verloren, und nichts blieb zurück, nur einige Schleierfetzen, die sich niedersenkten, das Klappern der Ziegel auf dem ramponierten Dach des Schlosses und das Lärmen der herabhängenden Dachrinnen, wenn sie gegen das Mauerwerk schlugen... Minutenlang starrten sie noch auf die Lichtung, unfähig, sich zu rühren, dann, als nichts mehr geschah, kamen sie langsam wieder zur Besinnung. «Ich glaube, es ist vorbei», murmelte Irimiás. «Ich will es hoffen», flüsterte Petrina. «Komm, wecken wir den Bengel!» Sie faßten ihn unter den Schultern und stellten ihn auf die Beine. «Jetzt nimm dich zusammen», brummte Petrina, dem nicht weniger weich in den Knien war als dem Jungen. «Alles in Ordnung.» «Laßt mich in Frieden, laßt mich los!» knurrte der Junge. «Schon gut! Du brauchst dich nicht mehr zu fürchten!» «Ich bleibe hier, ich gehe nicht mit!» «Natürlich gehst du mit! Genug geflennt! Außerdem ist alles vorbei...» Der Junge blickte durch den Spalt ins

Freie. «Wo... wo ist sie geblieben?» «Sie hat sich verflüchtigt wie Nebel», antwortete Petrina und hielt sich an einem herausragenden Mauerstein fest. «Wie... Nebel?» «Wie Nebel.» «Dann hatte ich doch recht», meinte der Junge zaghaft. «Genau», stimmte ihm Irimiás zu. «Ich muß gestehen, du hattest recht.» «Und haben Sie... was haben Sie gesehen?» «Ich meinesteils nur Nebel», sagte Petrina, kopfschüttelnd vor sich hin starrend. «Nebel und Nebel, überall.» Der Junge sah unruhig Irimiás an. «Aber was... was war das?» «Ein Fiebertraum», antwortete Irimiás, noch immer bleich. Seine Stimme klang so schwach, daß der Junge sich unwillkürlich vorbeugte. «Wir sind erschöpft. Du vor allem. Und darüber brauchen wir uns wahrhaftig nicht zu wundern.» «Nicht im mindesten», sagte Petrina. «Manchmal glaubt man sonstwas zu sehen. An der Front haben uns nächtelang Hexen verfolgt, die auf Besenstielen ritten. Allen Ernstes!» Sie gingen den Pfad entlang und dann den Weg nach Póstelek, knöcheltiefen Pfützen ausweichend und lange, ohne ein Wort zu wechseln, und als sie sich dem alten Weg näherten, der schnurgerade zum südöstlichen Teil der Stadt führte, fand Petrina den Zustand seines Meisters äußerst bedenklich. Irimiás war unverkennbar höchst angespannt, immer wieder knickte er in den Kniekehlen ein, und mehrmals hatte es den Anschein, als würde er beim nächsten Schritt zusammenbrechen. Sein Gesicht war bleich, seine Miene unkonzentriert, sein Blick glasig ins Nichts gerichtet. Von alledem bemerkte der Junge glücklicherweise nichts, denn zum einen hatten ihn Irimiás' und Petrinas Worte beruhigt («Na klar! Es war ein Fiebertraum, was sonst! Ich muß mich zusammenreißen, sonst lachen sie mich noch aus!»), zum anderen war er glücklich darüber, daß ihm Petrina die Rolle eines Aufklärers übertragen hatte und er vor den beiden anderen gehen durfte. Plötzlich blieb Irimiás stehen, Petrina war mit einem Satz bei ihm, erschrocken und bereit, ihn zu stützen. Aber Irimiás stieß seine Hand weg, wandte sich ihm zu und schrie: «Du Stinktier! Warum scherst du dich nicht endlich zum Teufel? Ich habe genug von dir! Verstanden?» Petrina schlug schnell die Augen nieder. Irimiás packte ihn und versuchte ihn hochzuheben, und als es nicht gelang, versetzte er ihm einen derben Stoß. Petrina verlor das Gleichgewicht und fiel nach ein paar Schritten in den Morast. «Kumpel», flehte er, «verlier nicht den...» «Du widersprichst mir?» brüllte Irimiás, trat zu ihm, zerrte ihn hoch und schlug ihm kräftig ins Gesicht. Sie standen sich gegenüber, Petrina starrte ihn verloren und verzweifelt an; auf einmal wurde Irimiás wieder nüchtern, er empfand nur noch eine unendliche Müdigkeit und eine vollkommene Leere, den tödlichen Druck der Hoffnungslosigkeit, wie ihn ein Tier in der Falle kennt, wenn es merkt, daß es kein Entrinnen mehr gibt. «Meister», stammelte Petrina, «ich... ich nehm's dir nicht übel...» Irimiás ließ den Kopf sinken. «Entschuldige, Segelohr!» Sie gingen weiter, Petrina bedeutete dem erstarrt gaffenden Jungen, alles sei wieder in Ordnung; ab und zu seufzte er auf. «Ich bin evangelistisch», begann er, an seinen Ohren zupfend. «Evangelisch, meinst du, ja?» berichtigte ihn Irimiás. «Ja, das! Das wollte ich sagen!» Petrina war erleichtert, er atmete auf, als er sah, daß sein Gefährte die Krise überstanden hatte. «Und du?» «Ich? Ich bin nicht mal getauft. Bestimmt wußten sie, daß es sowieso nichts helfen würde...» «Pst!» machte Petrina erschrocken und deutete in die Höhe. «Leiser!» «Ach, Segelohr», meinte Irimiás bitter. «Das ist doch jetzt völlig egal!» «Dir vielleicht, aber mir nicht. Wenn ich an die Kochkessel der Hölle denke, stockt mir der Atem!» «Was wissen wir schon!» bemerkte Irimiás nach einer langen Pause. «Daß wir jetzt etwas gesehen haben, heißt noch lange nichts. Himmel? Hölle? Jenseits? Unsinn. Ich bin überzeugt, daß wir mit solchen Ausdrücken völlig danebentreffen. Und wenn unsere Phantasie noch so lange arbeitet, wir kommen der Wahrheit einfach nicht näher.» Nun war Petrina endgültig beruhigt. Nun wußte er, alles war in Ordnung, aber er wußte auch, was er sagen mußte, damit Irimiás sein altes Selbstvertrauen ganz und gar zurückgewönne. «Schrei wenigstens nicht!» bat er. «Haben wir nicht schon genug Scherereien?» «Gott offenbart sich nicht in Buchstaben, Segelohr. Er offenbart sich in gar nichts. Er zeigt sich nicht. Es gibt ihn nämlich nicht.» «Ich bin aber gläubig!» empörte sich Petrina. «Nimm wenigstens Rücksicht auf mich, du Gottloser!» «Ich hatte mich geirrt. Vorhin erst habe ich verstanden, daß zwischen mir und einem Insekt, einem Insekt und einem Fluß, einem Fluß und einem Schrei, der ihn überwindet, keinerlei Unterschied besteht. Alles funktioniert leer und sinnlos, im Zwang der Abhängigkeit und eines zeitlosen, wilden Schwunges, und allein unsere Phantasie, nicht das ewige Scheitern unserer Sinne, verlockt uns unablässig mit dem Glauben, wir könnten uns aus den Löchern des Elends herausstrampeln. Es gibt kein Entkommen, Segelohr.» «Das sagst du ausgerechnet jetzt?» protestierte Petrina. «Jetzt? Was wir gesehen haben, haben wir gesehen!» Irimiás verzog bitter das Gesicht. «Deshalb sage ich, daß wir niemals ausbrechen werden. Das Ganze ist perfekt gemacht. Am besten, du strengst dich nicht erst an und traust deinen Augen nicht. Es ist eine Falle, Petrina. Und wir fallen immer wieder hinein. Wenn wir glauben, wir kommen frei, rücken wir gerade nur die Riegel zurecht. Es ist perfekt gemacht.» Petrina geriet nun wirklich in Zorn. «Ich verstehe überhaupt nichts mehr! Fasele mir nichts vor, verdammt! Sprich klar und deutlich!» «Wir sollten uns aufhängen, Segelohr», empfahl Irimiás traurig. «Wenigstens wäre dann schneller Schluß. Ach, egal. Hängen wir uns nicht auf!» «Mann, bei dir soll sich einer auskennen! Hör auf, mir kommen gleich die Tränen...» Eine Weile gingen sie wortlos nebeneinanderher, aber Petrina ließ die Sache keine Ruhe. «Weißt du, was dir fehlt, Meister? Die Taufe.» «Das mag sein.» Sie befanden sich schon auf dem alten Weg, der Junge spähte abenteuerlustig umher, aber außer den tiefen Rinnen, die sommerliche Wagenräder zurückgelassen hatten, drohte ihnen keine Gefahr; ab und zu zogen krächzende Krähenscharen über sie hinweg, zuweilen fiel der Regen dichter, und je näher sie der Stadt kamen, um so stärker schien der Wind zu werden. «Na, und jetzt?» fragte Petrina. «Bitte?» «Na, und was wird jetzt?» «Was soll schon werden!» preßte Irimiás zwischen den Zähnen hervor. «Wir machen Karriere. Bisher hat man dir gesagt, was zu machen ist, jetzt wirst du es sagen. Aber genau dasselbe. Wortwörtlich.» Sie zündeten sich Zigaretten an und pafften finster vor sich hin. Es dunkelte, als sie den südöstlichen Stadtbezirk erreichten, sie durchquerten menschenleere Straßen, hinter den Fenstern brannte das Licht, drinnen saßen die Leute vor dampfenden Tellern. «So!» Irimiás blieb stehen, sie waren zum «Trichter» gelangt. «Hier kehren wir für ein Momentchen ein.» Sie traten in das rauchige, stickige Lokal, drängten sich durch schallend lachende oder lebhaft debattierende Gruppen von Fuhrleuten, Steuerbeamten, Maurern und Studenten und schlossen sich der langen Schlange vor dem Ausschank an. Der Zapfer hatte Irimiás schon erkannt, als sie durch die Tür traten, er lief hinter der Theke flink auf sie zu und rief: «Schau an, schau an! Wen sehen meine Augen! Willkommen! Willkommen auch Sie, Spaßmacher!» Er beugte sich über den Tresen, um ihnen die Hand zu reichen, und fragte leise: «Womit kann ich den Herren dienen?» Die ausgestreckte Hand ignorierend, antwortete Irimiás kühl: «Zweimal Rum und einen kleinen Gespritzten.» «Jawohl, die Herren», sagte der Zapfer ein wenig pikiert und zog die Hand zurück. «Zweimal einen Dezi Rum und einen kleinen Gespritzten. Sofort.» Er eilte zur Mitte der Theke zurück, füllte rasch die Gläser und reichte sie ihnen unterwürfig. «Die Herren sind meine Gäste.» «Wir danken», sagte Irimiás. «Wie steht's, Weisz?» Der Zapfer wischte sich mit den hochgekrempelten Hemdsärmeln den Schweiß vom Gesicht, ließ rasch die Augen im Kreis wandern und beugte sich weit vor. «Vom Schlachthof sind die Pferde ausgebrochen», flüsterte er aufgeregt. «Angeblich.» «Die Pferde?» «Ja doch. Vorhin habe ich gehört, sie hätten sie immer noch nicht einfangen können. Eine ganze Herde. Sie rasen quer durch die Stadt. Angeblich.» Irimiás nickte knapp, dann, die Gläser über den Kopf gehoben, drängte er sich durch die Menge zu Petrina und dem Jungen, die inzwischen am Fenster Plätze ergattert hatten. «Ich bring dir einen Gespritzten, Bengel.» «Danke. Ich seh, Sie wissen Bescheid.» «Das war nicht schwer herauszukriegen. Also, auf unser Wohl!» Sie tranken, Petrina bot Zigaretten an, und sie begannen zu rauchen. Irimiás fühlte eine Hand auf seiner Schulter. «Guten Abend. Sie?! Was zum Teufel führt denn Sie hierher? Ach, freue ich mich!» Ein kahlköpfiges, paprikarotes Männlein stand neben ihm und gab ihm zutraulich die Hand. «Oh, der berühmte Spaßmacher! Guten Abend!» fuhr er, zu Petrina gewandt, fort. «Wie geht's dir, Tóth?» «Wie es einem halt so geht in den heutigen Zeiten, nicht wahr. Und Sie? Im Ernst, es ist zwei, nein, wenigstens drei Jahre her, daß ich euch gesehen habe! Etwas Ernstes?» Petrina nickte. «Ziemlich.» «Ja, dann...» murmelte der Kahlkopf verlegen und wandte sich wieder Irimiás zu. «Haben Sie schon gehört? Mit Szabó ist es aus.» «Hm», machte Irimiás und trank den Rest, der noch im Glas war. «Wie ist die Lage, Tóth?» Der Kahlkopf neigte sich ihm zu. «Ich hab eine Wohnung bekommen.» «Was Sie nicht sagen, gratuliere. Und sonst?» «Geht alles seinen Gang», antwortete Tóth dumpf. «Jetzt war die Abstimmung. Wissen Sie, wie viele weggegangen sind? Hm. Sie ahnen es bestimmt. Ich weiß alle Namen. Hier drin sind sie.» Und er deutete auf seine Stirn. «Na, das ist brav, Tóth», sagte Irimiás müde. «Schön, daß Sie Ihre Zeit nicht vergeuden.» «Klar doch.» Der Kahlkopf hob die Hände. «Man weiß, wo sein Platz ist. Stimmt's nicht?» «Gut, dann stellen Sie sich an und holen Sie uns was», meinte Petrina. Der Kahlkopf neigte bereitwillig den Kopf. «Was trinken Sie, meine Herren? Sie sind meine Gäste.» «Rum.» «Sofort, eine Minute.» Im nächsten Augenblick war er an der Theke, winkte den Zapfer herbei und kam auch schon mit den vollen Gläsern zurück. «Auf das Wiedersehen!» «Prost!» sagte Irimiás. «Auf Ihr Spezielles!» sagte Petrina. «Erzählen Sie mir was! Gibt es Neuigkeiten dort?» fragte Tóth und glotzte sie an. «Dort? Wo? sagte Petrina und blickte ihn fragend an. «Ich meine nur so. Im allgemeinen.» «Aha. Wir kommen gerade von einer Auferstehung.» Der Kahlkopf zeigte seine gelben Zähne. «Petrina, Sie haben sich nicht verändert! Ha-ha-ha! Wir kommen gerade von einer Auferstehung? Das ist gut! Typisch für Sie!» «Sie glauben's nicht, wie?» fragte Petrina säuerlich. «Sie werden sehen, mit Ihnen nimmt's ein schlimmes Ende. Ziehen Sie sich nicht zu warm an fürs Höllenfeuer!» Tóth schüttelte sich vor Lachen. «Na gut, meine Herren!» sagte er dann, immer noch keuchend. «Ich geh zu meinen Kumpeln zurück. Sehen wir uns noch?» «Das wird sich leider nicht vermeiden lassen, Tóth», sagte Petrina und lächelte betrübt. Sie verließen den «Trichter» und gingen auf der von Pappeln gesäumten Ausfallstraße auf das Stadtzentrum zu. Der Wind blies ihnen ins Gesicht, der Regen peitschte ihnen in die Augen, und sie fröstelten, denn im «Trichter» hatten sie ihre Mäntel anbehalten. Bis zum Kirchplatz begegneten sie keiner Seele, Petrina brummte: «Was ist hier? Ausgangsverbot?» «Nein, Herbst», antwortete Irimiás traurig. «Jetzt setzen sie sich an den Ofen und stehen bis zum Frühjahr nicht mehr auf. Sie hocken stundenlang an den Fenstern, bis es Abend wird. Sie essen und trinken und drücken sich im Bett unter den Daunen aneinander. Manchmal merken sie, daß es so nicht weitergeht, dann prügeln sie die Kinder durch oder treten nach der Katze und kommen wieder eine Weile zurecht. So läuft das, Segelohr.» Auf dem Marktplatz wurden sie von einer Gruppe angehalten. «Haben Sie nichts gesehen?» fragte ein baumlanger Kerl. «Nein, nichts», antwortete Irimiás. «Wenn Sie was sehen, sagen Sie sofort Bescheid. Wir warten hier auf Nachrichten, hier finden Sie uns.» «In Ordnung. Wiedersehn.» Nach ein paar Schritten fragte Petrina: «Kann ja sein, daß ich spinne. Aber was ist, wenn die spinnen? Obgleich sie sonst ganz normal wirken. Was hätten wir denn sehen sollen?» «Pferde», antwortete Irimiás. «Pferde? Was für Pferde?» «Die vom Schlachthof durchgebrannten.» Sie folgten der Hauptstraße und bogen ins Rumänische Viertel ab. An der Kreuzung Eminescustraße und Promenade sahen sie sie dann. An einem Brunnen standen acht bis zehn Pferde. Auf ihrem Fell lag der schwache Widerschein der Lampen, und solange sie die gaffenden Menschen nicht bemerkten, knabberten sie friedlich am Gras, dann, fast gleichzeitig, hoben sie die Köpfe, eins wieherte auf, und im nächsten Augenblick verschwanden sie am hinteren Ende der Straße. «Hältst du zu den Pferden oder den Fängern?» fragte der Bengel grinsend. «Zu mir selber», antwortete Petrina nervös. In Steigerwalds Kneipe waren kaum ein paar Leute, und die gingen bald nach ihrem Eintritt; es war schon spät. Steigerwald fummelte an einem Fernsehgerät, das in der Ecke stand. «Der Satan soll diesen Mistkasten holen!» fluchte er, ohne die Eintretenden wahrzunehmen. «Guten Abend!» donnerte Irimiás. Überrascht blickte Steigerwald hinter sich. «Guten Abend! Ihr?» «Keine Sorge», sagte Petrina beruhigend, «alles in Ordnung.» «Dann ist's gut. Ich dachte schon...» brummte der Wirt und trat hinter die Theke. «So ein Mistkasten!» Er zeigte wutentbrannt auf das Gerät. «Seit einer Stunde drehe ich an den Knöpfen, aber es kommt und kommt kein Bild.» «Dann ruhen Sie ein bißchen aus. Geben Sie uns zwei Rum. Dem jungen Mann einen Gespritzten.» Sie setzten sich an einen Tisch, knöpften ihre Mäntel auf und begannen zu rauchen. «Trink das, Bengel», sagte Irimiás, «und geh zu Páyer. Hier ist die Adresse. Sag ihm, ich erwarte ihn hier.» «Okay», antwortete der Junge. Er knöpfte seinen Mantel wieder zu, nahm dem Wirt das Glas aus der Hand, leerte es und ging los. «Steigerwald», sagte Irimiás und hielt den Wirt fest, der, nachdem er die Gläser auf den Tisch gestellt hatte, zum Ausschank zurückkehren wollte. «Also ist doch nicht alles in Ordnung», meinte Steigerwald besorgt und ließ seinen ungeschlachten Körper auf einen Stuhl neben ihnen sinken. «Doch, doch», beschwichtigte ihn Irimiás. «Wir brauchen morgen einen Lastwagen.» «Wann bringst du ihn zurück?» «Morgen abend. Und heut schlafen wir hier.» «Läßt sich machen.» Steigerwald nickte erleichtert und stemmte sich hoch. «Wann zahlst du?» «Jetzt.» «Bitte?!» «Du hast falsch gehört», berichtigte sich der Meister. «Morgen.» Die Tür wurde aufgerissen, der Bengel kehrte zurück. «Er kommt gleich», berichtete er und setzte sich. «Bestens, Kleiner. Laß dir noch einen Gespritzten geben. Und sag dem Wirt, wir möchten Bohnensuppe essen.» «Mit Eisbein!» ergänzte Petrina grinsend. Ein paar Minuten später trat ein grauhaariger Mann von massiger, gedrungener Gestalt ein, in der Hand einen Regenschirm; offenbar hatte er gerade ins Bett gehen wollen, denn er trug einen Schlafanzug unter dem Mantel und Kunstlederpantoffeln an den Füßen. «Ich habe vernommen, Sie weilen wieder in unserer Stadt, Meister», sagte er schläfrig und ließ sich neben Irimiás nieder. «Wenn Sie mir die Hand drücken wollen, hab ich nichts dagegen.» Irimiás hatte düster vor sich hingestarrt, jetzt hob er den Kopf und lächelte zufrieden. «Ich grüße Sie und hoffe sehr, wir haben Sie nicht aus dem Schlaf gescheucht.» Páyer senkte die Augenlider und antwortete gallig: «Aus dem Schlaf haben Sie mich nicht gescheucht, ich bin zuversichtlich, das wird Ihnen auch nicht gelingen.» Irimiás lächelte unbeirrt. Er schlug ein Bein über das andere, lehnte sich zurück und paffte eine lange Rauchwolke. «Kommen wir zur Sache.» «Schüchtern Sie mich nicht schon am Anfang ein.» Páyer hob langsam, aber selbstbewußt die Hand. «Bestellen Sie mir was, wenn Sie mich schon aus dem Bett geholt haben.» «Was möchten Sie trinken?» «Fragen Sie nicht, was ich trinken möchte. Das gibt es hier nicht. Bestellen Sie mir einen Dezi Pflaumenschnaps.» Mit geschlossenen Augen, als schliefe er, hörte er Irimiás zu, und er hob erst wieder die Hand, um ebenfalls etwas zu sagen, als der Wirt den Schnaps gebracht und er ihn bedächtig getrunken hatte. «Einen Moment! Weshalb die Eile? Ich kenne nicht mal die ehrenwerten Kollegen hier...» Petrina sprang auf. «Petrina, gestatten!» Der Junge rührte sich nicht. «Horgos.» Páyer zog die Augenbrauen hoch. «Ein junger Mann mit guten Manieren», sagte er und warf Irimiás einen anerkennenden Blick zu. «Aus dem wird noch was.» «Es freut mich, daß meine Gehilfen allmählich Ihre Sympathie gewinnen, Herr Waffenhändler.» Páyer bewegte abwehrend den Kopf. «Verschonen Sie mich mit derlei Titulierungen. Ich bin nicht von meinem Beruf besessen, ich glaube, Sie kennen mich. Bleiben wir bei Páyer.» «Einverstanden.» Irimiás lächelte und drückte seine Zigarette an der Unterseite des Tisches aus. «Die Lage ist so, daß Sie mich mit ein wenig… Rohmaterial zu großem Dank verpflichten würden. Je vielfältiger, um so besser.» Páyer schloß die Augen. «Bekunden Sie theoretisches Interesse, oder könnten Sie mit einer bestimmten Summe Geldes auf der Stelle dazu beitragen, daß ich die Demütigung, die das bloße Leben für mich bedeutet, leichter aushalte?» «Selbstverständlich.» Páyer nickte anerkennend. «Mir bestätigt sich neuerlich, daß Sie durch und durch ein Gentleman sind, Kollege. Leider gibt es in Ihrer Branche immer weniger Leute Ihres Stils.» «Essen Sie mit uns?» fragte Irimiás mit seinem unerschütterlichen Lächeln, als Steigerwald mit der Suppe an den Tisch trat. «Was können Sie empfehlen?» «Nichts», antwortete der Wirt knapp. «Ist damit gemeint, daß das, was Sie mir bringen könnten, ungenießbar ist?» erkundigte sich Páyer müde. «Jawohl.» «Dann möchte ich nichts.» Er stand auf, deutete eine Verbeugung an und bedachte den Jungen mit einem kurzen Nicken. «Meine Herren, ich empfehle mich. Über Einzelheiten reden wir später, wenn ich richtig verstanden habe.» Auch Irimiás erhob sich und reichte ihm die Hand. «In der Tat. Am Wochenende suche ich Sie auf. Angenehme Ruhe.» «Kollege, das letzte Mal habe ich genau vor sechsundzwanzig Jahren fünfeinhalb Stunden durchgeschlafen, seither wälze ich mich im Halbschlaf. Trotzdem besten Dank.» Er verneigte sich nochmals und verließ die Kneipe mit schleppenden

Schritten und schläfrigem Blick. Nach dem Essen machte ihnen Steigerwald in der Ecke mürrisch ein Nachtlager zurecht, drohte dem defekten Fernsehgerät stumm mit der Faust und wandte sich zum Gehen. «Haben Sie zufällig eine Bibel?» rief ihm Petrina nach. Steigerwald blieb zögernd stehen und drehte sich um. «Eine Bibel? Wozu brauchen Sie die?» «Ich möchte vor dem Einschlafen noch ein bißchen schmökern. Wissen Sie, hinterher bin ich dann immer so friedlich.» «Daß du nicht vor Scham in der Erde versinkst!» knurrte Irimiás. «Zuletzt hattest du als Kind ein Buch in der Hand, und darin hast du dir auch nur die Bilder angeguckt!» «Hören Sie nicht auf ihn», protestierte Petrina und zog ein gekränktes Gesicht. «Das sagt er bloß, weil er neidisch ist.» Steigerwald kratzte sich am Kopf. «Ich hab hier nur ein paar ordentliche Krimis. Soll ich einen holen?» «Gott bewahre», antwortete Petrina abwehrend. «Das nicht!» Mit säuerlicher Miene verschwand der Wirt hinter der Tür zum Hof. «Ein finsterer Lümmel, dieser Steigerwald», brummte Petrina. «Ich schwöre, im schlimmsten Alptraum ist ein hungriger Bär freundlicher als der.» Irimiás legte sich nieder und zog die Decke über sich. «Mag ja sein. Aber er überlebt uns alle.» Der Bengel löschte das Licht, es wurde still. Eine Weile war noch Petrinas Gemurmel zu hören, er versuchte, sich ein Gebet ins Gedächtnis zu rufen, das er einst von seiner Großmutter gehört hatte: «Unser Vater... äh, Vater unser, der du oben bist im Himmel, na... gelobt sei Jesus Christus, unser Herr, nein... geheiligt... geheiligt... geheiligt werden soll dein Name, und geschehen soll... also, geschehen soll alles, wie du willst... im Himmel und auf Erden, überall, wohin deine Hand reicht... auf der Erde... und im Himmel... ach, zur Hölle, amen...»

## III. Die Perspektive, wenn von hinten

Still und unversiegbar fiel der Regen, unter der trostlosen Berührung des jäh auflebenden und abflauenden Windes erbebte die erstarrte Oberfläche der Pfützen, doch so kraftlos, daß die tote Eismembran, dieser nächtliche Schutz, keine Risse bekam, und statt matt zu schimmern wie am Vortag, schluckte sie nur das Licht, das im Osten allmählich hervorkroch. Die Stämme und sanft knarrenden Äste der Bäume, das darniederliegende faulende Unkraut und auch das Gehöft selbst bedeckte ein fein klebriger Belag, als hätten umherhuschende Agenten der Dunkelheit sie für die folgende Nacht gekennzeichnet, in der sich dann der zähe, verzehrende Untergang fortsetzen würde. Als der Mond weit oben über der zusammenhängenden Wolkendecke unmerklich zum westlichen Horizont hinabrollte und sie durch die klaffende Öffnung des einstigen Haupteingangs und die hohen Fensterspalte in die Helligkeit blinzelten, begriffen sie langsam, daß sich etwas verändert hatte, daß etwas nicht mehr so war wie vorher, und rasch erkannten sie, daß das, was sie insgeheim so gefürchtet hatten, eingetreten war: Ihr Traum, der sie gestern noch mit solcher Begeisterung vorwärtsgetrieben hatte, war zu Ende, nun kam das bittere Erwachen... Der anfänglichen Verwirrung folgte schnell die erschrockene Einsicht, daß sie überstürzt gehandelt hatten, daß bei ihrem Auszug nicht nüchterne Überlegungen, sondern ein böser Schwung sie geleitet hatte, und weil sie alle Brücken hinter sich abgebrochen hatten, besaßen sie nicht einmal die Chance zum Rückzug, der ihnen jetzt immer vernünftiger schien. In dieser elenden Morgenstunde, als sie sich, ihre tauben Glieder massierend, vor Kälte zitternd, mit blassen Lippen und vor Hunger stinkend von ihren Lagern erhoben, mußten sie feststellen, daß dasselbe Gehöft, das ihnen gestern noch die Erfüllung ihrer Sehnsüchte verheißen hatte, sie heute – in dieser grausamen Helligkeit – kalt und erbarmungslos gefangenhielt. Mürrisch und immer verbitterter streiften sie erneut durch die trostlosen Räume des toten Gebäudes, düster und schweigsam den in wildem Durcheinander umherliegenden rostigen Maschinen ausweichend, und in der Friedhofsstille beschlich sie der immer drückendere Verdacht, sie seien nur einfältige Opfer einer hinterhältigen Verschwörung und ständen nun heimatlos, betrogen, ausgeplündert und gedemütigt da. Frau Schmidt kehrte als erste zu den Liegestätten zurück, die im morgendlichen Zwielicht einen jämmerlichen Anblick boten, frierend hockte sie sich auf ihre zerknautschten Sachen, sah enttäuscht in das heller werdende Licht. Die Wimperntusche, ein Geschenk von ihm, war über ihr aufgedunsenes Gesicht verschmiert, sie hatte einen bitteren Geschmack im Mund, ihre Kehle war trocken, der Magen tat ihr weh, sie brachte nicht einmal die Kraft auf, ihre ruinierte Frisur und ihre Kleidung in Ordnung zu bringen. Vergebens – die Erinnerung an diese wenigen Stunden mit ihm war zu karg, als daß sie jetzt, da Irimiás' grober Wortbruch sich immer deutlicher abzeichnete, ihre Besorgnis, daß vielleicht alles schon verloren sei, weiter hätte zügeln können. Es fiel ihr nicht leicht, aber was blieb ihr übrig, sie mußte sich damit abfinden, daß Irimiás («solange diese Sache nicht endgültig Form annimmt...») sie von hier nicht wegbringen würde, so daß ihr Traum, endlich aus Schmidts dreckigen Pfoten freizukommen und diese beschissene Gegend zu verlassen, wohl erst in Monaten oder gar Jahren («O mein Gott, Jahre, wieder Jahre...!») Wirklichkeit werden würde; aber bei dem schrecklichen Gedanken, auch dies sei nur eine Lüge und er womöglich, nach neuen Abenteuern gierend, längst über alle Berge, ballte sich ihre Hand zur Faust. Dachte sie allerdings an die vorvergangene Nacht, als sie sich im Lagerraum der Kneipe Irimiás hingegeben hatte, so mußte sie sich selbst in dieser quälenden Stunde eingestehen, daß sie nicht enttäuscht worden war: Diese wundervollen Augenblicke, die überirdischen Minuten der Erfüllung konnten für alles entschädigen, doch die erlogene Liebe, die schmähliche Mißachtung ihrer reinen und glühenden Gefühle würde sie ihm niemals verzeihen. Denn um nichts anderes konnte es sich handeln, nachdem sich die Worte, die er ihr beim Abschied verstohlen zugeflüstert hatte («Noch vor dem Morgen, ganz bestimmt!»), als gemeine Lüge erwiesen hatten!... Ohne Hoffnung, jedoch mit hartnäckigem Verlangen starrte sie durch das offene Portal in den peitschenden Regen, zusammengekrümmt und bedrückt, das struppige Haar hing ihr ins Gesicht. Es gelang ihr nicht, ihrer Rachsucht freien Lauf zu lassen statt der schmerzlichen Trauer hilfloser Resignation, unablässig glaubte sie Irimiás' liebkosende Stimme zu hören und seine hochgewachsene, aufrechte, respekteinflößende Gestalt zu sehen, die energische, selbstsichere Krümmung seiner Nase, seine schmalen, weichen Lippen, das unwiderstehliche Strahlen seiner Augen, immer wieder fühlte sie das selbstvergessene Spiel seiner feinen Finger in ihrem Haar, die Wärme seiner Hände auf ihren Brüsten und Schenkeln, und bei jedem vermeintlichen oder wirklichen Geräusch hoffte sie auf ihn, so daß – als auch die anderen zurückkehrten und sie ihnen die gleiche kummervolle Bitterkeit ansah – die letzten, schwachen Dämme stolzen Widerstands von der Verzweiflung weggespült wurden. «Was wird ohne ihn aus mir? Soll er mich doch verlassen, in Gottes Namen, aber... nicht jetzt. Jetzt noch nicht. Wenigstens noch einmal!... Eine Stunde!... Eine Minute!... Was er mit den anderen macht, interessiert mich nicht. Nur was er mit mir vorhat! Wenigstens soll er mir erlauben, seine Geliebte zu sein! Seine Beischläferin! Seine Magd! Meinetwegen soll er mich herumschubsen, soll er mich prügeln wie einen Hund, nur... einmal soll er noch zurückkommen!» Die karge Wegzehrung im Schoß, saßen sie verzagt an der Wand im kalten, blauen Morgengrauen und aßen wortlos. Draußen knarrte laut der kahle, eingesunkene Turm, der einst die Glocke der rechts vom Gehöft stehenden Kapelle geborgen hatte, und aus dem Inneren des Gebäudes hörten sie ein entferntes Krachen, als wäre irgendwo der Fußboden eingebrochen. Was blieb ihnen übrig, sie mußten einsehen, daß weiteres untätiges Warten nichts einbringen würde, hatte Irimiás doch sein Kommen versprochen, «noch bevor es hell wird», und hell war es längst. Aber noch wagte keiner von ihnen das Schweigen zu brechen und offen auszusprechen, es sei eine große Schweinerei passiert, sie wagten es noch nicht, denn es fiel ihnen unsäglich schwer, in Irimiás, dem Erlöser, auf einmal einen schmutzigen Gauner, einen gemeinen Schwindler, einen hinterhältigen Dieb zu sehen, ganz zu schweigen davon, daß sie immer noch nicht eindeutig wußten, was geschehen war... Und wenn nur etwas dazwischengekommen ist? Wenn sie sich nur verspäten, weil der Weg so schlecht ist, weil es regnet, weil... Kráner stand auf und ging zum Haupteingang, lehnte die Schulter gegen die feuchte Mauer und spähte nervös zu dem Pfad, der vom befestigten Weg zum Schloß führte; er zündete sich eine Zigarette an, dann löste er sich ärgerlich von der Wand, machte eine wegwerfende Handbewegung und setzte sich wieder. Nach einem Weilchen sagte er mit bebender Stimme: «Leute, ich hab das Gefühl, man hat uns schändlich reingelegt.» Da senkten auch die den Blick, die nur leer vor sich hingestarrt hatten. Alle fühlten sich unbehaglich. «Reingelegt, Leute, sage ich!» wiederholte Kráner mit erhobener Stimme. Doch alle schwiegen erschrocken, nur seine Worte hallten drohend wider. «Was ist, seid ihr taub?» schrie Kráner außer sich und sprang auf. «Bekommt ihr den Mund nicht mehr auf?» «Ich hab es immer gesagt», brummte Schmidt mit düsterem Blick. «Ich hab es von Anfang an gesagt!» Seine Lippen bebten, und er richtete den Zeigefinger anklagend auf Futaki. «Er hat versprochen», donnerte Kráner mit hervorquellenden Augen und leicht vorgebeugt, «er hat versprochen, daß er uns hier ein Kanaan aufbaut. Na bitte, seht doch, das hier ist unser Kanaan! Das ist daraus geworden, daß doch der Himmel niederstürze auf alle Gauner dieser beschissenen Welt! Er hat uns hierhergelockt, in diese... Trümmerhöhle, und wir! Wie die Hammel...» «Und er selber», setzte Schmidt hinzu, «ist in die entgegengesetzte Richtung abmarschiert. Wer weiß, wo er sich jetzt rumtreibt. Er ist über alle Berge!» «Und wer weiß, in welcher Kaschemme er mit unserem Geld um sich schmeißt!» «Ein Jahr umsonst gearbeitet», fuhr Schmidt mit zitternder Stimme fort. «Ein Jahr umsonst abgeschunden. Und kein Fillér ist übrig! Wieder mal hab ich keinen rostigen Fillér mehr!» Wie ein Tier im Käfig begann Kráner hin und her zu hasten, er ballte die Fäuste und hieb mit ihnen in die Luft. «Aber das wird er mir büßen! Das wird der Ganove noch bereuen! So springt man mit einem Kráner nicht um! Ich werde ihn finden, und wenn er unter die Erde gekrochen ist! Und ich schwöre, mit den bloßen Händen, so, seht ihr, werde ich ihn erwürgen!» Futaki hob nervös die Hand. «Immer langsam und mit der Ruhe. Und wenn er in zwei Minuten auftaucht? Werden Sie dann auch mit ihm herumbrüllen? He?» Schmidt sprang auf. «Du hältst hier große Reden? Das wagst du noch? Wem hab ich's denn zu verdanken, daß man mich ausgeraubt hat? Wem?» Kráner trat zu ihm und sah ihm tief in die Augen. «Na gut.» Er holte tief Luft. «In Ordnung. Warten wir zwei Minuten. Zwei volle Minuten. Dann werden wir ja sehen... was wird.» Er zog Schmidt mit sich vor den Haupteingang, nahm breitbeinig Aufstellung und wiegte den Oberkörper hin und her. «Na? Bitte! Da kommt er ja schon!» spottete Schmidt und wandte sich Futaki zu. «Hörst du? Dein Erlöser ist schon unterwegs, du Unseliger!» «Halten Sie den Mund», fuhr ihn Kráner an und packte ihn am Arm. «Warten wir zwei Minuten, dann werden wir ja hören, was er uns zu sagen hat.» Futaki saß gekrümmt in der Ecke und legte den Kopf auf die Knie. Alle schwiegen. Frau Schmidt kauerte sich erschrocken zusammen. Halics schluckte, dann – weil er ungefähr ahnte, auf was es hinauslaufen würde – sagte er kaum vernehmlich: «Scheußlich, daß wir... jetzt auch noch... gegeneinander...» Jetzt erhob sich der Schuldirektor. «Aber Leute!» sagte er beschwichtigend zu Kráner und Schmidt. «Was sind das für Sachen? Das ist doch keine Lösung! Ihr...» «Halt die Schnauze, du Hanswurst!» fuhr ihn Kráner an, und unter seinem drohenden Blick setzte sich der Direktor schnell wieder hin. «Na, Nachbar?» fragte Schmidt dumpf. Er wandte Futaki den Rücken zu und ließ den Pfad nicht aus den Augen. «Sind die zwei Minuten um?» Futaki hob den Kopf und legte die Hände um die Knie. «Nun sag mir mal, welchen Sinn dieser Zirkus hat. Glaubst du wirklich, daß ich daran schuld bin?» Schmidt lief rot an. «Wer hat mich denn in der Kneipe überredet? Wer?» Und er ging langsam auf

Futaki zu. «Wer hat immerfort gesagt, ich soll mir keine Gedanken machen und ganz beruhigt sein? Wer?!» Nun wurde auch Futaki laut. Unruhig hin und her rutschend, rief er: «Du bist nicht bei Trost, Nachbar! Du drehst durch!» Aber da stand Schmidt schon vor ihm, so dicht, daß er nicht aufstehen konnte. «Gib mir mein Geld zurück», zischelte er mit blutunterlaufenen Augen. «Hörst du, was ich sage? Gib mir mein Geld zurück!» Futaki wich bis an die Wand zurück und lehnte sich an. «Bei mir suchst du dein Geld vergebens. Komm zur Vernunft.» Schmidt schloß die Augen. «Ich sag's zum letztenmal: Gib mir mein Geld zurück!» «Leute, bringt ihn weg, er hat tatsächlich den Verstand verloren...» rief Futaki, aber mehr konnte er nicht sagen, denn Schmidt trat ihm mit voller Kraft ins Gesicht. Futakis Kopf kippte nach hinten, für einen Moment erstarrte er, Blut begann aus seiner Nase zu strömen, und er fiel langsam auf die Seite. Aber schon waren die Frauen, Halics und der Schuldirektor zur Stelle, sie drehten Schmidt die Arme auf den Rücken und zerrten ihn weg. Kráner hatte, nervös grinsend, breitbeinig und mit verschränkten Armen in der Türöffnung gestanden, jetzt trat er auf die Gruppe zu. Die drei Frauen kümmerten sich unter erschrockenem Geschrei um den ohnmächtigen Futaki, Frau Schmidt hatte einen Einfall, sie griff sich einen Lappen, lief auf die Terrasse, tauchte ihn in eine Pfütze und kam zurück; sie kniete sich neben Futaki und begann ihm das Gesicht abzuwischen, dabei schnauzte sie die jammernd dastehende Frau Halics an: «Statt zu flennen, sollten Sie mir lieber einen dicken Lappen bringen, der das Blut aufsaugt!» Futaki kam allmählich wieder zu Bewußtsein, er schlug die Augen auf und sah benommen zur Decke und auf Frau Schmidts über ihn gebeugtes, besorgtes Gesicht, dann verspürte er plötzlich einen schneidenden Schmerz. Er versuchte sich aufzusetzen.

«Bewegen Sie sich nicht, um Gottes willen!» rief Frau Kráner. «Sie bluten!» Sie halfen ihm, sich wieder hinzulegen, Frau Kráner lief hinaus, um das Blut aus dem Lappen zu spülen, Frau Halics kniete sich zu ihm und begann leise zu beten. «Bringt die Hexe weg», ächzte Futaki. «Solange ich noch lebe...» Schmidt hatte sich in die gegenüberliegende Ecke gehockt, keuchend und mit trübem Blick preßte er die Fäuste an die Lenden, als könnte er sich nur so zum Ruhigbleiben zwingen. «Herrschaften», meinte kopfschüttelnd der Schuldirektor, der ihm mit Halics den Weg versperrte, damit er nicht wieder über Futaki herfiel, «ich kann einfach meinen Augen nicht trauen! Sie sind doch ein ernsthafter, erwachsener Mann. Wie denken Sie sich das? Gehen einfach hin und mißhandeln einen anderen? Wissen Sie, wie man das nennt? Selbstjustiz!» «Lassen Sie mich in Frieden!» knurrte Schmidt. «Genau!» sagte Kráner und trat näher. «Denn Sie geht das überhaupt nichts an! Warum müssen Sie Ihre Nase in alles stecken? Außerdem hat er es nicht anders verdient, er hat gekriegt, was ihm zusteht!» «Sie sollten lieber schweigen, Sie lockerer Vogel!» brauste der Schuldirektor auf. «Sie haben ihn doch aufgehetzt! Denken Sie, ich hätte es nicht gesehen? Halten Sie lieber den Mund!» «Ich empfehle Ihnen», begann Kráner mit finsterem Blick und packte den Direktor, «ich empfehle Ihnen, verduften Sie, solange ich es friedlich sage! Ich möchte nicht, daß wir uns wegen...» In diesem Augenblick fragte vom Eingang her eine schallende, energische, strenge Stimme: «Was geht hier vor?!» Alle wandten sich ihr zu, Frau Halics stieß einen erschrockenen Schrei aus, Schmidt sprang auf, Kráner wich unwillkürlich zurück. Im einstigen Portal stand Irimiás. Seinen feldgrauen Regenmantel hatte er bis zum Kinn zugeknöpft, den Hut tief ins Gesicht gezogen, die Hände steckten tief in den Taschen, im

Mundwinkel hing eine erloschene Zigarette. Er ließ den stechenden Blick im Kreis wandern. Sie standen wie erstarrt. Futaki setzte sich auf und erhob sich dann taumelnd, er tupfte sich das noch immer aus der Nase sickernde Blut vom Gesicht und versteckte den Lappen schnell hinter dem Rücken. Frau Halics bekreuzigte sich entgeistert, ließ aber die Hand rasch sinken, als ihr Mann ihr stumm ein Zeichen gab, das jetzt seinzulassen. «Ich habe gefragt, was hier vorgeht!» wiederholte Irimiás streng, spuckte die Kippe aus, steckte sich eine neue Zigarette in den Mundwinkel und zündete sie an. Die Siedler standen mit gesenkten Köpfen vor ihm. «Wir dachten schon, Sie kommen nicht», sagte Frau Kráner zögernd und zwang sich zu einem Lächeln. Irimiás sah auf seine Uhr, klopfte ärgerlich auf das Glas. «Sechs Uhr dreiundvierzig. Auf die Minute.» Kaum hörbar wandte Frau Kráner ein: «Aber Sie haben doch gesagt, noch heute nacht...» Irimiás runzelte die Brauen. «Was denken Sie sich, was ich bin? Taxifahrer? Ich strample mich ab für euch, komme drei Tage lang nicht zum Schlafen, stiefle stundenlang durch den Regen, haste von einem Amt zum anderen, um die Hindernisse aus dem Weg zu räumen, und ihr?!» Er trat näher und warf einen Blick auf das unordentliche Lager. Vor Futaki blieb er stehen. «Was ist mit Ihnen los?» Futaki senkte verlegen den Kopf. «Ich hatte Nasenbluten.» «Das seh ich. Aber warum?» Futaki antwortete nicht. «Nein, mein Freund!» seufzte Irimiás. «Das hätte ich von Ihnen wahrhaftig nicht erwartet! Und von euch auch nicht», fuhr er, den anderen zugewandt, fort. «Dabei stehen wir erst ganz am Anfang! Wie soll das weitergehen? Mit Messerstechereien? Nein», rief er mit einer ablehnenden Handbewegung zu Kráner, der etwas sagen wollte, «die Einzelheiten interessieren mich nicht! Was ich gesehen habe, genügt mir voll und ganz. Traurig, ich muß schon sagen, sehr traurig!» Er schlenderte vor den Siedlern auf und ab, düster vor sich hinstarrend, und als er wieder beim Haupteingang anlangte, drehte er sich zu ihnen um. «Ich weiß nicht, was hier im einzelnen vorgefallen ist. Ich will es auch gar nicht wissen, denn wir können unsere kostbare Zeit nicht mit solchem Kleinkram verschwenden. Aber ich werde es nicht vergessen! Besonders Ihnen nicht, Freund Futaki. Dieses eine Mal übe ich noch Nachsicht, unter einer Bedingung: daß so etwas nie wieder vorkommt! Ist das klar?!» Er legte eine kleine Pause ein und strich sich mit sorgenvoller Miene über die Stirn. «Kommen wir zur Sache.» Er zog noch einmal an der bereits abgebrannten Zigarette und trat sie aus. «Ich habe Ihnen etwas Wichtiges mitzuteilen.» Urplötzlich, wie aus einer bösen Betäubung erwacht, waren sie allesamt ernüchtert. Und sie verstanden einfach nicht, was in den zurückliegenden Stunden mit ihnen passiert war, welchen Teufelspraktiken sie zum Opfer gefallen waren, daß sie alle Vernunft vergessen hatten, was in sie gefahren war, daß sie übereinander herfielen wie verdreckte Ferkel, wenn das Futter auf sich warten läßt, und wie es hatte kommen können, daß sie, die nach der scheinbar endgültigen Aussichtslosigkeit der vergangenen Jahre nun endlich die berauschende Luft der Freiheit schnuppern durften, wie Sträflinge hinter Gittern getobt hatten, sinnlos und verzweifelt, ohne Blick für die Realität, denn wie sonst war zu erklären, daß sie in ihrem künftigen Heim nur Augen für den Verfall, die Trostlosigkeit und den Schmutz hatten und sich nicht mehr an das Versprechen erinnerten, es werde neu erstehen, was verfallen, und auferstehen, was heruntergekommen war! Als erwachten sie aus einem bösen Traum, umringten sie Irimiás. Tiefer als dieses Gefühl der Befreiung war vielleicht nur ihre Scham, hatten sie doch in unverzeihlicher Ungeduld denjenigen verleugnet, dem sie letztlich alles zu verdanken hatten und der – wenn auch mit einigen Stündchen Verspätung – nun doch sein Wort hielt; daß er von alledem natürlich keine Ahnung hatte, verstärkte ihr schmerzliches Schamgefühl noch, wie sollte er auch wissen, daß sie, für die er sein Leben einsetzen wollte, ihn vorhin noch madig gemacht, herabgewürdigt und in den Dreck gezogen, ihn bedenkenlos einer Haltung bezichtigt hatten, als deren personifizierte Widerlegung er jetzt vor ihnen stand, bereit zu handeln; so hörten sie ihm mit wachsenden Gewissensbissen und deshalb natürlich mit unerschütterlichem Vertrauen und Einverständnis zu, als er zu sprechen begann, und bevor sie noch verstanden, worum es sich eigentlich handelte, fingen sie schon an, heftig zu nicken, besonders Kráner und Schmidt, die sich ihres groben Schnitzers durchaus bewußt waren. Dabei hätten die veränderten und ungünstigen Umstände, die Irimiás erwähnte, sie durchaus abschrecken können, stellte sich doch heraus, daß «wir unsere Pläne bezüglich des Almássy-Gehöfts auf unbestimmte Zeit verschieben müssen», weil es «gewisse Kreise in der gegenwärtigen Situation nicht gerne sähen», wenn sich hier etwas etablierte, das für sie «nebulösen Zwecken dienen» würde, und insbesondere mißfalle ihnen, wie sie von Irimiás erfuhren, daß die große Entfernung zwischen dem Gehöft und der Stadt und die Unzugänglichkeit des Gehöfts die Möglichkeit der kontinuierlichen Kontrolle für sie «beinahe auf ein Minimum» beschränke... In dieser Situation, fuhr Irimiás, nicht ohne Glut in seiner ohnehin sonoren Stimme, fort, sei es, wenn der sie alle ernsthaft beschäftigende Plan verwirklicht werden solle, «der einzig gangbare Weg, wenn wir uns vorübergehend über den ganzen Bezirk verstreuen», so lange, bis «diese Herren so verwirrt sind, daß sie unsere Spur verlieren und wir in aller Ruhe hierher zurückkehren können, um mit der Umsetzung unseres Vorhabens zu beginnen». Mit wachsendem Stolz nahmen sie zur Kenntnis, daß sie von nun an eine besondere Bedeutung besitzen würden, denn sie seien auserwählt für eine Aufgabe, die Treue, Eifer und erhöhte Wachsamkeit gleichermaßen unerläßlich mache. Und obwohl ihnen der wirkliche Sinn vieler Gedanken verborgen blieb (besonders solcher wie «unser Ziel weist über sich selbst hinaus»), wurde ihnen bald klar, daß ihr Auseinandergehen nur «ein taktischer Trick» sein würde, wenn auch nicht untereinander, so würden sie doch mit Irimiás ständig in lebhafter Verbindung bleiben... «Aber denken Sie nicht», sprach der Meister mit erhobener Stimme, «daß wir in dieser Zeit tatenlos abwarten werden, ob sich die Dinge von selbst zum Besseren wenden!» Mit rasch verfliegendem Erstaunen hörten sie, ihre Aufgabe werde darin bestehen, ihre Umgebung wachsam und fortlaufend zu beobachten sowie alle Meinungen, Gerüchte und Ereignisse, die «für unsere Aufgabe bedeutsam sind», streng zu registrieren, wozu sie sich die unentbehrliche Fertigkeit aneignen müßten, «zwischen günstigen und ungünstigen Zeichen zu unterscheiden, klarer ausgedrückt, zwischen Gut und Schlecht», denn er, Irimiás, hoffe, sie dächten doch nicht im Ernst, ohne diese Fertigkeit kämen sie auf dem von ihm ausführlich vorgezeichneten Weg einen Schritt vorwärts... Als sie auf Schmidts Frage «Und wovon leben wir bis dahin?» die Antwort bekamen: «Ruhe, Leute, Ruhe! Alles ist organisiert, alles ist durchdacht, alle bekommen Arbeit, und für die Anfangszeit zweigen wir von dem gemeinsamen Kapital so viel ab, daß es für das Notwendigste reicht», entfielen ihrem Gedächtnis auch die letzten Spuren der morgendlichen Panik, jetzt brauchten sie nur noch zusammenzupacken und ihre Sachen auf den Lastwagen zu laden, der auf dem befestigten Weg wartete, dort, wo der Pfad begann... In fieberhafter Eile gingen sie ans Werk, und gleich bahnte sich, wenn auch stockend, ein fröhliches Treiben an; vor allem Halics gab ein gutes Beispiel, indem er sich, ein Bündel oder einen Koffer in der Hand, mal hinter den plump wie ein Bär stapfenden Kráner, mal hinter dessen mit den langen Schritten eines Mannes ausschreitende Frau schlich und sie nachäffte und dann, als er sein Gepäck weggetragen hatte, die Koffer des immer noch unter starken Schwindelgefühlen leidenden Futaki mit den Worten wegschleppte, «in der Not erkennt man den guten Freund». Als alles auf die Straße getragen war, gelang es dem Bengel, den Wagen zu wenden (denn wenigstens das hatte ihm Irimiás nach langem Betteln erlaubt), so daß sie sich jetzt mit einem letzten Blick auf den Schauplatz ihres künftigen Lebens stumm vom Schloß verabschieden und auf die offene Ladefläche klettern konnten. «Liebe Leute», rief Petrina, den Kopf aus dem Fenster des Fahrerhauses steckend, «richtet euch so ein, daß ihr die Fahrt gut übersteht, auch mit diesem schnellen Gefährt brauchen wir mindestens zwei Stunden! Mäntel zuknöpfen, Kapuzen und Hüte auf den Kopf, dann kehrt der hoffnungsvollen Zukunft ruhig den Rücken zu, sonst peitscht euch der verfluchte Regen ins Gesicht!» Das Gepäck nahm fast die halbe Ladefläche ein, sie fanden nur Platz, indem sie sich in zwei Reihen eng aneinander drängten, darum war es nicht verwunderlich, daß sie, als Irimiás den Motor aufheulen ließ und das Fahrzeug sich schwankend stadtwärts in Bewegung setzte, wieder die Begeisterung, die Wärme der unzerstörbaren Zusammengehörigkeit fühlten, die ihnen eine lange Strecke ihres gestrigen Weges versüßt hatte. Besonders Kráner und Schmidt nahmen sich fest vor, nie wieder dummen Eingebungen zu folgen und die ersten zu sein, wenn künftig irgendein Zwist zwischen ihnen zu schlichten wäre. Schmidt, der in dem fröhlichen Durcheinander vergebens versucht hatte, Futaki mitzuteilen, daß er sein Verhalten sehr bedauerte, hatte ihn auf dem Pfad nicht zu fassen bekommen, und es hatte ihm auch an Mut gefehlt, darum entschloß er sich jetzt, ihm wenigstens eine Zigarette anzubieten, aber er war so zwischen Frau Kráner und Halics eingeklemmt, daß er keine Hand bewegen konnte. «Macht nichts», beruhigte er sich, «dann spätestens, wenn wir von dieser verdammten Klapperkiste steigen. Es geht schließlich nicht an, daß wir uns im Krach trennen!» Frau Schmidt betrachtete mit gerötetem Gesicht und glücklich leuchtenden Augen das zurückbleibende Gehöft, das riesige, von Unkraut und wildem Efeu umwucherte Gebäude, die vier schäbigen Türmchen an den Ecken und die wellige Straße, die sich hinter ihnen in der Unendlichkeit verlor, und vor Erleichterung, daß der Liebste doch zurückgekehrt war, wurde sie so aufgeregt, daß sie den Regen, der ihr ins Gesicht schlug, und den Wind überhaupt nicht bemerkte, obgleich nichts sie schützte, auch die Regenkapuze nicht, denn in dem Tohuwabohu war sie in der hinteren Reihe außen zu sitzen gekommen. Jetzt konnte sie nicht mehr zweifeln, sie wußte, nie mehr würde irgend etwas ihr Vertrauen zu Irimiás erschüttern, und auf einmal verstand sie auch ihre künftige Rolle: Sie wird ihm wie ein Traumschatten folgen, ihm mal als Geliebte, mal als Magd, mal als Ehefrau erscheinen, wenn nötig, wird sie verschwinden, um plötzlich wieder dazusein; sie wird seine Gesten und Bewegungen begreifen, den heimlichen Sinn der Betonungen erlernen, wenn er spricht, sie wird seine Träume deuten, und wenn ihm – was Gott verhüten möge! – etwas zustößt, wird sie es sein, in deren Schoß er seinen Kopf legen kann. Und sie wird das Warten lernen und sich auf alle Schicksalsprüfungen vorbereiten, und wenn das Schicksal es mit sich bringt, daß Irimiás sie für immer verlassen muß, dann wird sie, was könnte sie sonst auch machen, ihre restlichen Tage in aller Stille verbringen, sie wird ihr Leichentuch nähen und sich mit dem stolzen Wissen ins Grab legen, daß sie die Geliebte eines großartigen Menschen, eines richtigen Mannes war... Dem neben ihr sitzenden Halics konnte nichts die gute Laune verderben, obwohl auch er von Regen, Wind und Geholper nicht verschont blieb; seine geschwollenen Füße waren kältestarr in den Stiefeln, vom Dach des Fahrerhauses stürzte immer wieder eine Wasserflut auf ihn hernieder, die mitunter von der Seite kommenden Windstöße trieben ihm die Tränen in die Augen; nicht nur Irimiás' Rückkehr hatte seine Stimmung gehoben, sondern auch die bloße Tatsache, daß sie fuhren. Wie oft hatte er früher gesagt, er persönlich könne dem Rausch der Geschwindigkeit nie widerstehen, und jetzt war es soweit: Irimiás trat – ungeachtet der gefährlichen Schlaglöcher – das Gaspedal voll durch, und wenn er, Halics, hin und wieder die Augen einen Spaltbreit öffnen konnte, sah er beglückt, wie in schwindelerregendem Tempo die Landschaft vorübersauste, und alsbald faßte er einen Plan: es war noch nicht zu spät, gerade jetzt nicht, für die Verwirklichung eines alten Traumes, und schon suchte er nach den passenden Worten, mit denen er Irimiás überreden könnte, ihm zu helfen, aber da kam ihm eine plötzliche Erkenntnis: der Autofahrer muß um jeden Preis gewisse Laster meiden, die er sich – leider! – aus Altersgründen nicht mehr würde abgewöhnen können. Also beschloß er, die Freuden der jetzigen Fahrt so gut wie möglich auszukosten, um später beim freundschaftlichen Trinken den künftigen Saufkumpanen alles ausführlich berichten zu können, denn die bloße Phantasie, auf die er sich bisher verlassen hatte, wurde einfach «von der persönlichen Erfahrung in die Pfanne gehauen»... Allein Frau Halics fand an diesem wahnsinnigen Tempo keinen Gefallen, denn im Gegensatz zu ihrem Mann war sie ein eingeschworener Gegner aller neumodischen Verrücktheiten, und sie war fest überzeugt, daß sie sich, wenn das so weiterging, allesamt den Hals brechen würden; in ihrer Furcht faltete sie die Hände und flehte zu Gott, er möge sie in dieser Lebensgefahr nicht im Stich lassen; vergebens redete sie auf die anderen ein («Im Namen Jesu Christi, ich bitte euch, sagt dem Amokläufer, er soll langsamer fahren!»), sie stellten sich taub, als wäre sie in dem Dröhnen des Motors und Pfeifen des Windes nicht zu verstehen, während es ihr schien, als hätten sie gar noch ihren Spaß daran, ins Verderben zu rasen... Die Kráners und auch der Schuldirektor waren von kindlicher Freude, ja beinahe von etwas wie Stolz erfüllt; auf die kahle Landschaft, die an ihnen vorbeisauste, blickten sie mit einem gewissen Hochmut hinab. Genau so hatten sie sich die Reise vorgestellt, so geschwind, in solch betäubender Schnelligkeit, alles Hinderliche hinter sich lassend, unüberwindbar! Erhaben beobachteten sie das weite, öde Land, das sie nun – schau einer an! – doch nicht als erbärmliche Bettler verließen, sondern erhobenen Hauptes, selbstbewußt, triumphierend! Als sie an der Siedlung vorbeikamen und am Haus des Straßenräumers die lange Kurve passierten, bedauerten sie nur, daß bei diesem Tempo nicht zu sehen war, wie der blanke Neid an dem Kneipenwirt, den Horgos und dem blinden Kerekes nagte... Futaki betastete vorsichtig seine geschwollene Nase und stellte beruhigt fest, daß er ohne größeren Schaden davongekommen war, denn solange der starke Schmerz nicht ein wenig nachließ, hatte er sie nicht anzufassen gewagt, weshalb er auch nicht wußte, ob das Nasenbein gebrochen war oder nicht. Er war immer noch benommen, ihn schwindelte, und er fühlte einen gelinden Brechreiz. In seinem Kopf wirbelte alles durcheinander, mal sah er Schmidts verzerrtes und gerötetes Gesicht vor sich, mal den sprungbereiten Kráner in seinem Rükken, dann fühlte er wieder Irimiás' strengen, geradezu sengenden Blick auf sich ruhen. Mit dem Abebben des Schmerzes in der Nase nahm er die weiteren Verletzungen wahr: Ein Stück von einem Schneidezahn war abgebrochen, die Unterlippe aufgeplatzt. Er hörte kaum die aufmunternden Worte des Schuldirektors («Na, nehmen Sie es sich nicht so zu Herzen! Sie sehen ja, nun hat sich doch noch alles zum Guten gewendet...»), weil es ihm in den Ohren rauschte, und verzweifelt drehte er den Kopf hin und her, ohne sich entscheiden zu können, wohin er das geronnene, salzige Blut in seinem Mund spucken sollte; ein wenig besser fühlte er sich erst, als er die vorüberfliegende Siedlung sah, die verlassene Mühle, das eingebrochene Dach des Halicsschen Hauses, aber wie er sich auch drehte und wendete, einen Blick auf das Maschinenhaus konnte er nicht erhaschen, denn als er endlich die günstigste Stellung eingenommen hatte, passierten sie bereits die Kneipe. Er warf einen schüchternen Blick auf den hinter ihm hokkenden Schmidt und mußte sich eingestehen, daß er merkwürdigerweise keinerlei Zorn gegen ihn empfand; er wußte, wie schnell Schmidt aufbrauste, darum hatte er ihm verziehen, bevor der Gedanke an Rache überhaupt aufkommen konnte, und er nahm sich vor, ihm das so bald wie möglich zu verstehen zu geben, zumal er sich gut vorstellen konnte, was in ihm jetzt vorgehen mochte. Traurig beobachtete er die Bäume beiderseits der Straße und kam zu dem Schluß, daß das, was im Gehöft vorgefallen war, unbedingt hatte eintreten müssen. Der Lärm, der stürmische Wind und der zeitweise von der Seite auf sie einpeitschende Regen lenkten ihn für eine Weile von Schmidt und Irimiás ab, mühsam fischte er eine Zigarette aus der Tasche und strich, vorgebeugt, im Schutz der Hand ein Streichholz an. Die Siedlung mit der Kneipe lag schon weit hinter ihnen, und soweit er es, blinzelnd Ausschau haltend, beurteilen konnte, mußten es nur noch zwei- bis dreihundert Meter bis zum Elektrizitätswerk sein, dann wären sie in einer halben Stunde in der Stadt. Ihm entging nicht, wie stolz und begeistert der Schuldirektor auf der einen und Kráner auf der anderen Seite den Kopf drehten, als ob nichts passiert und das, was sich im Gehöft ereignet hatte, längst vorbei und nicht des Erinnerns wert wäre; er jedoch fand durchaus nicht, daß sich mit Irimiás' Ankunft die bedrohlichen Wolken über ihren Köpfen verzogen hätten. Wenngleich sich in dem Augenblick, als sie ihn im Portal stehen sahen, das Blatt gewendet hatte, wiesen diese ganze Hast und diese eilige Fahrt auf der leeren Landstraße keineswegs darauf hin, daß sie einem exakt geplanten Ziel entgegeneilten, vielmehr schien es, als flüchteten sie kopflos, als befänden sie sich ziellos und unsicher auf einer Fahrt ins Blaue, ohne auch nur zu ahnen, was sie erwartete, falls sie überhaupt jemals wieder anhielten. Beklommen stellte er fest, daß er keine Ahnung hatte, welche Absichten Irimiás verfolgte, wie ihm auch völlig unklar war, warum sie das Gehöft in solcher Eile hatten verlassen müssen. Flüchtig kam ihm das Schreckensbild in den Sinn, von dem er sich in den vergangenen Jahren nie recht hatte befreien können: Er sah sich in seinem schäbigen Mantel am Stock die Landstraße entlangtrotten, hungrig und überaus verbittert, hinter ihm verschwindet die Siedlung langsam in der Dämmerung, vor ihm verschwimmt der Horizont... Inmitten des Motorengedröhns mußte er sich jetzt eingestehen, daß ihn sein Vorgefühl nicht getäuscht hatte: Bettelarm, hungernd und zusammengeschlagen sitzt er auf einem urplötzlich aufgetauchten Lastwagen und befährt einen Weg, der nur ins Ungewisse führen kann, und er kann nicht einmal bestimmen, wohin er gehen wird, wenn der Weg sich gabelt, er kann sich nur hilflos damit abfinden, daß der Wille eines klapprigen, holpernden alten Lastautos über den Verlauf seines Lebens entscheidet. «Es gibt wohl keine Rettung», dachte er apathisch. «Wie auch immer, ich bin verloren. Morgen erwache ich in einem fremden Zimmer und weiß ebensowenig, was mich erwartet, wie wenn ich mich allein auf den Weg gemacht hätte. Ich packe mein bißchen Kram auf den Tisch und die Pritsche, wenn ich so was überhaupt habe, und seh am Abend wieder nur zu, wie das Licht aus dem Fenster weicht...» Erschrocken wurde ihm bewußt, daß sein Glaube an Irimiás schon ins Wanken gekommen war, als er ihn im Portal des Gehöftes erblickte. Wäre er nicht zurückgekommen, dann wäre vielleicht noch ein wenig Hoffnung geblieben. Aber so?! Schon im Gehöft hatte er das Gefühl gehabt, hinter seinen Worten stecke eine streng verheimlichte Bitterkeit, schon dort, als er ihn beim Aufladen mit gesenktem Kopf am Lastwagen stehen sah, hatte er gemerkt, daß irgend etwas ein für allemal futsch war... Und jetzt, mit einemmal, war ihm alles klar: Irimiás hat keine Kraft, keinen Schwung mehr, er ist ausgebrannt, ohne das frühere Feuer, wie auch er selbst sich nur noch treiben läßt, von der Gewohnheit treiben läßt... Nun begriff er auch, daß Irimiás mit seiner ungeschickt-schlauen Rede in der Kneipe ihnen, die noch an ihn glaubten, einfach hatte verheimlichen wollen, daß er so hilflos war wie sie selbst, weil er nicht mehr hoffte, dem, aus dessen drückender Umklammerung auch er sich nicht befreien konnte, einen Sinn geben zu können. In Futakis Nase pochte das Blut, der

Brechreiz wollte nicht vergehen, und nicht einmal die Zigarette schmeckte ihm, er warf sie weg, bevor er sie zu Ende geraucht hatte. Sie fuhren über die Brücke des «Stinkbaches», unter der das Wasser starr war von Laichkraut und Entengrütze, am Straßenrand mehrten sich die Akazien, zuweilen tauchten in der Ferne in Trümmern liegende Einödhöfe auf, von einigen Akazienbäumen umgeben; der Regen hatte zwar nachgelassen, aber um so stärker setzte ihnen der Wind zu, und sie mußten fürchten, er könnte das eine oder andere Gepäckstück von der Ladefläche fegen. Menschen waren vorerst nicht zu sehen, und zu ihrer Überraschung bekamen sie auch niemanden zu Gesicht, als sie an der Abzweigung nach Elek auf die Straße zur Stadt einbogen und in sie einfuhren. «Was ist hier los?» krähte Kráner. «Ist die Pest ausgebrochen?» Beruhigt waren sie erst, als sie vor der Tür zum «Trichter» zwei schwankende Gestalten in Regenmänteln erblickten, die sich grölend um den Hals fielen; sie bogen in die Straße zum Marktplatz ab und sogen wie nach einer langen Haftzeit begierig das Bild der ebenerdigen Häuser, der herabgelassenen Rolläden, der zierratreichen Regenrinnen und der geschnitzten Haustüren auf. Jetzt allerdings verging die Zeit im Flug, und bevor sie sich nach Belieben alles anschauen konnten, bremste der Lastwagen schon auf dem weiträumigen Platz vor dem Bahnhof. «So, Leute», rief Petrina, den Kopf aus dem Fenster steckend, nach hinten, «Ende der Spazierfahrt!» Alle wollten von der Ladefläche steigen, aber Irimiás sprang aus dem Fahrerhaus und kam ihnen zuvor. «Einen Moment. Nur die Familien Schmidt, Kráner und Halics machen sich fertig! Sie, Futaki, und Sie, Direktor, bleiben noch.» Er ging festen Schrittes voran, die sechs anderen, mit Gepäck beladen, stolperten hinter ihm her. Sie gingen in den Wartesaal, legten ihre Sachen in einer Ecke ab und umringten Irimiás. «Wir haben noch Zeit, alles in Ruhe zu besprechen. Seid ihr durchgefroren?» «Ich glaube, heut abend werden wir alle niesen, daß es eine Freude ist», antwortete Frau Kráner lachend. «Gibt es hier keinen Ausschank? Ich würde jetzt gern was trinken!» «Den gibt es», sagte Irimiás mit einem Blick auf seine Uhr. «Kommt.» Von einem Eisenbahner abgesehen, der mit immer wieder einknickenden Knien an der Theke stand, war das Bahnhofsrestaurant leer. «Die beiden Schmidts», begann Irimiás, nachdem jeder ein Glas starken Schnaps gekippt hatte, «gehen nach Elek.» Er zog seine Brieftasche hervor, entnahm ihr einen Zettel und drückte ihn Schmidt in die Hand. «Hier ist alles notiert. Zu wem Sie gehen, die Straße, die Hausnummer und so weiter. Dort sagen Sie, daß ich Sie geschickt habe. Klar?» «Klar», sagte Schmidt und nickte. «Sagen Sie, in ein paar Tagen käme ich auch persönlich. Ihnen soll man inzwischen Arbeit, Verpflegung und Unterkunft geben. Verstanden?» «Ja. Aber was ist das dort, was gibt es da zu tun?» «Das ist ein Fleischer.» Irimiás deutete auf den Zettel. «Arbeit gibt es reichlich bei ihm. Sie, Frau Schmidt, werden bedienen. Und Sie helfen ihr. Ich verlasse mich darauf, daß Sie sich Mühe geben werden.» «Darauf können Sie Gift nehmen», meinte Schmidt. «In Ordnung. Der Zug geht, mal sehen...» Er sah erneut auf die Uhr. «Ja, in ungefähr zwanzig Minuten.» Er wandte sich den Kráners zu. «Sie beide bekommen in Keresztúr Arbeit. Ich habe es nicht aufgeschrieben, prägen Sie sich also alles gut ein. Fragen Sie nach Kalmár. István Kalmár. Wie die Straße heißt, weiß ich nicht, aber Sie gehen zuerst zur katholischen Kirche, es gibt nur eine, Sie können sie nicht verfehlen. Rechts von der Kirche ist eine Straße. Merken Sie es sich? So, und auf dieser Straße gehen Sie, bis rechts ein Schild kommt: Damenschneider. Dort wohnt

Kalmár. Sagen Sie ihm, Dönci schickt Sie, das müssen Sie sich gut merken, kann sein, daß er sich an meinen richtigen Namen nicht erinnert. Sagen Sie ihm, daß Sie Arbeit, Unterkunft und Verpflegung brauchen. Sofort. Er hat hinten eine Waschküche, sagen Sie ihm, dort soll er Sie unterbringen. Haben Sie sich alles gemerkt?» «Ja», schnatterte Frau Kráner, «Kirche, rechts in eine Straße, dann das Schild. Kein Problem.» «So gefällt mir das», sagte Irimiás lächelnd. «Und die beiden Halics nehmen den Bus nach Póstelek, er fährt stündlich vom Bahnhofsvorplatz. In Póstelek gehen Sie zum evangelischen Pfarramt und fragen nach Propst Gyivicsán. Werden Sie's nicht vergessen?» «Gyivicsán», wiederholte Frau Halics eifrig. «Genau. Sagen Sie ihm, ich schicke Sie. Er liegt mir seit Jahren in den Ohren, ich soll zwei Leute für ihn auftreiben, und bessere als Sie könnte ich gar nicht empfehlen. Platz hat er reichlich, Sie können sogar wählen, Meßwein hat er auch, Halics, und Sie, Frau Halics, werden die Kirche sauberhalten, für Sie drei kochen, den Haushalt führen...» Die Halics strahlten vor Glück. «Wie sollen wir Ihnen für Ihre Güte danken?» flüsterte Frau Halics mit Tränen in den Augen. «Sie tun alles für uns!» «Aber, aber», wehrte Irimiás ab, «der Dank hat Zeit. Und jetzt hören Sie mir alle zu. Für die erste Zeit, bis sich die Dinge ordnen, bekommen Sie je tausend Forint von dem gemeinsamen Geld. Gut einteilen, keine Verschwendung! Vergessen Sie nicht, was uns zusammenhält! Und vergessen Sie keine Minute lang Ihre Aufgabe! Alles ist genau zu beobachten, in Elek, in Póstelek und in Keresztúr, nur so kommen wir voran. Ich werde Sie alle in ein paar Tagen besuchen, dann besprechen wir alles ausführlich. Haben Sie Fragen?» Kráner räusperte sich. «Ich glaube, wir haben alles verstanden. Und jetzt möchten wir... also... feierlich danken für das... also... was Sie für uns getan haben.» Irimiás hob abwehrend die Hände. «Leute, keine Dankesworte! Das ist meine Pflicht. Und jetzt», er stand auf, «ist es Zeit, daß wir uns trennen. Ich hab noch viel, viel zu erledigen... Wichtige Verhandlungen...» Halics sprang zu ihm und drückte ihm gerührt die Hand. «Passen Sie gut auf sich auf», brummte er, «damit Ihnen bloß nichts zustößt!» «Um mich machen Sie sich keine Sorgen», sagte Irimiás lächelnd und wandte sich zum Gehen. «Paßt ihr auf euch auf und denkt daran: erhöhte Wachsamkeit!» Er trat aus der Tür, ging zum Lastwagen und winkte den Schuldirektor zu sich. «Hören Sie zu, Sie setzen wir bei Stréber ab, warten Sie im Lokal, in einer Stunde komme ich dorthin, und wir bereden alles weitere. Wo ist Futaki?» «Hier bin ich», sagte Futaki und trat hinter dem Lastwagen hervor. «Was Sie betrifft...» Futaki hob die Hand. «Um mich brauchen Sie sich nicht zu kümmern.» Irimiás sah ihm überrascht ins Gesicht. «Was haben Sie denn?» «Ich? Überhaupt nichts. Aber ich weiß, wohin ich gehe. Als Nachtwächter werde ich schon irgendwo unterkommen.» Irimiás fuchtelte gereizt mit der Hand. «Sie immer mit Ihrem Eigensinn! Woanders könnte man Sie besser brauchen, aber gut, meinetwegen. Gehen Sie ins Rumänische Viertel, am Goldenen Dreieck – Sie wissen, wo das ist? –, am Goldenen Dreieck befindet sich eine Baustelle. Dort wird ein Nachtwächter gesucht, Unterkunft ist vorhanden. Hier sind erst einmal tausend Forint. Abonnieren Sie irgendwo ein Mittagessen. Ich empfehle Ihnen Steigerwald, das ist ganz nahe, und sein Essen ist genießbar.» Futaki senkte den Kopf. «Danke. Sagten Sie genießbar?» Irimiás verzog unwillig den Mund. «Mit Ihnen kann man jetzt nicht reden. Reißen Sie sich zusammen. Kommen Sie heut abend zu Steigerwald. Sind wir uns einig?» Er streckte die Hand aus, Futaki ergriff sie zögernd, mit der anderen Hand schob er die Geldscheine in die Tasche, dann drehte er sich wortlos um und entfernte sich auf seinen Stock gestützt. «Die Koffer!» rief ihm Petrina aus dem Fahrerhaus hinterher, sprang heraus und half ihm, sie aufzunehmen. «Sind sie nicht zu schwer?» fragte der Schuldirektor töricht, dann gab er ihm rasch die Hand. «Nicht übermäßig», antwortete Futaki leise. «Wiedersehn.» Nun ging er wirklich davon, Irimiás, Petrina, der Junge und der Schuldirektor sahen ihm mit ratlosen Mienen nach, dann stiegen sie wieder ein, der Schuldirektor erklomm die Ladefläche, und sie fuhren in die Innenstadt zurück. Futaki schleppte sich kraftlos dahin, er meinte, jeden Augenblick unter dem Gewicht der Koffer zusammenbrechen zu müssen, an der nächsten Querstraße setzte er sie ab, löste den Riemen und warf nach kurzem Überlegen den einen in den Straßengraben, mit dem anderen setzte er seinen Weg fort. Verbittert und ziellos irrte er durch die Straßen, ab und zu stellte er den Koffer ab, um ein wenig zu verschnaufen, und ging dann weiter. Wenn ihm mitunter jemand entgegenkam, ging er mit gesenktem Kopf an ihm vorbei, denn er meinte, wenn er in diese fremden Augen blickte, müßte ihn sein eigenes Unglück noch mehr verbittern. Er war verloren. «Und so dumm! Wie zuversichtlich bin ich gestern noch gewesen, wie habe ich gehofft! Und heut sieht alles ganz anders aus. Ich lungere herum, mit eingeschlagener Nase, abgebrochenem Zahn und aufgeschlitzter Lippe, blutig und verschmutzt, als müßte ich damit für meine Dummheit zahlen... Es gibt keine Gerechtigkeit... keine Gerechtigkeit...» Solch trübsinnigen Gedanken hing er auch am Abend nach, als er auf der Baustelle am Goldenen Dreieck in einer Holzbaracke das Licht anknipste und mit leerem Blick auf sein mitgenommenes Gesicht starrte, das sich in der Scheibe des verdreckten kleinen Fensters spiegelte. «Dieser Futaki ist der größte Einfaltspinsel, den ich kenne», meinte Petrina, während sie in die Innenstadt rollten. «Was ist bloß in ihn gefahren? Hat er denn gedacht, hier ist das Land der Verheißung, oder was, zum Henker? Habt ihr gesehen, was für ein Gesicht er gezogen hat? Mit seiner verschwollenen Nase?» «Halt den Mund, Petrina!» knurrte Irimiás. «Wenn du so weiter redest, schwillt auch dir die Nase!» Der Junge zwischen ihnen lachte meckernd. «Na, Petrina, jetzt verschlägt es dir die Sprache, was?» «Mir?» brauste Petrina auf. «Glaubst du, mich könnte irgend jemand erschrecken!» «Petrina, halt endlich den Mund!» schnauzte Irimiás ihn an. «Komm mir nicht so von der Seite, wenn du was willst, sag es offen!» Petrina kratzte sich grinsend am Kopf. «Wenn es so ist, Meister...» begann er zögernd. «Ich rede nicht drumherum, glaub mir! Aber was wollen wir von Páyer?» Irimiás biß sich auf die Lippen, er bremste, um eine alte Frau über die Straße gehen zu lassen, dann gab er wieder Gas. «Kümmere dich nicht um ungelegte Eier!» sagte er düster. «Meister, ich möchte es trotzdem wissen. Was wollen wir von ihm?» Irimiás starrte ärgerlich nach vorn. «Wir brauchen ihn eben.» «Meister, ich weiß ja nicht, aber willst du etwa...» «Jawohl!» schrie ihn Irimiás an. «Meister, du willst die ganze Welt in die Luft jagen!» rief Petrina erschrocken. «Du willst das Nichts!» Irimiás antwortete nicht. Er hielt an. Sie standen vor Strébers Lokal. Der Schuldirektor sprang von der Ladefläche, kam zum Fahrerhaus, winkte zum Abschied, ging mit energischen Schritten über die Straße und verschwand in der Gaststätte. «Halb neun ist vorbei», sagte der Junge. «Was werden sie sagen?» Petrina winkte ab. «Den Hauptmann soll der Teufel holen! Was heißt hier Verspätung? So ein Wort kenn ich nicht! Soll er froh sein, daß wir überhaupt kommen! Wenn Petrina jemanden besucht, ist es eine Ehre für den Betreffenden! Verstehst du, Bengel? Merk dir das gut, noch einmal sag ich es nicht!» «Ha, ha», spottete der Junge, «blöder Witz.» Petrina blies ihm Zigarettenrauch ins Gesicht. «Schreib dir hinter die Ohren, daß jeder Witz wie das Leben selbst ist», erklärte er feierlich. «Schlechter Anfang, schlechtes Ende. Bloß dazwischen ist es gut.» Irimiás wandte den Blick nicht von der Straße. Nun, da alles vorbei war, empfand er keinerlei Stolz. Er hielt das Lenkrad fest umklammert, an seiner Schläfe pulste kräftig eine dicke Ader. Er sah die noch unbeschädigten Häuser beiderseits der Straße. Die Gärten. Die Haustüren. Die Schornsteine und den Rauch darüber. Er fühlte weder Haß noch Abscheu. Kühl arbeitete seine Phantasie.

## II. Nichts als Sorgen, nichts als Arbeit

Das Aktenstück wurde den beiden Konzipisten einige Minuten nach der für acht Uhr fünfzehn anberaumten Dienstbesprechung zugeleitet, und die Aufgabe schien geradezu unlösbar. Doch war ihnen Überraschung, Ärger oder Empörung keineswegs anzumerken, sie sahen sich nur in beredtem Schweigen an: wieder ein neuer und unzweifelhafter Beweis für den mit bedrückender Schnelligkeit vor sich gehenden allgemeinen Niveauverfall! Ihnen genügte ein Blick auf die schiefen Zeilen und die krakelige Schrift, um festzustellen, daß die vor ihnen liegende Arbeit bis an die Grenze ihrer Möglichkeiten gehen würde, mußten sie doch wieder einmal aus einem deprimierenden, groben Abrakadabra etwas Ganzes, Sauberes und Gebührliches machen. Die unverständlich knappe Zeit, die ihnen zur Verfügung stand, und die Unwahrscheinlichkeit einer fehlerfreien Bewältigung der Aufgabe erfüllten sie mit tiefer Besorgnis und wegen der ungewöhnlichen Schwierigkeiten zugleich auch mit heroischem Willen. Nur mit den Erfahrungen langer Jahre, der Ausgereiftheit, der respektgebietenden Routine war es zu erklären, daß sie sich wie immer binnen Augenblicken von dem nervtötenden Gelärm der umherlaufenden und schwatzenden Kollegen lösen konnten; die Welt rundum versank für sie, und sie konnten sich voll und ganz auf das Aktenstück konzentrieren. Die einleitenden Sätze erledigten sie verhältnismäßig schnell, sie brauchten nur die gewohnte Unklarheit der Formulierungen und die törichte Spitzfindigkeit des Berichterstatters, offenbar eines Laien, ein wenig zu mildern, so kam der erste Textabschnitt sozusagen unberührt in die sogenannte Endfassung: *Obgleich ich gestern mehrmals dargelegt habe, daß ich die Niederschrift solcher Informationen nicht für glücklich halte, komme ich, damit Sie meinen guten Willen sehen – und natürlich um unwiderlegbar meine Liebe zur Sache zu beweisen – im folgenden Ihrem Auftrag nach. In meinem Bericht berücksichtige ich insbesondere, daß Sie mich zu unbedingter Aufrichtigkeit ermuntert haben. Ich möchte vorausschicken, daß an der Eignung meiner Leute kein Zweifel besteht, wovon ich Sie, wie ich hoffe, bereits gestern überzeugt habe. Das an dieser Stelle zu wiederholen halte ich nur deshalb für wichtig, weil Sie aus der nachfolgenden improvisierten Skizze andere Schlußfolgerungen ziehen könnten. Noch ein Hinweis: Damit meine Basis funktionsfähig bleibt, werde ausschließlich ich selbst Verbindung zu meinen Leuten halten, alles andere könnte zu einem vollen Mißerfolg...* usw. usf. Bei dem Abschnitt *Frau Schmidt* angelangt, sahen sie sich jedoch schon den größten Schwierigkeiten gegenüber, denn was sollten sie mit so ungehobelten Ausdrücken wie *dumme Kuh mit großen Titten* anfangen, wie sollten sie – und das war ihre Aufgabe – so schludrige Formulierungen zurechtrücken, ohne daß ihr Inhalt beeinträchtigt wurde? Nach langem Grübeln entschieden sie sich letztlich für die Variante «eine geistig unreife, hauptsächlich ihre Weiblichkeit hervorkehrende Person», aber zum Aufatmen fanden sie keine Zeit, denn sie sahen sich mit dem rüden Ausdruck *alte Nutte* konfrontiert. «Weibsbild von zweifelhaftem Ruf», «Halbweltdame», «liederliches Frauenzimmer» und eine Reihe anderer, auf den ersten Blick den trügerischen Anschein einer Lösung bietender Phrasen kamen wegen ihrer Ungenauigkeit nicht in Betracht; nervös trommelten sie mit den Fingern auf die einander zugewandten Schreibtische, den Blicken des anderen ausweichend, schließlich einigten sie sich auf «Frau, die bedenkenlos ihren Körper zum Kauf anbietet», was einer kleinen Niederlage gleichkam. Leichter hatten sie es auch nicht mit dem ersten Teil des folgenden Satzes, doch dank einer plötzlichen Eingebung ersetzten sie *hat schon mit Hinz und Kunz geschlafen, und wenn nicht, dann kann das nur ein Zufall sein* durch die relativ geglückte Umschreibung «Musterbild ehelicher Untreue». Zu ihrem Erstaunen schlossen sich nun drei Sätze an, die unverändert in die offizielle Fassung übernommen werden konnten, aber gleich danach blieben sie wieder stecken. Vergebens zerbrachen sie sich den Kopf, vergebens jonglierten sie mit ihrem Wortschatz, für *aus einem Gemisch von billigem Parfüm und fauligem Mief aufsteigender gespenstischer Dunggestank* fanden sie nichts Passendes; sie waren drauf und dran zu passen, aufzuspringen und dem Hauptmann die Arbeit zurückzugeben, selbst wenn das zur Folge hätte, daß sie aus dem Amt ausscheiden müßten, als ihnen eine ältliche, schüchtern lächelnde Stenotypistin dampfenden Kaffee brachte, dessen angenehmer Duft sie ein wenig besänftigte. Sie fuhren fort, mögliche Lösungen abzuwägen, bis sie sich – um dem drohenden Gespenst einer weiteren Verkrampfung zu entgehen – darauf einigten, sich damit nicht länger abzuquälen und einfach «versucht ihren unangenehmen Körpergeruch auf unkonventionelle Weise zu überdecken» zu schreiben. «Kollege, die Zeit läuft uns weg!» bemerkte der eine Konzipist, als sie mit dem Abschnitt über Frau Schmidt fertig waren, und der andere blickte erschrocken auf die Uhr, in der Tat, bis zur Mittagspause hatten sie nur noch gut eine Stunde... Sie beschlossen, nun etwas schwungvoller vorzugehen, was eigentlich nur bedeutete, daß sie sich fortan immer öfter mit weniger gelungenen Textvarianten begnügten, allerdings so, daß das Ergebnis auch nicht zu verachten war. Erfreut konstatierten sie, daß sie mit Hilfe der neuen Technik den nächsten Stolperstein, der die Überschrift *Frau Kráner* trug, viel schneller beiseite räumen konnten. Den Ausdruck *ungewaschenes Klatschmaul* tauschten sie schnell gegen das letzten Endes beruhigende «leichtfertige Überträgerin aus der Luft gegriffener Informationen» aus, und auch für *es wäre ernsthaft zu überlegen, wie ihr dauerhaft der Mund gestopft werden kann* und *Mastsau* fanden sie rasch geeigneten Ersatz. Eine besondere Freude bereitete es ihnen, daß sie nicht wenige Sätze nahezu unverändert in den endgültigen Bericht übernehmen konnten, und sie begannen schon aufzuatmen, als sie das Ende des Abschnitts *Frau Halics* erreicht und die hier vorkommenden verstaubten Jargonausdrücke, mit denen diese des religiösen Wahns und gewisser abartiger Neigungen beschuldigte Person charakterisiert wurde, geradezu mit spielerischer Leichtigkeit zurechtgerückt hatten. Aber angesichts der haarsträubenden Nachlässigkeiten in dem Teil *Halics* mußten sie einsehen, daß das Schwierigste noch vor ihnen lag: Als sie schon glaubten, das dichte Sprachgewebe des Berichterstatters zu durchschauen, mußten sie sich eingestehen, daß ihre Kraft nicht unendlich, ihr Talent beschränkt und ihr Einfallsreichtum am Ende war. *Faltige Wanze mit Alkoholfüllung* konnten sie noch mit «betagter, kleinwüchsiger Alkoholiker» übersetzen, aber mit *polteriger Firlefanz*, mit *unbewegliche Stumpfheit* und *blinder Müßiggang* wußten sie – Schande hin, Schande her – nichts anzufangen; so ließen sie nach reiflichem Überlegen in stummem Einverständnis diese Stellen weg, sich darauf verlassend, der Hauptmann werde keine Zeit haben, die ganze Akte zu studieren, und sie – wie üblich – ungelesen ins Archiv geben... Sie rieben sich müde die Augen, lehnten sich zurück und sahen grimmig zu, wie ihre Kollegen sich fröhlich plaudernd auf die Mittagspause vorbereiteten: die Akten ein wenig ordneten, in sorglosem, gelöstem Gespräch mit den Nachbarn ihr Haar kämmten, sich die Hände wuschen, um wenige Minuten später zu zweit oder dritt durch die Tür auf den Korridor zu drängen. Sie seufzten traurig, sahen aber ein, daß Essen jetzt ein zu großer Luxus wäre, und vertieften sich, an einem Butterbrötchen beziehungsweise an trockenen Keksen knabbernd, erneut in ihre Arbeit. Doch sogar diese Freude vergällte ihnen das Schicksal – was sie aßen, verlor seinen Geschmack, das Kauen wurde zur Qual –, denn was sie in dem Textteil *Schmidt* vorfanden, forderte sie stärker als alles Bisherige: Hier hatten sie es mit einer Stufe der Unklarheit, der Unverständlichkeit, der Flüchtigkeit und absichtlicher oder ungewollter Vertuschung zu tun, die – wie einer der beiden bemerkte – «für diese Tätigkeit und Arbeit, diesen ganzen Kampf ein Schlag ins Gesicht» war. Denn was soll das bedeuten: *Kreuzung primitiver Gefühllosigkeit mit fiebernd unbedeutender Leere (!) im Abgrund unsteuerbarer Dunkelheit...?!* Was ist das für eine Besudelung der Sprache, was für ein Wirrwarr willkürlich angewandter Bilder?! Wo bleibt hier auch nur eine blasse Spur des Strebens nach Reinheit, Klarheit und Genauigkeit, das für den menschlichen Geist angeblich so charakteristisch ist? Zu ihrem größten Entsetzen bestand der Abschnitt über Schmidt gänzlich aus solchen Sätzen, obendrein wurde die Handschrift des Berichterstatters von da an aus unerklärlichen Gründen auf einmal fast unleserlich, als hätte er sich während des Schreibens besoffen... Wieder waren sie drauf und dran, zu passen und sich ihr Arbeitsbuch zurückgeben zu lassen, war es doch kaum zumutbar, daß man ihnen Tag für Tag solch unlösbare Aufgaben aufbrummte, und auf Anerkennung konnten sie lange warten, als neuerlich – wie schon einmal im Laufe des Tages – mit freundlichem Lächeln servierter Kaffee sie dampfend und duftend eines Besseren belehrte. Sie begannen also, *unstillbare Dummheit, unartikulierte Klagen, im dunklen Dickicht des trostlosen Seins erstarrte reglose Kümmernisse* und ähnliche Scheußlichkeiten auszurotten, bis sie am Ende dieser Charakteristik unter gequältem Grinsen feststellten, daß nur einige Bindewörter und lediglich zwei Prädikate übrig waren. Und weil es von vornherein ein hoffnungsloser Versuch gewesen wäre, irgendwie zu dechiffrieren, was der Berichterstatter eigentlich sagen wollte, ersetzten sie – ein unumgänglicher Husarenstreich – die ganze Schmähschrift gegen Schmidt durch einen einzigen gesunden Satz: «Verminderte intellektuelle Fähigkeiten sowie Duckmäuserei gegenüber Stärkeren versetzen die betreffende Person auf besondere Weise in die Lage, die in Frage kommenden Tätigkeiten zu verrichten.» In dem Text über den ohne Namen einfach als *Schuldirektor* bezeichneten Mitarbeiter gab es dann – soweit dies überhaupt noch möglich war – nicht etwa weniger, sondern noch mehr Nebulöses, Chaotisches und ärgerlich Klugscheißerisches. «Es scheint», meinte bleich der eine Konzipist und hielt das zerknitterte Konzept kopfschüttelnd seinem Kollegen hin, der gebeugt an der Schreibmaschine saß, «es scheint, hier ist der Idiot endgültig übergeschnappt!» Und er las den ersten Satz vor. *Wenn einer, der ins Wasser springen will, womöglich im letzten Moment noch ratlos auf der Brücke stehend grübelt, ob er springen soll oder nicht, würde ich ihm vorschlagen, an den Schuldirektor zu denken, dann weiß er gleich, daß er nur eine Möglichkeit hat: zu springen.* Ungläubig, erschöpft und äußerst verbittert sahen sie sich an. Was denn, wird das Amt hier verhöhnt? Der zusammengesunken an der Schreibmaschine Sitzende gab seinem Kollegen stumm einen Wink, er solle aufhören, es lohne nicht, damit sei nichts mehr anzufangen, er solle weiterlesen. *Seiner Statur nach gleicht er einer verschrumpelten, sonnengetrockneten Gurke, verstandesmäßig kommt er nicht einmal an Schmidt heran, und das will allerhand heißen.* «Schreiben wir also», riet der an der Maschine niedergeschlagen, «daß... daß... von unansehnlicher Statur, unbegabt...» Sein Kollege unterbrach ihn ärgerlich: «Was hat das miteinander zu tun?» «Kann ich denn was dafür?» rechtfertigte sich der erste. «Er hat es so geschrieben. Und an den Inhalt müssen wir uns halten.» «Na gut.» Der andere nickte. «Ich lese weiter.» *Seine Feigheit will er mit Selbstbeweihräucherung, leerem Hochmut und empörender Dummheit überbrücken. Neigt zu Gefühlsduselei, albernem Pathos und dergleichen, was typisch ist für Wichser.* Nach dieser Passage war ihnen klar, daß sie vergebens nach Kompromissen suchen würden, sie mußten sich mit halben und zuweilen auch mit unwürdigen Lösungen begnügen; so einigten sie sich nach langem Hin und Her auf «Feigling, Hang zur Sentimentalität, sexuell unreif». Nun bestand kein Zweifel mehr, sie hatten zwar den Schuldirektor ein bißchen gewalttätig hinter sich gebracht, aber ihr schlechtes Gewissen, ausgelöst von der neuen Technik, war allmählich in Schuldbewußtsein umgeschlagen, so daß sie mit erheblichen Beklemmungen den Abschnitt *Kráner* in Angriff nahmen, und als sie sahen, daß ihnen die Zeit immer flinker davonlief, wurden sie gereizt. Der eine Konzipist deutete wütend erst auf die Uhr und dann weitausholend in die Runde, worauf der andere nur hilflos abwinkte, denn auch er hatte ja bemerkt, daß Bewegung unter die Kollegen kam, ein unbezweifelbarer

Beweis dafür, daß die Arbeitszeit in Minutenfrist zu Ende ging. «Ist denn das möglich!» Er schüttelte den Kopf. «Kaum hat man sich in die Arbeit vertieft, schon klingelt es. Ich verstehe das nicht. Die Tage verfliegen so schnell, daß man kaum noch hinterherkommt...» Als sie die nervende Phrase *Klotz, der am ehesten an einen struppigen Büffel erinnert* durch «von kräftiger Gestalt, ursprünglich Schmied» ersetzt und auch für *dümmlich dreinblickender, finsterer, gemeingefährlicher Tagedieb* eine menschliche Entsprechung gefunden hatten, waren alle anderen bereits nach Hause gegangen, und die beiden hatten es stumm hinnehmen müssen, daß sie ihnen zum Abschied schadenfrohe oder auch spöttelnd-anerkennende Bemerkungen hinwarfen, denn sie wußten, wenn sie die Arbeit jetzt auch nur für einen Augenblick unterbrächen, bestände die Gefahr, daß sie das Ganze hinschmissen, ohne sich um die morgigen und mit Sicherheit schwerwiegenden Konsequenzen zu scheren. Nach halb sechs, als sie den Abschnitt über Kráner in die endgültige Fassung gebracht hatten, genehmigten sie sich eine kurze Zigarettenpause. Sie dehnten und reckten ihre tauben Glieder, massierten sich ächzend die vor Schmerz brennenden Schultern und zogen schweigend und mit geschlossenen Augen an ihren Zigaretten. «Machen wir weiter», sagte dann der eine Konzipist. «Ich lese, paß auf.» Es folgte der Abschnitt *Futaki: Ist die einzige gefährliche Figur, aber nicht ernstlich, da sein Hang zum Aufmucken nur von seiner Ängstlichkeit übertroffen wird. Könnte es weit bringen, kann sich aber von seinen fixen Ideen nicht lösen. Mich amüsiert er, und ich bin überzeugt, daß ich vor allem auf ihn bauen kann...* «Schreib», diktierte der erste Konzipist. «Gefährlich, aber brauchbar. Geistig den anderen überlegen. Hinkt.» «Fertig?» fragte der andere seufzend. Der erste nickte. «Schreib den Namen hin.

Ganz unten. Und zwar... äh... Irimiás.» «Bitte?» «Ich sage doch, I-ri-mi-ás, bist du taub?» «Wie man's spricht?» «Ja doch! Wie sonst, zum Teufel!» Sie legten das Aktenstück in die Aktenmappe und das ganze Dossier in das entsprechende Schubfach, schlossen es sorgfältig ab und hängten die Schlüssel an die Tafel neben der Tür. Wortlos zogen sie ihre Mäntel an und drückten die Tür hinter sich ins Schloß. Auf der Straße gaben sie sich die Hand. «Wie fährst du?» «Mit dem Bus.» «Dann mach's gut», sagte der erste Konzipist. «Das war ja ein toller Tag, was?» meinte der andere. «Kann man so sagen, verflucht noch mal!» «Wenn die wenigstens einmal im Leben bemerken würden, wie wir uns jeden Tag abrackern», murrte der andere. «Aber nicht die Spur.» «Nein, Anerkennung gibt es nicht», sagte der erste kopfschüttelnd. Sie drückten sich nochmals die Hände und trennten sich, und als sie nach Hause kamen, wurden sie beide in der Diele mit derselben Frage empfangen: «War's ein schwerer Tag, mein Guter?» Und da konnten sie, müde und in der Wärme schaudernd, nichts anderes sagen als: «Nichts Besonderes. Nur das Übliche, meine Gute.»

# I. Der Kreis schließt sich

Der Doktor setzte die Brille auf, drückte auf der Armlehne des Sessels die heruntergebrannte Zigarette aus, warf einen kontrollierenden Blick durch den Spalt zwischen der Gardine und dem Fenster (um gleichsam zustimmend zur Kenntnis zu nehmen, daß sich draußen nichts verändert hatte), goß die Schnapsportion, die er sich zugestand, ins Glas und verdünnte sie mit Wasser. Die alle Bedürfnisse befriedigende Festlegung des Pegels noch am Tag seiner Heimkehr hatte ihm einiges Kopfzerbrechen bereitet: Bei der Wahl des Mischungsverhältnisses zwischen Schnaps und Wasser nämlich mußte er, so schwer es ihm auch fiel, die bis zum Überdruß wiederholte und vermutlich übertriebene Drohung des Oberarztes in der Klinik («Wenn Sie nicht willig sind, sich des Alkohols zu enthalten und Ihren täglichen Zigarettenkonsum radikal zu verringern, dann seien Sie auf das Schlimmste gefaßt und sagen Sie baldmöglichst dem Pfarrer Bescheid...») berücksichtigen, weshalb er nach langem innerlichem Ringen die Idee – zwei Teile Alkohol, einen Teil Wasser – verworfen und sich mit dem Verhältnis eins zu drei abgefunden hatte. Er leerte das Glas langsam, mit kleinen Schlucken, und stellte mit einer gewissen Beruhigung fest, daß er sich jetzt, nachdem er die unbestreitbar qualvollen Heimsuchungen der Übergangsperiode hinter sich hatte, an dieses Höllengesöff zu gewöhnen begann, denn verglichen mit dem ersten verdünnten Quantum, das er noch empört ausgespuckt hatte, ließ sich dieses ohne größere

Erschütterung trinken, vielleicht weil er sich inzwischen die Fähigkeit angeeignet hatte, diese minderwertige Brühe erträglich zu finden. Er stellte das Glas an seinen Platz, rückte schnell die verrutschte Streichholzschachtel auf dem Zigarettenpäckchen zurecht, ließ den Blick zufrieden über die vollen Korbflaschen wandern, die wohlgeordnet in der Nähe des Sessels standen, und konstatierte, daß er dem bevorstehenden Winter gelassen entgegensehen konnte. Das war freilich durchaus keine Selbstverständlichkeit, denn als man ihn vor zwei Tagen auf eigene Verantwortung aus der städtischen Klinik nach Hause entlassen und der Krankenwagen endlich die Siedlung erreicht hatte, war seine wochenlange und immer bedrückendere Angst auf einmal in Panik umgeschlagen, denn er war sich fast sicher, daß er mit allem von vorn beginnen müßte, die Stube würde er durchwühlt, seine Sachen durcheinandergeworfen vorfinden, und in diesem Augenblick schien es ihm nicht unmöglich, daß die mit allen Wassern gewaschene Frau Kráner seine Abwesenheit ausgenutzt hatte, um mit ihren dreckigen Besen und stinkenden Wischlappen unter dem Vorwand, sauberzumachen, über die ganze Wohnung herzufallen und alles, was er in jahrelanger mühsamer Arbeit umsichtig aufzubauen vermocht hatte, restlos zu zerstören. Doch seine Panik erwies sich als unbegründet: Er sah die Stube so wieder, wie er sie drei Wochen zuvor verlassen hatte; die Hefte, die Bleistifte, das Glas, die Streichhölzer und die Zigaretten befanden sich haargenau dort, wo sie sich befinden mußten, ganz zu schweigen davon, daß er, als der Krankenwagen auf den Grasstreifen einbog und vor seinem Haus anhielt, zu seiner großen Erleichterung an keinem Fenster in der Nachbarschaft ein neugieriges Gesicht entdeckt hatte, ja, er war nicht nur unbehelligt geblieben, als der Fahrer gegen ein ansehnliches Entgelt sein Gepäck, die Beutel mit den Lebensmitteln und die bei Mopsz aufgefüllten Korbflaschen ins Haus trug, sondern auch danach; bisher hatte niemand den Mut aufgebracht, ihn in seiner Ruhe zu stören. Natürlich gaukelte er sich nicht vor, in seiner Abwesenheit hätte sich mit diesen stumpfhirnigen Lümmeln irgend etwas Besonderes ereignet, immerhin aber mußte er zugeben, daß eine geringfügige Verbesserung doch zu beobachten war: Die Siedlung wirkte wie ausgestorben, es gab kein aufreizendes Hin- und Hergerenne mehr; wie immer, wenn unwiderruflich der Herbst einzog, hielt sie der ausdauernd strömende Regen davon ab, aus ihren Ofenwinkeln zu kriechen, darum überraschte es ihn nicht, daß sie den Kopf kein einziges Mal aus den Häusern steckten; nur Kerekes hatte er vor zwei Tagen, aus dem Fenster des Krankenwagens, über die Horgos-Flur zum befestigten Weg stapfen sehen, aber auch ihn nur für Sekunden, denn er hatte schnell den Blick abgewendet. «Ich hoffe, bis zum Frühjahr bekomme ich sie nicht zu Gesicht», notierte er in sein Tagebuch, den Bleistift mit Vorsicht handhabend, um nicht das Papier zu beschädigen, das – auch dies schrieb er seiner langen Abwesenheit zu – soviel Feuchtigkeit aufgesogen hatte, daß es bei der geringsten Unaufmerksamkeit riß... Es bestand also kein Grund zur Unruhe, denn eine höhere Macht hatte ihm seinen Beobachtungsposten unverändert bewahrt, und gegen den Staub und die feuchte Luft konnte er sowieso nichts machen, er wußte ja, gegen den Verfall hilft kein erschrockenes Krakeelen. Denn mit einiger Verwunderung (wegen der er sich später rügte) hatte er, als er bei der Heimkehr das Zimmer betrat, gesehen, daß in dem wochenlang sich selbst überlassenen Raum alles von feinem Staub bedeckt war und die zarten Fäden der Spinnweben sich bis zur Stubendecke hinauf zogen;

doch gleich verscheuchte er diese grundlose Verwirrtheit, er verabschiedete schnell den ob des beträchtlichen Trinkgeldes gerührten und nach Dankesworten suchenden Fahrer des Krankenwagens, ging im Zimmer umher und studierte eingehend Ausmaß und Art des Niedergangs. Den Gedanken, sauberzumachen, wies er erst als absolut überflüssig und hernach als ausgesprochen sinnlos von sich, würde er damit doch zerstören, was ihn möglicherweise zu genaueren Beobachtungen anregen konnte; so wischte er nur den Tisch und die darauf liegenden Gegenstände ab, schüttelte dann flüchtig die Decken aus und ging sofort an die Arbeit. Er rief sich den Zustand des Raumes, wie er ihn vor Wochen verlassen hatte, in Erinnerung, musterte die verschiedenen Dinge – die nackte Glühbirne an der Decke, den Lichtschalter, den Fußboden, die Wände, den altersschwachen Kleiderschrank, den Abfallhaufen vor der Tür – und hielt die Veränderungen so getreu wie möglich im Tagebuch fest. Er arbeitete den ganzen Tag, auch in der Nacht und noch am folgenden Tag, beinahe ohne Unterbrechung, und abgesehen von wenigen Nickerchen, die nur kurze Minuten dauerten, genehmigte er sich erst einen längeren, siebenstündigen Schlaf, als er der Meinung war, alles sei ausführlich niedergeschrieben. Nach dieser Arbeit stellte er erfreut fest, daß seine Kraft und seine Leistungsfähigkeit durch die erzwungene Unterbrechung nicht ab-, sondern anscheinend sogar ein wenig zugenommen hatten, wenngleich seine Widerstandsfähigkeit gegenüber störenden Umständen jetzt merklich geringer war als vorher: Hatten ihn die von seinen Schultern gerutschte Decke, die immer wieder auf die Nasenspitze gleitende Brille oder das Hautjucken vorher nicht aus der Ruhe bringen können, so lenkte ihn nun die geringfügigste Veränderung ab, und er konnte einen Gedankengang erst weiter verfolgen, wenn der ursprüngliche Zustand wiederhergestellt und dergleichen nervtötende Bagatellen behoben waren. Diesem Niedergang war es zuzuschreiben, daß er sich nach zweitägiger Überlegung von dem Wecker getrennt hatte, den er erst im Krankenhaus – unter der Hand – nach langem Feilschen und Abwägen erstanden hatte, um mit seiner Hilfe die strenge Zeitordnung der Einnahme seiner Medikamente einhalten zu können; aber er konnte sich einfach nicht an das ohrenbetäubende, erschreckende Ticken gewöhnen, seine Finger und Zehen übernahmen unwillkürlich den höllischen Takt der Uhr, und als er zu allem Überfluß – neben dem gräßlichen Rasseln zu bestimmten Zeiten – auch noch merkte, daß er im Rhythmus dieser teuflischen Erfindung mit dem Kopf nickte, schnappte er den Wecker, öffnete die Haustür und warf ihn zornbebend auf den Hof hinaus. Damit war wieder Ruhe eingekehrt, und nachdem er jetzt seit Stunden die bereits verloren geglaubte Stille genoß, begriff er nicht, wieso er sich nicht schon früher – gestern oder vorgestern – zu diesem Schritt entschlossen hatte. Er steckte sich eine Zigarette an, blies gemächlich den Rauch vor sich hin, zog die verrutschte Decke zurecht und beugte sich wieder über sein Tagebuch. «Es hört nicht auf zu regnen, Gott sei Dank. Perfekter Schutz. Fühle mich leidlich gut, bin nur vom langen Schlaf noch ein bißchen benommen. Nirgends rührt sich was. Beim Schuldirektor sind Tür und Fenster eingeschlagen, weiß nicht, was passiert ist und warum nicht repariert wird.» Er hob den Kopf und lauschte, dann fiel sein Blick auf die Streichholzschachtel; eine Sekunde lang hatte er das entschiedene Gefühl, gleich werde sie vom Zigarettenpäckchen gleiten. Er hielt den Atem an. Doch nichts geschah. Er mischte sich ein neues Quantum, verkorkte die Korbflasche, wischte das Wasser vom Tisch, schob den Krug – auch ihn hatte er bei Mopsz gekauft, für dreißig Forint – auf seinen Platz und trank. Danach fühlte er sich wohlig matt, sein Körper erschlaffte in der Wärme der Decken, sein Kopf neigte sich zur Seite, die Lider schlossen sich langsam; aber der Halbschlaf dauerte nicht lange, denn was er vor sich sah, konnte er nicht länger als einige Minuten ertragen: ein Pferd mit hervorquellenden Augen kam auf ihn zugaloppiert, er schlug es mit einer Eisenstange entsetzt und mit voller Kraft auf den Schädel, schlug immer wieder zu und konnte so lange nicht aufhören, bis er drinnen in dem geborstenen Pferdekopf das gallertige Gehirn erblickte... Aus dem Stapel Hefte am Tischrand nahm er das mit dem Namen FUTAKI und setzte seine Aufzeichnungen fort: «Getraut sich nicht aus dem Maschinenhaus. Liegt vermutlich auf dem Bett, schnarcht oder starrt zur Decke. Oder pocht im Liegen mit seinem Krückstock ans Bettgestell wie ein Specht und forscht im Holz nach den Würmern des Todes. Er ahnt wohl nicht, wie sehr er sich damit dem aussetzt, wovor er so zittert. Ich komme zu deiner Beerdigung, du Halbnarr.» Er machte sich ein weiteres Glas zurecht, leerte es düster und nahm mit einem Schluck Wasser seine Vormittagsmedikamente ein. Im weiteren Verlauf des Tages notierte er zweimal – gegen Mittag und mit Einbruch der Abenddämmerung – die draußen herrschenden Lichtverhältnisse, ferner fertigte er mehrere Skizzen von den sich verändernden Rinnen auf dem Grasstreifen an, und als er gerade mit der Beschreibung der Zustände, die vermutlich in der stickigen Küche der Kráners – über die der Schmidts und der Halics hatte er schon geschrieben – herrschten, fertig war, vernahm er unerwartet fernes Glockengeläut. Er erinnerte sich deutlich, es schon einen Tag vor dem Beginn seines Klinikaufenthalts gehört zu haben, und war sich sicher, daß ihn sein ausgezeichnetes Gehör auch diesmal nicht täuschte. Während er im Tagebuch die Notizen jenes Tages aufblätterte (ohne aber irgendeinen Hinweis auf das Geläut zu finden, vermutlich hatte er es vergessen oder ihm keine besondere Bedeutung beigemessen), hörte es schon wieder auf... Auf der Stelle hielt er dieses absolut unverständliche Ereignis fest, wobei er umsichtig auch auf mögliche Erklärungen einging: Mit Bestimmtheit befand sich keine Kirche in der Nähe, sofern er nicht die Kapelle auf der Hochmeiß-Flur, wo aber seit Jahren niemand wohnte und alles dem Untergang preisgegeben war, als eine solche ansah, und die Entfernung zwischen der Siedlung und der Stadt war so groß, daß er die Möglichkeit, der Wind habe das Gebimmel herbeigetragen, ausschließen konnte. Einen Augenblick lang dachte er daran, Futaki, Halics oder gar Kráner hätten sich einen Spaß erlaubt, aber auch das mußte er verwerfen, schien es doch unmöglich, daß einer von ihnen so geschickt eine Kirchenglocke nachahmen könnte... Aber sein feines Gehör konnte nicht getrogen haben! Oder doch? War es denkbar, daß er infolge seines ungewöhnlichen Zustandes so sensibel geworden war, daß er ein leises nahes Geräusch für fernes Läuten halten konnte? Ratlos lauschte er in die Stille. Er rauchte eine weitere Zigarette, und als lange nichts geschah, entschloß er sich, nicht weiter über die Sache nachzudenken, bis ihm ein neues Zeichen zur richtigen Erklärung verhelfen würde. Er öffnete eine Büchse Bohnensuppe, löffelte sie zur Hälfte aus und schob sie dann von sich, denn sein Magen war auf einmal außerstande, mehr als ein paar Bissen zu verdauen. Er nahm sich vor, die Nacht über wach zu bleiben, unbedingt, er konnte ja nicht wissen, ob und wann die Glocken erneut zu hören sein würden, und wäre das Gebimmel wieder so kurz wie vorhin, würde er sie glatt versäumen, wenn er nur für Minuten einnickte... Er mischte sich ein neues

Quantum, nahm die Abendmedikamente ein, zog dann mit dem Fuß den Koffer unter dem Tisch hervor und wählte lange unter den Magazinen. In ihnen blätterte und las er bis zum Morgen, aber er wachte vergebens, kämpfte vergebens gegen die Schläfrigkeit an, die Glocken erklangen nicht mehr. Er stand auf und spazierte einige Minuten umher, um seine tauben Glieder zu recken, dann setzte er sich wieder in seinen Sessel, und als die Morgendämmerung die Fensterscheibe blau färbte, sank er in tiefen Schlaf. Gegen Mittag schreckte er schweißgebadet hoch, und wie immer, seit er sich an lange Schlafzeiten gewöhnt hatte, schüttelte er ärgerlich und fluchend den Kopf darüber, daß er die Zeit so schlecht genutzt hatte. Flink setzte er die Brille auf, las im Tagebuch den letzten Satz, lehnte sich dann zurück und spähte durch den Spalt auf den Grasstreifen. Draußen tröpfelte es nur noch, der Himmel lag unverändert grau und düster über der Siedlung, die kahle Akazie vor Schmidts Haus bog sich ergeben im kalten Wind. «Alle faulenzen», schrieb der Doktor. «Oder sitzen da, die Ellbogen auf den Küchentisch gestützt. Den Schuldirektor bringt auch die zerschlagene Tür nicht aus der Ruhe. Wenn der Winter kommt, wird ihm der Arsch abfrieren.» Unvermittelt, als wäre ihm eine Einsicht gekommen, reckte er sich. Er hob den Kopf, richtete den Blick zur Decke, atmete keuchend; dann ergriff er den Bleistift. «Jetzt steht er auf», schrieb er entschlossen, aber behutsam, um das Papier nicht zu beschädigen, «kratzt sich am Bauch, rekelt sich. Macht eine Runde durchs Zimmer, setzt sich wieder. Geht vor die Tür, um zu pissen, kommt zurück. Setzt sich. Steht auf.» Fieberhaft reihte er Buchstaben an Buchstaben, und er sah nicht nur, wie alles dort genau so geschah, er wußte auch todsicher, von nun an würde es nicht anders sein können. Denn ihm kam immer deutlicher zu Bewußtsein, daß seine jahrelange qualvolle und zähe Arbeit endlich Früchte trug: Er befand sich nun im Besitz einer einzigartigen Fähigkeit, dank derer er mit der Bereitschaft zum Beschreiben nicht nur die Herausforderung der unablässig in eine Richtung strebenden Dinge annehmen, sondern bis zu einem gewissen Grad auch die elementare Struktur der scheinbar frei strudelnden Ereignisse definieren konnte! Er verließ seinen Beobachtungsposten und begann, aufgeregt und mit brennenden Augen in dem engen Raum auf und ab zu stapfen. Er wollte sich beherrschen, aber es gelang ihm nicht; die Erkenntnis war so plötzlich, so unerwartet und ohne Vorbereitung gekommen, daß er es in den ersten Augenblicken nicht für ausgeschlossen hielt, den Verstand verloren zu haben... «Ist das möglich? Oder bin ich übergeschnappt?» Lange konnte er sich nicht beruhigen, vor Aufregung trocknete ihm die Kehle aus, sein Herz hämmerte, der Schweiß rann ihm übers Gesicht. Sekundenlang fürchtete er, im nächsten Moment zu bersten, die Last der Dinge nicht länger tragen zu können, keuchend schleppte er seinen feisten Körper immer schneller durch die Stube, bis er schließlich erschöpft in den Sessel sank. Er hatte so vieles gleichzeitig zu durchdenken; er saß in dem kalten, schneidenden Licht, sein Hirn schmerzte geradezu, und das Chaos in seinem Inneren wuchs und wuchs... Vorsichtig nahm er den Bleistift, zog das Heft mit der Aufschrift SCHMIDT aus dem Stapel und notierte unsicher, als hätte er allen Grund, die möglicherweise schwerwiegenden Folgen seiner Tat zu fürchten, diesen Satz: «Sitzt mit dem Rücken zum Fenster, seine Gestalt wirft einen schwachen Schatten auf den Fußboden.» Er schluckte, legte den Stift weg, mischte sich mit zitternden Hände einen Schnaps und leerte das Glas auf einen Zug, wobei er die Hälfte verschüttete. «In seinem Schoß ein roter Topf, darin Paprikakartoffeln. Er ißt nicht. Hat keinen Appetit. Er muß pinkeln, steht auf, geht um den Küchentisch herum und durch die hintere Tür auf den Hof. Kommt zurück, setzt sich. Frau Schmidt fragt ihn etwas. Er antwortet nicht. Schiebt den Topf, den er vorhin auf den Fußboden gestellt hat, mit dem Fuß von sich. Er hat keinen Appetit.» Mit immer noch zitternden Händen zündete er sich eine Zigarette an. Er wischte sich den Schweiß von der Stirn und machte mit den Armen Flugbewegungen, um die Achselhöhlen zu lüften, zog die Decke an den Schultern zurecht und beugte sich wieder über das Tagebuch. «Ich bin entweder verrückt geworden oder habe heute nachmittag dank der Gnade Gottes erkannt, daß ich jetzt über magische Kräfte verfüge. Ich kann mit bloßen Worten die Struktur der Ereignisse, die sich um mich herum abspielen, definieren. Aber vorläufig habe ich noch keine Ahnung, was ich machen soll. Ich bin verrückt geworden oder...» Er zögerte. «Alles Phantasterei», brummelte er und unternahm einen weiteren Versuch. Er schob das Tagebuch beiseite und nahm sich das Heft KRÁNER vor, öffnete es bei der letzten Eintragung und begann wieder eifrig zu schreiben. «Liegt in der Stube auf dem Bett, angekleidet. Die Stiefel läßt er heraushängen, damit die Bettdecke nicht schmutzig wird. Es ist stickig warm. In der Küche klappert seine Frau mit dem Geschirr. Kráner ruft ihr durch die offene Tür etwas zu. Sie sagt etwas. Kráner kehrt der Tür erbost den Rücken, bohrt den Kopf ins Kissen. Versucht zu schlafen, schließt die Augen. Er schläft.» Der Doktor seufzte, mischte ein neues Quantum, verschloß die Korbflasche und sah sich unruhig im Raum um. Wieder sagte er sich erschrocken und zweifelnd: «Wahrhaftig, mit einem bestimmten Maß an Konzentration kann ich bestimmen, was in der Siedlung geschehen soll. Denn es geschieht nur, was ausgedrückt wird. Völlig unklar ist mir freilich, wie ich die Richtung bestimmen soll, weil ja...» In diesem Augenblick hörte er abermals die Glocken. Ihm blieb nur Zeit zu der Feststellung, daß er sich am Abend nicht getäuscht hatte, daß er tatsächlich echtes Geläut hörte, nicht aber herauszufinden, woher die Klänge kamen, denn kaum hatten sie ihn erreicht, verhallten sie auch schon in der rauschenden Stille, und als der letzte Ton erstarb, blieb eine Leere in seiner Seele zurück, als hätte er etwas sehr Wichtiges verloren. Aus den fernen, merkwürdigen Klängen nämlich glaubte er eine längst verloren geglaubte Melodie der Hoffnung herauszuhören, eine fast schon gegenstandslose Ermutigung, die gänzlich unverständlichen Worte einer gleichwohl entscheidenden Botschaft, der er nur soviel entnehmen konnte, daß sie «etwas Gutes bedeutet und auch meinen ungewissen Fähigkeiten eine Richtung gibt...» Er unterbrach also sein magisches Beschreiben, schlüpfte eilig in seinen Mantel, steckte Zigaretten und Streichhölzer ein – wichtiger als alles andere schien es ihm jetzt, wenigstens den Versuch zu unternehmen, den Ursprungsort des seltsamen Glockengeläuts ausfindig zu machen. In der frischen Luft schwindelte ihn für einen Augenblick, er rieb sich die brennenden Augen, und weil er um keinen Preis die Aufmerksamkeit der in ihren Häusern hockenden Siedler auf sich ziehen wollte, ging er durch das hintere Gartentor. Als er nach schnellem Marsch zur Mühle gelangte, blieb er stehen; er hatte ja keine Ahnung, ob er die richtige Richtung eingeschlagen hatte. Er trat ein. Von einem der oberen Böden hörte er Gekicher. «Die Horgos-Töchter!» Er ging wieder ins Freie und sah sich ratlos um. Was sollte er tun, um die Siedlung herum und dann zum Salzfeld gehen? Oder auf dem befestigten Weg zur Kneipe? Sollte er es in Richtung des Almássy-Gehöfts versuchen? Oder hier an der Mühle bleiben und abwarten, vielleicht war das Läuten ja noch einmal zu hören? Er rauchte eine Zigarette an und räusperte sich, er konnte sich einfach nicht entscheiden, ob er gehen oder bleiben sollte. Fröstelnd im kalten Wind betrachtete er die Akazien, die die Mühle umgaben, und überlegte, ob dieser plötzliche Ausflug nicht eine Dummheit war, ob er nicht überstürzt losgegangen war, denn zwischen den beiden Malen, daß er das «Läuten» gehört hatte, lag ja fast eine ganze Nacht, wie konnte er annehmen, es bald wieder zu hören? Er war nahe daran, umzukehren und nach Hause zu gehen, um dort unter der warmen Decke abzuwarten, bis wieder etwas geschah, doch in diesem Augenblick setzte das Geläut wieder ein. Er eilte auf den Vorplatz, und nun konnte er das Rätsel endlich lösen: Es schien von der anderen Seite des befestigten Wegs («Wie von der Hochmeiß-Flur...») zu kommen, und jetzt vermochte er nicht nur die Richtung mit einiger Sicherheit festzustellen, er konnte sich auch erneut davon überzeugen, daß dieses Geläut eine unmißverständliche Botschaft war, ein aufmunternder Ruf oder eine Verheißung, keinesfalls jedoch eine Ausgeburt seiner krankhaften Phantasie oder ein Anfall jäher Sentimentalität... Schwungvoll schritt er zum befestigten Weg, überquerte ihn und stapfte, ohne sich um den Morast und die Wasserlachen zu kümmern, auf die Hochmeiß-Flur zu, das Herz voller Erwartung, Hoffnung und Zuversicht. Er hatte das Gefühl, dieses Glockengeläut entschädige ihn für alles bisherige Leid, auch für die Qual des unablässigen Benennens, sei also angemessener Lohn für seine zähe Beharrlichkeit. Und wenn es ihm gelänge, diese Ermunterung genauer zu verstehen, würde er – im Besitz einer besonderen Macht – dem menschlichen Streben bestimmt einen bisher ungekannten Schwung verleihen können... Geradezu kindliche Freude erfüllte ihn, als er am Ende der Hochmeiß-Flur die kleine baufällige Kapelle erblickte, und wenngleich ihm nicht bekannt war, ob sich in dem im letzten Krieg zerstörten und seither nicht mehr benutzten kleinen Gebäude noch eine Glocke oder sonst etwas befand, hielt er das jetzt nicht mehr für undenkbar. Seit Jahren war niemand zur Kapelle gegangen, höchstens ein unsteter Landstreicher mochte dort hin und wieder genächtigt haben... Er blieb vor der Kapelle stehen und versuchte die Tür zu öffnen, aber so sehr er auch zog und drückte, es gelang nicht. Er wollte die Kapelle umrunden und fand an der Seite eine winzige vermoderte Pforte in der verwitterten Mauer; ein leichter Stoß genügte, sie zu öffnen. Gebückt betrat er den Innenraum: Spinnennetze, Staub, Gestank und Dunkelheit umfingen ihn, von den wenigen Bänken waren nur noch Bruchstücke übrig, vom Altar gar nichts, in dem aufgebrochenen und lückenhaften Steinfußboden wuchs Unkraut. Aus der Ecke neben der Haupttür vermeinte er ein Keuchen zu hören, rasch drehte er sich um und ging in die Richtung. Vor sich sah er eine hockende Gestalt, ein unglaublich altes, angstbebendes, verhutzeltes Männlein mit faltigem Gesicht und erschrocken glitzernden Augen. Als der Alte bemerkte, daß er entdeckt war, ächzte er verzweifelt auf und flüchtete kriechend in die gegenüberliegende Ecke. «Wer sind denn Sie?» fragte der Doktor, nachdem er den ersten Schreck überwunden hatte, mit energischer Stimme. Der Alte antwortete nicht, machte sich nur noch kleiner und spannte sprungbereit den Körper. «Haben Sie meine Frage nicht verstanden?» sprach der Doktor lauter. «Wer sind Sie?» Der Greis begann, schützend die Hände vor sich haltend, etwas Unverständliches zu stammeln. Der Doktor wurde ärgerlich. «Was suchen Sie hier? Ist die Polizei hinter Ihnen her?» Und als das Männlein nicht aufhörte, vor sich hin zu brabbeln, verlor er die Geduld. «Gibt es hier eine Glocke?» brüllte er. Der Greis rappelte sich erschrocken hoch und fuchtelte mit den Armen. «A-ang! A-ang!» sagte er mit Fistelstimme und winkte dem Doktor, ihm zu folgen. Er öffnete ein Türchen in der Nische neben der Haupttür und deutete in die Höhe. «A-ang! A-ang!» «O Gott», murmelte der Doktor, «ein Verrückter! Wo bist du ausgerissen, armer Narr?» Der Alte ging voran, der Doktor stieg hinter ihm die Stufen hinauf, dicht an der Wand entlang, damit das faulige Holz nicht unter seinem Gewicht einbrach. Oben in dem kleinen Glockenturm, von dem nur die Mauerwand erhalten war – den Turm selbst hatte ein Sturm oder eine Granate hinweggefegt –, erwachte der Doktor binnen Sekunden aus seiner seit Stunden währenden krankhaften und lächerlichen Verzückung. Inmitten des dachlosen Raums hing an einem Balken, dessen eines Ende auf das Mauerwerk aufgelegt war, während das andere auf einer Strebe des Treppenaufgangs ruhte, eine kleine Glocke. «Wie hast du den Balken hinaufgehoben?» fragte der Doktor verwundert. Der Greis gaffte ihn einen Augenblick starr an, dann trat er zu der Glocke. «Bi-im, bi-im! Bi-im, bi-im!» rief er mit seiner Fistelstimme und schlug mit einem Eisenstück an die Glocke. Bleich lehnte sich der Doktor an das Mauerwerk neben der Treppe und schrie: «Hör auf! Hör sofort auf!» Aber der kleine Mann setzte sein schrilles «Bi-im, bi-im!» unbeirrt fort und schlug geradezu verzweifelt auf die Glocke ein. «Dich wird der Satan holen, du Narr!» fauchte der Doktor, nahm seine Kräfte zusammen und stieg die Treppe hinunter. Wieder im Freien, ergriff er die Flucht, um das gräßliche, grelle Kreischen des faltigen Greises, das ihn wie ein heiseres Trompetensignal bis zum befestigten Weg verfolgte, nicht mehr hören zu müssen. Der Abend brach an, als er wieder seinen Beobachtungsposten am Fenster bezog.

Es dauerte lange, bis er sich beruhigt hatte, und als das Zittern seiner Hände sich legte, langte er nach der Korbflasche, mischte sich einen Schnaps und steckte sich eine Zigarette an. Er leerte das Glas, zog das Tagebuchheft heran und versuchte, das soeben Erlebte in Worte zu fassen. Bitter starrte er auf das Papier, dann schrieb er: «Ein unverzeihlicher Fehler. Ich habe den donnernden Glockenschlag des Himmels mit der Totenglocke verwechselt. Ein schäbiger Landstreicher! Ein entlaufener Irrer! Ich Rindvieh!» Er hüllte sich in die Decken, lehnte sich zurück und sah hinaus. Ein feiner Sprühregen fiel. Allmählich erlangte er seine Fassung wieder. Er rief sich die Ereignisse des frühen Nachmittags in Erinnerung, den Augenblick der Erleuchtung, und griff nach dem Heft mit der Aufschrift FRAU HALICS, schlug es dort auf, wo die Eintragungen endeten, und begann zu schreiben. «Sie sitzt in der Küche. Vor ihr die Bibel, leise murmelt sie den Text. Blickt auf. Sie ist hungrig. Sie geht in die Speisekammer, kommt mit Wurst, Speck und Brot zurück, beginnt schmatzend zu kauen, beißt von dem Brot ab. Hin und wieder blättert sie in der Bibel.» Das Schreiben behagte ihm, dennoch sah er, als er nachlas, was er um die späte Mittagszeit in die Hefte SCHMIDT, KRÁNER und FRAU HALICS eingetragen hatte, betrübt ein, daß es so auf keinen Fall gehen würde. Er stand auf und stapfte durch die Stube, blieb hin und wieder stehen, ging dann weiter. Er sah sich um, und sein Blick fiel auf die Tür. «Ach, zum Teufel!» knurrte er, holte die Werkzeugkiste aus dem Kleiderschrank, trat, in der einen Hand ein paar Nägel, in der anderen einen Hammer, zur Tür und nagelte sie, immer zorniger auf die runden Metallköpfe schlagend, an acht Stellen zu. Nun kehrte er beruhigt zu seinem Sessel zurück, hängte sich die Decken um und mischte sich ein neues Quantum, diesmal, nach kurzem Überlegen, im

Verhältnis eins zu eins. Nachdenklich sah er vor sich hin, bis plötzlich seine Augen zu leuchten begannen. Er nahm ein neues Heft. «Es regnete, als...» schrieb er, schüttelte aber den Kopf und strich es wieder durch. «Als Futaki erwachte, regnete es draußen in Strömen, und...» Aber er fand auch diesen Versuch ausgesprochen miserabel. Er rieb sich den Nasenrücken und schob die Brille zurecht, stützte die Ellbogen auf, legte das Kinn auf die Hände. Wie ein magisch scharfes Bild sah er den ganzen Weg vor sich, der auf ihn wartete, er sah, wie zu beiden Seiten langsam der Nebel herankroch, und auf einem schmalen Streifen in der Mitte sah er all die vertrauten Gesichter, gezeichnet schon vom künftigen Ersticken, dazu verurteilt, zu Staub zu werden. Wieder langte er nach dem Bleistift, und nun fühlte er, daß er auf der richtigen Spur war; Hefte hatte er genug, der Schnaps und die Medikamente würden bis zum Frühjahr reichen, und solange das Holz um die Nägel nicht wegfaulte, würde ihn niemand stören können. Vorsichtig, damit das Papier nicht riß, begann er zu schreiben. «Am Morgen eines Tages Ende Oktober, kaum daß die ersten Tropfen des schier endlosen Herbstregens auf den rissigen Salzboden westlich der Siedlung gefallen waren (wo dann ein stinkendes Meer aus Schlamm bis zu den ersten Frösten die Feldwege unbegehbar und die Stadt unerreichbar machen würde), erwachte Futaki davon, daß er Glocken läuten hörte. Am nähesten befand sich, vier Kilometer südwestlich, die einsame Kapelle auf der Hochmeiß-Flur, aber nicht nur, daß es dort keine Glocke gab, im Krieg war auch der Turm eingestürzt, und die Stadt war zu weit entfernt, als daß von dort irgend etwas zu hören gewesen wäre. Zudem erinnerte das triumphierende Schellen und Dröhnen auch nicht an fernes Glockengeläut, vielmehr schien der Wind es aus nächster Nähe

(«Wie von der Mühle her...») herbeizutragen. Futaki setzte sich auf, um aus dem mauselochgroßen Küchenfenster zu blicken, aber hinter der beschlagenen Scheibe lag im Blau der Morgendämmerung und im verebbenden Glockengedröhn die Siedlung noch stumm und reglos da: Nur aus einem der weit verstreuten Häuser drüben, aus dem verhängten Fenster des Doktors, drang Licht, und auch das nur deshalb, weil der Doktor seit Jahren außerstande war, im Dunkeln einzuschlafen. Er hielt den Atem an, um im Abklingen des Geläuts nicht den leisesten verwehten Laut zu versäumen, denn er wollte der Sache auf den Grund gehen («Du träumst bestimmt noch, Futaki...»), und dazu benötigte er jeden Ton, mochte er noch so verwaist sein. Mit seinen vielgerühmten weichen Katzenschritten hinkte er über den eiskalten Küchenfußboden zum Fenster («Ist denn noch niemand wach? Hört es niemand? Keiner sonst?»), öffnete es und beugte sich hinaus. Scharfe, feuchte Luft schlug ihm entgegen, für eine Sekunde mußte er die Augen schließen, aber er lauschte vergebens in die vom Krähen der Hähne, von fernem Gekläff und vom Heulen des schneidenden Windes nur noch tiefere Stille, außer seinem dumpfen Herzschlag hörte er nichts, als wäre alles ein gespenstisches Spiel des Halbschlafes gewesen, als wollte ihn nur jemand erschrecken. Traurig betrachtete er den unheildrohenden Himmel und die ausgedörrten Überbleibsel des vergangenen Sommers mit seiner Heuschreckenplage, und plötzlich sah er Frühling, Sommer, Herbst und Winter über ein und denselben Akazienast hinwegziehen, als ob im reglosen Rund der Ewigkeit die Zeit Possen triebe, als ob sie durch das Auf und Ab des Chaos eine teuflisch gerade Schneise schlüge und himmelstürmend den Irrsinn zur Notwendigkeit verfälschte... Und er sah sich selbst, gepeinigt zuckend am Holzkreuz von

Wiege und Sarg, bis ihn schließlich ein Standgericht eiskalt und ohne Rangabzeichen den Leichenwäschern auslieferte, dem Gelächter der emsigen Hautabzieher, wo er dann gnadenlos das Maß der menschlichen Dinge erkennen mußte, ohne daß ein Weg zurückführte, denn dann würde er wissen, daß er sich mit Falschspielern auf ein Spiel eingelassen hatte, das längst entschieden war und an dessen Ende er seiner letzten Waffe beraubt sein würde, der Hoffnung, einmal noch nach Hause zu finden. Er richtete den Blick auf die östlich der Siedlung stehenden, einst von Leben und Lärm erfüllten, jetzt verlassenen und verfallenden Baulichkeiten und beobachtete verbittert, wie die ersten Strahlen der aufgedunsenen roten Sonne durch die Dachbalken eines ziegellosen, zusammenbrechenden Bauernhauses fielen. ‹Ich müßte mich endlich entscheiden. Hier kann ich nicht bleiben.› Er kroch in das warme Bett zurück und legte den Kopf auf den Arm, aber er bekam die Augen nicht zu: Die gespenstischen Glocken hatten ihn erschreckt, noch mehr aber die plötzliche Stille, das drohende Schweigen, und er hatte das Gefühl, jetzt sei alles möglich. Aber nichts rührte sich, wie auch er sich nicht bewegte im Bett, bis zwischen den stummen Gegenständen ringsum auf einmal ein gereiztes Gespräch begann...»

# TANZORDNUNG

### ERSTER TEIL

| | | |
|---|---|---|
| I. | Die Nachricht, daß sie kommen | 9 |
| II. | Wir erstehen auf | 31 |
| III. | Etwas wissen | 63 |
| IV. | Das Werk der Spinne (1) *Liegende Acht* | 95 |
| V. | Das Netz zerreißt | 129 |
| VI. | Das Werk der Spinne (2) *Teufelszitzen, Satanstango* | 158 |

### ZWEITER TEIL

| | | |
|---|---|---|
| VI. | Irimiás hält eine Rede | 191 |
| V. | Die Perspektive, wenn von vorn | 213 |
| IV. | Himmelfahrt? Fiebertraum? | 243 |
| III. | Die Perspektive, wenn von hinten | 267 |
| II. | Nichts als Sorgen, nichts als Arbeit | 293 |
| I. | Der Kreis schließt sich | 302 |